BASTEI LÜBBE
Paperback

DAMON RUNYON

Die Bluthunde des Broadway

und andere Stories

Ins Deutsche übertragen
von Diether Schneider

BASTEI LÜBBE
Paperback

Bastei-Lübbe-Paperback
Band 28 186

Erste Auflage: Februar 1990

Deutsche Lizenzausgabe 1990
Bastei-Verlag Gustav H. Lübbe GmbH & Co.,
Bergisch Gladbach
Originaltitel: The Bloodhounds of Broadway and other Stories
Umschlaggestaltung: Quadro Grafik, Bensberg
Satz: KCS GmbH, 2110 Buchholz/Hamburg
Druck und Verarbeitung: Clausen & Bosse, Leck
Printed in Germany
ISBN 3-404-28186-1

Inhalt

Ein sehr ehrenwerter Kerl

So ab und an lauf' ich Quadratlatschen Samuels in den letzten acht oder zehn Jahren schon mal über den Weg, und ich kenne ihn, wie er über den Broadway hin- und herzieht, in- und auswendig, aber ich hab' mit ihm nie viel am Hut, denn für mich ist der Kerl völlig unbedeutend. Ja, eigentlich ist er ein reines Nichts.

Das eine gleich vorweg: Quadratlatschen Samuels ist gewöhnlich abgebrannt, und es lohnt sich nicht, mit Versagern herumzuhängen. So wie ich die Sache sehe, kriegst du überhaupt nichts aus einem Kerl heraus, der überhaupt nichts hat. Ich hab' ja durchaus 'ne Menge Mitgefühl mit Versagern und hoffe wirklich, daß sie mal was Greifbares an Land ziehen, es gefällt mir nur nicht, mit ihnen zusammenzuhängen. Ein alter Hase, der weiß, wovon er spricht, sagt vor langer Zeit mal zu mir: »Mein Junge«, sagt er, »versuch immer, dich am Geld langzureiben, denn wenn de dich lange genug am Geld langreibst, kannste vielleicht mal was abreiben.«

In all den Jahren, in denen ich mich nun in dieser Stadt herumtreibe, versuch' ich immer, mich bei den großen Tieren und den Kerlen, die die harten Scheinchen mit sich rumtragen, reinzuhängen und mich nicht mit Wasserträgern, Betrügern und Versagern abzugeben. Und Quadratlatschen Samuels ist einer der ärgsten Versager in der ganzen Stadt, und er ist es schon, so lange ich ihn kenne.

Er ist ein großer schwerer Kerl mit verschiedenen Kinnen und sehr komischen Füßen, weshalb man ihn auch Quadratlatsche nennt. Diese Füße sind außergewöhnlich ausladende Füße, selbst für einen so großen Kerl, und David der Lord sagt, Quadratlatsche trägt Violinkästen statt Schuhe, was offensichtlich nicht stimmt, weil Quadratlatsche keinen seiner Füße in einen Violinkasten hineinquetschen kann, es sei denn, es ist ein Kasten für 'ne verdammt große Violine, etwa 'n Cello oder so.

Eines Nachts seh' ich Quadratlatsche in der Hot Box, einem Nacht-Club, mit einer Puppe namens Hortense Hathaway von Georgie Whites ›Scandals‹ tanzen. Und was macht Hortense? Sie steht auf Quadratlatsches Quadratlatschen rum, als ob es Schlittschuhkufen sind, und Quadratlatsche merkt es nicht mal. Er denkt bloß, die alten Gondeln lassen sich halt ein klein wenig beschwerlicher durch die Gegend schieben als sonst, denn schließlich ist Hortense alles andere als kränklich oder gebrechlich. Genaugenommen ist sie ein wohlausgewogenes Weltergewicht.

Sie hat blondes Haar und 'ne ganze Menge zu erzählen, und von Staats wegen heißt sie Annie O'Brien, und Hortense Hathaway schon gleich gar nicht. Außerdem kommt sie aus Newark, New Jersey, und ihr Papa ist ein Taxifahrer mit Namen Skush O'Brien und ein verdammt ruppiger Bursche, aber das nur so nebenbei. Aber selbstverständlich ist die Tochter eines Taxifahrers für Georgie Whites ›Scandals‹ genauso gut wie jede andere, jedenfalls solange ihre Figur in Ordnung ist, und über Hortenses diesbezügliche Vorzüge vernimmt noch nie jemand irgendwelche Beanstandungen von den Besuchern.

Sie ist das, was man so als Show-Girl zu bezeichnen pflegt, und alles, was sie zu tun hat, ist, mit nichts als einigen leichten Bändchen über Georgie Whites Bühne herumzulaufen.

Jeder findet, daß sie sehr gut aussieht, vor allem vom Nacken an abwärts, obgleich ich persönlich nie viel um Hortense gebe, denn sie ist recht unverschämt zu den Leuten. Ich seh' sie des öfteren in Nacht-Clubs, und wenn sie sich in solchen Höllenschlünden aufhält, trägt Hortense gewöhnlich einige diamantene Armbänder und Pelzmäntel oder -stolen, und das eine oder andere dazu. Ich schätze, sie macht sich nicht schlecht für 'ne Puppe aus Newark, New Jersey.

Klar weiß Quadratlatschen Samuels nicht, warum so viele Puppen außer Hortense mit ihm tanzen wollen, kommt aber zu dem Schluß, es muß der gute alte Sex-Appeal sein, den er wohl ausstrahlt, und ist schließlich kolossal eingeschnappt, als Henri, der Oberkellner der Hot Box, ihn darum bittet, sich doch möglichst von der Tanzfläche entfernt zu halten, außer vielleicht zu jedem zehnten Tanz, weil Quadratlatsches Füße bei seiner Anwesenheit so viel Platz in Anspruch nehmen, daß gerade noch zwei weitere

Tänzer sich zur gleichen Zeit austoben können; es ist halt 'ne recht kleine Tanzfläche.

Ich muß dir mehr über Quadratlatsches Füße erzählen, denn es sind in der Tat sehr bemerkenswerte Füße. Sie weisen verschiedene Stellungen auf, und das mit einem so drastischen Unterschied, daß, wenn man Quadratlatsche an einer Straßenecke stehen sieht, es sehr schwer vorauszusagen ist, welchen Weg er einschlagen wird, denn ein Fuß zeigt in eine Richtung, der andere Fuß in eine völlig andere. Wenn er dann noch so vor sich hinsteht, halten die Jungs in der Nähe von Mindys Restaurant des öfteren Wetten ab, in welche Richtung Quadratlatsche wohl losziehen wird.

Quadratlatsche tut für seinen Lebensunterhalt das Beste, was er kann, was er mit vielen anderen Jungs in dieser Stadt gemein hat. Er wuselt ein wenig an der Rennbahn herum und beim Würfelspiel und bei Preiskämpfen, ergattert einige Cents hier und da als Laufbursche für die Buchmacher oder spekuliert mit Wetteinsätzen für geringen Gewinn oder spielt den Schlepper, um gutgläubige Trottel auszunehmen, aber er ist niemals wirklich im Geschäft, während seines ganzen Lebens nicht. Er ist dauernd verschuldet und dauernd am Abstottern, und ich hab' noch nie gehört, daß er mal wegen Rückständen in die Bredouille gekommen ist.

Das einzig Gute, was man über Quadratlatschen Samuels sagen kann, ist, daß er sehr ehrenhaft mit seinen Schulden verfährt; was er schuldig ist, zahlt er zurück, sobald er kann. Jeder wird dir das bestätigen, obwohl es selbstverständlich für solche Gauner wie Quadratlatsche keine andere Wahl gibt, wenn sie ihre Kreditwürdigkeit nicht verlieren und im Rennen bleiben wollen. Und doch, du wirst überrascht sein, wie viele Jungs das Zahlen vergessen.

Weil man sich auf Quadratlatsche verlassen kann, ist er fast immer in der Lage, ein paar Mäuse aufzutun, sogar beim Gehirn, und das Gehirn ist keine leichte Zielscheibe für jeden, der ein paar Mäuse auftun will. O ja, das Gehirn ist verdammt schwierig, wenn es darum geht, sich Zaster zu besorgen.

Falls es dir mal gelingt, ein paar Mäuse vom Gehirn zu bekommen, dann hör genau zu, wann er die Bucks zurückhaben will. Und wenn er sagt, Dienstag halb sechs morgens, dann komm nicht zu spät, auch nicht eine Minute, sonst wird das Gehirn dich für unzuverlässig halten und dir keinen müden Cent mehr anvertrauen. Und wenn ein Kerl erst einmal sein Ansehen beim Gehirn verliert, ist er in dieser Stadt in einer sehr heiklen Lage, denn das Gehirn ist der einzige, der stets Mäuse parat hat.

Außerdem geschehen häufig einige ungemein ungewöhnliche Dinge mit den Kerlen, die sich vom Gehirn Geld leihen und es versäumen, es wie zugesagt zurückzugeben; so was wie gebrochene Nasen und verstauchte Gelenke oder andere Verletzungen, denn das Gehirn hat einige Jungs bei sich, die es ziemlich übelzunehmen scheinen, wenn man sich auf Zusagen nicht verlassen kann. Und doch, ich weiß, daß das Gehirn schon manch ungeheuer verblüffenden Typen Geld leiht, denn er hat die Macke, daß er sich für einen tollen Menschenkenner hält und daß er sich gar nicht irren kann.

Der richtige Name vom Gehirn ist Armand Rosenthal, und man nennt ihn Gehirn, weil er so gescheit ist. Eigentlich weiß niemand so recht, wieviel Zaster das Gehirn so hat, aber es muß 'ne ganze Menge sein, denn egal wieviel Geld im Umlauf ist, früher oder später kriegt es das Gehirn in seine Finger: Ein andermal erzähle ich mehr über das Gehirn, aber im Augenblick möcht' ich lieber was über Quadratlatschen Samuels erzählen.

Es ist während eines harten Winters in New York, als die ganze Elite ihre Aktivitäten nach Miami, Havanna und New Orleans verlegt und die Versager unter sich läßt. Es gibt in der Stadt nur geringfügige Bewegungen jeglicher Art, wenn die Antreiber weg sind, und eines Nachts laufe ich bei Mindy genau in Quadratlatschen Samuels hinein, der wahrhaftig denkbar niedergeschlagen ist. Er fragt mich, ob ich 'nen Fünfer bei mir habe, aber es ist wohl klar genug, daß ich keine Fünfer an Kerle wie Quadratlatschen Samuels verteile, und schließlich bietet er mir an, sich auf zwei Mücken zu einigen, was mir schon zeigt, daß die Situation für Quadratlatsche recht übel sein muß, wenn er doch tatsächlich von fünf Bucks auf zwei runtergeht.

»Die Miete für meinen Stall ist bei weitem überfällig«, sagt Quadratlatsche, »und ich hab' 'ne hartherzige Wirtin, die keine Vernunft annehmen will. Sie sagt, sie wird mich vor die Tür setzen, wenn ich nicht sofort mit was rüberkomme. Es hat noch nie so schlimm mit mir gestanden«, sagt Quadratlatsche, »und ich überlege schon, ob ich was Drastisches tun muß.«

Ich kann mir nichts Drastisches von Quadratlatschen Samuels vorstellen, außer vielleicht arbeiten gehen, und ich weiß genau, daß er so tief nicht sinken wird, egal was passiert. Während all meiner Jahre am Broadway hab' ich noch nie 'nen Versager gesehen, der verzweifelt genug ist, daß er auf Maloche macht.

David der Lord hat Quadratlatschen Samuels mal 'nen fairen Anteil für den Job angeboten, Rum nach Philadelphia zu verkarren, aber Quadratlatsche hat glatt abgelehnt. Er behauptet, er kann freien Himmel nicht ertragen, und überhaupt, sagt er, hört er mal läuten, daß Rumtransporte illegal sind und 'nen Kerl ins Kittchen bringen können. Daher weiß ich, was immer das Drastische ist, zu dem Quadratlatsche sich durchringt — kaputt wird es ihn nicht machen.

»Das Gehirn ist immer noch in der Stadt«, sag' ich zu Quadratlatsche. »Warum versuchst du nicht, ihn zu schröpfen? Du stehst doch ganz gut mit ihm.«

»Das ist ja das Problem«, sagt Quadratlatsche. »Ich schulde dem Gehirn schon 'nen Blauen und muß ihn bis Montag morgen vier Uhr zurückzahlen, und wo ich hundert Dollars herkriegen soll, weiß ich auch nicht, ganz zu schweigen von den zehn, die ich noch drauflegen muß.«

»Was hast du vor?« frag' ich, denn es ist nun schon Donnerstag, und Quadratlatsche hat nur noch arg wenig Zeit, um eine solche Summe zusammenzubekommen.

»Ich hab' an den Abflug gedacht«, sagt Quadratlatsche, zutiefst betrübt. »Bring' ich denn was? Ich hab' keine Familie und keine Freunde, und die Welt schleppt ohne mich schon genug Lasten mit sich rum. Ja, ich glaub', ich mach den Abflug.«

»In unserem Städtchen ist Selbstmord gegen das Gesetz«, sag' ich, »obwohl, was das Gesetz einem Kerl anhängen kann, der sich verabschiedet hat, is' mir bis jetzt auch noch nich' ganz klar.«

»Interessiert mich nich'«, sagt Quadratlatsche, »es hängt mir alles zum Hals raus. Ganz besonders hängt es mir zum Hals raus, ständig abgebrannt zu sein. Ich hab' nie mehr als ein paar müde Cents zum Knuspern in der Hosentasche. Alles, was ich anpacke, geht schief. Das einzige, was mich davon abhält, sofort den Abflug zu machen, is' der Blaue, den ich dem Gehirn schulde. Ich will nicht, daß er mich schlecht macht, wenn ich mal nicht mehr bin. Das mag ich nicht. Und das härteste von allem«, sagt Quadratlatsche, »ich bin verliebt. Ich bin in Hortense verliebt.«

»Hortense?« sag' ich, allerdings einigermaßen verwundert. »Na so was, Hortense ist doch nichts als 'ne olle . . .«

»Halt!« sagt Quadratlatsche. »Nicht weiter! Ich werd' nich' zulassen, daß man sie beleidigt und so. Ich liebe sie. Ich kann nicht ohne sie leben. Um genau zu sein«, sagt Quadratlatsche, »ich will nicht ohne sie leben.«

»Na«, sag' ich, »was denkt denn Hortense über deine Gefühle?«

»Sie weiß nichts davon«, sagt Quadratlatsche. »Ich schäme mich, es ihr zu sagen, denn wenn ich ihr sage, wie sehr ich sie liebe, wird sie erwarten, daß ich ihr Diamantarmbänder kaufe, und wie soll ich das schaffen? Aber ich glaube, sie hat mich doch recht gern, denn sie wirft mir immer so 'nen komischen Blick zu. Nur«, sagt Quadratlatsche, »gibt es da noch 'nen anderen Kerl, der auch hinter ihr her ist und ihr Diamantarmbänder kauft, und was zwischen ihnen läuft, geht mir ganz schön an die Nieren. Ich weiß nicht, wer der Kerl ist, und ich glaube nicht, daß Hortense sich sehr für ihn interessiert, aber eins ist jedenfalls klar: jede Puppe muß den Kerl, der ihr Diamantarmbänder kaufen kann, ernsthaft in Betracht ziehen. Und daher, schätze ich, wird mir wohl nichts anderes übrig bleiben, als den Abflug zu machen.«

Natürlich messe ich dem Ganzen keinerlei Bedeutung bei und vergesse Quadratlatsches Sorgen sofort wieder, denn ich denk' mir, er wird sich eh wieder irgendwie herausmogeln, und so erscheint er auch prompt in der nächsten Nacht mit 'ner prächtigen Laune bei Mindy, und es sieht mir ganz danach aus, als ob er ein paar Scheinchen aufgegabelt hat, denn er stolziert wie ein Mann daher, der etwa fünfundsechzig Dollar bei sich trägt.

Aber anscheinend hat Quadratlatsche bisher bloß 'ne Idee, und es gibt wohl nur sehr wenig Ideen, die fünfundsechzig Dollar wert sind.

»Heut' nachmittag lieg' ich im Bett und denk' nach«, sagt Quadratlatsche, »und ich weiß nu, wie ich genug Mäuse zusammenkriege, um das Gehirn auszuzahlen, und vielleicht auch noch 'n paar andere Jungs und meine Wirtin, und auch noch genug, damit einige Cent übrigbleiben, um mich unter die Erde zu bringen. Ich werd' meinen Körper verkaufen.«

Tja ja, da bin ich natürlich einigermaßen platt, weswegen ich Quadratlatsche bitte, es mir zu erklären. Das also ist sein Plan: Er wird sich 'nen Doktor suchen, der 'ne Leiche braucht, und diesem seinen Körper für möglichst viel Geld verkaufen, wobei der Körper abzuliefern ist, nachdem Quadratlatsche den Abflug gemacht hat, was in einer bestimmten Zeitspanne geschehen soll.

»Wie ich höre«, sagt Quadratlatsche, »suchen diese Quacksalber ständig nach Leichen, an denen sie rumfuhrwerken können, und anständige Leichen sind heutzutage nich' so einfach zu kriegen.«

»Was glaubst du, wieviel dein Körper wert ist?« frag' ich ihn.

»Tja«, sagt Quadratlatsche, »ein Körper, der so groß ist wie meiner, sollte wohl mindestens einen Riesen einbringen.«

»Quadratlatsche«, sag' ich, »das klingt für mich alles mächtig schauerlich. Ich selbst weiß ja nich' viel über solche Sachen, aber ich glaub' nich', daß Doktors, wenn sie denn überhaupt Leichen kaufen, sie pro Pfund berechnen. Und ich glaub' auch nich', daß du tausend Dollars für deinen Körper bekommst, vor allem nich', wenn du dabei noch lebst, denn wie soll so ein Doktor denn wissen, ob du ihm deinen Körper auch wirklich abliefern wirst?«

»Na, hör mal«, sagt Quadratlatsche, sehr aufgebracht, »ich zahl' immer zurück, was ich schuldig bin, das weiß jeder. Ich kann das Gehirn als Referenz aufweisen, und er wird jedem bestätigen können, daß ich mein Wort immer halte.«

Nun ja, es scheint mir recht wenig Sinn in alldem zu sein, was Quadratlatsche da so zusammenerzählt, und überhaupt glaub' ich, daß es ihm jetzt die Sicherung endgültig raushaut, was bei Versagern häufig passiert, und so kümmere ich mich nicht weiter um ihn. Und doch: Montag morgen kurz vor vier bin ich bei Mindy. Und was geschieht da wohl? Kein anderer als Quadratlatsche kommt mit 'ner Handvoll Geld hereinmarschiert und sieht dabei mächtig zufrieden aus.

Das Gehirn ist auch da und sitzt an dem Tisch, an dem er meistens sitzt, und zwar so, daß niemand hereinplatzen kann, ohne von ihm gesehen zu werden. Quadratlatsche geht auf den Tisch zu und schiebt einen Blauen vor das Gehirn hin, und dann einen Zehner, und das Gehirn schaut zur Uhr hinauf und lächelt und sagt:

»Okay, Quadratlatsche, bist pünktlich.«

Es ist sehr ungewöhnlich für das Gehirn, über irgend etwas zu lächeln, aber später hör' ich, er gewinnt von Manny Mandelbaum zwei Blaue, weil der wettet, daß Quadratlatsche nicht rechtzeitig bezahlen wird, und von daher hat das Gehirn natürlich gut lächeln.

»Übrigens, Quadratlatsche«, sagt das Gehirn, »so 'n Doktor ruft mich heute an und fragt, ob auf dein Wort Verlaß ist. Und weißt du, was ich antworte? Hundertprozentig, sage ich. He, was is' denn? Fehlt dir was?«

»Nö«, sagt Quadratlatsche, »ich bin o. k. Ich hab' nur ein kleines Geschäft mit dem Knaben am Laufen. Danke auch.«

Darauf kommt er zu meinem Tisch geschlurft, und ich kann deutlich sehen, daß er immer noch Geld in seiner Pranke hat. Natürlich bin ich gespannt darauf, zu erfahren, wo er die Scheinchen aufgabelt, und so berichtet er mir also folgendes:

»Ich zieh' die Sache durch, von der ich dir erzähle«, sagt Quadratlatsche. »Ich verkauf' meinen Körper an 'nen Doc drüben in der Park Avenue, der Bodeeker heißt, aber den Riesen, wo ich haben wollte, krieg' ich nicht. Scheint, daß Leichen im Augenblick nich' so viel wert sind, weil der Markt voll davon ist, aber Doc Bodeeker gibt mir vier Blaue bei einer Lieferfrist von dreißig Tagen.«

»Ich hätt' nie gedacht, daß es so schwierig ist, deinen Körper zu verkaufen«, sagt Quadratlatsche. »Drei Doktors hetzen mir fast die Bullen auf den Hals, als ich ihnen sag', sie können meine Leiche haben, die denken wohl, ich bin bekloppt. Aber Doc Bodeeker is' 'n netter alter Kerl und froh, mit mir ins Geschäft zu kommen, vor allem, als ich das Gehirn als Referenz angebe. Der Doc sagt, er sucht schon seit Jahren nach 'nem Kopf, der so geformt is' wie meiner. Er scheint so 'ne Art Gehirnklempner zu sein. Bloß«, sagt Quadratlatsche, »muß ich mir jetzt was anderes ausdenken, um die Fliege zu machen. Eigentlich wollt ich ja aus'm Fenster springen, aber Doc Bodeeker möchte nich 'nen zerdödschten Kopf haben.«

»Also«, sag' ich, »für mich ist das einfach schauderhaft. Weiß das Gehirn, daß du deinen Körper verkaufst?«

»Nö«, sagt Quadratlatsche, »Doc Bodeeker fragt ihn am Telefon bloß, ob auf mein Wort Verlaß ist. Warum, sagt er nich'. Und das Gehirn sagt, klar, Mann, Quadratlatsche ist toff, Mann. Schon hab' ich den Zaster. Ich werd' jetzt meine Hauswirtin beglücken und den einen oder anderen Schuldschein begleichen und ein bißchen schlemmen, bis es Zeit ist, diese garstige alte Welt zu verlassen.«

Aber anscheinend beglückt Quadratlatschen Samuels seine Wirtin doch nicht. Statt dessen geht er nämlich zu Johnny Crackows Würfelspiel in der Stadtmitte, bei dem es ein Limit von fünfhundert Dollars gibt, wo die hohen Tiere sich nur selten verlaufen und wo für einen kleinen Ganoven immer ein wenig was drin ist. Und als Quadratlatsche in den Laden reinkommt, versucht Big Nig gerade mit den Würfeln 'ne Vier hinzukriegen, und jeder weiß, daß 'ne Vier 'ne harte Nuß für Big Nig ist, genauso wie für jeden anderen auch.

Und so guckt Quadratlatschen Samuels eine Weile zu, wie Big Nig versucht, 'ne Vier hinzukriegen, und ein Kerl, den sie Kiff-Willie nennen, setzt 'nen Blauen bei zwei zu eins, daß Big Nig die Vier hinkriegt, was jedenfalls sehr viel mehr Vertrauen anzeigt, als ich je für Big Nig haben würde. Natürlich zerrt Quadratlatsche wie der Blitz ein paar seiner Blauen raus, was geradezu ein Muß für jeden ist, der gerade ein paar Blaue übrig hat, und wettet mit Kiff-Willie zweihundert zu einhundert Bucks, daß Big Nig die Vier nicht hinkriegt. Und kurz danach schmeißt Big Nig 'ne Sieben, und Quadratlatsche gewinnt die Wette.

Nun ja, um eine lange Geschichte kurz zu machen: Quadratlatsche steht also noch 'ne Weile rum und wettet mit einigen Kerlen, daß andere Kerle keine Vier schaffen, oder was auch immer sie gerade brauchen, und eh' sich einer versieht, hält Quadratlatsche plötzlich sechs Riesen in seiner Pranke.

Ich seh' ihn in der nächsten Nacht oben in der Hot Box, und Hortense ist bei ihm und schlittert auf seinen Füßen durch die Gegend, und selbst ein Blinder kann erkennen, daß sie mindestens drei Diamantarmbänder mehr hat als vorher.

Ein oder zwei Nächte später hör' ich, wie Quadratlatsche ein hohes Tier aus Los Angeles, Funkturm George McCormack, bei einem Kartenspiel, was Lowball heißt, um achtzehn Tausender leichter macht, und Quadratlatschen Samuels hat genauso wenig 'ne Sondergenehmigung dafür, Funkturm George zu rupfen, wie ich, um Jack Dempsey zu verdreschen. Aber wenn einen Kerl erst mal das Spielfieber packt, kann ihn für 'ne Weile nichts mehr aufhalten, und so ist das halt auch mit Quadratlatsche. Jede Nacht hört man nun, wie er bei allen möglichen Spielen jede Menge Mäuse einsteckt.

Eines Morgens taucht er bei Mindy auf, und ich setz' mich natürlich sofort zu seinem Tisch in Bewegung, da Quadratlatsche inzwischen im Geschäft ist und damit ein Kerl, an dem man sich reiben kann. Ich bin gerade dabei, ihn zu fragen, wie die Dinge so laufen, obwohl ich natürlich weiß, daß sie ziemlich gut laufen, als ein grimmig aussehender alter Kerl hereinschneit, dessen Gesicht über und über mit grauen Barthaaren bedeckt ist, die nach allen Seiten sprießen, und dessen Augen gar wild aus diesem ganzen Haarwust herausspähen. Sobald er den Kerl sieht, wird Quadratlatsche merklich fahl, nickt ihm aber zu, und der Kerl nickt zurück und geht raus.

»Wer is' 'n das alte Barthaar?« frag' ich Quadratlatsche. »Gestern morgen lungert er hier rum, sieht sich überall um und macht die Leute zunehmend nervös, weil niemand weiß, wer er ist oder was für 'n Gewerbe er hat.«

»Es is' der alte Doc Bodeeker«, sagt Quadratlatsche. »Er lungert hier rum, um sich davon zu überzeugen, daß ich noch in der Stadt bin. Tja, da bin ich wohl in 'nen verdammt üblen Schlamassel geraten.«

»Worüber machst du dir Sorgen?« frag' ich. »Du hast mengenweise Mäuse und noch über zwei Wochen Zeit, um dich zu vergnügen, bevor dieser Doc Bodeeker seine Ansprüche geltend macht.«

»Ich weiß«, sagt Quadratlatsche, zutiefst betrübt. »Aber inzwischen will ich nich' mehr, weißt du. Das Geschäft mit dem Doc is' wirklich öde. Besonders«, sagt Quadratlatsche, »wegen Hortense.«

»Was ist mit Hortense?« frag' ich.

»Ich glaub', sie fängt an, mich zu lieben, seit ich ihr mehr Diamantarmbänder kaufen kann als der andere Kerl«, sagt Quadratlatsche. »Und wenn nich' dieses Dingsbumsschwert über mir hängt, frag' ich sie, ob sie mich heiratet, und vielleicht wird sie es ja sogar tun.«

»Tja dann«, sag' ich, »warum gehst du also nich' zum alten Barthaar und zahlst ihm die Mäuse zurück und sagst, is' nichts mit deinem Körper und so. Obwohl du die ganzen Mäuse nie eingesackt hättest, wenn Barthaar dir nich' Geld für deinen Körper gegeben hätt'.«

»Ich war ja bei ihm«, sagt Quadratlatsche, und ich seh' deutlich die dicken Tränen in seinen Augen. »Er sagt, er will das Geld nich'. Was er will, ist mein Körper, weil ich so 'n komischen Kopf hab'. Ich hab' ihm das Vierfache geboten, was er mir gezahlt hat, aber er will nicht. Er sagt, mein Körper muß ihm fristgerecht am ersten März geliefert werden.«

»Weiß Hortense von diesem Handel?« frag' ich.

»Oh, nein, bloß nicht«, sagt Quadratlatsche. »Und ich werd' es ihr auch nicht sagen, weil sie nämlich denken wird, ich bin verrückt, und Hortense interessiert sich nicht für verrückte Kerle. Sie stöhnt nämlich ständig über den anderen Kerl, der ihr die Diamantarmbänder kauft, und behauptet, er ist 'n bißchen verrückt, und wenn sie erst mal glaubt, ich bin genauso, schießt sie mich in den Wind.«

Tja, das sieht wohl verfahren aus für Quadratlatsche. Keinen Schimmer, was da zu machen ist. Am nächsten Tag setz' ich die Lage einem Anwalt auseinander, der ein Freund von mir ist, und der sagt, er glaubt nicht, daß der Handel vor Gericht für rechtens erklärt wird, aber Quadratlatsche geht nicht vor Gericht, das letzte Mal haben sie ihn gleich dabehalten, als er nur als Zeuge vorgeladen war. Zehn Tage hat ihm das eingebracht.

Der Anwalt sagt, Quadratlatsche kann ja abhauen, aber ich finde, das ist keine sehr ehrenwerte Lösung, und solange Hortense noch aktuell ist, hat Quadratlatsche keinen Bedarf, einfach abzuhauen. Ein einziges Haar von ihrem Kopf hat eine fesselndere Wirkung auf Quadratlatschen Samuels als ein ganzes Drahtkabel.

Eine Woche gleitet vorüber, und ich seh' nicht viel von Quadratlatsche, höre aber, wie er Würfelspiele und Kartenspieler dahinmeuchelt, wie er Gewinne einsackt und mit Hortense in den Nacht-Clubs herumsteigt, und die hat schließlich so viele Armbänder, daß an ihrem Arm kein bißchen Platz mehr ist, jetzt fängt sie an, ihre Fußgelenke zu verzieren, und ihre Fußgelenke sind so übel nicht, mit oder ohne Armbänder.

Es vergeht eine weitere Woche, und eines Morgens so gegen halb fünf steh ich zufällig vor Mindys Restaurant rum und denk' mir, Quadratlatsches Zeit muß nun abgelaufen sein, und bin auch schon neugierig, wie die Sache mit Doc Bodeeker ausgeht, als ich urplötzlich ein Ploppeti-plopp den Broadway heraufkommen hör'. Und was seh' ich, wenn nicht Quadratlatschen Samuels, der so schnell flitzt, daß er die Taxis, die so ihre fünfzig Sachen machen, überholt, als ob sie stillstehen.

In der frühen Morgenstunde gibt es nicht viel Verkehr, und so sind auch alle Ampeln abgeschaltet. Quadratlatsche zieht in einem fürchterlichen Tempo an mir vorbei. Und etwa zwanzig Meter hinter ihm kommt ein alter Kerl mit grauen Barthaaren angehetzt, und es ist niemand anderes als Doc Bodeeker. Und mehr noch: er hält ein großes, langes Messer in einer Hand und versucht, Quadratlatsche bei jedem Satz mit dem Messer zu erwischen.

Nun, das scheint mir denn doch ein recht kurioses Spektakel zu sein, und ich also hinter ihnen her, um zu sehen, was draus wird, denn es ist klar, daß Doc Bodeeker Quadratlatsches Körper einsammeln will. Ich bin nicht gerade ein begnadeter Läufer, und daher sind sie wie der Blitz aus meiner Sicht entschwunden, und nur, weil ich dieses Ploppeti-plopp von Quadratlatsches Füßen noch höre, bleibe ich an ihnen dran.

Sie schwenken vom Broadway weg nach Osten in die Vierundfünfzigste Straße hinein, und als ich endlich die Ecke schaffe, seh' ich einen halben Block weiter unten direkt vor der Hot Box eine Menschenmenge, und noch bevor ich am Eingang ankomme, denk' ich mir, diese Menschenmenge hat irgendwas mit Quadratlatsche und Doc Bodeeker zu tun, und dann stell' ich fest, daß Quadratlatsche schon drin ist, und Doc Bodeeker lamentiert mit Soldaten-Sweeney, dem Türsteher, dem Quadratlatsche eingetrichtert hat, den Bärtigen mit dem Messer nicht rein zu lassen.

Na, und in der Hot Box, da wartet Hortense schon auf Quadratlatsche und ist natürlich sehr erstaunt, ihn völlig außer Atem hereinpreschen zu sehen, und so wundern sich auch alle anderen in dem Laden, einschließlich Henri, der mir nachher erzählt, was dort passiert, denn du weißt ja, ich bin noch vorm Eingang.

»Ein Verrückter is' mit 'nem Schlachtermesser hinter mir her«, sagt Quadratlatsche zu Hortense. »Wenn der hier reinkommt, bin ich geliefert. Er ist vorm Eingang und will rein.«

Eins muß man Hortense ja nun bescheinigen, sie hat 'nen strammen Satz Nerven, aber man sollte ja wohl von der Tochter von Skush O'Brien 'nen strammen Satz Nerven erwarten, denn niemand hat je soviel Mumm wie Skush. Henri, der Oberkellner, erzählt mir, Hortense ist kein bißchen aufgeregt und sagt bloß, sie will sich den Kerl mal ansehen, der hinter Quadratlatsche her ist.

Die Hot Box ist über einer Garage, und die Küchenfenster blicken genau auf die Vierundfünfzigste Straße hinunter, und während Doc Bodeeker immer noch mit Soldaten-Sweeny herumlamentiert, hör' ich ein Fenster aufschwingen, und wer schaut heraus, wenn nicht Hortense. Sie wirft bloß einen kurzen Blick auf das Geschehen, und schon zuckt ihr Kopf wie der Blitz zurück, und Henri erzählt mir später, daß sie folgendes herausquiekt:

»Mein Gott, Quadratlatsche! Das ist derselbe verrückte Kerl, der mir die ganzen Armbänder schickt und der mich heiraten will!«

»Und der Kerl, dem ich meinen Körper verkaufe«, sagt Quadratlatsche und erzählt Hortense die Geschichte von seinem Handel mit Doc Bodeeker.

»Ich tue es nur für dich, Horty«, sagt Quadratlatsche, obwohl das selbstverständlich nichts als 'ne Riesenlüge ist, denn am Anfang tut er es nur für das Gehirn. »Ich liebe dich, und ich möcht' doch bloß ein paar Mäuse haben, um dir noch mal ein schönes Leben zu bieten, bevor ich sterbe. Wenn da nicht dieser Handel wär, tät ich dich bitten, meine bessere Hälfte zu werden.«

Tja, und darauf stürzt Hortense in Quadratlatsches Arme und gibt ihm 'nen dicken Kuß auf seinen häßlichen Schnabel und sagt etwa dies zu ihm:

»Ich lieb' dich auch, Quadratlatsche, denn noch nie bringt mir jemand ein solches Opfer, seinen Körper für mich zu versetzen. Vergiß den Handel. Ich möcht' dich auf der Stelle heiraten, nur müssen wir uns zuerst mal diesen verrückten alten Kerl da unten vom Hals schaffen.«

Darauf guckt sie wieder aus dem Fenster heraus und brüllt zum alten Doc Bodeeker hinunter: »Hau ab«, brüllt sie. »Hau bloß ab, oder ich schmeiß dir Mottenkugeln in deinen Filz, du alter Trottel.«

Doch ihr Anblick scheint den alten Doc Bodeeker nur noch etwas fuchteliger zu machen, und so fängt er an, gegen Soldaten-Sweeny in den Krieg zu ziehen, worauf der Soldat Doc kurzerhand das Messer abnimmt und es wegwirft, damit nicht noch jemand mit dem Ding verletzt wird.

Inzwischen aber sieht sich Hortense in der Küche nach was um, was sie dem alten Doc Bodeeker an den Kopf schmeißen kann, und das erste, was sie erspäht, ist ein schöner neuer Schinken, den der Küchenchef gerade auf den Tisch legt, um einiges für ein paar Schinken-Sandwiches herunterzuschneiden. Dieser Schinken ist ein riesig großer Schinken, der sicher so seinen Monat in der Hot Box halten wird, auch deswegen, weil sie in der Hot Box den Schinken für die Sandwiches sehr, sehr dünn schneiden. Na, jedenfalls grapscht sich Hortense diesen Schinken und läuft damit zum Fenster und gibt ihm 'nen Stoß, ohne vorher auch nur mal Luft zu holen.

Tja, der Schinken knallt dem armen alten Doc Bodeeker kawumms haargenau auf die Birne. Der Doc fällt aber nicht etwa hin, vielmehr beginnt er herumzutorkeln, wobei sich seine Beine unter ihm krümmen, wie wenn er betrunken ist.

Nun, ich möcht' ihm gern helfen, weil ich Mitleid mit 'nem Kerl habe, dem so übel mitgespielt wird, und dann find' ich, es is' 'n mieser Dreh für 'ne Puppe wie Hortense, jemanden mit 'nem Schinken zu traktieren.

Also kümmer' ich mich um den alten Doc und bring' ihn zum Broadway zurück und zu Mindy rein, wo ich ihn hinsetze und ihm zur Belebung 'ne Tasse Kaffee und 'nen Bismarckhering vorsetze, und dann sammelt sich eine Anzahl Leutchen wohlwollend um ihn herum.

»Meine Freunde«, sagt der alte Doc schließlich und blickt sich dabei um. »Ihr seht einen Mann mit einem gebrochenen Herzen vor euch. Ich bin kein Spinner, obwohl meine Verwandten euch gern was anderes erzählen würden. Ich bin in Hortense verliebt. Ich bin seit jener Nacht in sie verliebt, als ich ihr das erstemal dabei zuseh', wie sie bei den ›Scandals‹ eine Sonnenblume spielt. Ich möchte sie heiraten, obgleich ich ein alter Witwer bin, aber irgendwie gefällt meinen Söhnen und Töchtern der Gedanke nicht, daß ich noch einmal heiraten will.

Tatsache«, sagt der Doc, seine Stimme zu einem Wispern senkend, »manchmal reden sie sogar davon, mich einsperren zu lassen. Also erzähle ich ihnen natürlich nichts von Hortense, weil ich fürchte, sie würden mich für verrückt erklären. Aber ich bin nun mal hoffnungslos in sie verliebt und schicke ihr viele schöne Geschenke, obwohl ich sie wegen meiner Angehörigen nicht so oft sehen kann. Und dann finde ich raus, daß Hortense sich mit diesem Quadratlatschen Samuels rumtreibt.

Ich bin schrecklich eifersüchtig«, sagt der Doc, »und ich weiß nicht, was ich tun soll. Und dann schickt mir die Schicksalsgöttin diesen Samuels, der mir seinen Körper verkaufen will. Ich praktiziere zwar seit Jahren nicht mehr, aber ich behalte meine Praxis an der Park Avenue um der alten Zeiten willen, und gerade in diese Praxis kommt Samuels, mein Rivale. Zuerst denk' ich, er spinnt, aber ihm ist ganz ernst damit, mir seinen Körper verkaufen zu wollen.

Plötzlich kommt mir der Gedanke, wenn ich auf den Vorschlag von Quadratlatschen Samuels eingehe und den Handel besiegele, bin ich einen Rivalen los, der mir die Zuneigung von Hortense streitig macht.

Dann stelle ich fest, daß Quadratlatsche keine Anstalten macht, seinen Teil des Handels einzuhalten, und so greife ich in einem Eifersuchtstaumel ein Messer und hänge mich an seine Fersen, um ihn aus der Stadt zu schrecken. Aber da ist es schon zu spät. Ich weiß jetzt, daß Hortense seine Gefühle erwidert, sonst hätte sie nicht einen ganzen Kasten Kohle über mir ausgekippt, um ihn zu verteidigen.

Tja, meine Herren«, sagt der alte Doc, »ich habe ein gebrochenes Herz. Außerdem habe ich noch eine riesige Beule am Kopf. Und Hortense hat alle meine Geschenke und Quadratlatschen Samuels mein Geld. Sieht so aus, als ob ich am schlechtesten von allen wegkomme. Ich hoffe nur, meine Tochter Eloise, die jetzige Mrs. Sidney Simmons Braydon, hört nichts von alledem, sonst könnte sie sich wieder so närrisch aufführen wie zu der Zeit, als ich dieses hübsche Zigarettenmädchen, das bei Jimmy Kelley arbeitet, heiraten wollte.«

Hier nun überwältigen Doc Bodeeker seine Gefühle, und er fängt an zu schluchzen, und er tut allen fürchterlich leid, als das Gehirn herbeikommt, der gespannt zugehört hat.

»Mach dir keine Sorgen über deine Geschenke und deine Mäuse«, sagt das Gehirn. »Ich werd' das schon wieder ausbügeln, denn schließlich bin ich der Bursche, der für Quadratlatsche gebürgt hat. Das erstemal in meinem Leben verschätz' ich mich in 'nem Kerl und muß es nun wohl ausbaden, aber Quadratlatschen Samuels wird es sehr, sehr leid tun, wenn ich ihn in die Finger kriege. Selbstverständlich kalkulier' ich bei dem Fall die Puppe nich' mit ein, und so was macht natürlich immer 'nen beträchtlichen Unterschied, also lieg' ich eigentlich nich' hundertprozentig falsch, was den Kerl angeht.

Auf jeden Fall«, sagt das Gehirn so laut, daß es auch der letzte hören kann, »Quadratlatschen Samuels ist für mich nichts als ein mieser Kohlbruder, weil er seinen Körper nicht an dich ausliefert, wie es die Abmachung vorsieht, und er wird zeit seines Lebens weder einen einzigen Dollar noch ein einziges Okay von mir oder sonst jemandem, den ich kenne, bekommen. Sein Ruf am Broadway ist für immer ruiniert.«

So wie ich das beurteile, wird das Quadratlatsche und Hortense nich' sonderlich jucken. Das letzte, was ich von ihnen höre, ist, daß sie nach New Jersey rüber sind, wo nich' mal die Jungs vom Gehirn sich trauen, ihnen Ärger zu machen, von wegen Skush O'Brien, und soviel ich mitkrieg', ziehen sie jetzt Hühner und Kinder auf, und Hortenses Armbänder sind jetzt alle in Newark in Kommunalobligationen angelegt, die, wie ich höre, nicht die schlechtesten Obligationen sind, aber das nur nebenbei.

Madame Hinkebein

Eines Nachts schlendere ich an der Ecke Fünfzigste Straße und Broadway vorbei, da seh' ich doch tatsächlich David den Lord in 'nem Türeingang stehen und mit 'ner abgetakelten alten, spanischen Puppe namens Madame Hinkebein quatschen. Soll heißen, Madame Hinkebein quatscht mit David dem Lord, und was der Clou an der Sache ist: er lauscht angestrengt ihren Worten, denn ich höre ihn ja, ja sagen, so wie er das immer tut, wenn er wirklich jemandem zuhört, was selten vorkommt.

Nun, dies ist allerdings ein reichlich unerwarteter Anblick für mich, weil Madame Hinkebein nicht eben eine von jenen alten Puppen ist, denen man gern zuhört, vor allem nicht David der Lord. Eigentlich ist sie nichts als 'ne alte Heuschrecke, und normalerweise ist sie prima beschnäpselt. Seit nunmehr fünfzehn Jahren, oder vielleicht auch sechzehn, seh' ich Madame Hinkebein überall am Broadway oder in den Vierziger Straßen langschleichen, manchmal Zeitungen verkaufen, manchmal Blumen verkaufen, und meistens, wenn ich sie sehe, hat sie vom Ginschlucken schon halb einen in der Mütze.

Natürlich liest keiner jemals die Zeitungen, die sie anbietet, selbst wenn sie sie ihr abkaufen, weil es gewöhnlich Zeitungen vom vorigen Tag sind, und manchmal auch welche von der vorigen Woche, und es will auch keiner jemals ihre Blumen, selbst dann nicht, wenn sie sie ihr abkaufen, weil es Blumen sind, die sie von 'nem Beerdigungsunternehmen drüben in der Zehnten Straße bezieht, und es sind schon verdammt erbärmliche Blumen.

Was mich angeht, so halte ich Madame Hinkebein für nichts

anderes als 'ne Landplage, aber weichherzige Kerle wie David der Lord stecken ihr immer ein paar Cents zu, wenn sie vorüberschleicht und die alte Jammerplatte vom ach so harten Mißgeschick abspult. Sie hinkt mit einem Bein, weshalb man sie auch Madame Hinkebein nennt, und vor vielen Jahren, so hab' ich mal einen sagen hören, ist Madame Hinkebein eine spanische Tänzerin und 'ne Riesenattraktion am Broadway gewesen, aber eines Tages hatte sie 'nen Unfall, der sie aus dem Tanzgewerbe wirft, und nach 'ner verkrachten Romanze wird sie schließlich zur Schnapsdrossel.

Ich erinnere mich, wie mir jemand mal erzählt, daß Madame Hinkebein in ihren früheren Tagen 'ne wirkliche Schönheit gewesen ist und ihre eigenen Bediensteten hatte und so, aber ich hör' manche Leier über all die Gammler am Broadway, männlich oder weiblich, und dann gibt's auch noch die, die ich persönlich kenne, und zwar als hundertfünfzigprozentige, die schon so aus den Startblöcken kommen, also schenke ich solchen Geschichten keinerlei Beachtung.

Dennoch bin ich durchaus bereit einzuräumen, daß Madame Hinkebein früher vielleicht mal ganz passabel aussah, und wahrscheinlich wohl auch 'ne passable Figur hatte, da ich sie ein- oder zweimal zu Gesicht bekam, als sie grad mal nich' mit Gin abgefüllt ist und auch ihre Haare gekämmt hat, und da sieht sie tatsächlich nich' so übel aus, obwohl selbst dann, nun ja, wenn man sie in 'nen Ring steckt, so glaube ich nich', daß irgend jemand sie herausfordern würde.

Meistens trägt sie zerlumpte Klamotten und kaputte Schuhe, und ihr graues Haar hängt gewöhnlich in ihrem Gesicht herum, und wenn ich sage, sie ist vielleicht fünfzig Jahre alt, so gestehe ich ihr schon 'ne ganze Menge zu. Obgleich sie 'ne Spanierin ist, spricht Madame Hinkebein gutes Englisch, und in Englisch kann sie wahrhaftig so gut belfern wie unsereiner, abgesehen von David dem Lord.

Na ja, während David der Lord noch damit beschäftigt ist, Madame Hinkebein zu lauschen, da bemerkt er mich und gibt mir 'nen Wink zu warten, also wart' ich so lange, bis sie endlich damit fertig ist, ihn vollzuquasseln, und davonhinkt. Darauf kommt David der Lord zu mir rüber und sieht mächtig besorgt aus.

»Das is' 'ne harte Nuß«, sagt David. »Die alte Puppe ist in 'nem ganz schönen Schlamassel. Anscheinend hat sie nämlich ein Kind, ein kleines Mädchen, das Eulalie heißt und bei ihrer Schwester in 'nem kleinen Nest in Spanien aufwächst, weil Madame Hinkebein meint, daß so 'ne Kleine von ihr keine entsprechende Erziehung erhalten kann, solange sie am Broadway ist. Tja, und jetzt ist die

Kleine auf dem Weg hierher. Um genau zu sein«, sagt David, »wird sie nächsten Samstag eintreffen, und jetzt haben wir schon Mittwoch.«

»Wo is' der Papa der Kleinen?« frag' ich David den Lord.

»Nun«, sagt David, »so was frag' ich Madame Hinkebein natürlich nicht, weil ich es nicht für 'ne schickliche Frage halte. Einen Kerl, der in dieser Stadt rumläuft und danach fragt, wo die Papas von irgendwelchen Kleinen sind oder wer sie sind, wird man leicht für 'nen Naseweis gehalten. Wie auch immer, das hat überhaupt nichts mit dem Problem zu tun, das darin besteht, daß Madame Hinkebeins Kleine, Eulalie, hier auftaucht.«

»Tja«, sagt David, »es sieht zudem danach aus, als ob Madame Hinkelbeins Kleine, die inzwischen immerhin achtzehn Jahre alt ist, mit dem Sohn eines sehr stolzen alten spanischen Adligen verlobt ist, der in diesem kleinen Nest in Spanien lebt, und es sieht auch danach aus, als ob dieser stolze Spanier aus altem Adel und seine bessere Hälfte und sein Sohn und Madame Hinkebeins Schwester alle zusammen mit der Kleinen rüberkommen. Sie machen 'ne Weltreise und wollen einige Tage hier verweilen, nur um Madame Hinkebein zu besuchen.«

»Für mich klingt das alles langsam wie einer von den Filmen, die man in diesen Mitternachtsshows zu sehen kriegt«, sag' ich.

»Brems mal ab«, sagt David, ungeduldig werdend. »Du bist zu geschwätzig, das paßt mir nicht. Also, anscheinend möchte dieser stolze, alte spanische Adlige nicht 'nen Blindgänger als Schwiegertochter haben, und ein Grund für ihn herzukommen ist, daß er sich Madame Hinkebein näher ansehen will, um festzustellen, ob sie in Ordnung ist. Er glaubt nämlich, der Papa von Madame Hinkebeins Kleiner ist tot und daß Madame Hinkebein jetzt mit einem der reichsten und aristokratischsten Kerle Amerikas verheiratet ist.«

»Wie kommt der stolze, alte spanische Adlige denn auf so 'ne Schnapsidee?« frag' ich. »Demnach kriegt er von Madame Hinkebeins jetzigem Erscheinungsbild wohl nich' mal 'n Foto vor die Nase gesetzt.«

»Ich werd' dir sagen, warum«, sagt David der Lord. »Anscheinend läßt Madame Hinkebein ihr Kleines in ihren Briefen, die sie ihr schreibt, ebendies glauben. Anscheinend unterhält Madame Hinkebein nämlich in 'nem piekfeinen Apartment-Hotel in der Park Avenue, dem Marberry, 'nen kleinen Betrieb für ihre Korrespondenz, und sie stibitzt dort Schreibpapier und schreibt ihrer Kleinen in Spanien auf genau dem Schreibpapier, daß sie dort wohnt und wie reich und aristokratisch ihr Ehemann ist. Und mehr als das, denn Madame Hinkebein bekommt die Briefe ihrer Kleinen zu Händen des Hotels und kriegt sie mit der Angestelltenpost da raus.«

»Na so was«, sag' ich, »Madame Hinkebein ist nichts anderes als 'ne olle Schwindlerin, die Leute auf diese Weise zu täuschen, vor allem so einen stolzen, alten spanischen Adligen. Und«, sag' ich, »dieser stolze, alte spanische Adlige muß ja 'n ganz schöner Dummtrottel sein, um zu glauben, daß sich 'ne Mutter freiwillig so viele Jahre von ihrer Kleinen trennt, vor allem, wenn die Mutter 'ne Menge Mäuse hat, obwohl ich selbstverständlich nich' weiß, wie gescheit so ein stolzer, alter spanischer Adliger überhaupt sein kann.«

»Tja, ja«, sagt David, »Madame Hinkebein erzählt mir, der größte Hammer an der ganzen Sache mit dem stolzen, alten spanischen Adligen ist, daß sie ihr Kleines all diese Jahre in Spanien läßt, weil sie sie in jeder Hinsicht wie ein richtiges spanisches Mädchen aufwachsen lassen möchte, bis sie alt genug ist, um zu wissen, was die Uhr geschlagen hat. Aber, so wie ich das beurteile, kann der stolze, alte spanische Adlige nich' allzu helle sein«, sagt David, »denn Madame Hinkebein erzählt mir, er lebt schon immer in diesem kleinen Nest, in dem es noch nich' mal frisches Wasser in den Badezimmern gibt.

Aber worauf ich eigentlich hinaus will«, sagt David. »Wir müssen Madame Hinkebein in eines dieser piekfeinen Apartments im Marberry schaffen und ihr einen reichen und aristokratischen Kerl als Ehemann besorgen, und zwar bis ihre Kleine hier auftaucht, denn wenn der stolze, alte spanische Adlige erst mal rausfindet, daß Madame Hinkebein nichts als 'ne Tippelschwester ist, steht es hundert zu eins, daß er die Verlobung von seinem Sohn und Madame Hinkebeins Kleiner auflösen und 'ner Menge Leute das Herz brechen wird.

Madame Hinkebein erzählt mir, ihr Kleines ist verrückt nach diesem jungen Kerl, und er ist verrückt nach ihr, und so, wie's steht, gibt es schon genug gebrochene Herzen in dieser Stadt. Ich weiß, wie ich an das Apartment rankomme, also hau ab und bring mir Richter Henry G. Blake als unseren reichen und aristokratischen Gatten; na ja, jedenfalls als Gatten.«

Nun, wie ich weiß, macht David der Lord ja viele verrückte Sachen, aber er hat sicher noch nie was Verrückteres als diese Sache gemacht. Ich weiß auch, es hat überhaupt keinen Sinn, mit ihm zu debattieren, wenn er seine Ideen bekommt, denn wenn man mit David dem Lord zu lange herumdebattiert, ist er dazu fähig, mal kurz rüberzulangen und einem einen Sonntagsschlag ins Kontor zu jubeln, und kein Einwand ist 'nen Schlag ins Kontor wert, vor allem nich', wenn er von David dem Lord kommt.

Also hau ich ab und such' Richter Henry G. Blake, um ihn zu Madame Hinkebeins Gatten zu machen, obwohl ich mir gar nicht so sicher bin, ob Richter Henry G. Blake sonderlich viel Wert darauf legt, Gatte von irgendeiner zu werden, vor allem nich' Madame Hinkebeins Gatte, wenn sie ihm erst mal unter die Augen kommt, denn Richter Henry G. Blake ist 'n schnieker alter Herr.

Wenn man Richter Henry G. Blake so anschaut, mit seinem grauen Haar und seinem Spekuliereisen und seinem Bäuchlein, da hält man ihn wahrhaftig für 'ne bedeutende Persönlichkeit. Selbstverständlich ist Richter Henry G. Blake kein Richter, und er war auch niemals ein Richter, aber sie rufen ihn halt Richter, weil er wie 'n Richter aussieht und sehr gediegen spricht und viele lange Wörter benutzt, die nur wenige Leute verstehen.

Man erzählt mir, Richter Blake hat mal 'ne Menge Mäuse gehabt und war 'n Großkaliber in der Wall Street und 'n hohes Tier am Broadway, aber dann gingen ihm einige Spekulationen daneben, und so endet er ohne 'ne Menge Mäuse, wie das Burschen nun mal gewöhnlich tun, deren Spekulationen danebengehn. Wovon Richter Henry G. Blake im Augenblick lebt, weiß niemand, weil er eigentlich gar nich' so sehr viel tut. Na ja, viel hat er nie zustande gebracht.

So ab und an, wenn man ihn brauchen kann, macht er mit solchen Typen wie Klein-Manuel und anderen Kerlen, die auf den Spielpötten rumkutschieren, 'nen Trip übers Meer und sitzt dann mit ihnen zusammen beim Bridge und so. Des öfteren, wenn er mit so 'nem Pott unterwegs ist, gerät Klein-Manuel an 'nen Kerl, den er nicht bemogeln kann, also ruft er Richter Henry G. Blake zu Hilfe, um den Kerl an die Wand zu spielen, was Klein-Manuel eigentlich ärgerte, denn viel lieber hätte er dem Kerl allein ausgeholt. So muß er sich die Mäuse mit dem Richter teilen.

Na, jedenfalls kann man von Richter Henry G. Blake nicht behaupten, daß er ein Rumtreiber oder ein Nassauer ist, vor allem, weil er immer feine Klamotten trägt, so richtig mit Eckenkragen und Melone, und die meisten Leute halten ihn für 'n sehr netten alten Herrn. Was mich angeht, so hab' ich den Richter noch nie erlebt, daß er sich daneben benimmt. Er ist eben ein feiner Mann und immer sehr höflich.

Es kostet mich manche Stunde, bis ich Richter Henry G. Blake aufstöbere, aber endlich mache ich ihn in Derles Billardhaus ausfindig, wo er ein Spielchen Pool mit 'nem Kerl aus Providence, Rhode Island, hinlegt. Anscheinend spielt der Richter mit dem Kerl aus Providence um fünf Cents pro Ball, und als ich in den Laden reintanze, liegt der Richter gerade dreizehn Bälle zurück, weil er bei fünf Cents pro Ball den Kerl aus Providence natürlich gewinnen lassen möchte, um ihn zu ermutigen, vielleicht um fünfundzwanzig Cents pro Ball zu spielen; der Richter ist halt 'n cleveres Kerlchen.

Nun ja, als ich also gerade reintanze, da seh' ich, wie der Richter 'nen Stoß verhunzt, den jeder x-beliebige mit verbundenen Augen hinkriegt, aber sobald ich mit Zeichensprache klarmache, ich will mit ihm reden, legt er mächtig los und klotzt alle Bälle klackediklack in die Ecken rein, wobei der letzte Stoß ein Siebenbander ist, der selbst Al de Oro sehr nachdenklich machen wird, denn wenn es um Pool geht, is' der olle Richter von Natur aus ein Tiger seines Fachs.

Später erzählt er mir, er bedauere, daß ich ihn dermaßen zur Eile antrieb, denn nach diesem letzten Stoß wird er den Kerl aus Providence nie wieder dazu kriegen, mit ihm Pool zu spielen, nicht mal mehr so zum Spaß, und dabei, sagt der Richter, gäb' der Provinzonkel 'ne prima Melkkuh ab.

Richter Henry G. Blake ist nicht begeistert, als ich ihm berichte, warum David der Lord ihn sehen will, aber natürlich tut er alles für David, weil er nur zu genau weiß, daß die Burschen, die nicht bereit sind, alles für David zu tun, oftmals vom Pech verfolgt werden. Der Richter sagt, er fürchtet, als Ehemann nicht viel herzugeben, weil er es früher schon ein paarmal auf eigene Rechnung ausprobiert hat, und jedesmal war's ein totaler Reinfall, aber da es diesmal nichts Ernsthaftes ist, wird er sich dem Kampf stellen. Jedenfalls, Richter Henry G. Blake sagt, aristokratisch zu sein ist ihm geradezu ein natürliches Bedürfnis.

Nun, wenn David der Lord 'ne Sache erst mal anfängt, werkelt er wie 'n geölter Blitz. Es geht damit los, daß er Madame Hinkebein an Miß Billy Perry weiterreicht, welche jetzt Davids bessere Hälfte ist und die er vom Steptanz in Miß Missouri Martins Sechzehnhundert-Club erlöst, und Miß Billy Perry ruft nun ihrerseits Miß Missouri Martin zu Hilfe.

Das ist Wasser auf Miß Missouri Martins Mühlen, denn wenn es irgendwas gibt, was sie liebt, dann ist es, ihre Nase in anderer Leute Angelegenheiten zu stecken, egal was es ist, aber sie erweist sich als 'ne ganz schöne Hilfe, obwohl es schwer fällt, sie davon abzuhalten, Waldo Winchester, dem Schreiberling, alles über diesen Affenzirkus auszuposaunen, damit er 'ne Story darüber im ›*Morning Item*‹ bringen kann, mit Miß Missouri Martins Namen drin. Miß Missouri Martin hält nicht viel davon, irgendeine Gelegenheit für Publicity in den Revolverblättern zu versäumen.

Na ja, jedenfalls wird Madame Hinkebein von Miß Billy Perry und Miß Missouri Martin mit jeder Menge neuer Klamotten aufgerüstet, und in so 'nem Verschönerungsbunker wird sie aufgepäppelt, bis sie in der Tat sehr, sehr verändert wieder herauskommt. Später hör' ich von 'nem wilden Streit zwischen Miß Billy Perry und Miß Missouri Martin, weil Miß Missouri Martin will, daß Madame Hinkebein ihre Haarfarbe bekommen soll, und das is 'n schrilles Gelb, und auch ihre Art Kleider, die noch schriller sind und eben schwer verrückt, aber das sieht sie natürlich nicht so, und so fühlt sie sich arg verunglimpft, denn Miß Billy Perry sagt einfach nein — sie wollen doch versuchen, Madame Hinkebein wie 'ne Dame aussehen zu lassen.

Ich wette, Miß Missouri Martin dachte schon daran, Miß Billy Perry wegen diesem Klops gründlich zu verwalken, aber ihr fällt wohl gerade noch rechtzeitig ein, daß Miß Billy Perry mittlerweile die bessere Hälfte von David dem Lord ist, und niemand in dieser Stadt kann die bessere Hälfte von David dem Lord so ohne weiteres verwalken, außer vielleicht David selbst.

Tja, und eh man sich versieht, befindet sich Madame Hinkebein in 'nem piekfeinen Acht- oder Neunzimmerapartment im Marberry, und wie es dazu kommt, das geht so: Einer der allerwichtigsten Champagnerabnehmer von David dem Lord ist anscheinend ein Kerl namens Rodney B. Emerson, und dem gehört dieses Apartment, wobei der sich aber momentan mit seiner Familie oder seiner besseren Hälfte in seinem Sommerdomizil in Newport aufhält.

Dieser Rodney B. Emerson ist 'n bunter Hund am Broadway. Seine Lieblingsbeschäftigung ist, mit Geld um sich zu werfen und Witze zu erzählen, und so ist er bei den Leuten allgemein sehr beliebt. Ferner ist er David dem Lord verpflichtet, weil David ihm guten Champagner verkauft, während die meisten Kerle versuchen, ihm den alten Pipifax unterzujubeln, und natürlich weiß Rodney B. Emerson diese warmherzige Behandlung zu würdigen.

Er ist ein kurzer fetter Kerl mit einem runden roten Gesicht und einer enormen Lache, und einen Kerl wie ihn kann David der Lord zu Hause in Newport anrufen und die ganze Situation darlegen und um die leihweise Überlassung des Apartments ersuchen.

Nun, anscheinend bekommt Rodney B. Emerson selbst mächtigen Spaß an der ganzen Sache, und so sagt er zu David dem Lord:

»Du kannst nicht nur das Apartment haben, David, ich selbst werde auch rüberkommen und aushelfen. Es wird 'ne Menge Erklärungen im Marberry ersparen, wenn ich da bin.«

Also hüpft er geradewegs aus Newport hierher und verbündet sich mit David dem Lord, und ich muß jetzt schon sagen, daß Rodney B. Emerson für seine Kooperation bei allen immer in wärmster Erinnerung sein wird, und niemand wird jemals wieder versuchen, ihm den Pipifax unterzujubeln, wenn er Champagner kaufen will, selbst wenn er ihn nicht David dem Lord abkauft.

Nun, es naht der Samstag, und das Schiff aus Spanien wird fällig, also mietet David der Lord 'ne große Straßenkarosse und setzt seinen eigenen Fahrer, Spaghetti-Sam, rein, da er nicht 'nen fremden Fahrer ausplaudern lassen möchte, daß er 'ne Karre mietet. Miß Missouri Martin brennt darauf, mit Madame Hinkebein zum Schiff zu gehen und ihre Jazz-Band, die Bo-Go-Boys vom Sechzehnhundert-Club, mitzunehmen, um 'nen richtigen Empfang zu bereiten, aber keiner hält sonderlich viel von dieser Idee. Bloß Madame Hinkebein und ihr Gatte, Richter Henry G. Blake, und Miß Billy Perry gehen zum Schiff, obwohl der Richter zunächst noch auf Klein-Manuel besteht, weil Richter Blake sagt, er möchte jemanden um sich haben, der ihm 'nen Wink gibt, falls es irgendwelche rüden Klöpse in spanischer Sprache über seine Rolle als Gatte gibt, und Klein-Manuel ist schon sehr spanisch.

An dem Morgen, als sie sich zum Schiff aufmachen, kann Richter Henry G. Blake erstmals seine bessere Hälfte Madame Hinkebein inspizieren, und nachdem Miß Billy Perry und Miß Missouri Martin eine dermaßen Komplettüberholung an Madame Hinkebein vornehmen ließen, gehört sie ganz bestimmt nicht zu den schlimmstaussehenden Anblicken auf diesem Planeten. Tatsache, sie sieht erstklassig aus, vor allem, weil sie vom Schnaps läßt, und sie sagt, sie ist ein für allemal damit fertig.

Richter Henry G. Blake ist von ihrem Anblick baff, er hat die ganze Zeit damit gerechnet, daß sie 'ne Vogelscheuche ist oder so. Und wahrhaftig feuchtet sich Richter Blake erst mal gewaltig die Kehle an, um sich, wie er das darstellt, für die Feuerprobe zu beruhigen.

Man erzählt mir, die Begegnung am Pier zwischen Madame Hinkebein und ihrer Kleinen ist mächtig ergreifend, und als der stolze, alte spanische Adlige und seine Frau und ihr Sohn und Madame Hinkebeins Schwester alle so richtig in Aktion sind, da fließen genug Tränen, um sämtliche Kriegsschiffe, die wir den Spaniern versenkt haben, wieder zum Schwimmen zu bringen. Selbst Miß Billy Perry und Richter Henry G. Blake bringen 'ne erstklassige Heulerei zustande, obwohl der Richter sich aller Wahrscheinlichkeit nach eher wegen des Nachschubs für seine trocken gewordene Kehle in die Heulerei reinarbeitet als wegen der Rührung.

Und doch, wie ich hör', läßt es sich der alte Richter prächtig gut gehen, von wegen der ganzen Abknutscherei von Madame Hinkebeins Töchterchen und der Händeschüttelei mit dem stolzen, alten spanischen Adligen und seiner Frau und dem Sohn und der schönen kräftigen Umarmung, die er Madame Hinkebeins Schwester zukommen läßt, wobei es ihr glatt die Zunge rausquetscht.

Es stellt sich heraus, daß der stolze, alte spanische Adlige weiße Koteletten hat und Conde de Soundso heißt, so daß seine bessere Hälfte also 'ne Condesa ist, und der Sohnemann ist ein sehr nett anzusehender stiller junger Bursche, und er errötet jedesmal, wenn ihn jemand ansieht. Was Madame Hinkebeins Kleine anbelangt, sie ist so hübsch und niedlich wie 'n Baby, und viele Kerle ärgern sich mächtig, daß sie nicht selbst Richter Henry G. Blakes Job als Stiefvater bekommen, weil der sich nämlich 'nen Kuß oder zwei von Madame Hinkebeins Töchterchen genehmigen kann, ohne daß jemand was dagegen hat.

Das Paar selbst, also, ich hab' noch nie 'n schöneres gesehen, und jeder kann erkennen, daß sie wahrhaftig sehr ineinander verliebt sind.

Madame Hinkebeins Schwester is' nicht gerade eine von den Puppen, die ich gern auf mich loslassen möchte, und Methusalem läßt auch schön grüßen, aber sie is' wenigstens still und zurückhaltend. Keiner von dem Haufen spricht auch nur 'n Brocken Englisch, also sind Miß Billy Perry und Richter Henry G. Blake auf dem Weg in die Stadt ziemlich unter sich. Wie auch immer, der Richter kratzt sofort die Kurve, nachdem sie das Marberry erreichen, denn der Richter hat fürs erste genug vom Ehemannspielen. Er sagt, er muß unbedingt nach Pittsburgh rüber, um vier oder fünf Kohleminen zu kaufen, aber er wird am nächsten Tag zurück sein.

Tja, es scheint mir, daß soweit alles wie am Schnürchen läuft. Aber David der Lord will partout 'nen Empfang am nächsten Abend auf die Beine stellen. Ich rate David dem Lord, die Idee fallenzulassen, weil ich fürchte, es wird irgendwas geschehen, was den ganzen Affenzirkus auffliegen läßt, aber er will nicht auf mich hören, vor allem, da Rodney B. Emerson jetzt in der Stadt und ein fanatischer Befürworter der Party ist, wohl weil er einiges von dem guten Champagner verdrücken möchte, den er in seinem Apartment hortet.

Überdies sind Miß Billy Perry und Miß Missouri Martin äußerst ungehalten über mich, als sie von meinem Warnen hören, denn so ganz nebenbei, als Madame Hinkebein neu eingekleidet wurde, haben sie Davids Bankkonto noch ein bißchen mehr belastet mit Fummeln, die sie auf der eigenen Haut tragen, und sie möchten diese Kleider doch unbedingt irgendwo einweihen, wo sie auch gesehen werden können. Also: die Party steigt.

Ich komme so um neun Uhr im Marberry an, und wer öffnet mir die Tür zu Madame Hinkebeins Apartment, wenn nicht Fratze, der

Türsteher von Miß Missouri Martins Sechzehnhundert-Club. Darüber hinaus ist er in seiner Sechzehnhundert-Clubuniform; allerdings hat er 'ne frische Rasur. Ich geb' Fratze ein Hallo rüber, und er fängt nicht mal an zu poltern, statt dessen verbeugt er sich und nimmt mir den Hut ab.

Der nächste Kerl, dem ich begegne, ist Rodney B. Emerson in Abendkleidung, und augenblicklich als er mich erspäht, brüllt er »Mister O. O. McIntyre.« Na ja, selbstverständlich bin ich nicht Mister O. O. McIntyre und geb' mich auch nie als Mister O. O. McInyre aus, und außerdem besteht auch nicht die mindeste Ähnlichkeit zwischen Mister O. O. McIntyre und mir, da ich doch immerhin 'n recht gut aussehender Bursche bin, und ich will gerade Rodney B. Emerson Bescheid stoßen, als er mir so was zuwispert wie:

»Hör zu, wir müssen große Namen rausposaunen, um diese Leutchen zu beeindrucken. Wahrscheinlich lesen sie da hinten in Spanien irgendwelche Zeitungen, und wir müssen sie mit den Figuren bekanntmachen, über die sie lesen, damit sie glauben, Madame Hinkebein ist 'ne Lady, zu der solche feinen Pinkel eben kommen.«

Darauf nimmt er mich beim Arm und führt mich zu einem kleinen Personenkreis in einer Ecke eines Raumes, der etwa die Ausmaße des Wartesaales im Grand Central hat.

»Mister O. O. McIntyre, der berühmte Schriftsteller!« sagt Rodney B. Emerson, und dann bin ich wie im Tran, als ich Mr. und Mrs. Conde und ihrem Sohnemann und Madame Hinkebein und ihrer Kleinen und Madame Hinkebeins Schwester und schlußendlich Richter Henry G. Blake, der einen Frack anhat und nicht sonderlich viel Notiz von mir nimmt, die Hand gebe. Ich vermute, daß Richter Henry G. Blake inzwischen wahrscheinlich die Bläschen in den Kopf steigen, so einfach von dem Kerl keine Notiz zu nehmen, der ihm immerhin zu diesem feinen Job verholfen hat, aber selbst ich muß sagen, der alte Richter sieht recht beschaulich aus, wie er so in seinem Frack dasteht, sich verbeugt und allen und jedem das alte gefällige Rizinusölgrinsen schenkt.

Madame Hinkebein trägt ein tiefausgeschnittenes schwarzes Kleid und jede Menge von Miß Missouri Martins Schmuck, Ringe und Armbänder. Miß Missouri Martin hat sie ihr quasi aufgedrängt, obwohl ich später höre, daß sie Johnny Brannigan, den Zivilbullen, angeheuert hat, damit er diesen Schmuck im Auge behält. Ich wundere mich schon die ganze Zeit, was Johnny hier sucht, aber ich denk' mir halt, er ist da, weil er nun mal 'n Freund von David dem Lord ist. Miß Missouri Martin ist sicherlich kein Dummchen, auch wenn sie 'n weiches Herz hat.

Jeder, der sich Madame Hinkebein so anschaut, wird glatt zehn zu eins wetten wollen, daß sie nie in 'nem Keller drüben in der Zehnten Avenue lebt und in früheren Tagen Unmengen Schnaps verkimmelt. Sie hat ihr graues Haar hoch aufgesteckt, mit einem großen spanischen Kamm darin, und sie erinnert mich an ein Gemälde, das ich mal irgendwo gesehen habe, bloß weiß ich nicht mehr so genau, wo. Und ihre Kleine, Eulalie, ist in ihrem weißen Kleid genau so 'ne hübsche kleine Puppe, wie man sie sich erträumt, und niemand kann Richter Henry G. Blake einen Vorwurf machen, sich so ab und an mal 'nen Kuß von ihr abzuluchsen.

Tja, ziemlich bald darauf hör' ich Rodney B. Emerson krakeelen: »Mister Willie K. Vanderbilt«, und es kommt kein anderer hereinspaziert als Big Nig, und Rodney B. Emerson geleitet ihn zu jenem kleinen Personenkreis hinüber und stellt ihn vor.

Klein-Manuel steht neben Richter Henry G. Blake und erklärt Mr. und Mrs. Conde und den anderen in Spanisch, daß ›Willie K. Vanderbild‹ ein sehr einflußreicher Millionär ist, und Mr. und Mrs. Conde jedenfalls scheinen mächtig beeindruckt zu sein. Madame Hinkebeins Töchterchen und der junge Kerl allerdings sind von niemandem beeindruckt, außer von sich selbst.

Dann hör' ich, wie es »Mister Al Jolson« macht, und niemand anderes als Tony Bertazzola vom Hühner-Club kommt hereinstolziert, und der sieht Al genauso ähnlich wie ich O. O. McIntyre, mit anderen Worten, rein überhaupt nicht. Als nächster erscheint der ›Ehrwürdige Dekan John Roach Straton‹, der für mich eher nach Wurftauben-Bolivar aussieht, darauf der ›Ehrenwerte Bürgermeister James J. Walker‹, und das ist kein anderer als Charley ›der Quietschfidele‹ Bernstein.

›Mister Otto H. Kahn‹, stellt sich als der Rote Rochester heraus, und ›Mister Heywood Broun‹ ist Nick der Grieche, der mich im Vertrauen fragt, wer eigentlich Heywood Broun ist, und er wird echt sickig auf Rodney B. Emerson, als ich ihm Heywood Broun beschreibe.

Schließlich kommt es an der Eingangstür zu einem heftigen Tumult, und Rodney B. Emerson kündigt »Mister Herbert Bayard Swope« mit absichtlich gehobener Stimme an, die jeden aufmerksam werden läßt, aber es ist bloß Bleichgesicht-Bubi. Auch er nimmt mich zur Seite und will wissen, wer Herbert Bayard Swope ist, und als ich es ihm erkläre, da bläst es Bleichgesicht-Bubi dermaßen auf, daß es ihm nicht mehr einfällt, mit Todestrakt-Tigger zu sprechen, der nur ›Mister William Muldoon‹ ist.

Na ja, ich finde denn nun doch, daß sie es schon etwas übertreiben, als sie ›Vizepräsident der Vereinigten Staaten, der Ehrenwerte

Charles Curtis‹ ankündigen und Itaker-Mike hereinplatzt, und das steck' ich auch David dem Lord, der ständig überall rumtigert und die Lage im Auge behält, aber der sagt bloß: »Und? Wenn du nicht weißt, daß es Itaker-Mike ist, woher willst du dann wissen, daß es nicht Vizepräsident Curtis ist?«

Mir scheint dies alles höchst respektlos gegenüber unserer Bürgercreme zu sein, vor allem, als Rodney B. Emerson ausruft: »Der Ehrenwerte Polizeichef, Mister Grover A. Whalen« und der Wilde William Wilkins hereinplatzt, der zu dieser Zeit ein heißes Eisen ist und in mehreren Gegenden wegen verschiedener Anklagen gesucht wird. David der Lord nimmt den Wilden William höchstpersönlich in Gewahrsam und entfernt eine Kanone aus seiner Hosentasche, weil niemand der Gäste kanonenbeladen auftauchen soll; dies ist halt ein rein gesellschaftliches Ereignis.

Ich beobachte Mr. und Mrs. Conde, und es sieht mir nicht danach aus, als ob diese Namen irgendeinen Eindruck auf sie machen, und später finde ich heraus, daß sie nie irgendwelche Zeitungen in ihrem Städtchen in Spanien kriegen, außer einem lokalen Käseblatt, das bloß die heimatlichen Nachrichten druckt. Tatsächlich scheinen Mr. und Mrs. Conde sich einigermaßen zu langweilen, obgleich Mr. Conde merklich auflebt und 'ne entzückte Miene aufsetzt, als jede Menge Puppen reinströmen. Hauptsächlich sind es Puppen aus Miß Missouri Martins Sechzehnhundert-Club und aus der Hot Box, aber Rodney B. Emerson führt sie ein als ›Sophie Tucker‹ und ›Thea Bara‹ und ›Jean Eagels‹ und ›Helen Morgan‹ und ›Aunt Jemima‹ und so weiter und so fort.

Nun, gleich darauf erscheint auch Miß Missouri Martins Jazzband, die Bo-Go-Boys, und die Party kriegt so langsam Fahrt, vor allem, als David der Lord das Zeichen gibt, daß Rodney B. Emerson das olle Prickelwasser auspackt. Nach und nach fängt man an zu tanzen, und alle amüsieren sich primstens, auch Mr. und Mrs. Conde. Und wahrhaftig, nachdem Mr. Conde sich einige Ladungen von dem alten Traubensaft auf die Lampe gießt, stellt sich heraus, daß er 'n recht netter alter Knilch ist, selbst wenn niemand versteht, was er so von sich gibt.

Was Richter Henry G. Blake angeht, der ist nun wirklich voll drauf. Inzwischen kann jeder erkennen, daß der Richter zu glauben beginnt, es hat alles so seine Richtigkeit, daß er wirklich in seinen eigenen vier Wänden den Gastgeber für große Berühmtheiten spielt. Man braucht nur 'n Fläschchen guten Traubensaft in den alten Richter reinzufüllen, und er wird alles glauben. Schon bald tanzt er sich selbst fix und fertig, bis ihm die Puste ausgeht, und dann bemerk' ich, wie er des öfteren Madame Hinkebein umschwänzelt.

So etwa gegen Mitternacht muß David der Lord 'nen Besuch in der Küche abstatten, um 'n kleines Gefecht wegen eines Würfelspielchens beizulegen, aber im übrigen ist alles sehr friedlich. Anscheinend haben ›Herbert Bayard Swope‹, ›Vizepräsident Curtis‹ und ›Grover Whalen‹ ein kleines Spielchen laufen, als ›Dekan John Roach Straton‹ auftaucht und sie innerhalb von vier Runden ausnimmt, aber anscheinend finden sie raus, daß der ›Dekan John Roach Straton‹ sie mit präparierten Würfeln bescheißt, und daher mischen sie den guten ›Dekan John Roach Straton‹ kräftig auf, und David der Lord muß sie auseinanderklauben.

So nach und nach gedenke ich die Kurve zu kratzen und halte Ausschau nach Mr. und Mrs. Conde, um ihnen Gute Nacht zu sagen, aber Mr. Conde und Miß Missouri Martin tanzen immer noch, und Miß Missouri Martin läßt ihren Redefluß gleich eimerweise in Mr. Condes Öhrchen plätschern, und während Mr. Conde von dem, was sie sagt, nicht ein Wort kapiert, stört das Miß Missouri Martin nicht im geringsten.

Mrs. Conde befindet sich zusammen mit ›Herbert Bayard Swope‹, beziehungsweise mit Bleichgesicht-Bubi, in einer Ecke, und der versucht, mit 'nem kastrierten Latinospanisch und mit Handzeichen von ihr in Erfahrung zu bringen, ob ein guter Siebzehn-und-vier-Spieler in Spanien was reißen kann, und selbstverständlich ist Mrs. Conde nicht in der Lage, sich 'nen Reim drauf zu machen, was er eigentlich von ihr will, und ich suche Madame Hinkebein.

Sie sitzt in einem dämmrigen Winkel, und ich seh' Richter Henry G. Blake, der sich über sie neigt, wirklich erst, als ich fast schon vor ihnen stehe, also kann ich nichts dafür, daß ich mithöre, was der Richter gerade sagt.

»Ich frag' mich seit zwei Tagen«, sagt er, »ob du dich vielleicht an mich erinnerst. Weißt du, wer ich bin?«

»Ich erinnere mich an dich«, sagt Madame Hinkebein, »ich erinnere mich — ach, so genau, Henry. Wie kann ich dich vergessen? Aber ich habe nicht gedacht, daß du mich nach all diesen Jahren noch wiedererkennst.«

»Zwanzig sind es jetzt schon«, sagt Richter Henry G. Blake. »Du bist damals wunderschön. Du bist immer noch wunderschön.«

Tja ja, ich finde, das alte Prickelwasser leistet an Richter Henry G. Blake erstklassige Arbeit, wenn er schon solche Bemerkungen wie diese vom Stapel läßt, obwohl jedoch, so im Halbdunkel, mit einem Lächeln auf ihrem Gesicht, ist Madame Hinkebein gar nicht mal so übel. Was mich angeht, so hab' ich es allerdings lieber, wenn meine Puppen etwas weniger Gewicht mit sich herumschleppen.

»Tja, das ist alles bloß dein Fehler«, sagt Richter Henry G. Blake. »Du gehst hin und heiratest diesen Chili-con-carne-Knilch, und nun sieh dir an, was dabei rauskommt.«

Es ist natürlich nicht sehr sinnvoll, finde ich, mich Madame Hinkebein und Richter Henry G. Blake aufzudrängen, während sie in dieser Weise alte Bande wiederaufleben lassen, also denk' ich mir, ich werd' den jungen Leuten Lebewohl sagen und es dabei bewenden lassen, aber während ich noch nach Madame Hinkebeins Kleiner suche, laufe ich David dem Lord über dem Weg.

»Du wirst sie hier nicht finden«, sagt David. »Zu dieser Stunde werden sie drüben in St. Malachias getraut. Meine bessere Hälfte und Big Nig sind mit dabei. Wir haben gestern die Heiratserlaubnis für die beiden gekriegt. Kannste dir ein paar junge Einfaltspinsel vorstellen, die so lange mit dem Heiraten warten wollen, bis sie die ganze Welt abgeklappert haben?«

Tja, das Ausbüxen der beiden verursacht selbstverständlich für 'ne Weile einige Aufregung, aber bereits am Montag nehmen Mr. und Mrs. Conde und das junge Gemüse und Madame Hinkebeins Schwester den Zug nach Kalifornien, um ihre Weltreise wieder aufzunehmen, und so gibt es nicht mehr viel, was erwähnenswert ist, außer, daß Richter G. Blake und Madame Hinkebein nun ihrerseits getraut werden und nach Detroit ziehen, wo Richter Henry G. Blake einen Bruder zu haben behauptet, der im Installationsgewerbe sitzt und ihm 'nen Job geben wird, obwohl ich persönlich ja glaube, daß Richter Henry G. Blake vorhat, ein kleines Schmuggelgeschäft an der kanadischen Grenze aufzuziehen. Es sieht Richter Henry G. Blake jedenfalls gar nicht ähnlich, sich im Installationsgewerbe abzuplacken.

Das ist dann wohl alles, was diese Geschichte angeht, außer daß David der Lord einige Tage später mit einem riesigen Blatt Papier in seiner Pranke auftaucht und sehr, sehr verstimmt ist.

»Wenn nicht jeder einzelne Gegenstand, der hier aufgelistet ist, bis nächsten Dienstag abend zu den Besitzern von den verschiedenen Zimmern im Marberry, aus denen sie entwendet wurden, zurückgeschleppt wird, werd' ich in dieser Stadt 'ne Menge Nasen einschlagen«, sagt David. »Ich bin verdammt sauer, solche Vorkommnisse bei meinen gesellschaftlichen Veranstaltungen feststellen zu müssen. Alles wird auf der Stelle zurückgebracht. Das gilt ganz besonders«, sagt David, »für den kleinen Konzertflügel, der aus Apartment 9 D verschwunden ist.«

Die Schwarze Dolores

Es ist wirklich 'ne Affenschande, sagt neulich abends Waldo Winchester, der Zeitungsschreiber, oben in der Hot Box zu mir, daß die guten alten Zeiten vorbei sind, wo die Puppen noch herumlaufen und den Zeitungen prima Geschichten liefern, indem sie am laufenden Band irgendwelche Kerle kaltmachen, denn anscheinend halten Zeitungsschreiber es für 'ne ganz tolle Schlagzeile, wenn 'ne Puppe 'nen Kerl kaltmacht, vor allem, wenn die Puppe oder der Kerl zur feinen Gesellschaft gehört.

»Sieh mal«, sagt Waldo Winchester, »wenn doch nur so was wie 'ne Kleopatra oder 'ne Helena von Troja oder meinetwegen auch 'ne Queen Elizabeth herumläuft und alle paar Minuten ein paar Jungs erledigt, stell dir bloß mal vor, was das für 'ne heiße Sache sein wird und wie das die Auflagen hochdrücken wird. Das beste, was wir heutzutage geboten bekommen, ist 'ne Puppe, die 'nen Kerl mit 'nem Tintenfaß traktiert oder ihm vielleicht 'ne Tracht Prügel verabreicht, und das is' nich' mehr sonderlich aufregend.«

Darauf erzählt mir Waldo Winchester was über 'ne Puppe namens Loreley, die sich vor einiger Zeit an 'nem Fluß namens Rhein rumgetrieben hat und die Schiffer zu irgendwelchen Felsen lockt, um sie versaufen zu lassen, was, wie ich finde, ein ganz mieser Dreh ist, obgleich Waldo es anscheinend gar nich' mal so tragisch findet. Außerdem erwähnt er noch 'ne andere Puppe namens Circe, die 'ne Spezialistin dafür ist, Kerle in ihr Verderben zu verführen, und dieweil er gerade so von Circe erzählt, fängt Waldo an zu jammern, weil solche Puppen eben nich' mehr rumlaufen und die Zeitungen mit Schlagzeilen ausrüsten.

Aber selbstverständlich ist der wahre Grund von Waldos Jammerei nicht, daß er Circe nun wahnsinnig bedauert, sondern vielmehr, weil er sich mit dem Fusel, den sie in der Hot Box verkaufen, vollaufen läßt, und dieser Fusel ist geeignet, absolut jeden in kürzester Zeit zum Jammern zu bringen. Tatsache, oben in der Hot Box verkaufen sie den schlimmsten Jammerfusel der ganzen Stadt.

Tja, ich fange an, über diese Puppen, von denen Waldo Winchester spricht, nachzudenken, und ich glaube, die Chance für Dolores, der einen oder anderen im Jenseits über den Weg zu laufen, steht ganz gut. Dolores ist der Name einer Puppe, der ich in Atlantic City begegne, als ich mit David dem Lord bei der großen Friedenskonferenz weile.

Später erfahr' ich, daß man sie bisweilen wegen ihrer äußeren Erscheinung auch die Schwarze Dolores nennt. Als erstes aber möcht' ich erzählen, warum ich mit David dem Lord während der großen Friedenskonferenz in Atlantic City bin. Und das ist folgendermaßen:

Eines Nachmittags spaziere ich über den Broadway und denke an nichts Böses, als ich David dem Lord über den Weg laufe, der gerade mit 'nem Koffer in der Pranke in 'ne Taxe rein will, und eh ich mich verseh', zerrt mich David in die Taxe und sagt dem Fahrer: »Penn Station.« Und so also komm' ich dazu, während der großen Friedenskonferenz in Atlantic City zu sein, obwohl ich selbstverständlich nichts mit der Friedenskonferenz selbst zu tun hab' und bloß da bin, um David dem Lord Gesellschaft zu leisten.

Ich bin ein Kerl, der nie so beschäftigt ist, um den Leuten nicht Gesellschaft leisten zu können, und David der Lord ist ein Kerl, der Gesellschaft geradezu liebt. Ja, er haßt es, allein irgendwo allein zu sein, und der Grund dafür ist einfach der, daß er, wenn er mit sich selbst allein ist, niemanden hat, dem er ein Ja zunicken kann, und wenn es überhaupt etwas gibt, wovon David sehr, sehr viel hält, dann ist es, jemandem ein Ja zuzunicken. Warum David der Lord nich' Big Nig bei sich hat, ist mir allerdings ein Rätsel, denn Big Nig is' Davids gelernter Zunickpartner.

Ich selbst bin im Nicken alles andere als ein grüner Junge. Tatsache, ich bin vielleicht ein genauso guter Zunicker wie überhaupt einer in dieser Stadt, in der es an die drei Millionen Zunicker gibt, und warum auch nicht, denn so wie ich die Sache seh', macht es keine großen Umstände, 'nem Kerl zuzunicken. Und zudem erspart es 'ne Menge Konversation.

Na, jedenfalls bin ich also während der großen Friedenskonferenz in Atlantic City, obwohl ich sofort hinzufügen möchte: wenn ich vorher gewußt hätte, wer bei dieser Friedenskonferenz anwesend ist, oder auch nur, daß da überhaupt 'ne Friedenskonferenz stattfindet, wär' ich nicht auch nur in der Nähe von Atlantic City, denn die Figuren, die dort mitmischen, sind kein Umgang für 'nen nervösen Knaben wie mich.

Es scheint nämlich so, als ob diese Friedenskonferenz von gewissen Leutchen aus St. Louis abgehalten wird, also da sind der Finstere Mike Marrio, Benny Blond-Jude und Panik-Pete, die alle ihre Gangs in St. Louis haben und seit einigen Jahren alle sengend und brennend übereinander herfallen, um solche Sachen zu klären wie: Wem gehört was von welchen Gewerberechten und von dem einen oder anderen mehr, inklusive Fusel und Glücksspiel.

Nach dem, was ich so höre, gibt es jede Menge Schießereien zwischen den Gangs, und an allen Ecken und Enden werden irgendwelche Burschen abgemetzelt. Zudem werden auch überall Bomben verteilt, und was weiß ich was sonst noch alles, bis zu guter Letzt die einzigen Leute, die in der Stadt noch Silberlinge verdienen, die Leichenbestatter sind, und die Chancen, ins Leichenbestattungsgewerbe einzusteigen, sind gleich Null, selbst wenn Panik-Pete es mal versucht.

Tja, dieser Pete, der ist schon ein ganz schön smarter Bursche. Früher ist er mal in Frankreich gewesen, im Krieg, und so erinnert er sich schließlich daran, daß die großen Staaten, wenn sie damit fertig sind, sich zu ruinieren, und ihnen die ganze Kämpferei zum Hals raushängt, 'ne Friedenskonferenz abhalten und die Dinge bereinigen, also schickt er 'ne Nachricht an den Finsteren Mike und Benny Blond-Jude, daß es vielleicht 'ne gute Idee ist, auch so was zu machen, denn die Hälfte ihrer Jungs sind schließlich eh schon hinüber, und das Geschäft ist auch total auf den Hund gekommen.

Der Finstere Mike und Benny finden diesen Vorschlag ganz dufte und willigen ein, sich mit Pete auf so 'ner Friedenskonferenz zu treffen. Pete, der ein sehr mißtrauischer Charakter ist, fragt dann, wo diese Konferenz denn stattfinden soll. Er sagt, er möchte keine was-auch-immer-für-'ne-Konferenz mit dem Finsteren Mike und Benny in St. Louis abhalten, außer vielleicht in seinem eigenen Bunker, denn ansonsten kennt er keinen anderen Ort in St. Louis, an dem er sicher davor ist, von den Jungs des Finsteren Mike oder von Benny weggeputzt zu werden, und er sagt, er vermutet, daß dem Finsteren Mike und Benny die Vorstellung nich' gefallen wird, mit ihm in seinem Bunker zu sein.

Na, und da vermutet er hundertprozentig richtig. Zwar ist der Bunker vom Finsteren Mike gar kein so schlechter Ort, insofern er dort seine Weinchen lagert, aber nach allem, was ich noch so von ihm höre, ist der Finstere Mike nich' gerade ein Kerl, mit dem ich in einem Bunker Brüderschaft trinken möchte.

Und so erkundigt sich Panik-Pete schließlich, wie es mit Atlantic City ist, und das scheint dem Finsteren Mike ganz angenehm zu sein, weil er einen Cousin namens Pisano in Atlantic City hat, den er nich' mehr zu sehen gekriegt hat, seit die beiden damals die alte Heimat verlassen haben.

Benny Blond-Jude sagt, jeder Ort ist für ihn okay, solange er nicht im Staat Missouri ist, weil, wie er sagt, er nicht gern irgendwo im Staat Missouri mit dem Finsteren Mike und Panik-Pete gesehen werden möchte, da so was ein schwerer Schlag für seine Reputation ist. Dies klingt schon irgendwie beleidigend, und beinah platzt die Friedenskonferenz noch, bevor sie anfängt, aber schließlich nimmt Benny seinen üblen Klops zurück und sagt, er meint nich' den Staat Missouri, sondern nur St. Louis, worauf die Verhandlungen voranschreiten und sie Atlantic City als Tagungsort festsetzen.

Dann sagt der Finstere Mike, sie brauchen einen Außenstehenden, der ihnen als so 'ne Art Schiedsrichter beisitzt und ihnen dabei hilft, ihre Meinungsverschiedenheiten aus der Welt zu schaffen, und Benny verkündet, er wird Präsident Hoover, Oberst Lindbergh oder Oberrichter Taft akzeptieren. Nun ist es selbstverständlich 'ne Riesendummheit anzunehmen, sie können irgendeine dieser Figuren zu so was bewegen, denn Präsident Hoover, Oberst Lindbergh und Oberrichter Taft sind viel zu sehr mit anderen Dingen beschäftigt, um sich damit herumzuärgern, 'nen Bandenkrieg in St. Louis aus der Welt zu schaffen.

Schließlich schlägt Panik-Pete David den Lord vor. Sowohl der Finstere Mike als auch Benny sagen, David is' okay, obwohl Benny noch einige Zeit darauf besteht, wenigstens Oberrichter Taft zu nehmen. Und so wird David der Lord also gebeten, den Schiedsrichter für die St. Louis-Jungs zu machen, worüber dieser sehr froh ist, denn David schneit des öfteren in irgendwelche Städte rein, in denen die Jungs sich bekriegen, und regelt die Sache für sie, und es kommt auch schon mal vor, daß sie, nachdem er die Stadt verläßt, das Bekriegen einige Wochen später wieder anfangen.

Du siehst, David der Lord ist überall wohlgelitten, er ist allen als prima Kerl bekannt und auch als einer, der bei solchen Sachen immer allen 'ne anständige Behandlung zukommen läßt. Darüber hinaus ist es David noch ein besonderes Vergnügen, die Sache für die Jungs in anderen Städten geradezubiegen, weil die Bekriegerei schließlich seine eigenen Geschäftsinteressen in Orten wie St. Louis gefährdet.

Auf ihrem Weg zur Bahnstation, wo sie einen Zug nach Atlantic City nehmen wollen, entschließen sich Panik-Pete und der Finstere Mike und Benny, einem jungen Kerl namens Frankie Farrone noch einen Besuch abzustatten, der urplötzlich mit Nerven wie Drahtseile in St. Louis auftaucht und ihnen in so mancher Hinsicht ganz schön Kopfschmerzen macht.

Anscheinend ist dieser Frankie Farrone einer der vielen guten Gründe, warum Pete und der Finstere Mike und Benny sich bequemen zu 'ner Friedenskonferenz, denn Frankie Farrone ist niemandes spezieller Freund, er schnappt nach jedem der drei, wo er nur kann, und zeigt auch nich' den geringsten Respekt gegenüber den etablierten Größen.

Und so sieht es ganz danach aus, als ob Frankie Farrone ihnen früher oder später die Stadt wegnehmen wird, wenn sie ihn noch länger walten lassen, und während sich jeder der drei zu verschiedenen Zeiten darum bemüht, eine Geschäftsverbindung zustandezubringen, scheint er doch von Natur aus eher ein einsamer Wolf zu sein, der nichts vom Teilen hält. Und so hört auch jemand Frankie Farrone sagen, er erwarte, daß Panik-Pete und der Finstere Mike und Benny aus dem Fenster springen, noch bevor er mit ihnen fertig ist, aber ob er nun ein Fenster meint oder drei verschiedene Fenster, das sagt er nicht.

Also, was Frankie Farrone angeht, so gibt es eigentlich nichts weiteres zu tun, als ihm einen Besuch abzustatten, vor allem, da die drei ja jetzt zusammen sind und die Polizei seinen Drohungen keinerlei Beachtung schenkt und keinen Finger rührt, um Pete und den Finsteren Mike und Benny zu beschützen; das Gesetz ist halt zur Zeit recht nachlässig in St. Louis.

Klar hat Frankie Farrone keine Ahnung davon, daß Pete und der Finstere Mike und Benny jetzt dicke miteinander sind, und er ist vermutlich äußerst überrascht, als sie auf ihrem Weg zur Bahnstation bei ihm vorbeischauen. Tatsache, ich hör', es ist immer noch 'n überraschter Ausdruck auf seinem Gesicht, als sie ihn später zusammenkratzen.

Er sitzt gerade in einem Speakeasy und liest, wie die Cardinals schon wieder ein Spiel gegen die Giants verlieren, als Panik-Pete durch die Vordertür kommt und der Finstere Mike durch die Hintertür und Benny Blond-Jude durch einen Seiteneingang. Später behauptet man, sie kennen den Besitzer von dem Laden und kriegen ihn dazu, die Sache so für sie zu deichseln, daß sie keine Mühe haben, Frankie Farrone einen unerwarteten Höflichkeitsbesuch abzustatten.

Nun ja, jedenfalls, eh sich Frankie Farrone versieht, hat er vier blaue Bohnen in sich drin, eine von Panik-Pete, eine von Benny und zwei vom Finsteren Mike, der anscheinend etwas großzügiger is' als die anderen. Er hat die Aussicht, von den dreien noch mehr hineingepumpt zu bekommen, bloß wartet einen Block entfernt deren Taxe mit laufendem Motor, und die drei wissen nur zu genau, daß die Taxifahrer in St. Louis beim Warten den Zähler gnadenlos laufen lassen.

Also machen sie sich davon, um ihren Zug zu bekommen, und sie sind schon alle im Ritz in Atlantic City, als David der Lord und ich dort anlangen. Sie haben 'ne hübsche Zimmerlage mit Aussicht auf das Meer; es sind halt in jeglicher Hinsicht hochkarätige Kerle, und sie leben auf 'nem mächtig großen Fuß.

Sie sitzen um einen Tisch herum, die Mäntel ausgezogen, spielen Binokel und trinken Fusel, als David und ich auftauchen, und augenblicklich sagt der Finstere Mike: »Hallo, David, wo sind denn die Wuchtbrummer?«

Ich erkenne daran sofort, daß dieser Finstere Mike keine gute Kinderstube mitbekommen hat, andernfalls er Puppen nicht als Wuchtbrummer bezeichnen wird, obwohl verschiedene Kerle selbstverständlich verschiedene Bezeichnungen für Puppen haben, also etwa Käfer und Mieze und Kräpfchen und Wuchtbrummer, was ich aber nich' grad sehr respektvoll finde.

Dieser Finstere Mike ist ein Spaghetti, und sicher kein schlecht aussehender Spaghetti, abgesehen von der großen Narbe auf der einen Wange, die ihm, wie ich vermute, einer angefertigt hat, der versucht hat, seinem Mund ein Lächeln abzuringen. Manche Spaghetti, vor allem Sizilianer, können derart mit einem Messer schnitzeln, daß sie einem Kerl einen Schnitt verpassen, der ihn so aussehen läßt, als ob er immer vor sich hinlächelt, obwohl so was normalerweise nur für solche Puppen reserviert ist, die mit ihren schwer verliebten Kerlen nich' anständig umspringen.

Benny Blond-Jude ist ein langer blasser Kerl mit leicht gebleichtem Haar und blauen Augen, und wenn ich nich' zufällig weiß, daß er schon neun Jungs höchstpersönlich umgelegt hat, würde ich ihn sicherlich für den harmlosesten Kerl halten, den ich je unterkrieg'. Panik-Pete ist ein schwerer rothaariger Strolch mit 'nem großen Satz Sommersprossen und 'nem dreckigen Grinsen in der Visage.

Sie sind alle so um die Dreißig-und-was, tragen farbige Seidenhemden mit flauschigen Kragen, die mit goldenen Schmucknadeln versehen sind, und der Finstere Mike und Panik-Pete tragen Diamantringe und Armbanduhren. Wenn man nicht weiß, wer sie sind, wird man sie niemals für Gorillas halten, selbst für keine aus St. Louis, andererseits is' die Wahrscheinlichkeit, sie mit Ministranten zu verwechseln, auch recht gering, es sei denn, man is' verdammt naiv.

Es scheint, sie kommen großartig miteinander aus, was nicht verwunderlich ist, denn man wird es auch für recht ungebührlich halten, wenn solche Kerle wie die drei von einer Stadt in die nächste ziehen und Händel anfangen. Man wird es als eine Rücksichtslosigkeit gegenüber den Einwohnern ansehen.

Wie auch immer, Atlantic City ist für nichts anderes als Vergnügungen da, und selbst die Jungs aus Philly, die echt verrückt aufeinander sind und die sich auch in Atlantic City treffen, warten gewöhnlich, bis sie sich außerhalb der Stadtgrenzen befinden, bevor sie wieder loslegen. So mancher Kerl erledigt die guten alten Geschäfte erst wieder außerhalb von Atlantic City, wo es doch sehr viel bequemer für ihn sein kann, die Dinge in der Stadt abzuwickeln; aber es wird halt als recht ungebührlich gegenüber den Einwohnern angesehen.

Nun, anscheinend wünscht nicht nur der Finstere Mike, einige Puppen aufzugabeln, auch Panik-Pete und Benny denken so was Ähnliches, denn die ersten beiden Dinge, an die Kerle denken, wenn sie von zu Hause fort sind, sind Fusel und Puppen, obwohl ich persönlich diesem Thema bisher keine weitere Überlegung widme. Ich bin ein nervöser Bursche, und Fusel und Puppen sind in keinster Weise den Nerven zuträglich, schon gar nich' Puppen.

Und was David den Lord angeht, so ist er auf sie nicht so versessen, wie man erwarten sollte, denn David ist jetzt mit Miß Billy Perry verheiratet, und falls Miß Billy Perry hört, daß David irgendeine nähere Bekanntschaft mit Fusel und Puppen hat, vor allem mit Puppen, dann ist das geeignet, einiges Geplärr in seinem Haus entstehen zu lassen.

David meint, sich als so 'ne Art Gastgeber betätigen zu müssen, denn die anderen sind fremd in Atlantic City und mächtige Figuren dort, von wo sie herkommen, also gehen wir zu Joe Goss, der unmittelbar an der Promenade ein großes Cabaret hat, und wie der Blitz sind 'n halbes Dutzend Puppen in verschiedenen Umfängen und Größen aus Joe Goss' Tanztruppe sowie auch mehrere von Joe Goss' Animiermädchen da, denn Joe Goss hat viele abgespannte Geschäftsleute aus New York unter seinen Besuchern, und es gibt nichts, was ein abgespannter Geschäftsmann aus New York mehr zu schätzen weiß als ein lebhaftes Animiermädchen. Außerdem setzt sich auch noch Joe Goss selbst zu uns, als Zeichen der Hochachtung vor David dem Lord.

Der Finstere Mike und Panik-Pete und Benny schwatzen mit den Puppen, und ab zu zu legen sie 'nen Tanz hin, und soweit ich das überblicken kann, haben alle 'ne schöne Zeit, einschließlich David dem Lord, nachdem er erst mal einige Ladungen von Joe Goss' Fusel in sich reingießt und anfängt, Miß Billy Perry zu vergessen. Und wahrhaftig vergißt David Miß Billy Perry dermaßen gründlich, daß er mit 'ner Puppe zur Tanzfläche schwoft und ein bißchen herumspringt, was deutlich macht, was einige Ladungen von Joe Goss' Fusel mit 'nem Kerl anstellen können.

Die meisten der Puppen sind halt solche Puppen, wie du sie in jedem Cabaret finden wirst, außer einer, die ein Animiermädchen zu sein scheint und Dolores heißt und die 'ne wahre Augenweide ist. Erst später erfahr ich, daß ihr Nachname Schwartz ist, und es ist David der Lord, der noch später herausfindet, daß man sie bisweilen auch die Schwarze Dolores nennt.

Sie ist eine jener Schönheiten, auf der ein Kerl nur allzu gern seine Augen ruhen lassen möchte. Sie ist hochgewachsen und geschmeidig wie 'ne Antenne, und sie hat Haare, die so schwarz sind wie ein Pik-As, und vielleicht noch schwärzer, und dabei sanft und seidig. Ihre Augen sind auch schwarz und so groß wie Krapfen, und sie hat 'nen Blick, der mich ahnen läßt, sie könnte mehr wissen, als sie sich anmerken läßt, was, wie ich nachher rausfinde, in der Tat verdammt richtig ist.

Sie erzählt nich' sonderlich viel, trinkt auch nich' und scheint mit den anderen Puppen nich' ganz grün zu sein, was mich vermuten läßt, daß sie noch 'n Frischling in dem Laden ist, vor allem auch, weil Joe Goss selbst sich mit ihr nich' so vertraut gibt wie mit den meisten seiner Puppen. Allerdings bemerk' ich auch, wie er ihr so einige übellaunige Blicke hinüberschickt, weil sie die Drinks gleich reihenweise ignoriert.

Zunächst schenkt ihr niemand irgendwelche Aufmerksamkeit, denn die Kerle bevorzugen in solchen Situationen gewöhnlich geschwätzige Puppen. Schließlich aber beobachte ich, wie Benny Blond-Jude ein Auge auf sie wirft, und ich denk' mir, er hat 'n besseres Urteilsvermögen als die anderen, obwohl ich nich' verstehe, wie David der Lord solch einen Wonneproppen übersehen kann, denn David der Lord ist der größte Puppenkenner, der jemals diesen Planeten bewohnt hat.

Aber sogar Benny redet nicht mit Dolores und macht auch keine Anstalten, mal mit ihr zu tanzen, und einmal, als Joe Goss in 'nem anderen Teil des Ladens ist, um 'nen Zank wegen 'ner Rechnung aus der Welt zu schaffen, oder vielleicht auch wegen der Qualität des Fusels, was schon 'nen ganz schön gelinden Zank auslösen wird, und die anderen alle auf der Tanzfläche rumheizen, bleiben Dolores und ich ganz allein am Tisch zurück.

Wir sitzen ein ganzes Weilchen da und schweigen uns mächtig an, denn ich bin nur mäßig begeistert, mit Puppen über das Blaue am Himmel zu quasseln, doch schließlich, und nich' etwa, weil ich es wissen möchte oder weil ich 'nen Pfifferling drum gebe, sondern bloß um 'n bißchen Konversation zu machen, frag' ich sie, wie lang sie schon in Atlantic City ist.

»Ich komm' heute nachmittag hier an und arbeite erst seit heute nacht für Mr. Goss«, sagt sie. »Ich bin aus Detroit.«

Nun frag' ich sie aber gar nich' danach, wo sie her is', und mir diese Information einfach so hinterherzuschleudern läßt mich nun doch anfangen, sie für 'ne geschwätzige Puppe zu halten, aber sie trocknet wieder aus und sagt überhaupt nichts mehr, bis die anderen zum Tisch zurückkommen.

Nun aber rutscht Benny Blond-Jude in einen Stuhl neben Dolores, und ich hör' ihn fragen:

»Bist du schon immer in St. Louis? Dein Gesicht kommt mir mächtig bekannt vor.«

»Nein«, sagt sie. »Ich bin aus Cleveland. Ich bin in meinem ganzen Leben noch nie in St. Louis.«

»Auf jeden Fall«, sagt Benny, »siehst du aus wie eine, die ich schon mal in St. Louis gesehen habe. Is' jedenfalls sehr merkwürdig, weil ich nich' glaub', daß noch 'ne andere so bezaubernd hübsche Puppe außer dir rumläuft.«

Ich seh' schon, Benny holt das übliche alte Tralala aus der Kiste, wenn es darum geht, 'ne Unterhaltung anzuknüpfen, nur wunder ich mich, wie es wohl kommt, daß diese Dolores bei mir aus Detroit ist und bei ihm aus Cleveland. Na ja, ich kenne tausend und eine Puppe, die sich nich' so ohne weiteres daran erinnern können, wo sie nun herkommen, jedenfalls, wenn man sie fix genug fragt.

Schon bald darauf registrieren Panik-Pete und der Finstere Mike Bennys Geschäftigkeit, 'ne Unterhaltung mit Dolores zustandezubringen, weswegen sie eine zweite Inspektion vornehmen, und diesmal inspizieren sie durch Massen von Joe Goss' Fusel hindurch, was Dolores' Aussehen vermutlich zehnmal schöner werden läßt, als sie wirklich ist. Und ich muß schon sagen, jede Puppe, die schöner ist als Dolores, kann nichts als ein Traum sein.

Wie dem auch sein mag, es dauert nich' lange und Dolores erfreut sich einiger Aufmerksamkeit beim Finsteren Mike und bei Pete und bei Benny, und der Rest der Puppen schwirrt schließlich ab, weil ihnen niemand mehr irgendwelche Beachtung schenkt. Ja, sogar David der Lord fängt an, sich auf Dolores einzuschießen, bis ich ihn daran erinnere, Miß Billy Perry anzurufen, worauf er die nächste halbe Stunde in 'ner Telefonzelle damit beschäftigt ist, Miß Billy Perry zu versichern, daß er in der Pofe liegt und sie heiß und innig liebt.

Tja, wir sind also bis fünf Uhr morgens in Joe Goss' Laden, wo der Finstere Mike und Pete und Benny mit Dolores schwatzen und abwechselnd mit ihr tanzen, nur David der Lord macht auf schlaff, vor allem weil ihm Miß Billy Perry verklickert hat, sie weiß, er ist 'n Lügner und 'n Saukerl, weil sie genau hören kann, wie 'n Orchester ›Ich werd' so traurig, wenn es regnet‹ spielt, und er soll bloß mal warten, bis er ihr wieder unter die Augen kommt. Dann gehen wir mit Dolores zu Child's Restaurant an der Promenade und genehmigen uns einigen Kaffee, und abschließend eskortieren wir sie bis zu einer kleinen Bruchbude in der North Carolina Avenue, wo sie stehenbleibt und sagt, sie wohnt in dem Ding.

»Was machst du heute nachmittag, meine Schöne?« fragt Benny Blond-Jude, als wir ihr am frühen Morgen eine gute Nacht sagen, und auf diese Bemerkung hin schauen der Finstere Mike und Panik-Pete den Benny bitter-bitterböse an.

»Ich geh vorm Ritz schwimmen«, sagt sie. »Möchte einer von euch Jungs mitkommen?«

Nun, anscheinend halten der Finstere Mike und Pete und Benny dies alle für 'ne wundervolle Idee, nur David der Lord und ich kühlen ab. Eigentlich haben wir jetzt schon genug von Dolores, wir wollen nur noch zum Hotel zurück, endlich in die Falle.

»Jedenfalls«, sagt David, »müssen wir heute nachmittag mit der Konferenz beginnen und sie möglichst auch durchziehen, denn meine bessere Hälfte is' jetz' schon am Kochen, und ich hab' 'ne Menge Geschäfte in New York zu erledigen.«

Aber die Konferenz fängt nicht an diesem Nachmittag an, oder in der nächsten Nacht, oder am nächsten Tag, oder am darauffolgenden Tag, denn an den Nachmittagen sind der Finstere Mike und Pete und Benny mit Dolores im Ozean und nachts sind sie in Joe Goss' Laden, und dazwischen schieben sie sie in 'nem Rollwägelchen auf der Promenade rum oder füttern sie in den verschiedenen Hotels durch. So weit ich das mitkrieg', is' nie einer der Jungs mit ihr alleine, außer wenn sie mit einem von ihnen in Joes Goss' Laden tanzt, und in der dritten Nacht sind sie dermaßen eifersüchtig aufeinander, daß sie alle drei gleichzeitig mit ihr zu tanzen versuchen.

Na, natürlich beklagt sich selbst Joe Goss darüber, weil es auf seiner Tanzfläche zu einem heillosen Durcheinander führt und außerdem abartig aussieht, also bereinigt Dolores die Situation, indem sie mit niemandem mehr tanzt, und ich glaube, es ist eine willkommene Unterbrechung für sie, denn keine Puppe hat Treter, die die ganze Tanzerei aushalten, die der Finstere Mike und Pete und Benny veranstalten.

Das geräumigste Rollwägelchen auf der Promenade faßt bloß drei Kerle, oder zwei Kerle und eine Puppe, oder, was viel besser ist, einen Kerl und zwei Puppen, und so kommt es, daß Dolores in diesen Rollwägelchen mit jeweils einem Kerl auf jeder Seite sitzt, und der dritte neben dem Ding herläuft, was wirklich sehr komisch aussieht. Wie sie ausknobeln, wer läuft, weiß ich nich', aber ich nehm' an, Dolores bestimmt es. Und wenn Dolores im Ozean schwimmt, hängen der Finstere Mike und Pete und Benny so nah an ihr dran, daß sie bisweilen arg bedrängt ist.

Ich bezweifle, ob selbst Waldo Winchester, der Schreiberling, der 'ne Menge Dinge hört, jemals so 'ne Situation gesehen hat, wie drei Kerle auf dieselbe Puppe verrückt sind, und dann noch Kerle, die sich eigentlich nich' riechen können.

Ich seh', wie sie wegen Dolores ständig feindseliger gegeneinander werden, und solange sie nicht mit Dolores zusammen sind, kleben sie förmlich aneinander dran, vor lauter Furcht, daß einer den Vogel abschießt und sie ganz für sich gewinnt.

Ich wunder' mich eigentlich bloß, daß der Finstere Mike und Pete und Benny nich' ihre Kanonen rausholen und 'nen Schießwettbewerb austragen, bis ich rausfinde, daß David der Lord ihre Kanonen schon am zweiten Tag eingesammelt hat, denn der hält nich' viel von dem Gedanken, die drei könnten rumlaufen und irgendwelche Übungsschießen in Atlantic City veranstalten. Also können sie keinen Schießwettbewerb austragen, auch wenn sie gern möchten, und der Grund, warum sie sich nich' gegenseitig vermöbeln, ist, daß Dolores ihnen erzählt hat, sie haßt Kerle, die Zähne fletschen und Fäuste fliegen lassen. Daher benehmen sie sich wie die Gentlemen, abgesehen von einigen hitzigen Wortgefechten, die dann und wann aufflackern.

Nun, inzwischen haben wir denn Freitag, und wir sind schon seit Montag in Atlantic City, und nichts rührt sich bis jetzt in puncto Friedenskonferenz, und David der Lord ist verdammt sauer, vor allem, weil Miß Billy Perry ihn jede Nacht am Telefon mit 'ner ganzen Palette voller Flüche eindeckt, und David bereut mittlerweile ganz mächtig, Miß Billy Perry mal geheiratet zu haben.

Die ganze Freitagnacht hindurch und bis in den Samstagmorgen hinein sind wir bei Joe Goss, und ich persönlich kann mir 'ne Menge Orte vorstellen, wo ich viel lieber bin. Um damit schon mal anzufangen: ich häng' nich' gern mit Gorillas zusammen, wenn sie trinken, und wenn es dann noch Gorillas sind, die trinken und alle auf dieselbe Puppe verrückt sind, kann's jede Minute passieren, daß sie den Gentleman ablegen. Der einzige Grund, warum ich hier rumhänge, is', David der Lord hängt hier rum, und der einzige Grund für David den Lord, hier rumzuhängen, is', die Jungs davon abzuhalten, Atlantic City in 'nen schlechten Ruf zu bringen.

Ich weiß nich', wer es ist, der vorschlägt, 'ne Schwimmparty bei Tagesanbruch steigenzulassen, weil David und ich schon halb am Schlafen sind, aber später hör' ich, es is' Dolores. Wie auch immer, eh sich einer versieht, sind wir am Strand draußen, und Dolores und der Finstere Mike und Panik-Pete und Benny Blond-Jude sind in ihren Schwimmsachen, während die Morgendämmerung ihre Verführungskünste ausbreitet und den alten Ozean in einem wunderschönen Licht erstrahlen läßt.

Natürlich sind David der Lord und ich nicht in Schwimmsachen, denn erstens stehen wir beide mit dem Schwimmen auf Kriegsfuß, und zweitens, wenn wir schon schwimmen gehen, dann werden wir sicher nich' zu so 'ner Zeit schwimmen gehen. Zudem, was mich persönlich betrifft, so will ich hoffen, niemals in 'ne Badehose zu müssen, solange ich darin' nich' besser ausseh' als der Finstere Mike, und Panik-Pete is' auch nich' gerade ein Gene Tunney, was seine Figur angeht. Benny Blond-Jude is' der einzige, der menschlich aussieht, und selbst ihm geb' ich nich' mehr als 'ne zwei Komma null in der B-Note.

David der Lord und ich stehen rum und sehen ihnen zu, und am allermeisten sehen wir Dolores zu. Sie trägt einen roten Badeanzug und 'ne rote Gummikappe über ihren schwarzen Haaren, und dieweil die meisten Puppen in Badeanzügen meine Augen beleidigen, ist sie tatsächlich 'ne Schönheit. Ich werd' immer behaupten, sie is' das Allerschönste, was ich jemals sah, abgesehen von Blue Larkspur, aber Blue Larkspur is 'n Rennpferd und keine Puppe. Ich bin nur froh, daß Miß Billy Perry nicht anwesend ist, um den Blick in den Augen von David dem Lord zu sehen, als er Dolores in ihrem Badeanzug beäugt, denn Miß Billy Perry geht verdammt flott in die Offensive.

Wenn sie im Wasser is', bewegt sich Dolores wie ein großer schöner, roter Fisch. Man kann sehen, daß es ihr gefällt. Wahrscheinlich kann ich auf'm Rücken besser schwimmen als der Finstere Mike und Panik-Pete auf ihrem Bauch, und Benny Blond-Jude is' keine Gertrude Ederle, und dabei kalkulier' ich natürlich ein, daß sie mit Joe Goss' Fusel abgefüllt sind, und 'ne Ladung von Joe Goss' Fusel macht dich wahrscheinlich zum zappelnden Nichtschwimmer.

Nun, nachdem sie für 'ne Weile im Meer rumpaddeln, legen sich

Dolores und ihre drei Romeos im Sand aus, und David der Lord und ich überlegen grad, ob wir nich' ins Bett gehen sollen, als Dolores urplötzlich aufspringt und auf den Ozean zuzurennen beginnt, und der Finstere Mike und Benny hetzen Kopf an Kopf hinter ihr her, und so auch Panik-Pete mit 'ner halben Länge Rückstand.

Sie rast in das Wasser hinein, hüpft anfangs noch auf ihm herum, bis sie dorthin gelangt, wo es tief ist, und fängt an, aufs offene Meer zuzuschwimmen. Der Finstere Mike und Panik-Pete und Benny Blond-Jude paddeln hinter ihr her wie die Blöden. Es sieht nach 'ner Verfolgungsjagd aus, und wir stehen bloß so da und schauen zu. Wir können Dolores' kleine rote Kappe wie 'nen Gummiball auf 'nem Bürgersteig über das Wasser hüpfen sehen. Der Finstere Mike und Pete und Benny trudeln hinter ihr her, allerdings läßt Joe Goss' Fusel natürlich jeden Kerl trudeln, ob auf dem Land oder im Wasser.

Zuerst ist sie weit vor ihnen, dann sieht es so aus, als ob sie sich zurückhält und die anderen näher an sich rankommen läßt. Als der Finstere Mike, der vor den beiden anderen liegt, an die fünfzig Meter an sie heranschwimmt, hüpft ihre rote Kappe wieder weg und immer weiter hinaus. Es fällt mir auf, daß Dolores in weiten Kreisen schwimmt, jetzt halb wendend, als ob sie zum Strand zurückkommt, und dann wieder einen Bogen nehmend, der sie seewärts führt.

Einer ihrer Kreise bringt sie fast bis zu Benny zurück, der hinter dem Finsteren Mike und Panik-Pete miserabler Letzter ist, und sie ist wahrhaftig so nah an Benny dran, daß dieser einen Satz nach ihr macht, doch sie gleitet schon wieder davon und ist schneller außer Reichweite als jeder Fisch, den ich je durchs Wasser davonschnellen sah. Dann macht sie das gleiche mit dem Finsteren Mike und mit Pete. Ich denk' mir, sie spielen Fangen oder so was Ähnliches, und wenn das auch für Jungs, die mit Fusel abgefüllt sind, in Ordnung sein mag, oder meinetwegen auch für leichtfertige Puppen, so halte ich es zu so 'ner Zeit nich' gerade für 'n passendes Vergnügen für Kerle, die ihre fünf Sinne beisammen haben, etwa für David den Lord und mich.

Daher ist es mir nur recht, als er sagt, wir gehen besser ins Bett, denn in dem Augenblick schienen Dolores und der Finstere Mike und Panik-Pete und Benny sehr weit draußen zu sein. Wie wir so über die Promenade schlendern, schau' ich mal zurück, und da sind sie denn auch, nich' größer als Stecknadelköpfe auf dem Wasser, allerdings scheint es mir, als ob da lediglich drei Stecknadelköpfe sind, aber ich nehm' an, Dolores ist schon so weit draußen, daß ich sie durch den Morgendunst nicht mehr erkennen kann.

»Sie werden ganz schön erledigt sein, wenn sie wieder rauskommen«, sag' ich zu David dem Lord.

»Ich hoff', sie ersaufen«, sagt David, aber ein paar Tage später bedauert er diese Bemerkung. Er sagt, er hat es nur gesagt, weil er müde und sauer war.

Tja, ich denk' jetzt häufig, daß es schon merkwürdig ist, denn weder David der Lord noch ich selbst sehen irgendwas Ungewöhnliches in dem Spielchen, und so erwähnen wir Dolores oder den Finsteren Mike oder Panik-Pete oder Benny Blond-Jude nicht, bis es Nachmittag ist und wir uns 'ne schöne Grapefruit und ein Paar Eier mit Schinken in Davids Zimmer zu Gemüte führen und David auf das Meer hinausblickt.

»Hör mal«, sagt er, als ob es ihm gerade wieder einfällt, »weißt du, daß diese Kerle das letztemal, als wir sie gesehen haben, ganz schön weit draußen waren? Ich frag' mich, ob sie wieder heil da rausgekommen sind.«

Und als ob es seine Frage beantwortet, klopft es an die Tür, und niemand anderes als Dolores spaziert herein. Sie sieht völlig fertig aus, und doch ist sie so schön, daß es den Anschein hat, als ob der Raum erleuchtet ist; aber ich will nich', daß mich einer für romantisch hält. Wie auch immer, jedenfalls ist sie schön, nur ihre Stimme, die ist sehr matt, als sie zu David dem Lord sagt:

»Ihre Freunde aus St. Louis werden nicht mehr zurückkehren, Mr. David der Lord. Sie schwimmen nicht besonders gut, wenn auch besser, als ich gedacht habe. Der Finstere Mike und Panik-Pete kehrten um, als wir etwa fünf Kilometer weit draußen waren, aber sie haben das Ufer nicht mehr geschafft. Ich hab' gesehen, wie sie untergehen. Da bin ich mir ganz sicher, Mr. David der Lord. Und der blasse Benny hält noch etwas länger durch, obwohl er der schlechteste Schwimmer von ihnen ist, und er kehrt nicht mal mehr um. Er versucht immer noch, mir zu folgen, als er einen Krampf bekommt und absackt. Ich glaube, er liebt mich am meisten, so wie er es immer behauptet.«

Nun, ich bin durch diese Neuigkeit natürlich außer mir vor Entsetzen, vor allem, da sie das alles erzählt, ohne auch nur mit einer ihrer schönen Wimpern zu zucken.

»Willst du uns etwa erzählen, du hast diese armen Jungs in diesem ganzen Salzwasser ersaufen lassen?« sag' ich, zutiefst empört. »Hör mal, du bist ja 'n ganz schönes Biest.«

Aber David der Lord gibt mir ein Zeichen, den Mund zu halten, und Dolores sagt:

»Ich bin bis auf einen halben Kilometer an die Küste herangekommen, als ich 1927 den Englischen Kanal versuche, was ihr übrigens überprüfen könnt, falls ihr die Rekorde nachschlagt«, sagt sie, »und durch den Mississippi kann ich einarmig schwimmen, aber ich kann nich' drei solch schwere Kerle auf meinen Rücken packen. Selbst«, sagt sie, »wenn ich es wollte, und ich wollte es nich'. Benny ist der einzige, der noch was zu mir sagt, bevor er dahingeht. Als ich das letztemal zu ihm zurückschwimme, winkt er mir mit der Hand und sagt: ›Ich weiß schon die ganze Zeit, daß ich dich schon mal irgendwo gesehen habe. Jetzt erinnere ich mich wieder. Du bist Frankie Farrones Puppe.‹«

»Und? Bist du es?« fragt David der Lord.

»Seine Witwe«, sagt Dolores. »Als ich ihn in seinem Sarg liegen sehe, versprech' ich ihm, daß diese Männer sterben werden, und nun sind sie tot. Ich hab' meinen letzten Dollar gezahlt, um mit dem Flugzeug in die Stadt zu kommen, aber ich komme an, und ich bekomme sie. Nur ist es mehr die Hand der Vorsehung«, sagt sie. »Jetzt werde ich dies hier nicht mehr brauchen.«

Und sie wirft ein kleines Fläschchen auf den Tisch, mitten in unser Frühstück hinein, und später finden wir heraus, daß es randvoll mit Zyankali ist, genug, um vierzig Mulis umzubringen, und ich denk' mir, diese Dolores ist wahrlich 'ne Puppe, die ganz schön zur Sache geht.

»Es gibt da nur noch eins, was ich wissen möchte«, sagt David der Lord. »Nur eines. Wie beschwatzt du diese Hornochsen, dir ins Wasser zu folgen?«

»Das ist das einfachste überhaupt«, sagt Dolores. »Als wir uns nämlich an den Strand legen, hab' ich plötzlich 'ne Eingebung. Ich sag', der erste, der mich im Wasser erwischt, den werd' ich heiraten. Ich möchte nicht hartherzig erscheinen, aber es ist schon 'ne Erleichterung für mich, den Finsteren Mike untergehen zu sehen. Könnt ihr euch vorstellen, mit so 'nem Schurken verheiratet zu sein?«

Bis wir zu Hause anlangen, sagt David der Lord rein gar nichts zu der ganzen Sache, dann aber äußert er sich folgendermaßen:

»Weißt du«, sagt David, »ich werde immer daran denken, was ich für ein verdammt großes Schwein hab', daß Dolores mir nicht auch das Heiratsangebot gemacht hat, sonst wär ich jetzt noch am Schwimmen.«

Der Unterweltkomplex

Wenn Mr. Ziegfeld eine Puppe aufgabelt, hat sie, was das Aussehen betrifft, ganz bestimmt Überdurchschnittliches aufzuweisen, denn Mr. Ziegfeld ist alles andere als ein Billigheimer, wenn es ums Puppenaufgabeln geht. Aber als Mr. Ziegfeld Miß Midgie Muldoon aufgabelt, da übertrifft er glatt seine eigene Bestleistung oder stellt sie doch immerhin ein. Ich sah in meinem ganzen Leben keine besser aussehende Puppe, obwohl sie etwas kleiner ist, als ich sie gewöhnlich mag. Ich hab' meine Puppen gerne groß genug, um was Ordentliches zum Anfassen zu haben, und Miß Midgie Muldoon is' nich' viel größer als 'n Gartenzwerg. Aber sie is' sehr niedlich, und ich kann es dem Noblen Jack Maddigan nicht verdenken, daß er verrückt nach ihr ist.

Nun wird natürlich fast jede Puppe am Broadway mächtig entzückt sein, wenn der Noble Jack Maddigan ihr seine Aufmerksamkeit schenkt, daher ist es für jedermann sehr überraschend, als Miß Midgie Muldoon den Eisberg mimt, vor allem, wenn man bedenkt, daß Miß Midgie Muldoon nichts als 'ne Revuepuppe ist, während der Noble Jack ein ziemlich hohes Tier in dieser Stadt ist. Eines Nachts in der Hot Box schickt er Miß Billy Perry, die Frau von David dem Lord, mit einer Nachricht zu Miß Midgie Muldoon, die besagt, daß er sie gerne mal treffen möchte, und Miß Midgie Muldoon schickt prompt eine Nachricht zum Noblen Jack zurück, und die besagt, daß sie sich nicht mit harten Jungs trifft.

Nun, natürlich macht diese Abfuhr den Noblen Jack für 'ne Weile ganz schön wütend. David der Lord sagt, was soll's, und überdies sagt David, die Abfuhr geschieht dem Noblen Jack recht, weil er überall herumsitzt und blöd quatscht und damit prahlt, ein harter Junge zu sein, denn wenn David irgendwas haßt, dann einen Kerl, der herumlabert, egal, wie hart er nun wirklich ist, und der Noble Jack is' ganz sicher ein harter Junge.

Er ist ein schwerer, hochgewachsener, blonder Kerl, kommt von der Westseite, aus einer Gegend, die sie Höllenküche nennen, und wenn er nur etwas mehr Vernunft zeigt, kann er genauso 'n Hecht werden wie David der Lord, statt wie gewöhnlich für David zu arbeiten, aber der Noble Jack trägt gern sehr feine Klamotten und trinkt und sitzt häufig irgendwo herum und labert auch noch jede Menge, und vollkommen egal, wieviel Mäuse er auch anschafft, er scheint die Seuche zu haben, denn immer is' er blank.

Ich persönlich will mit dem Noblen Jack nich' viel am Hut haben, denn mir kommt er immer wie ein Kerl vor, der ein wenig zu schnell den Finger am Abzug hat, was mir gar nicht schmeckt, und meiner Meinung nach ist das Beste, was dabei rauskommen kann, wenn man mit Kerlen, die ihren Finger schnell am Abzug haben, zusammenhängt, immer noch schlecht genug, und so kommt es, daß ich jedesmal, wenn ich den Noblen Jack erspähe, ihm meine Rückseite präsentiere. Aber es gibt viele Leute auf dieser Welt, die sich liebend gern in der Nähe dieser Typen aufhalten, etwa Basil Valentine.

Dieser Basil Valentine ist ein kleiner Kerl, der Horngucker trägt und Magazinartikel schreibt und der eigentlich ein sehr netter kleiner Kerl ist, harmlos wie 'ne Wasserschlange, bloß kann er nich' sonderlich viel Verstand haben, andernfalls er nich' so oft mit dem Noblen Jack und anderen solchen Typen rumhängt.

Wenn sich ein Kerl erst mal lange genug mit harten Jungs rumtreibt, bildet er sich bald ein, auch ein harter Kerl zu sein, und so nach und nach können andere Leute auch zu der Ansicht gelangen, und eh man sich versieht, kommt mal eben ein Bulle in Zivil vorbei, so einer wie Johnny Brannigan von den Abräum-Kommandos, und der drischt ihm mit 'nem Totschläger einen auf die Rübe, nur um mal auszuprobieren, wie hart er wirklich ist. Wie ich schon sagte, Basil Valentine ist ein sehr harmloser Kerl, aber nachdem er sich erst mal 'ne Weile mit dem Noblen Jack herumtreibt, hör' ich, wie Basil 'nen Busfahrer anschnauzt, als ob er sich damit selbst auf Touren bringt, und dann schnauzt er 'nen Kellner hart an und dann vielleicht 'nen Oberkellner, und zuletzt könnt' er sich einbilden, hart genug zu sein, um jeden hart anzuschnauzen.

Ich kann euch so manchen Kerl zeigen, den man für völlig anständig hält und mit Kerlen herumhängt, die man zu den harten Jungs rechnet. Warum das so ist, weiß ich nicht, aber eines Nachts red' ich mit Waldo Winchester, dem Zeitungsschreiberling, über diese Sache, und Waldo Winchester, der in mancher Hinsicht ein recht gescheiter Kerl ist, sagt, daß es das ist, was man 'nen Unterweltkomplex nennt. Waldo Winchester sagt, viele anständige Leute fühlen sich wie verrückt hingezogen zu dem, was die harten Jungs so alles anstellen, und sie halten sie für ungeheuer romantisch, und er sagt, wenn ich ihm nich' glaube, soll ich mir nur diesen ganzen Schmus ansehen, den die Zeitungen drucken, dort werden die harten Jungs wie wahre Helden gefeiert.

Waldo Winchester sagt, der Unterweltkomplex ist ein sehr verbreiteter Komplex, und daß Basil Valentine ihn genauso hat wie Miß Harriet Mackyle, andernfalls sie nicht immer ihre Nase in Läden reinstecken täte, in denen die harten Jungs verkehren. Diese Miß Harriet Mackyle ist eine von diesen vielen reichen Puppen. Sie trägt schlangenartige Abendkleidung und stutzt ihr Haar wie 'n Junge, wobei ihre Ohren rasant rausstehen, und die immer um die Höllenschlünde flattert, gewöhnlich an 'nem Kerl mit 'nem kleinen Schnäuzer, und die 'ne Spreche draufhat wie 'n Engländer, und wenn ich so drüber nachdenke, seh' ich sie öfter in Spelunken als anderswo, und da sagt sie dann hallo zu allen möglichen Figuren, denen niemand, der 'nen halbwegs klaren Verstand hat, hallo sagen täte, zum Beispiel der Rote Henry, der gerade von Sing-Sing zurück ist, nachdem er ein ganz schönes Weilchen weg war, weil er irgendwo 'n Safe geräumt hat, den er vorher aufsprengte.

Tatsache, ich seh' Miß Harriet Mackyld eines Nachts im Herz-und-Blumen-Club tanzen, der wahrhaftig ein sehr harter Laden ist, und mit wem tanzt sie, wenn nicht mit dem Roten Henry, und als ich Waldo Winchester frage, was er denn von dieser Sache hält, da sagt er mir, es ist ein Merkmal des Unterweltkomplexes, von dem er die ganze Zeit redet. Er sagt, Miß Harriet Mackyle denkt wahrscheinlich, es is' schick, wenn sie ihren piekfeinen Freunden erzählt, daß sie mit 'nem Safeknacker tanzt, obwohl ich persönlich, wenn ich schon überhaupt mit 'nem Safeknacker tanze, was ja gar nich' in die Tüte kommt, dann werd' ich mir sicher 'nen gesitteteren Safeknacker aussuchen und nich' den Roten Henry, denn der Kerl nimmt kein Bad mehr, seit er aus Sing-Sing raus ist, und er ist schon einige Monate aus Sing-Sing raus.

Eine Person, die, jedenfalls soweit ich dies überblicken kann, von Waldo Winchesters Unterweltkomplex nicht sonderlich angesteckt ist, muß Miß Midgie Muldoon sein, denn sie seh' ich niemals in irgendeinem Höllenschlund, außer solchen wie der Hot Box und dem Sechzehnhundert Club, die man als fast anständige Schuppen ansehen kann und auch einigermaßen ungefährlich für alle, die nich' aus der Reihe tanzen, und Miß Midgie Muldoon ist immer mit rechtschaffenen Kerlen dort, wie etwa Buddy Donaldson, dem Songschreiber, oder Walter Gumble, der die Trompete in Paul Whitemans Band spielt, oder manchmal auch mit Paul Hawley, dem Schauspieler.

Außerdem, wenn sie sich in solchen Schuppen aufhält, kümmert sich Miß Midgie Muldoon vorzugsweise um ihren eigenen Kram und guckt immer glatt durch den Noblen Jack Maddigan hindurch, was Jack nur noch wütender macht. Es is' das erste Mal, daß der Noble Jack einer Puppe über den Weg läuft, die wegen ihm nicht aus dem Häuschen gerät, und er hat keine Ahnung, was er mit so 'ner Situation anfangen soll.

Nun, eines Tages erscheint David der Lord bei mir und sagt: »Hör zu«, sagt David, »diese Puppe Miß Harriet Mackyle ist einer meiner besten Abnehmer von hochprozentigen Waren und etwa so nützlich wie Weizen in 'nem Silo, und sie will, daß ich ihr 'nen Gefallen tue. Sie schmeißt Sonntag nacht 'ne Party in ihrer Bude drüben in der Park Avenue, und ich soll 'n paar Kerle von den Mobs einladen, also drück ab und sag etwa 'nem Dutzend Jungs, sie sollen sich in Gala schmeißen und dort auftauchen, und sag ihnen vor allem, sie sollen nich' zu grob werden, denn 'ne größere Bestellung Scotch und Champagner hängt an dem Gefallen mit dran.«

Eine solche Party ist nun keineswegs außergewöhnlich, obwohl es normalerweise irgendein piekfeiner Kerl ist, der sie schmeißt und der sich dann Jungs vom Broadway holt, um seinen Kumpels zu zeigen, was er doch für ein umtriebiger kleiner Tollkühn ist. Waldo Winchester sagt, so was gibt der Sache erst die richtige Farbe, obwohl ich wirklich nich' weiß, wo da die Farbe herkommen soll, denn die Jungs vom Broadway, das heißt natürlich solche, die zu so 'ner Party gehen, sitzen häufig einfach nur so rum und sagen rein gar nichts und benehmen sich sehr gentlemännisch, weil sie sich wie im Kuriositätenkabinett ausgestellt vorkommen, und die einzige Möglichkeit, sie überhaupt erst zu so 'ner Party zu kriegen, ist 'ne Beziehung, wie sie Miß Harriet Mackyle mit David dem Lord unterhält.

Na ja, jedenfalls latsch' ich überall rum und erzähl 'ner Menge Jungs, was David der Lord von ihnen möchte, und einer von ihnen is' der Noble Jack, den die Einladung schon halb zu Tode kitzelt, denn wenn es etwas gibt, was Jack mehr als alles andere liebt, dann ist es an einem Ort zu sein, an dem er 'ne Show abziehen kann. Und dann hat der Noble Jack insgeheim den Wahn, daß Miß Harriet Mackyle ihm in glühender Leidenschaft zugetan ist, weil sie ihm bisweilen schöne Augen macht, wenn sie ihm im Sechzehnhundert Club oder in anderen Lokalen begegnet, aber das macht sie auch mit Big Nig und jeder Menge anderer Kerle, die ich noch anführen kann, denn das ist nun mal so Miß Harriet Mackyles Art. Aber selbstverständlich sag' ich das nicht dem Noblen Jack. Basil Valentine ist gerade bei Jack, als ich ihn einlade, also sag ich Basil, er soll mitkommen, denn ich möchte nicht, daß er von mir denkt, ich bin ein Snob.

Es stellt sich heraus, daß Basil einer der ersten Jungs ist, die Sonntag nacht in Miß Harriet Mackyles Bude auftauchen, in der ich schon damit beschäftigt bin, den Scotch und den Champagner vorzubereiten und Miß Harriet Mackyle mit denjenigen von den Mobs bekanntzumachen, die ich eingeladen habe, obwohl ich finde, daß wir hoffnungslos verloren sind in diesem ganzen Dschungel von Kerlen mit kleinen Schnäuzern und von Puppen in großzügig konstruierten Abendkleidern, die rundum noch 'ne Menge sehen lassen. Es scheint jeder vom Broadway hier zu sein, aber auch mancher von der Park Avenue, und Mr. Ziegfeld ist ganz besonders ausgiebig vertreten, und mitten zwischen den Seinen seh ich Miß Midgie Muldoon, obgleich ich mich schon auf die Fußspitzen stellen muß, um sie wegen der Kerle mit den kleinen Schnäuzern, die um sie rumwedeln, überhaupt zu sehen, und deren Interesse an Miß Midgie Muldoon zeugt davon, daß sie nich' solche Gimpel sind, wie sie aussehen, selbst wenn sie kleine Schnäuzer tragen.

Es ist eine sehr große Wohnung, und das erste, was ich bemerke, ist ein großer grüner Papagei, der in seinem Ring hin- und herschwingt, der in einer Ecke des Wohnzimmers von der Decke hängt, und der Grund, warum ich diesen Papagei bemerke, ist, weil er ab und zu ein Riesengekreische rausläßt und verschiedene Worte daherzetert, wie etwa Polly will 'n Plätzchen. Es hängen auch noch jede Menge Kanarienvögel in dem Laden herum, also denk' ich mir, daß Miß Harriet Mackyle solches Gefieder genauso liebt wie schräge Vögel, etwa solche, die sie grad unter ihren Gästen hat.

Ich bin einigermaßen überrascht, den Roten Henry zu sehen, der sich ganz schön herausputzt und in Abendkleidung zwischen den Gästen herumturnt. Ich hab' den Roten Henry jedenfalls nicht eingeladen, also nehm' ich an, Miß Harriet Mackyle hat's ihm gesagt, oder er hat was munkeln hören und platzt einfach so dazu. Ich persönlich finde es schon ein starkes Stück von dem Roten Henry, sich an so 'nem Ort zu zeigen, und das denkt auch jeder andere, der ihn kennt, doch er scheint sich weitestgehend um seine eigenen Angelegenheiten zu kümmern.

Schließlich, als die Trinkerei ernsthaft im Gange ist und sich alle prächtig amüsieren, kommt Miß Harriet Mackyle zu mir herüber und sagt zu mir: »Nun erzähle mir etwas über deine verschiedenen Freunde, damit ich meinen anderen Gästen auch davon erzählen kann. Sie werden sich halb zu Tode gruseln, solch bösen Charakteren zu begegnen.«

»Tja«, sagt ich, »sehen Sie den kleinen Kerl da drüben, der Sie anglotzt, als ob Sie so was wie 'n Gespenst sind? Tja, das is' kein anderer als Basil ›der Böse‹ Valentine, der Sie schneller abmurkst, als Sie pups sagen können, und vielleicht noch schneller. Er ist unbezweifelbar der härteste Junge, der heute nacht hier ist oder der überhaupt in unserem Städtchen rumläuft. Ja, meine Liebe, Basil ›der Böse‹ Valentine is' 'n tierisch kaltblütiger Unhold«, sag' ich, »auch wenn er im Augenblick recht harmlos aussieht. Der böse Basil hat schon so manchem Kerl den Hahn abgedreht. Tatsache, Miß Mackyle«, sag' ich, »der böse Basil kann nachts gar nich' richtig schön schlafen, wenn er nich' vorher einen umlegt.«

»Du meine Güte!« sagt Miß Harriet Mackyle und inspiziert Basil sehr sorgfältig. »Beim ersten Hinsehen wirkt er gar nicht so böse, aber wenn ich ihn mir jetzt genauer ansehe, so glaube ich tatsächlich ein unheimliches Funkeln in seinen Augen zu entdecken.«

Nun, Miß Harriet Mackyle kann es gar nicht mehr abwarten, von mir wegzukommen, und das nächste, was ich von ihr sehe, ist, wie sie Basil umzingelt und ihm beinah die Ohren abschwatzt, so sehr quatscht sie auf ihn ein, und jeder kann sehen, daß Basil sich angesichts dieser Aufmerksamkeiten immer wohler fühlt. Tatsache, Basil is' quietschverzückt, wenn ich je 'nen Kerl sah, der quietschverzückt ist, und ich persönlich verdenk' ihm das bestimmt nicht, denn Miß Harriet Mackyle mag zwar nich' nach 'ner Million aussehen, aber sie hat so einiges, und wie sie so in ihrem Abendkleid dasteht, kann man genug an ihr erkennen, um zu wissen, daß nichts an ihr unecht ist.

Die Party is' so richtig in Schwung, und es geht auf etwa ein Uhr zu, als plötzlich der Noble Jack Maddigen wie ein Torpedo hereinschießt und in fünf Minuten die Runde durch den ganzen Laden macht, wobei er alles in sich reingießt, was man ihm anbietet, alle Puppen heimsucht und gnadenlos beschäkert und dabei unüberhörbar intoniert. Er ist mehr als sauer, als er merkt, daß Miß Harriet Mackyle keinerlei Notiz von ihm nimmt, weil er sich nämlich vorstellt, sie wird augenblicklich alles stehen und liegen lassen, wenn er hereinschneit, bloß is' Miß Harriet Mackyle viel zu sehr mit Basil Valentine beschäftigt, der ihr grad groß und breit die Geschichte erzählt, wie er mal sechs Jungs von Al Capones Gang in Chicago kaltgemacht hat, als er da grad auf 'nem Vergnügunstrip war.

Nun, während er noch auf Miß Harriet Mackyle sauer ist, weil sie ihn wegen Basil Valentine nicht beachtet, und er sich auch nich' denken kann, warum Basil so dicke mit ihr ist, rennt er zufällig in den Roten Henry hinein, und der Rote Henry macht Jack ein paar flapsige Bemerkungen, von wegen Basil spannt ihm die Braut aus, was den Noblen Jack dazu bewegt, dem Roten Henry eins aufs Kinn zu geben, was diesen mitten auf den Schoß von Miß Midgie Muldoon haut, die in 'nem Stuhl sitzt und von 'ner ganzen Menge kleiner Schnäuzer umgeben ist.

Natürlich sorgt dieser Zwischenfall 'nen Moment lang für einige Aufregung. Aber wie Miß Midgie Muldoon die Affäre aufnimmt, ist schon sehr erstaunlich. Sie schiebt den Roten Henry von sich runter, steht auf, wobei sie die Größe einer *demi-tasse* erreicht und sieht dem Noblen Jack geradewegs in die Augen, sehr cool, und sagt: »Ah, was für ein harter Salonjunge.« Darauf wendet sie sich ab und läßt den Noblen Jack mit offenem Mund dastehen, denn bis dahin weiß er ja gar nicht, daß Miß Midgie Muldoon überhaupt anwesend ist.

Nun, jemand hievt den Roten Henry aus dem Laden, und die Party geht weiter, aber ich seh' den Noblen Jack herumschweifen und sehr einsam aussehen, und er hat auch nich' mehr sehr viel Tempo drauf, verglichen mit dem, was er anfangs auflegt. Irgendwie kommt es mir so vor, als ob der Noble Jack nach Miß Midgie Muldoon Ausschau hält, aber die ist bei den kleinen Schnäuzern, und schließlich geht der Noble Jack dazu über, reichlich Prickelwasser in sich reinzuschütten, um seinen Motor wieder anzuwerfen. Er kriegt sich auch wieder ganz gut in den Griff, und als er dann plötzlich neben Miß Midgie Muldoon, die einen Augenblick für sich allein herumsteht, auftaucht, fühlt er sich wieder stark genug und sagt zu ihr: »Hallo, Schönheit, spielst mir wohl die Unerreichbare vor, was?«

Aber Miß Midgie Muldoon sieht ihm wiederum nur in die Augen und sagt: »Ah, der harte Salonjunge! Geh weg, harter Junge. Ich mag keine harten Jungs.«

Nun, das is' sicher nicht allzu ermutigend, wenn man so drüber nachdenkt, aber der Noble Jack ist ein Kerl, der es einfach nicht lassen kann, es bei den Puppen zu versuchen, und so macht er grade Anstalten, ihr weiter zuzusetzen, als urplötzlich eine Stimme »Ha-ha-ha« loslegt, und dann macht es: »Hallo, Dummkopf!«

Das ist natürlich niemand anderes als der Papagei, der vor sich hinbrabbelt und der schon wieder »Ha-ha-ha. Hallo Dummkopf!«

macht. Selbstverständlich meint der Papagei, dessen Name übrigens Polly ist, nicht den Noblen Jack, aber selbstverständlich weiß der Noble Jack nicht, daß der Papagei ihn gar nicht meint, und so fühlt er sich sehr, sehr beleidigt. Außerdem hat er jede Menge Champagner in sich drin. Und so zückt er urplötzlich seinen guten alten Ballermann und läßt das Ding auf Polly losgehen, und kurz darauf fliegen grüne Federn durch die ganze Bude, und der arme, alte Mister Polly, oder vielleicht auch die arme, alte Missis Polly, liegt niedergestreckt auf dem Boden und ist genauso tot wie ein rostiger Türnagel, und vielleicht sogar noch toter.

Nun, ich sah noch niemals 'ne Puppe soviel Theater machen wie Miß Harriet Mackyle, als sie rausfindet, daß Polly 'ne Leiche ist, und was sie dem Noblen Jack so alles an den Kopf wirft, ist schon recht bösartig und auch ganz schön umfangreich, und so sieht es ganz danach aus, als ob der Noble Jack ausholen wird, um Miß Harriet Mackyle einen auf die Nase zu trimmen, bloß merkt er, daß er durch das Abschießen des Papageis einen schwerwiegenden Verstoß gegen die gesellschaftliche Konvention begeht, und er möchte es nicht noch schlimmer machen.

Wie auch immer, Miß Midgie Muldoon steht daneben und sieht den Noblen Jack aus ihren wunderbaren großen, runden schönen Augen mit etwas an, was, wie mir Waldo Winchester, der Schreiberling, später erklärt, jede Menge Verachtung ist, beinahe glaub' ich, der Noble Jack fühlt sich wegen der Blicke schlimmer als wegen der Frechheiten, die ihm Miß Harriet Mackyle an den Kopf wirft. Miß Midgie Muldoon aber macht noch nicht mal ihren Mund auf. Sie sieht ihn nur noch 'ne geraume Zeit lang an, und dann geht sie fort, und mir sieht es danach aus, als ob sie drauf und dran ist, in Tränen auszubrechen, vielleicht weil ihr Polly leid tut.

Nun, natürlich läßt das Spektakel, das der Noble Jack abzieht, die Party platzen, denn Miß Harriete Mackyle will nich' das Risiko eingehen, daß ihr der Noble Jack nun auch noch die Kanarienvögel abknallt, also machen wir uns davon und verlassen Miß Harriet Mackyle, wie sie schluchzend das zusammenkratzt, was sie von Polly noch so finden kann, und Basil Valentine heult gleich mit ihr mit, was ich wirklich überaus entgegenkommend von Basil finde.

Einige Nächte später kommt Basil in Mindys Restaurant, wo ich grade mit dem Noblen Jack herumsitze, und es ist offensichtlich, daß Basil über irgendwas sehr in Sorge ist.

»Jack«, sagt er, »Miß Harriet Mackyle ist sehr, sehr, sehr aufgebracht darüber, daß du Polly vollgebleit hast. Genaugenommen haßt sie dich dafür, weil Polly ein Familienerbstück ist.«

»Wenn schon«, sagt Jack, »sag ihr, ich entschuldige mich dafür, und sag ihr auch, ich werd' ihr 'nen neuen Papagei besorgen, sobald ich das nötige Kleingeld zusammen hab'. Du weißt ja, ich bin momentan abgebrannt. Sag ihr, es tut mir leid, obwohl«, sagt Jack, »ihr Papagei hat kein Recht, mich einen Dummkopf zu nennen, und das gilt auch für jeden anderen.«

»Miß Harriet Mackyle ist jeden Tag hinter mir her, damit ich dich erschieße, Jack«, sagt Basil. »Sie glaubt, ich bin 'n harter Junge, der jeden ohne große Vorankündigung erschießt, und sie will, daß ich dich umlege. Sie ist wahrhaftig schon etwas ungehalten, weil ich dich nich' als Rache für die arme Polly allemache, aber klar, daß ich ihr erklär', ich hätt' momentan keine Kanone. Nun sagt aber Miß Harriet Mackyle, wenn ich dich nich' erschieße, wird sie mich nich' lieben, und ich bin scharf drauf, daß Miß Harriet Mackyle mich liebt, weil ich nämlich halb verrückt nach ihr bin. Also«, sagt Basil, »frag' ich mich, wieviel du wohl verlangst, um dich irgendwo ruhig hinzustellen, damit ich dich abknallen kann, Jack.«

»Wie bitte?« sagt der Noble Jack, maßlos erstaunt, »du hast ja nich' alle Tassen im Schrank.«

»Selbstverständlich will ich dich nich' richtig erschießen, Jack«, sagt Basil. »Ich will dich ja möglicherweise nur mit 'ner Platzpatrone lochen, so daß Miß Harriet Mackyle glaubt, ich erschieß' dich wirklich, wofür sie mir sehr dankbar sein wird. Ich denke, ich kann dir vielleicht an die fünfzehnhundert Dollars dafür geben, obwohl diese Summe fast meine ganzen Ersparnisse verschlingt.«

»Na schön«, sagt der Noble Jack, »dein Vorschlag klingt recht vernünftig. Ich überlege mir nämlich grade, wo ich ein paar Mäuse herbekomme, damit ich Miß Midgie Muldoon 'ne Brosche oder so schicken kann, wer weiß, vielleicht krieg' ich sie ja doch noch soweit. Sie is' immer noch bei ihrer Eisberg-Tour. Du machst besser zwei Riesen draus, wo du grad mal dabei bist.«

Nun, Basil Valentine willigt schließlich ein, die zwei Riesen zu bezahlen. Zudem verspricht Basil, die Mäuse im voraus bei David dem Lord zu hinterlegen oder auch bei einer anderen vertrauenswürdigen Person, denn dies ist schon ein ziemlich ungewöhnlicher Handel, und der Noble Jack ist halt darauf bedacht, daß seine Interessen vollends gewahrt werden.

Nun, die Sache soll einige Nächte später in der Hot Box steigen, und es ist alles schon im voraus sehr gründlich ausgetüftelt. Man einigt sich darauf, daß Basil mit Miß Harriet Mackyle nach der regulären Öffnungszeit, wenn nicht mehr viele Leute da sind, in der Hot Box erscheint und dem Noblen Jack über den Weg läuft. Darauf soll Basil 'ne Kanone ziehen und auf den Noblen Jack losballern, und der Noble Jack tut so, als ob er getroffen ist, und Basil schafft dann Miß Harriet Mackyle während der allgemeinen Verwirrung aus dem Laden.

Der Noble Jack verspricht, sich danach für ein paar Wochen aus dem Verkehr zu halten, damit es so aussieht, als ob er tot ist, und Basil hofft, daß Miß Harriet Mackyle dankbar genug ist, um ihn in der Zwischenzeit sehr, sehr liebzuhaben und ihn vielleicht sogar zu heiraten, was ja Basils eigentliche Absicht ist.

So ziemlich jeder ist bestens darüber informiert, was sich abspielen soll, und 'ne ganz schöne Anzahl Jungs treibt es dementsprechend im Laufe der Nacht in die Hot Box, einschließlich David den Lord, der an der ganzen Sache seinen Spaß zu haben scheint. Aber wer taucht plötzlich und völlig unerwartet auch noch auf, wenn nicht Miß Midgie Muldoon, die mit Buddy Donaldson, dem Songschreiber, zusammen ist.

Der Noble Jack ist über Miß Midgie Muldoons Anwesenheit völlig aus der Fassung, und sie hat noch nie vorher so viele Blicke für ihn übrig gehabt. Also geht der Noble Jack dazu über, mehr Scotch in sich reinzuschütten, als gesund sein kann, und jeder beginnt sich zu fragen, ob er sich tatsächlich so ruhig hinstellen kann, damit Basil ihn auch trifft, auch wenn es sich nur um 'ne Platzpatrone handelt. Die Hot Box macht um drei Uhr morgens dicht, und jeder ist dann auch draußen, mal abgesehen von den Stammgästen. Und so sind gegen halb vier nur noch etwa 'n Dutzend Kerle und Puppen im Laden, als Basil Valentine und Miß Harriet Mackyle erscheinen.

Der Noble Jack steht grade mit dem Rücken zur Eingangstür und nicht gar weit weg von dem Tisch, an dem Miß Midgie Muldoon und dieser Buddy Donaldson sitzen.

Ohne Umschweife legt Basil sofort los, wobei seine Stimme nicht wenig zittert: »Jack der Noble Maddigan, deine Zeit ist gekommen!«

Darauf dreht sich der Noble Jack um, und Basil Valentine zerrt eine riesige Kanone aus der Hintertasche seiner Hose.

Und im nächsten Augenblick ertönt ein gellender Schrei, und dann kreischt die Stimme einer Puppe: »Jack! Paß auf, Jack!«, und aus ihrem Stuhl raus und rüber zum Noblen Jack hüpft keine andere als Miß Midgie Muldoon, und exakt in dem Augenblick, als Basil endlich die Kanone draußen hat und abdrückt, pflanzt sich Miß Midgie Muldoon genau vor Jack auf, und streckt beide Arme weit aus, so als ob sie ihn schützen will.

Nun, die Kanone in Basils Hand macht ding-dong, aber statt nun hinzufallen, wie es eigentlich von ihm erwartet wird, steht der

Noble Jack bloß mit weit aufgerissenem Mund da, starrt auf Miß Midgie Muldoon und weiß nicht, was er davon halten soll, daß sie einfach so zwischen ihn und die Kanone springt, und es is' auch 'ne gute Sache, daß er nicht hinfällt, weil er so nämlich in der Lage ist, Miß Midgie Muldoon aufzufangen, die grade dabei ist umzukippen.

Zuerst denken wir, es ist vielleicht nur 'ne Ohnmacht, aber sie hat ein tiefausgeschnittenes Kleid an, und von ihrer linken Schulter fließt langsam ein roter Schmier, und dieser rote Schmier ist nichts anderes als Blut, und als der Noble Jack sie zu fassen bekommt, sagt sie zu ihm: »Halt mich fest, Liebster, ich bin verletzt.«

Dies kommt nun in der Tat völlig unerwartet und ist keineswegs ein Bestandteil des ganzen Spielchens. Basil Valentine steht mit der Kanone in seiner Pranke an der Eingangstür, sieht völlig überrascht aus und macht keinerlei Anstalten, Miß Harriet Mackyle aus dem Laden zu schaffen, wie er das unmittelbar nach seinem Schuß eigentlich tun soll, und Miß Harriet Mackyle stößt ein paar improvisierte Schreie aus, die durch Mark und Bein dringen, und schreit, nie hätt' sie gedacht, daß Basil sie beim Wort nimmt und wirklich jemanden für sie umpustet, obwohl sie auch sagt, daß sie diese Rücksichtnahme zu würdigen weiß.

Man sieht, wie Basil dasteht und sich fragt, was wohl schiefgegangen ist, als David der Lord, der in allen möglichen Situationen die Übersicht behält, einen kurzen Blick auf Miß Midgie Muldoon wirft, dann quer durch den Raum schnellt und sich Basil schnappt. »Also, wirklich«, sagt David zu Basil, »du bist ein mieser Schurke. Du hast ihn tatsächlich umlegen wollen. Du schießt gar nicht mit 'ner Platzpatrone, sondern feuerst 'ne richtige Bohne ab und erwischst damit Miß Midgie Muldoon an der Schulter.«

Nun, Basil ist ein ziemlich flau aussehendes Würstchen, als David der Lord ihn in der Mache hat, und Miß Harriet Mackyle gibt noch ein paar zusätzliche Jauler zum besten, als Basil sagt: »Du lieber Himmel, David«, sagt er. »Ich weiß doch gar nicht, daß die Kanone richtig geladen ist. Wirklich, ich habe eben erst dran gedacht, mir überhaupt 'ne Kanone zu besorgen. Während ich noch suche, kommt der Rote Henry und sagt, er leiht mir seine. Ich erklär' ihm, die ganze Sache is' bloß 'n Scherz, und erzähl' ihm, ich brauch' Platzpatronen, und da is' er so nett und nimmt vor meinen Augen das Blei aus der Kanone raus und vertauscht es mit Platzpatronen.«

»Und vermutlich haut der Rote Henry dich dabei kräftig übers Ohr«, sagt David der Lord. »Der Rote Henry ist verdammt sauer auf Jack, weil der ihm eins aufs Kinn gegeben hat.«

Darauf nimmt David die Kanone aus Basils Hand und läßt sie aufspringen, und zweifellos sind da genug richtige Kugeln drin, um 'n ganzes Ruderboot zu versenken, und nicht im mindesten irgendwelche Platzpatronen, was Basil Valentine einigermaßen überrascht.

»Und jetzt«, sagt David, »mach, daß du hier wegkommst, bevor Jack klar wird, was passiert ist, und halt dich außer Reichweite, bis du von mir hörst, denn falls Miß Midgie Muldoon abkratzt, wird das einigen Knatsch verursachen. Und abgesehen davon«, sagt David, »nimm diese blökende Puppe bloß mit.«

Tja, daran kann man sehen, daß David der Lord vor Wut ganz schön am Kochen ist, und er kocht so lange weiter, bis sich herausstellt, daß Miß Midgie Muldoon nur ein kleines bißchen angeschossen ist und schon gar nicht in Todesgefahr schwebt. Wir bringen sie ins Krankenhaus, und einer von den Weißkitteln gräbt die Kugel aus ihrer Schulter, und wir verlassen sie und den Noblen Jack, wie er sie eng umschlungen in seinen Armen hält und schwört, nie mehr hart zu sein und ihr für Basils zwei Riesen ein hübsches kleines Heim einzurichten und sich 'nen Job zu suchen und sein bisheriges Leben ad acta zu legen, was sich alles recht gefällig anhört.

Erst einige Jahre später hören wir wieder etwas von Miß Harriet Mackyle, und da ist sie Mrs. Basil Valentine und lebt in Neapel drüben in Italien, und die Leute dort wundern sich schon sehr, weil Mrs. Basil Valentine Mr. Basil Valentine niemals gestattet, sich mit Kerlen über zehn Jahren einzulassen, und ihn niemals mit was Gefährlicherem hantieren läßt als mit 'nem Golfschläger.

Das is' dann so ziemlich alles, was es zu dieser Geschichte zu sagen gibt, außer vielleicht noch folgendes: Als der Noble Jack Maddigan und Miß Midgie Muldoon sich aufpflanzen, um sich von Vater Leonard trauen zu lassen, da fixiert sie David der Lord für eine geraume Weile und wendet sich dann zu mir und sagt:

»Schau«, sagt David, »und sag mir, bis wohin Miß Midgie Muldoons Schulter an Jacks linker Seite reicht.«

»Na ja«, sag' ich, »ihre Schulter reicht genau bis zu Jacks Herz.«

»Siehste«, sagt David, »da hat Jack ganz schön Glück, daß sie Basils Bohne aufhält, oder?«

Blutdruck

Es ist so ungefähr halb zwölf in einer Mittwochnacht, und ich stehe an der Ecke der Achtundvierzigsten Straße und Siebten Avenue und denke über meinen Blutdruck nach, worüber ich bislang noch nich' allzu häufig nachdachte.

Tatsache, ich hab' noch nie was über meinen Blutdruck vor diesem Mittwoch nachmittag gehört, als ich Doc Brennan 'nen Besuch wegen meinem Magen abstatte und er mir so 'nen Knebel um den Arm legt und mir erzählt, mein Blutdruck is' höher als 'n Katzenbuckel, und ich soll mi'm Essen vorsichtig sein und jede Aufregung vermeiden, denn andernfalls tät ich urplötzlich und wenn ich es am allerwenigsten erwarte abkratzen.

»Ein nervöser Mensch wie du, der 'nen Blutdruck hat, der in den Wolken hängt, der muß ruhig leben«, sagt Doc Brennan. »Macht zehn Mäuse«, sagt er.

Na, ich stehe also nun da und denk' mir, so wie die Dinge in der Stadt augenblicklich stehen, wird es kaum schwer sein, Aufregung zu vermeiden, und ich wünsch' mir meine zehn Mäuse zurück, um sie morgen auf Sun Beau im vierten Rennen drüben in Pimlico zu setzen, als ich plötzlich aufschaue, und kein anderer als Rusty Charley steht vor mir.

Nun, wenn ich auch nur den Hauch einer Ahnung hätt', daß Rusty Charley mir irgendwo über den Weg läuft, tät ich wie der Blitz irgendwo anders sein, worauf du Gift nehmen kannst, denn Rusty Charley is' kein Kerl, mit dem ich irgendwas am Hut haben möchte, wie auch immer. Und nicht nur ich will mit ihm nichts am Hut haben, keiner im ganzen Städtchen ist scharf auf Rusty Charley, denn er ist ein verdammt schwerer Junge.

O ja, es gibt auf der ganzen Welt keinen schwereren Jungen. Er ist ein riesiger, breiter Kerl mit zwei großen, schweren Händen und mit 'ner ganzen Menge sehr übler Angewohnheiten, und er denkt sich nich' viel dabei, die Leute umzuhauen und auf ihrer Visage rumzutanzen, wenn ihm danach ist.

Dieser Rusty Charley is' genau das, was man so einen Gorilla nennt, denn er ist bekannt dafür, fast ständig 'ne Kanone in seiner Hosentasche mit sich rumzutragen und damit bisweilen die Leute so totzuschießen wie Türnägel, wenn er die Art nich' mag, wie sie ihre Hüte tragen — und Rusty Charley is' verdammt kritisch, was Hüte angeht. Wahrscheinlich hat Rusty Charley schon so manchen Kerl in unserem Städtchen auf dem Gewissen, und die, die er nich' umschießt, die sticht er mit seinem Metz ab, und der einzige Grund, warum er nich' im Knast sitzt, ist, weil er grade rauskommt und das Gesetz noch gar keine Zeit hat, sich was einfallen zu lassen, um ihn dafür wieder einzubuchten.

Na ja, jedenfalls merk' ich sofort, Rusty Charley is' in meiner Nähe, als ich ihn sagen höre: »Nanu, nana, da sind wir ja!«

Darauf packt er mich am Kragen, so daß es völlig sinnlos ist, ans Verduften zu denken, obwohl ich große Lust verspüre, genau das zu tun.

»Hallo, Rusty«, sag' ich, sehr liebenswürdig. »Wie stehen die Aktien?«

»Is' alles bestens«, sagt Rusty. »Ich bin froh, dich zu sehen, ich such' nämlich grad Gesellschaft. Ich war drei Tage lang wegen 'nem Geschäft drüben in Philly.«

»Ich hoffe inständig, daß in Philly alles gut für dich über die Bühne ging, Rusty«, sag' ich. Doch diese Neuigkeit macht mich einigermaßen nervös, weil ich nämlich ein gewohnheitsmäßiger Zeitungsleser bin und 'ne ziemlich genaue Vorstellung davon hab', was Rusty für 'n Geschäft in Philadelphia abgewickelt hat. Erst gestern nämlich las ich in der Zeitung 'ne Meldung aus Philly, daß Quincey ›die Qualle‹ Smallwood, einer der Oberbosse im dortigen Alkoholgeschäft, genau vor seiner Haustür allegemacht wurde.

Selbstverständlich weiß ich nich', daß Rusty Charley derjenige ist, der Quincey ›die Qualle‹ Smallwood allegemacht hat, aber als ich jetzt höre, daß Rusty zu dieser Zeit in Philly war, kann ich zwei und zwei zusammenzählen. Es is' genauso, als ob da 'n Banküberfall in Cleveland, Ohio, über die Bühne ging und man hört, Rusty ist in Cleveland, Ohio. So was reicht. Ich bin also mächtig nervös und halte es für 'ne ausgemachte Sache, daß mein Blutdruck jede Sekunde hochgeht.

»Wieviel Mäuse haste bei dir?« fragt Rusty. »Ich bin total abgebrannt.«

»Ich hab' nich' mehr als 'n paar Cent, Rusty«, sag' ich. »Ich zahl' heute 'nem Doktor zehn Mäuse, nur um rauszufinden, daß es um meinen Blutdruck schlecht steht. Aber du kannst selbstverständlich kriegen, was ich hab'.«

»Na ja, 'n paar lausige Cent sind nich' das Wahre für so erstklassige Jungs wie du und ich«, sagt Rusty. »Gehen wir zu Nathan Detroits Würfelspiel und holen uns 'n paar Moneten!«

Nun hab' ich selbstverständlich keinerlei Lust, zu Nathan Detroits Würfelspiel zu latschen; und wenn ich Lust hab', mich da sehen zu lassen, hab' ich bestimmt keine Lust, mit Rusty Charley hinzugehen, weil man 'nen Kerl zuweilen nach der Gesellschaft beurteilt, in der er sich befindet, vor allem beim Würfelspiel, und Rusty Charley gilt als schlechte Gesellschaft. Außerdem hab' ich überhaupt keine Mäuse, die ich beim Würfeln riskieren kann, und wenn ich Mäuse hab', die ich beim Würfeln riskieren kann, werd' ich die schon gar nich' beim Würfeln riskieren, sondern auf Sun Beau setzen oder vielleicht mit nach Hause nehmen und einige meiner überfälligen Rechnungen abzahlen, die Miete oder so was.

Schließlich fällt mir auch noch ein, was Doc Brennan mir erzählt hat, von wegen Aufregung möglichst zu vermeiden, und ich weiß auch, daß es mehr als genug Aufregung bei Nathan Detroits Würfelspiel gibt, wenn Rusty Charley hingeht, was meinen Blutdruck entschließen könnte, hoch genug zu jagen, um mich völlig unerwartet abkratzen zu lassen. Tatsache, ich fühl' mein Blut schon mehr als nur 'n bißchen in mir rumspringen, aber natürlich hab' ich nich' vor, Rusty Charley mit 'nem Einwand zu verärgern, und so gehen wir also zu Nathan Detroits Würfelspiel.

Dieses Würfelspiel ist in dieser Nacht über einer Garage in der Zweiundfünfzigsten Straße, obwohl es manchmal auch über einem Restaurant in der Siebenundvierzigsten Straße ist oder im hinteren Teil eines Zigarrenladens in der Vierundvierzigsten Straße. Tatsächlich kann sich Nathan Detroits Würfelspiel so ziemlich überall befinden, weil es nämlich jede Nacht unterwegs ist, denn schließlich ist es nich' sonderlich sinnvoll, für 'n Würfelspiel an einem Ort zu bleiben, bis die Bullen rausfinden, wo es ist. Also schiebt Nathan Detroit sein Würfelspiel von einem Ort zum nächsten und die Leutchen, die mit ihm zu tun haben wollen, müssen jede Nacht nach ihm fragen. Natürlich weiß das auf dem Broadway fast jeder, zumal Nathan Detroit seine Typen herumlaufen läßt, die seine neueste Adresse ausposaunen und die Losung für den Abend.

Jack der Nörgler sitzt in einem Wagen vor der Garage in der

Zweiundfünfzigsten Straße, als Rusty Charley und ich vorbeikommen, und er sagt ziemlich leise »Kansas City«, was das Kennwort für den Abend sein soll. Aber wir brauchen keine Losung, wenn wir die Treppe an der Garage hochklettern, weil genau in diesem Augenblick der Starke John, der Türsteher, durch sein Guckloch herausspäht und Rusty Charley und mich sieht, und natürlich reißt er sofort die Tür auf, beglückt uns mit seinem öligen breiten Grinsen, denn in dieser Stadt hält niemand seine Türen lange vor Rusty Charley geschlossen.

Das ist ein sehr verdreckter Raum über der Garage, veräuchert und das Spiel wird auf einem alten Billardtisch abgewickelt. Und um den Tisch herum und so dicht beieinander, daß du nicht mal eine Stricknadel zwischen zwei von diesen Typen bekommst, hängen all diese hohen Tiere der Stadt herum, denn da is 'ne Menge Geld im Spiel. Und viele von den Leuten sind sehr vermögend. Außerdem muß ich noch sagen, daß da einige sehr schwere Jungs am Tisch waren unter ihnen auch Leute, die dich in den Schädel oder in den Bauch schießen, ohne daß es ihnen irgendwas ausmacht. Wirklich, wenn ich solche Leute wie Phil das Pferd sehe aus Brooklyn und Sam ›der Ausgekochte‹ Levinsky und den Einsamen Ike aus Harlem, weiß ich genau, daß dies ein miserabler Ort für meinen Blutdruck ist, denn das sind alles wahrhaftig richtig harte Jungs, und daß sie das sind, weiß auch der letzte in dieser Stadt.

Dort aber stehen sie um den Tisch herum, ineinander verkeilt mit Nick dem Griechen, Big Nig, dem Grauen John, Okay Okun und vielen anderen hohen Tieren, und sie alle haben große zerknitterte Riesen in ihren Händen, die sie hin- und herflattern lassen, als ob diese Riesen nichts anderes wären als Fetzen von Abfallpapier.

Außerhalb des Mobs, der sich um den Tisch herum drängt, gibt es noch jede Menge kleine Dealer, die ab und zu versuchen, ihre Fäuste zwischen die hohen Tiere zu zwängen, um 'ne Wette zu machen. Es sind auch noch Kerle dabei, die man Shylocks nennt und die dir, wenn du abgebrannt bist, für 'ne Uhr oder 'nen Ring oder vielleicht auch für Manschettenknöpfe Geld pumpen — zum saftigen Zinssatz, versteht sich.

Nun, wie ich schon sage, es is' am Tisch nich' mal mehr genug Platz für 'n dünnen Knaben, als wir in den Laden reinstapfen, aber Rusty Charley läßt ein energisches Hallo raus, als wir eintreten, und die Jungs gucken alle irritiert durch die Gegend, und kurz darauf is' am Tisch so was von viel Platz, daß sowohl Rusty Charley als auch ich ganz bequem hinpassen. Es hat wirklich was Magisches, wie so urplötzlich genug Platz für uns da ist, obwohl vorher kein Platz für'n Handtuch war.

»Wer is' 'n am Abzug?« fragt Rusty Charley und schaut sich um.

»Wieso, du natürlich, Charley«, versichert Big Nig rasch, der dafür zuständig is', die Scheinchen zu verteilen, und reicht Charley ein Paar Würfel herüber, obgleich, wie ich später erfahre, sein Kumpel rechts neben ihm grad dabei is', 'ne Neun zu versuchen, als wir zum Tisch rübergehen. Alle sind mucksmäuschenstill und verfolgen jede von Charleys Bewegungen. Mir schenkt niemand irgendwelche Beachtung, denn ich bin allen und jedem als ein Kerl bekannt, der nur so mit herumhängt, und keiner glaubt, ich hab' irgendwas mit Charley zu tun, obwohl Phil das Pferd mich einmal in einer Weise anstarrt, die meinem Blutdruck ganz bestimmt nich' bekommt, oder auch dem Blutdruck von jemand anderem.

Nun, Charley nimmt die Würfel und dreht sich zu einem kleinen Kerl mit 'ner Melone um, der direkt neben ihm steht und damit beschäftigt ist, sich zusammenzukauern, um von Charley nicht bemerkt zu werden, und Charley klaubt die Melone von des kleinen Mannes Kopf und schüttelt die Würfel in seiner Hand kräftig durch und schmeißt sie in die Melone rein und macht »Hah!«, wie es alle Würfelspieler tun, wenn sie die Würfel rollen lassen. Dann linst Charley in die Melone rein und sagt »Zehn«, obwohl er niemand sonst in die Melone reingucken läßt, nich' mal mich; also weiß keiner, ob Charley 'ne Zehn wirft oder sonstwas.

Aber selbstverständlich wird auch keiner was dagegen haben und etwa bezweifeln wollen, daß Rusty Charley 'ne Zehn wirft, weil Charley der Auffassung sein könnte, daß das bedeutet, er is' 'n Lügner, und Charley ist ein Kerl, der es fertig bringt, es nich' sonderlich zu mögen, wenn man ihn 'nen Lügner nennt.

Bei Nathan Detroits Würfelspiel wird ein Spiel abgezogen, bei dem die Jungs natürlich gegeneinander wetten, da es so was wie 'ne Hausbank nicht gibt. Es is' gerade so ähnlich, wie wenn zwei Kerle auf der Straße gegeneinander Wetten loslassen, und Nathan Detroit braucht sich daher nich' mit 'nem richtigen Spieltisch und 'ner Ausstattung, wie es sie in Spielclubs gibt, rumzuärgern. Tatsächlich is' das einzige, was Nathan Detroit zu tun hat, 'nen geeigneten Ort fürs Spiel zu finden, ein Paar Würfel zu besorgen und seine Prozente abzusacken, die keineswegs übel ausfallen.

Bei solch einem Spiel wie diesem is' nich' viel los, bis ein Kerl vor dem entscheidenden Wurf steht und die Jungs rundherum anfangen, darauf zu wetten, daß er den Wurf hinkriegt, und in jedem Land der Welt sind die Chancen, daß es einem Kerl nich' gelingt, mit 'nem Paar Würfel 'ne Zehn hinzukriegen, bevor er 'ne Sieben wirft, genau zwei zu eins.

Nun, als Charley sagt, er schmeißt 'ne Zehn in die Melone, gibt keiner 'nen Pieps von sich, und als Charley die Runde sorgfältig inspiziert, da sieht er plötzlich den Knickrigen Mickey am Tischende stehen, obwohl der Knickrige Mickey krampfhaft bemüht ist, sich zusammenschrumpfen zu lassen. Charleys Augen fangen an zu leuchten.

»Ich mach' 'ne Wette über fünf Blaue«, sagt Charley, »und — Mickey, du kriegst sie«, womit er meint, er läßt Mickey um tausend zu fünfhundert Dollars gegen sich wetten, daß er keine Zehn hinkriegt.

Der Knickrige Mickey ist schon immer ein kleiner Dealer, und auch eher ein Shylock als ein Spieler, und der einzige Grund, warum er jetzt hier am Tisch mit rumsteht, ist, weil er hochkommt, um Nick dem Griechen ein paar Mäuse zu leihen; und eigentlich ist es genauso unwahrscheinlich, daß der Knickrige Mickey tausend zu fünfhundert auf irgendwas wettet, wie es unwahrscheinlich ist, daß er die Mäuse der Heilsarmee schenkt, und das ist nun das Unwahrscheinlichste überhaupt. Er selbst wird natürlich nie auf die Idee kommen, tausend zu fünfhundert darauf zu wetten, daß 'n Kerl keine Zehn mit den Würfeln hinkriegt, und als Rusty Charley ihm erzählt, es läuft so 'ne Wette, da fängt Mickey sichtlich an zu zittern.

Die andern, die um den Tisch rumstehen, sagen kein Sterbenswörtchen dazu, und so schüttelt er die Würfel in seiner Hand wieder durch, pustet sie einmal an und schmeißt sie in die Melone und sagt »Hah!« Selbstverständlich kann keiner in die Melone reinsehen außer Charley, und der späht hinein und sagt »Fünf.« Er schüttelt die Würfel noch mal durch und schmeißt sie in die Melone und sagt »Hah!« und dann, nachdem er in die Melone späht, sagt er »Acht.« Ich fange vor lauter Furcht an zu schwitzen, er könnte 'ne Sieben in die Melone schmeißen und seine Wette versauen, und ich weiß, daß Charley keine fünf Blauen hat, um auszuzahlen, obwohl ich natürlich auch weiß, daß Charley nich' auf die Idee kommt auszuzahlen, völlig egal, was er reinschmeißt.

Beim nächsten Schmeißer brüllt Charley »Kröten!« — und meint, er macht schließlich seine Zehn, obwohl es niemand außer ihm sehen kann; und er streckt seine Hand dem Knickrigen Mickey entgegen, und der Knickrige Mickey reicht ihm 'nen dicken fetten Blauen, und zwar sehr, sehr langsam.

In meinem ganzen Leben hab' ich keinen betrübter aussehenderen Kerl gesehen als Mickey, als er mit den Mäusen rüberkommt. Falls Mickey den Gedanken hat, Charley zu fragen, ob er ihm die Würfel in der Melone mal zeigt, um die Zehn zu überprüfen, so läßt er davon jedenfalls nichts verlauten, und da Charley offensichtlich nich' vorhat, die Zehn herumzuzeigen, sagt auch kein anderer irgendwas, vermutlich, weil sie glauben, daß Rusty Charley nich' der Kerl is', der seine Worte anzweifeln läßt, schon gar nich' wegen so 'ner Lappalie wie 'ner Zehn.

»Tja«, sagt Charley und steckt Mickeys Blauen in die Tasche, »ich denke, das reicht für heut' nacht«, und er gibt die Melone dem kleinen Kerl zurück, dem sie gehört, und macht mir ein Zeichen mitzukommen, was ich nur allzugern tu', da die Stille in dem Laden meinen Magen hoch- und runterhüpfen läßt und ich genau weiß, daß das schlecht für meinen Blutdruck ist. Von dem Augenblick an, wo wir reinkommen, bis zu dem, wo wir raus wollen, macht noch nich' mal jemand auch nur den Mund auf, und du wirst überrascht sein, wie nervös es dich machen kann, in einer riesigen Meute zu sein, und alle sind totstill, vor allem dann, wenn du weißt, daß du an einem Ort bist, an dem es jede Minute rundgehen kann. Erst als wir an der Tür anlangen, fängt einer an zu reden, und zwar ist es kein anderer als der Knickrige Mickey, der das Schweigen bricht, indem er zu Rusty Charley sagt:

»Charley«, sagt er, »machst du es auf die harte Tour?«

Na ja, alles brüllt vor Lachen, und wir gehen raus, aber ich selbst krieg' auch nich' raus, ob Charley seine Zehn nun mit 'ner Sechs und 'ner Vier oder mit zwei Fünfen macht — was man die harte Tour, 'ne Zehn zu machen, nennt —, obwohl ich später über die Sache oft nachgrüble.

Ich hoffe, daß ich jetzt von Rusty Charley wegkomme und nach Hause gehen kann, weil er der letzte Kerl auf der Welt ist, den man um sich haben möchte, wenn man den Blutdruck senken will, und weil die Leute 'ne falsche Vorstellung von mir kriegen, wenn ich mit ihm zusammenhänge; nur, als ich Charley andeute, gehen zu wollen, scheint er gekränkt zu sein.

»Na so was«, sagt Charley, »du bist ja 'n feiner Kerl, 'nen Kumpel so einfach sitzenzulassen, grade wenn wir dabei sind loszulegen. Du wirst natürlich bei mir bleiben, weil ich Gesellschaft mag, und wir werden zu Ike dem Schweinchen runtergehen und 'ne Runde Stuß spielen. Ike is' 'n alter Freund von mir, und ich schulde ihm noch 'ne Revanche.«

Nun will ich selbstverständlich nich' zu Ike dem Schweinchen gehen, denn der Schuppen is' mitten in der Stadt drin, und ich will auch nich' Stuß spielen, weil das 'n Spiel is', das ich noch nie verstanden hab', und außerdem erinner' ich mich daran, daß Doc Brennan mir sagt, ich soll so ab und zu mal 'n bißchen schlafen; aber ich seh' keinen Grund, Charleys Gefühle zu verletzen, vor allem, weil er fähig ist, was sehr Drastisches mit mir anzustellen, falls ich nicht gehe.

Also ruft er 'ne Taxe, und wir fahren in die Innenstadt zu Ike dem Schweinchen, und der Kerl in der Taxe fährt die Karre dermaßen schnell durch die Gegend, daß es meinen Blutdruck von fünfzig auf hundert jagt, obwohl Rusty Charley dem Tempo keinerlei Beachtung schenkt. Schließlich steck' ich meinen Kopf aus dem Fenster raus und bitte den Fahrer, es 'n bißchen langsamer angehen zu lassen, da ich in einem Stück ankommen möchte, aber der Kerl heizt einfach nur weiter.

Wir sind grad an der Ecke Neunzehnte und Broadway, als Rusty Charley urplötzlich den Fahrer anbrüllt, er soll 'nen Moment anhalten, was der Kerl auch prompt tut. Darauf steigt Charley aus der Taxe und sagt zu dem Fahrer:

»Wenn 'n Kunde dich bittet, es 'n bißchen langsamer angehen zu lassen, warum biste dann nich' so nett und läßt es 'n bißchen langsamer angehen? Nun sieh mal, was de davon hast.«

Und Charley holt weit aus und knallt dem Fahrer einen Wummer aufs Kinn, daß es den armen Kerl glatt aus dem Sitz und auf die Straße haut, und dann klettert Charley selbst auf den Sitz, und schon geht es mit Charley am Steuer los, wobei wir den Kerl, der alle viere von sich streckt und steif wie 'n Brett daliegt, einfach zurücklassen.

Nun fuhr Rusty Charley früher selbst mal 'ne Taxe, um sich seine Brötchen zu verdienen, und zwar so lange, bis die Bullen merkten, daß er seine Kundschaft nich' immer an der richtigen Adresse abliefert, vor allem solche nich', die betrunken sind. Er ist ein ziemlich guter Fahrer, bloß guckt er nur in eine Richtung, und zwar strikt geradeaus.

Ich persönlich möcht' mit Charley unter gar keinen Umständen in 'ner Taxe fahren, vor allem, wenn er am Steuer sitzt, denn er fährt wirklich verdammt fix. Er hält einen Block von Ike dem Schweinchen entfernt an und sagt, wir lassen die Taxe da, bis jemand sie findet und wegschafft, aber gerade als wir von der Taxe weggehen, erscheint ein Bulle in Uniform und behauptet, wir können die Taxe nich' ohne 'nen Fahrer an diesem Platz stehen lassen.

Nun, Rusty Charley mag es von Natur aus nun mal nich', von 'nem Bullen 'ne Belehrung gesteckt zu bekommen, also macht er nichts anderes, als die Straße hoch- und runterzuspähen, um zu sehen, ob grade irgendeiner zuguckt, und dann holt er schön weit aus und kloppt dem Bullen eins aufs Kinn, daß es ihn glatt O-beinig haut. Ich möchte schon sagen, ich sah noch nie 'nen treffsichereren Puncher als Rusty Charley, denn er trifft immer genau auf den guten alten Punkt.

Als der Bulle umfällt, packt mich Rusty Charley am Arm und

fängt an, mit mir 'ne Seitenstraße hochzurennen, und nachdem wir etwa einen Block weit sind, flitzen wir zu Ike dem Schweinchen rein.

Sein Laden ist das, was man ein Stußhaus nennt, und viele prominente Figuren aus der Umgebung sind da und spielen Stuß. Niemand scheint sonderlich erfreut zu sein, Rusty Charley zu sehen, obwohl Ike das Schweinchen so tut, als ob er halb zu Tode entzückt ist. Dieser Ike das Schweinchen ist ein kurzer fettnackiger Kerl, der Neujahr sehr natürlich wirken wird, so ohne Klamotten und mit 'nem Apfel im Mund, aber es sieht mir danach aus, als ob er und Rusty Charley richtige alte Freunde sind und in gewisser Weise recht viel voneinander halten.

Aber ich bemerke, daß Ike das Schweinchen gar nicht mehr so entzückt ist, als er erfährt, daß Charley da ist, um zu spielen, auch wenn Charley kurz mit seinem Blauen wedelt und sagt, es macht ihm gar nichts aus, ein paar Mäuse an Ike zu verlieren, von wegen der guten alten Zeiten. Aber ich glaube, Ike das Schweinchen weiß, daß er nich' mal nur in die Nähe von Charleys Blauem kommen wird, denn Charley steckt ihn in seine Tasche zurück, und da wird er nich' wieder raus kommen, auch wenn Charley beim Stuß verlieren sollte.

Nun, um fünf Uhr morgens ist Charley um einhundertdreißig Riesen im Hintertreffen, was 'ne ganze Menge Geld ist, selbst wenn ein Kerl im Geld förmlich schwimmt, und selbstverständlich weiß Ike das Schweinchen, daß keinerlei Aussicht besteht, auch nur hundertdreißig Cents aus Rusty Charley rauszuholen, mal ganz abgesehen von vielen Tausendern.

Zu dem Zeitpunkt sind alle anderen schon weg, und Ike möchte dicht machen. Er ist sicherlich nur allzu gern bereit, 'nen Schuldschein von Charley über 'ne Million anzunehmen, wenn er Charley damit rauskriegt, bloß is' das Problem, daß ein Kerl beim Stuß ein Recht darauf hat, 'nen Prozentsatz dessen, was er verliert, zurückzubekommen, und Ike rechnet sicher damit, daß Charley diesen Prozentsatz verlangen wird, selbst wenn er nur 'nen Schuldschein ausstellt, und dieser Prozentsatz wird Ike glatt ruinieren.

Überdies sagt Rusty Charley, er will unter solchen Umständen nicht als Verlierer aufhören, weil Ike sein Freund ist. Also geschieht folgendes: Ike schickt schließlich nach 'nem Falschspieler namens Blödie Goldberg und heuert ihn an, das Spiel zu übernehmen, worauf dieser Rusty Charley übers Ohr haut, was Charley nur recht ist.

Ich persönlich schenk' dem Spiel nich' viel Aufmerksamkeit, sondern genehmige mir statt dessen in einem Stuhl in 'ner Ecke ein paar Mützen voll Schlaf, und die Ruhepause tut meinem Blutdruck auch beträchtlich gut. Tatsache, ich bemerk' meinen Blutdruck nich' mal, als Rusty Charley und ich Ike das Schweinchen verlassen, denn ich denk' mir, daß Charley mich nach Hause gehen läßt und ich ins Bett schlüpfen kann. Aber obwohl es sechs Uhr ist und schon hellichter Tag, als wir Ike verlassen, ist Charley immer noch voller Tatendrang, und so will er denn unbedingt in 'nen Laden gehen, den man den Bohemian Club nennt.

Nun, diese Absicht bringt meinen Blutdruck sofort wieder in Bewegung, denn der Bohemian Club is' nichts anderes als ein Höllenschlund, wo die Kerle und die Puppen hingehen, wenn absolut keine andere Bude in der Stadt mehr auf hat, und sie wird von 'nem Kerl namens Messer O'Halloran geführt, der aus der Gegend von Greenwich Village kommt und als überaus mieser Charakter gilt. Es ist allen und jedem wohlbekannt, daß ein Kerl jede Nacht bei Messer O'Halloran sein Leben verlieren kann, selbst wenn er nich' viel mehr tut als Messer O'Hallorans Fusel zu picheln.

Aber Rusty Charley besteht darauf, dorthin zu gehen, und so geh' ich natürlich mit ihm. Zuerst ist alles sehr ruhig und friedvoll, abgesehen von ein paar Kerlen und Puppen in Abendkleidung, die dort stranden, nachdem sie die ganze Nacht in den Nacht-Clubs verbringen, und die in einer Ecke des Ladens rumgrölen.

Rusty Charley und Messer O'Halloran genehmigen sich gemeinsam 'nen Drink aus einer Flasche, die Messer in seiner Tasche mit sich rumschleppt, wohl damit sie nicht mit dem Fusel, den er seinen Gästen verkauft, durcheinandergerät, und sie erzählen sich grade Lügengeschichten von den alten Tagen, als sie noch mit der Staubwedel-Gang in der West Side rumziehen, als urplötzlich vier Bullen in Zivil auftauchen.

Nun sind diese Bullen gar nicht im Dienst und haben auch gar nicht vor, jemandem was anzuhängen, und sie wollen sich auch nur ein oder zwei Schlückchen zu Gemüte führen, bevor sie nach Hause gehen, und es ist auch wahrscheinlich, daß sie Rusty Charley keinerlei Beachtung schenken werden, solange er sich um seinen eigenen Kram kümmert, obwohl sie selbstverständlich nur allzu genau wissen, wer er ist, und ein mordsmäßiges Vergnügen dabei finden werden, ihm die ollen Manschetten überzustreifen, wenn sie bloß einige Verdachtsmomente gegen ihn auftreiben können, die sie aber gar nicht haben. Und so nehmen sie keinerlei Notiz von ihm. Wenn es nun aber eines gibt, was Rusty Charley nich' mag, dann ist es ein Bulle, und so beäugt er sie auch schon, seitdem sie am Tisch sitzen, und nebenbei höre ich ihn zu Messer O'Halloran sagen:

»Messer«, sagt Charley, »was is' der allerschönste Anblick auf der Welt?«

»Weiß ich nich', Charley«, sagt Messer. »Was is' der allerschönste Anblick auf der Welt?«

»Vier tote Bullen auf einen Streich«, sagt Charley.

Nun, als ich das hör', fang' ich schon mal vorsichtig an, mich zum Ausgang zu verdrücken, denn ich möchte niemals irgendwelchen Ärger mit den Bullen haben, und schon gar nich' mit vier Bullen, und so krieg' ich natürlich nich' alles mit, was dann passiert. Alles, was ich noch seh', is', wie Rusty Charley nach dem großen Fuß grapscht, den einer der Bullen nach ihm austritt, und dann scheint jeder in einem Knäuel zu verschwinden, und die Kerle und Puppen im Abenddreß fangen an rumzukreischen, und mein Blutdruck rast vielleicht auf 'ne Million hoch.

Ich setz' mich vor die Tür ab, aber ich geh' noch nich' sofort weg, wie es jeder, der nur irgendwelchen Verstand hat, tun wird, ich steh' vielmehr da und horche, was da drinnen vor sich geht, und das scheint nich' sehr viel mehr zu sein als 'n lautes Geräusch, das etwa nach ka-bum, ka-bum, ka-bum klingt. Ich bin nich' bange, daß es zu 'ner Schießerei kommt, denn was Rusty Charley angeht, so is' der zu gewitzt, um auf irgendwelche Bullen zu schießen, was nämlich das schlimmste ist, was ein Bursche in dieser Stadt anstellen kann, und die Bullen werden wohl auch kaum anfangen loszuballern, weil sie sicherlich nich' wollen, daß es rauskommt, daß sie sich außer Dienst in so 'nem Laden wie dem Bohemian Club rumtreiben. Also denk' ich mir, sie werden's austragen, indem sie alles kurz und klein schlagen.

Endlich läßt der Krach drinnen langsam nach, und schon bald geht die Tür auf, und Rusty Charley tritt heraus, klopft sich mit den Händen hier und da den Staub ab und sieht wahrhaftig mächtig zufrieden aus, und noch bevor die Tür wieder zuschwingt, seh' ich für 'nen Moment 'ne Menge Jungs ausgestreckt auf dem Boden verteilt rumliegen. Außerdem kann ich immer noch die Kerle und Puppen jaulen hören.

»Nanu, nana«, sagt Rusty Charley, »ich denk' schon, du läßt mich sitzen, und bin schon beinahe dabei, sauer auf dich zu werden; aber da bist du ja. Laß uns von diesem Laden abhauen, denn die machen da drin so 'nen Höllenlärm, daß du dir nich' mal beim Nachdenken zuhören kannst. Laß uns auf meine Bude gehen, meine alte Dame kann uns ein Frühstück zusammenbrutzeln, und danach können wir uns 'ne Runde aufs Ohr hauen. Ein paar Eier mit Schinken werden jetzt sicher nich' das schlechteste sein.«

Na, Eier und Schinken klingen für mich im Augenblick natürlich sehr verlockend, bloß halt' ich nich' viel davon, auf Charleys Bude zu gehen. Soweit es mich persönlich betrifft, so hab' ich für lange, lange Zeit von Charley die Nase gestrichen voll, und ich halt' auch nichts davon, in sein Familienleben reinzuplatzen, in welchem Maße auch immer, obwohl ich, wie ich zugeben muß, doch einigermaßen überrascht bin zu erfahren, daß er ein solches Leben überhaupt hat. Ich glaub', ich hab' mal gehört, daß Rusty Charley eins von den Kindern aus seiner Nachbarschaft geheiratet hat und irgendwo draußen an der Zehnten Avenue etwa bei den Vierziger-Straßen lebt, aber eigentlich weiß niemand sonderlich viel darüber, und jeder denkt sich, wenn es wahr ist, wird seine Frau wohl ein wahres Hundeleben führen.

Aber obzwar ich nich' mit auf Charleys Bude gehen möchte, so kann ich 'ne private Einladung zum Eier-und-Schinken-Essen nich' so einfach ablehnen, vor allem, weil Charley mich überaus erstaunt ansieht, weil ich darüber nich' so sehr glücklich zu sein scheine, und ich außerdem merke, daß er nich' jeden auf seine Bude einlädt. Also bedank' ich mich bei ihm und sage, es gibt nichts, was mich mehr erfreut als so ein paar Eier mit Schinken, wie sie seine alte Dame für uns zusammenbrutzeln wird, und schon bald marschieren wir die Zehnte Avenue hoch und biegen in die Fünfundvierzigste Straße ein.

Es ist immer noch recht früh am Morgen, und die Geschäftsleute öffnen grade ihre Läden, und kleine Kinder hopsen den Bürgersteig entlang zur Schule und machen hi-hi, und alte Frauen schütteln das Bettzeug und das eine oder andere an den Fenstern der Mietwohnungen aus, aber als sie Rusty Charley und mich erblicken, werden alle verdammt still, woran ich erkenne, daß Charley in seiner Nachbarschaft enorm respektiert wird. Die Geschäftsleute eilen in ihre Läden, und die kleinen Kinder hören auf rumzuhopsen und zu hi-hien und fangen vorsichtig an zu tap-tappen, und die alten Frauen ziehen geschwind ihre Rüben rein, und eine große Stille legt sich auf die Straße. Tatsache, alles was man hören kann, sind Charleys und meine Absätze, wie sie auf den Bürgersteig klacken.

Es steht da ein Eiswagen, an den zwei Pferde angebunden sind, vor einem der Läden, und als er die Pferde sieht, da scheint Charley eine großartige Idee zu haben. Er bleibt stehen und mustert die Pferde sehr sorgfältig, obwohl es, soweit ich das beurteilen kann, nichts als ein paar Pferde sind, und zudem noch dicke und fette und schläfrig-dreinschauende Pferde. Schließlich sagt Rusty Charley zu mir:

»Als ich 'n junger Bursche war«, sagt er, »bin ich mit meiner Rechten ein verdammt guter Puncher gewesen und hab' des öfteren schon mal 'nem Pferd mit meiner Faust eins auf den Deetz gehauen. Ich frag' mich«, sagt er, »ob ich meinen Wummer noch so hinkrieg. Der letzte Bulle, dem ich eben einen setzte, steht doch glatt wieder auf und schleppt sich in die zweite Runde.«

Darauf tanzt er zu einem der Eiswagenpferde rüber und holt weit aus und drischt ihm einen genau zwischen die Augen und mit einem rechten Schwinger, der sicher nich' länger als zehn Zentimeter auf der Reise ist, und bis auf die Knie abwärts geht es mit dem alten Mr. Pferd, und es sieht in der Tat verdammt überrascht aus. Ich hab' ja so manchen harten Puncher in meinen Tagen gesehen, inklusive Dempsey, als der wirklich noch 'nen Wummser hatte, aber ich hab' niemals 'nen härteren Bums gesehen als den, den Rusty auf die Pferdeschnauze haut.

Tja, der Eiswagenfahrer kommt aus dem Laden rausgeschossen und regt sich hitzig darüber auf, was seinem Pferd da passiert ist, aber in dem Augenblick, als er Rusty Charley sieht, kühlt er gleich wieder ab und geht zurück in den Laden und läßt das Pferd, das sich immer noch anzählen läßt, einfach liegen, indes Rusty Charley und ich weitergehen. Schließlich kommen wir an den Eingang eines Mietshauses, und Rusty Charley sagt, er wohnt da drin.

Vor dem Haus is' ein Spaghetti mit 'nem Handkarren, der vollgeladen ist mit Obst und Gemüse und dem einen oder anderen, und Rusty Charley kippt ihn einfach um, als wir ins Haus reingehen, was den Spaghetti sehr laut rumschreien läßt und uns vielleicht auf spaghettisch alle Verdammungen beschert, die es nur gibt. Ich selbst bin sehr froh, daß wir endlich doch noch irgendwo ankommen, denn ich kann fühlen, wie mein Blutdruck jede Minute, die ich mit Rusty Charley zusammen bin, in die Höhe geht.

Wir steigen zwei Treppen rauf, und dann öffnet Charley eine Tür, und wir treten in ein Zimmer, in dem eine hübsche rothaarige Puppe ist, die 'nem Pygmäen noch so grade über die Schulter spähen kann und die ausschaut, als ob sie grad aus den Federn kommt, denn ihr rotes Haar fliegt in allen erdenklichen Richtungen auf ihrem Kopf herum, und ihre Augen scheinen vom Schlaf noch ganz verklebt zu sein. Zuerst denk' ich, sie ist wirklich ein sehr niedliches Ding, dann aber bemerk' ich etwas in ihren Augen, was mir sagt, daß diese Puppe, wer immer sie auch sein mag, allen und jedem gegenüber sehr feindselig gesonnen ist.

»Hallo, Liebchen«, sagt Rusty Charley. »Wie ist's mit ein paar Eiern mit Schinken für mich und meinen Kumpel? Wir sind völlig fertig vom Hin- und Herlatschen.«

Nun, die kleine rothaarige Puppe schaut ihn bloß an, ohne auch nur 'n Wort zu sagen. Sie steht mitten im Zimmer und hält eine

Hand hinter sich versteckt, und urplötzlich schießt diese Hand vor und hat nichts andres drin als 'nen neuen Baseballschläger, so einen, mit dem die Jungs Ball spielen und der 'n Appel und 'n Ei kostet, und eh ich mich verseh', macht irgendwas ka-wumms, und ich seh', wie sie Rusty Charley mit dem Schläger einen Schwinger auf die Seite seiner Birne keult.

Natürlich bin ich maßlos entsetzt über diesen Vorgang und vermute, Rusty Charley wird sie augenblicklich umbringen, worauf ich dann ganz schön in der Klemme sitze, weil ich Zeuge für 'n Mord bin und dann 'n paar Jahre im Kittchen sitze, wie alle Zeugen, die in unserem Städtchen irgendwas bezeugen müssen; aber Rusty Charley plumpst bloß in 'nen großen Schaukelstuhl, der in einer Ecke des Zimmer steht, und sitzt da, eine Hand an seinem Kopf, und sagt: »Nu mach mal langsam, Liebchen« und »Wart mal 'ne Sekunde, Süße.« Ich besinne mich, wie ich ihn sagen höre: »Wir haben 'nen Gast zum Frühstück«, und darauf dreht sich die kleine rothaarige Puppe zu mir um und schickt mir 'nen Blick rüber, an den ich mich gewiß immer erinnern werde. Ich aber grinse ihr sehr liebenswürdig zu und merke an, daß es ein sehr schöner Morgen ist.

Schließlich sagt sie zu mir:

»Also, du bist der Penner, der meinen Mann die ganze Nacht davon abhält, nach Hause zu kommen, hm, du Penner?« sagt sie und geht gleichzeitig auf mich los, und ich gehe auf die Tür los, und zu dem Zeitpunkt ist mein Blutdruck nun völlig im Eimer, denn es ist offensichtlich genug, daß Mrs. Rusty Charley ganz schön in Fahrt ist. Ich erwisch' mit meiner Hand den Türknauf, und genau dabei trifft mich irgendwas seitlich an der Birne, was, wie ich mir später denke, wohl der Baseballschläger sein muß, obwohl ich mich erinnere, wie mir der Gedanke durch den Kopf huscht, das Dach stürzt über mir zusammen.

Wie ich die Tür aufkriege, weiß ich nicht, weil ich sehr schummrig im Kopf bin und weil meine Beine wackeln, aber wenn ich mir die Situation ins Gedächtnis zurückrufe, erinnere ich mich, daß ich sehr schnell 'ne Menge Stufen runterlaufe und kurz darauf frische Luft spür', die mich wie ein Schlag trifft, aber ich bin im Freien. Doch urplötzlich hab ich 'ne andere seltsame Empfindung auf meinem Hinterkopf, und irgendwas macht ›plop‹ an meiner Birne, und ich denk' mir zuerst, mein Blutdruck ist vielleicht so schwindelhoch gerast, daß es mir die Rübe zerplatzt. Darauf späh' ich über meine Schulter und seh' gerade, wie Mrs. Rusty Charley neben dem Handkarren von dem Spaghetti steht, sich Obst und Gemüse und was weiß ich was sonst noch vom Karren grapscht und mich damit beschmeißt.

Aber womit sie mich am Hinterkopf trifft, ist weder ein Apfel oder ein Pfirsich oder eine Rübe oder ein Kohlkopf oder auch eine Wintermelone, sondern ein Ziegelstein, den der Spaghetti auf seinem Karren hat, um die Papiertüten zu beschweren, in denen er seine Waren verpackt. Und es ist dieser Ziegelstein, der eine Beule an meinem Hinterkopf entstehen läßt, die so groß ist, daß Doc Brennan es glatt schon für 'nen Tumor hält, als ich am nächsten Tag wegen meinem Magen zu ihm geh'; und ich erzähl' ihm auch nie was andres.

»Aber«, sagt Doc Brennan, als er meinen Blutdruck wieder mißt, »dein Blutdruck ist jetzt unter Normal, und was das angeht, bist du in keinerlei Gefahr mehr. Woran man mal wieder sieht, was 'n kleines bißchen Ruhe 'nem Kerl nützen kann«, sagt Doc Brennan. »Zehn Mäuse, bitte.«

›Gentlemen; auf den König!‹

Dienstags abends begebe ich mich immer zu Bobbys Steakhaus, um einen Schmorbraten zu essen, denn Bobbys Schmorbraten ist wahrhaftig sehr sättigend und zudem recht billig. Ja, der Schmorbraten, den es dienstags abends bei Bobby gibt, ist eigentlich bei allen und jedem am Broadway überaus beliebt.

An diesem Dienstagabend, von dem ich grade spreche, sitze ich bei Bobby, verschlinge einen Schmorbraten und lese die Rennresultate im *Journal*, als niemand anderes als zwei meiner alten Freunde aus Philadelphia und ein dritter Kerl, den ich noch nie zuvor gesehen habe und der schon ein etwas angegrauter Kerl ist und sehr grimmig dreinschaut, den Laden betreten.

Der eine von meinen alten Freunden aus Philly ist ein Kerl namens Izzy Käsekuchen, den man deswegen Izzy Käsekuchen nennt, weil er ständig in Delikatessenläden rumhängt und Käsekuchen verdrückt, obwohl das selbstverständlich nicht gegen ihn spricht, denn Käsekuchen ist ja in manchen Kreisen sehr beliebt und paßt auch ganz ausgezeichnet zu Muckefuck. Na ja, jedenfalls hat dieser Izzy Käsekuchen noch 'nen anderen Namen, Morris Soundso, und ist über drei Ecken Jude und hat einen riesigen Zinken, und man hält ihn in so mancher Hinsicht für ein cleveres Kerlchen.

Der andere meiner alten Freunde aus Philly ist ein Bursche namens Kätzchen Flink, der vielleicht zweiunddreißig oder dreiunddreißig Jahre alt und wahrlich ein äußerst lebhafter Bursche ist. Er hat einen sehr guten Geschmack und trägt schicke Klamotten, und in seinen besseren Tagen mischte er mit einigen der obersten

Mobs in Philly mit und hatte einstens auch jede Menge Mäuse, obwohl, wie ich höre, die Dinge in der letzten Zeit für Kätzchen Flink nicht mehr so gut laufen, wie übrigens auch für alle anderen in Philly, was das betrifft.

Nun lass' ich mich selbstverständlich nicht sofort mit meinen alten Freunden aus Philly ein, um genau zu sein, halte ich mir das *Journal* vors Gesicht, denn es ist kein kluges Vorgehen, sich mit Besuchern, die in der Stadt auftauchen, einzulassen, vor allem, wenn es Besucher aus Philly sind, solange man nicht weiß, was sie herführt. Aber Kätzchen Flink hat mich wohl entdeckt, bevor ich das *Journal* hoch genug habe, und so kommt er sofort zu meinem Tisch rüber und bringt Izzy Käsekuchen und den anderen Kerl mit. Natürlich gibt es eine ausgelassene und sehr freundliche Begrüßung, und ich lade sie ein, sich zu mir zu setzen und einige Schmorbraten mit mir zu verdrücken, und als sie sich die Stühle zurechtrücken, sagt Kätzchen Flink zu mir: »Kennst du Jo-Jo aus Chicago?« fragt er und deutet mit seinem Daumen auf den dritten Kerl.

Nun, selbstverständlich kenn' ich Jo-Jo aufgrund seines Rufes, den er genießt, und der ist alarmierend genug, aber ich begegnete ihm bis jetzt noch nie, und wenn es nach mir gehen täte, würd' ich ihm auch nie begegnen, denn Jo-Jo ist als ein überaus ungehobelter Charakter verschrien, und das sogar in Chicago.

Er ist ein Italiener und ein kleiner breiter Kerl, sehr massig gebaut und mit langsamen Bewegungen und mit Hängebacken, von denen man Steaks runterschneiden kann, und mit verschlafenen Augen, und irgendwie erinnert er mich an einen alten Löwen, den ich mal in Ringlings Zirkus sah. Er hat einen schwarzen Schnäuzer, und drüben in Chicago ist er schon 'n Oldtimer und wird Besuchern, die in die Stadt kommen, als ein sehr bemerkenswerter Bursche vorgestellt, weil er schon so lange lebt, wie er es nun mal tut, was so ungefähr vierzig Jahre sind.

Sein richtiger Name ist Antonio Soundso, und weswegen man ihn Jo-Jo nennt, erfahr' ich nie, aber ich nehm' an, weil Jo-Jo leichter zu handhaben ist als Antonio. Er schüttelt mir die Hand und sagt mir, er freut sich, mich kennenzulernen, und dann setzt er sich hin und stopft sich rasch einen Schmorbraten rein, während Kätzchen Flink zu mir folgendes sagt:

»Hör mal«, sagt er, »kennst du irgendwen in Europa?«

Nun, dies ist wirklich eine äußerst unerwartete Frage, und natürlich hab' ich nicht vor, auf 'ne unerwartete Frage von Kerlen aus Philly 'ne Antwort zu geben, ohne sie sehr sorgfältig zu übergrübeln, also sag' ich zu Kätzchen Flink, um Zeit zu gewinnen, während ich noch nachgrüble: »Welches Europa meinst du denn?«

»Wieso«, gibt Kätzchen Flink völlig überrascht von sich, »gibt's denn mehr als ein Europa? Ich mein' das große Europa am Atlantischen Ozean. Das is' das Europa, wo wir hinfahren wollen, und falls du dort Leute kennst, werden wir gern rumgehen und ihnen 'nen Gruß von dir bestellen. Wir fahren nach Europa wegen der heißesten Sache überhaupt«, sagt er. »Is' wahr«, sagt er, »es is' 'ne Sache, die uns alle reich macht. Wir fahren heute nacht mit dem Schiff los.«

Nun, so aus dem Stand weiß ich niemanden, den ich in Europa kenne, und wenn ich einen dort kennen täte, wird mir sicher nicht einfallen, solche Figuren wie Kätzchen Flink und Izzy Käsekuchen und Jo-Jo loszuschicken, um Grüße zu bestellen, aber selbstverständlich erwähn' ich das ihnen gegenüber nicht. Ich sag' bloß, ich hoffe, daß sie 'ne prächtige bon voyage haben und nicht allzusehr von der Seekrankheit heimgesucht werden. Natürlich frag' ich nicht, was das für 'ne heiße Sache ist, denn falls ich so 'ne Frage stelle, könnten sie glauben, ich will das wirklich rauskriegen, und ich wär 'n verdammt naseweiser Kerl, aber ich denk' mir, sie fahren wahrscheinlich wegen was Kommerziellem rüber, etwa wegen Scotch oder vielleicht Likör.

Na, jedenfalls verschlingen Kätzchen Flink und Izzy Käsekuchen und Jo-Jo so einiges an Schmorbraten und lassen mich die Rechnung bezahlen, und das is' das letzte, was ich von ihnen für mehrere Monate sehe oder höre. Dann bin ich eines Tages in Philly, um mir den Preiskampf anzusehen, und da laufe ich Kätzchen Flink auf der Broad Street über den Weg, und er sieht eigentlich nicht sehr verändert aus, und ich frag' ihn, wie die Sache in Europa ausgegangen ist.

»Nicht besonders«, sagt Kätzchen. »Der Trip is' 'n totaler Reinfall, obwohl wir uns viele interessante Sachen anschauen und auch einige Erfahrungen machen konnten. Vielleicht«, sagt Kätzchen, »möchtest du wissen, warum wir nach Europa rüber sind? Es ist wahrhaftig 'ne sehr ungewöhnliche Geschichte, aber es ist ganz bestimmt keine Lüge. Ich werd' mich freuen, sie jemanden zu erzählen, von dem ich denke, daß er sie glaubt.«

Also gehen wir in Walters Restaurant, lassen uns in einer Ecke nieder und bestellen einen kleinen Muckefuck, und dann erzählt mir Kätzchen Flink die Geschichte folgendermaßen:

Es fängt alles damit an (sagt Kätzchen), daß ein gewisser bedeutender Anwalt hier in Philly bei mir auftaucht und wissen will, ob ich daran interessiert bin, 'ne Sache in Angriff zu nehmen, die mich reich machen wird, und natürlich sag' ich, ich kann mir nichts vorstellen, was ich lieber täte, denn zu der Zeit stehen die Dinge in Philly wahrhaftig sehr mies, mit den ganzen Ermittlungen hier und da und mit jeder Menge Händel überall, und ich hab nich' mehr als 'n paar Cents in meiner Hosentasche, und mir fällt auch nichts ein, um 'n Dreh zu landen.

Dieser Anwalt führt mich also ins Ritz-Carlton Hotel und macht mich dort mit 'nem Typ namens Graf Saro bekannt. Der Anwalt sagt mir, er wird hundertprozentig alles absegnen, was Saro zu sagen hat, und unmittelbar darauf schwirrt er auch schon ab, so als ob er nich' hören will, was Saro zu sagen hat. Aber ich weiß, daß dieser Winkeladvokat keiner Sache seinen Segen gibt, wenn er nich' weiß, daß sie verdammt sicher in Ordnung ist, denn in seinem eigenen Gewerbe is' er 'n gewitzter Kerl, und nich' nur da, und er hat auch jede Menge Moos.

Dieser Graf Saro ist ein kleiner Kerl mit 'nem kleinen Schnäuzer, er trägt gestreifte Hosen und weiße Gamaschen und einen Cutaway und ein Monokel, und er scheint ein ausländischer Nobelmann zu sein, obwohl er erstklassig Englisch spricht. Ich interessier' mich nich' für Graf Saros Aussehen, aber eins muß ich schon sagen: er is' sehr geschäftstüchtig und kommt sofort zur Sache.

Er erzählt mir, er is' der Repräsentant einer politischen Partei seines Heimatlandes in Europa, welches einen König hat und diesen König aus dem Weg zu räumen wünscht, denn Graf Saro sagt, Könige sind in Europa aus der Mode und daß heutzutage kein Land mehr mit einem König einen Staat machen kann. Sein Vorschlag lautet, ich soll mir Helfer besorgen, die was taugen, rüberschippern und den König abservieren, und Graf Saro sagt, er wird zweihundert Riesen für den Job zahlen, und zwar in guten alten amerikanischen Scheinchen und zudem fünfundzwanzig Riesen bar auf den Tisch legen, wobei der Restbetrag vom Anwalt an mich ausbezahlt wird, wenn alles erledigt ist.

Tja, dies ist nun in der Tat ein äußerst erstaunlicher Plan, denn ich hör' zwar des öfteren was von Plänen, um irgendwelche anderen Kerle aus dem Weg zu räumen, aber noch nie zuvor hör' ich was von 'nem Plan, 'nen König allezumachen. Außerdem klingt es mir nich' sehr vernünftig, denn 'nen König einfach so abzuservieren, kann 'ne Menge Lärm machen und Wut auch. Aber Graf Saro erklärt mir, sein Land ist nur ein kleines, abgelegenes Land, und er sagt, seine politische Partei wird die Kontrolle über Telegraphenleitungen und den ganzen Rest so bald, wie ich den König aus dem Weg räum', übernehmen, und so wird keiner außerhalb des Landes der Neuigkeit irgendwelche Beachtung schenken.

»Alles wird sehr unauffällig geschehen und wohlgeordnet«, sagt Graf Saro, »und für Sie wird keinerlei Gefahr bestehen.«

Nun, natürlich möchte ich von Graf Saro wissen, warum er nicht jemanden aus seinem eigenen Land dingt, um den Job zu erledigen, vor allem, da er so gut dafür zahlen kann, und darauf sagt er zu mir:

»Nun ja«, sagt er, »zum einen gibt es in unserem Land niemanden mit genügend Erfahrung in solchen Angelegenheiten, dem zu trauen ist, und zweitens wünschen wir nicht, daß es so aussieht, als ob jemand in unserem Land an der Beseitigung des Königs beteiligt ist. Es würde internationale Komplikationen verursachen«, sagt er. »Ein Ausländer ist glaubwürdiger«, sagt er, »weil es ziemlich bekannt ist, daß im Palast des Königs sehr viele wertvolle Juwelen liegen, und es wird nach einer ganz natürlichen Sache aussehen, wenn Ausländer, vor allem Amerikaner, in den Palast einbrechen, um diese Juwelen zu entwenden, und wenn sie dabei zufälligerweise den König aus dem Weg räumen, während sie dabei sind, die Juwelen zu entwenden, wird niemand sich mehr dabei denken, als daß es ein Mißgeschick ist, so wie es häufig in Ihrem Land passiert.«

Darüber hinaus berichtet mir Graf Saro, seine Leute werden alles im voraus für mich herrichten, damit ich keine allzu große Mühe habe, in den Palast zu gelangen und den König aus dem Weg zu räumen, und er sagt auch noch, ich soll doch bitte nich' die wertvollen Juwelen mitgehen lassen, weil seine politische Partei sie gerne für sich selbst behalten möchte.

Nun, ich halt überhaupt nich' viel von der ganzen Idee, aber Graf Saro zückt plötzlich ein Bündel Scheinchen und zählt fünfundzwanzig Banknoten ab, und jede einzelne ist ein dicker, fetter Riese, und da liegen sie nun genau vor mir, und als ich so auf diese ganzen Mäuse runterschaue und daran denke, wie hart die Zeiten sind und wie die ganzen Banken überall zusammenkrachen, da bin ich wahrhaftig verdammt in Versuchung, vor allem, da ich anfange zu glauben, daß dieser Graf Saro eh nur so 'ne Art komischer Heiliger ist und bloß das Blaue vom Himmel herunterflunkert von wegen 'nen König aus dem Weg räumen und so.

»Hör mal«, sag' ich zu Graf Saro, während der dasitzt und mich betrachtet, »woher willst du wissen, daß ich nich' einfach die Mäuse nehme und niemals was auch immer dafür tue?«

»Wie das«, sagt er, überaus erstaunt, »Sie sind mir als ein ehrenwerter Mann empfohlen worden, und ich lege Wert auf gute Referenzen. Wie auch immer«, sagt er, »falls Sie Ihr Abkommen mit mir nicht einhalten, so werden Sie sich nur selbst schaden, da Sie einhundertfünfundsiebzig weitere Riesen einbüßen, und außerdem werden Sie über den Anwalt sehr leicht zu fassen sein.«

Nun, das Ende vom Lied ist, Graf Saro und ich geben uns die Hand drauf, und danach latsch' ich los, um Izzy Käsekuchen aufzustöbern, obwohl ich eigentlich immer noch denk', daß Graf Saro ein bißchen bekloppt ist, und während ich also noch nach Izzy

Ausschau halte, treff' ich keinen anderen als Jo-Jo, und Jo-Jo erzählt mir, er kommt aus Chicago rüber, um 'nen kleinen Urlaub zu machen, jedenfalls für 'ne Weile, weil anscheinend irgendeiner da drüben behauptet, er is' 'n öffentlicher Feind, was, wie Jo-Jo sagt, nichts als 'ne Riesenlüge is', weil er die Öffentlichkeit schon immer echt dufte findet.

Natürlich bin ich froh, zufällig auf 'nen Kerl wie Jo-Jo zu stoßen, weil er in höchstem Maße vertrauenswürdig ist, und Jo-Jo ist natürlich seinerseits sehr froh, von 'nem Vorschlag zu hören, der ihm 'nen ehrlichen Dollar einbringt, während er noch auf Urlaub ist. Also arrangieren Jo-Jo und Izzy und ich ein Treffen, und wir kommen überein, daß ich hundert Riesen krieg', weil ich das Pflänzchen auftue, während Izzy und Jo-Jo jeder fünfzig Riesen erhalten, und das isses, was uns dazu bringt, nach Europa zu fahren.

Nun, wir landen an einem bestimmten Ort in Europa, und wer wartet da, um uns abzuholen, wenn nich' ein anderer Kerl mit 'nem Monokel, der angibt, sein Name ist Baron von Terp oder so, und der behauptet, er repräsentiert Graf Saro, und ich fange bereits an mich zu fragen, ob Graf Saros Land wohl voller einäugiger Burschen ist. Wie auch immer, dieser Baron von Terp reist mit uns mehrere Tage in Zügen und Autos durch die Gegend, bis wir schließlich nach 'nem extralangen Trip in 'ner Nuckelpinne an den Rand einer hübsch anzusehenden kleinen Stadt gelangen, welche anscheinend unser Ziel ist.

Dann setzt er uns vor einem kleinen Hotel am Rande der Stadt ab und sagt, er muß uns verlassen, weil er es sich nich' leisten kann, mit uns gesehen zu werden, obwohl, wie er hinzufügt, dies nich' als eine Beleidigung uns gegenüber gemeint ist. Tatsache, Baron von Terp sagt, er findet, wir sind sehr nette Reisegefährten, wirklich, abgesehen davon vielleicht, daß Jo-Jo sich auf der Strecke mit seiner Automatik mit Zielschießübungen beschäftigt und dafür solche Tiere wie streunende Hunde oder Hühner als Zielscheibe benutzt. Er sagt, er hat nich' mal was gegen Izzy Käsekuchens Singerei, obwohl er persönlich findet, daß dies eine der großen Schattenseiten der Fahrt ist.

Bevor er uns verläßt, zeichnet mir Baron von Terp einen ungefähren Plan von der Innenseite des Palastes, wo wir den König aus dem Weg räumen sollen, damit ich einen Grundriß von allen Zimmern und Türen habe. Er sagt, gewöhnlich sind Wachen um den Palast verteilt, aber seine Leute treffen bereits Vorkehrungen, damit diese Wachen gegen neun Uhr in dieser Nacht nicht anwesend sein werden, außer einem Kerl, der vor dem Eingang des königlichen Schlafgemaches Wache stehen könnte, und Baron von Terp sagt noch, wenn wir den Kerl wegputzen, so wird ihm das schon recht sein, weil er den Kerl sowieso nich' leiden kann.

Aber die Hauptsache, sagt er, ist, daß wir schnell und leise vorgehen, damit wir nich' mehr als etwa 'ne Stunde brauchen, um rein- und wieder rauszukommen, und daß wir dabei keine Spuren hinterlassen, worauf ich sag', daß das mir und Izzy Käsekuchen und Jo-Jo wirklich sehr recht ist, da wir von der Reiserei erschöpft sind und uns irgendwo bald ausstrecken wollen.

Nun, nachdem er das alles erläutert, schwirrt Baron von Terp ab und überläßt uns einen großen schnellen Wagen mit 'nem boshaft aussehenden Kerl von Fahrer, der nicht viel Englisch spricht, aber angeblich alle Winkel kennt. In diesem Wagen verlassen wir dann auch wie abgemacht kurz vor neun Uhr das kleine Hotel und fahren Richtung Palast, der, wie sich erweist, nichts anderes ist als ein großer altmodischer Kasten, der zwar mitten in der Stadt liegt, aber durch eine parkähnliche Anlage doch in einiger Entfernung gehalten ist.

Fahrer-Fratze fährt mitten in den Park hinein und auf etwas zu, was wie die Eingangstür eines Gebäudes aussieht, worauf wir drei aus dem Wagen steigen und Fahrer-Fratze diesen in den Schatten einiger Bäume fährt, um auf uns zu warten.

Was mich angeht, so erwarte ich 'ne Menge Ärger, als wir uns aufmachen, in den Palast reinzumarschieren, und so hab' ich den alten Ballermann, wo ich ihn ohne allzu große Mühe erreichen kann, während Jo-Jo und Izzy Käsekuchen auch ihre Kanonen griffbereit haben. Aber genauso wie uns Baron von Terp versichert, sind gar keine Wachen da, und tatsächlich is' da weit und breit nich' eine Seele zu sehen, als wir durch die Palasttür reinmarschieren und uns in einer riesigen Halle wiederfinden, in der überall Gemälde und Rüstungen und alte Schwerter und so mancherlei Zeug mehr herumhängen und stehen. Es ist, wie ich erkennen kann, in der Tat ein perfektes Schmuckkästchen.

Ich hole meinen Plan heraus und sehe, daß sich das königliche Schlafgemach auf der zweiten Etage befindet, und als wir uns sachte schrittweise vorantasten, notfalls jederzeit bereit wegzurennen oder loszuballern, und dort ankommen, ist niemand anderes als ein schwerer hochgewachsener Kerl in 'ner Uniform an der Tür, der mächtig überrascht aussieht, uns zu sehen, und gerade anfangen will, irgendwas oder auch was anderes rauszujaulen, aber was, wird wohl niemand jemals erfahren, denn in dem Augenblick, als er seinen Mund aufmacht, klopft ihm Izzy Käsekuchen eins mit dem Kolben einer Fünfundvierziger auf die Birne, worauf seine Augen ein beglücktes Schielen von sich geben.

Dann reißt Jo-Jo einen Strick von einem schweren Seidenvorhang, der vor dem Eingang hängt, und verschnürt den Kerl sachgerecht und sicher, und stopft ihm ein Taschentuch ins Maul, falls der Kerl zu sich kommt und wieder damit anfangen will, rumzujaulen; und als das alles erledigt ist, mache ich vorsichtig die Tür zum königlichen Schlafgemach auf, und wir betreten einen Raum, der mehr nach 'ner neuen Kongreßhalle als nach 'nem Schlafgemach aussieht, außer daß er überall mit Seidendraperien ausgestattet ist und ein Haufen vergoldeter Möbel hier und da rumstehen.

Tja ja, und wer befindet sich wohl in dem Raum? Niemand anderes als 'ne niedlich anzuschauende Puppe und 'n kleines Jungchen von vielleicht acht oder neun Jahren, und das Jungchen liegt in 'nem großen Bett mit 'nem Baldachin drüber wie bei 'nem Eingang zu 'nem Nacht-Club, bloß seiden, und die Puppe sitzt neben dem Bett und liest dem Jungchen was aus 'nem Buch vor. Es is' wirklich 'ne sehr heimelige Szene, und wir bleiben stehen und glotzen sehr erstaunt, da wir ja nun wirklich nich' so 'ne Szene erwarten.

Als wir also nun so in der Mitte des Raumes einigermaßen verwirrt rumstehen, dreht sich die Puppe um und stiert uns an, und das kleine Jungchen setzt sich aufrecht ins Bett hin. Es is' 'n fetter kleiner Bursche mit 'nem rundlichen Gesicht und jeder Menge gekraustem Haar und Augen so groß wie Pfannkuchen und vielleicht sogar größer. Die Puppe wird schreckensbleich, als sie uns sieht, und fängt an zu zittern, so daß das Buch, das sie liest, auf den Boden fällt, bloß das Jungchen scheint nicht ängstlich zu sein, und er sagt zu uns in sehr gutem Englisch:

»Wer sind Sie?« sagt er.

Nun, das is' 'ne ziemlich gute Frage, ganz bestimmt, aber wir wollen natürlich in dem Augenblick nich' ausposaunen, wer wir sind, also sag' ich:

»Ihr braucht euch nich' darum zu kümmern, wer wir sind. Wo is' der König?«

»Der König?« sagt das Jungchen und setzt sich ganz aufrecht ins Bett. »Na, ich bin der König.«

Das erscheint uns denn doch 'n verdammt absurder Witz zu sein, weil wir Grips genug haben, um zu wissen, daß Könige nich' so winzig sind wie dieser kleine Scheißer, und überhaupt sind wir nich' in der Laune, mit ihm rumzukaspern, also sag' ich zu der Puppe folgendes:

»Hör zu«, sag' ich, »wir halten nich' viel davon, in so 'nem Augenblick auf den Arm genommen zu werden; wir haben's eilig. Wo is' der König?«

»Wieso«, sagt sie, und ihre Stimme ist kräftig zittrig, »das ist wirklich der König, und ich bin seine Gouvernante. Wer sind Sie, und was wollen Sie? Wie kommen Sie hier herein?« sagt sie. »Wo sind die Wachen?«

»Meine gute Dame«, sag' ich und bin hocherstaunt über mich, daß ich so geduldig mit ihr bin, »dieses Jungchen mag ja ein König sein, aber wir wollen den großen König. Wir wollen den Oberkönig höchstpersönlich«, sag' ich.

»Es gibt keinen anderen«, sagt sie, und das kleine Jungchen mischt sich wieder ein und sagt:

»Mein Vater starb vor zwei Jahren, und ich bin nun König an seiner Statt«, sagt er. »Sind Sie Engländer wie Miß Peabody hier?« fragt er. »Wer ist der lustig aussehende alte Mann da drüben?«

Na ja, selbstverständlich sieht Jo-Jo schon recht lustig aus, aber noch nie war einer so unhöflich, ihm so was mitten ins Gesicht zu jubeln, und Jo-Jo fängt schon ganz schön an zu knurren, dieweil Izzy Käsekuchen folgendes meint:

»So, so«, sagt Izzy, »das is' ja 'ne unverschämte Ungeheuerlichkeit. Wir werden geschickt, um 'nen König aus 'm Weg zu räumen, und hier stellt sich raus, daß der König nichts andres ist als so 'n kleiner Krümel. Ich persönlich«, sagt Izzy, »bin nich' begeistert davon, 'nen Krümel aus dem Weg zu räumen, ob männlich oder weiblich.«

»Nun«, sagt Jo-Jo, »ich bin schon aus Prinzip dagegen, noch dazu is' das 'n Frischling von 'nem Krümel.«

»Na«, sag' ich, »es scheint da irgendwo was faul zu sein. Setzen wir uns hin und sprechen die ganze Sache mal in Ruhe durch, mal sehn, ob wir die Angelegenheit nich' geregelt kriegen. Mir sieht es danach aus«, sag' ich, »als ob dieser Graf Saro nichts als ein Schwindler ist.«

»Graf Saro«, sagt die Puppe, steht auf und kommt zu mir rüber und sieht schrecklich beunruhigt aus. »Graf Saro, sagen Sie? Oh, Sir, Graf Saro ist ein sehr übler Mensch. Er ist der Handlanger von Großherzog Gino, der der Onkel dieses kleinen Jungen ist. Der Großherzog wäre König geworden, wenn es diesen Jungen nicht gäbe, und wir erwarten viele Komplotte gegen die Sicherheit dieses kleinen Jungen. Oh, Gentlemen«, sagt sie, »Sie wollen diesem armen verwaisten Kind doch kein Leid zufügen.«

Nun, das ist so ungefähr das erste Mal in ihrem Leben, daß Jo-Jo und Izzy Käsekuchen jemals von irgendeinem als Gentlemen bezeichnet werden, und es ist offensichtlich, daß es sie ganz schön mürbe macht, vor allem, da das Jungchen sie quietschvergnügt anfeixt, obwohl er selbstverständlich gar nich' so quietschvergnügt sein wird, wenn er weiß, wen er da anfeixt.

»Nu ja«, sagt Jo-Jo, »der Großherzog ist nichts als ein mieser Schurke, wenn er solch einem kleinen Kerl wie diesem ein Leid zufügen will, obwohl selbstverständlich«, sagt Jo-Jo, »wenn er ein erwachsener König ist, wird die Sache ganz anders aussehen.«

»Wer sind Sie?« fragt das kleine Jungchen wieder.

»Wir sind Amerikaner«, sag' ich, sehr stolz darüber, mein Heimatland zu erwähnen. »Wir sind aus Philly und Chicago; zwei sehr ehrbare Städte, in jeder Weise.«

Tja, des kleinen Jungchens Augen werden größer denn je, und er klettert geradewegs aus seinem Bett raus und tapert zu uns rüber, und er sieht wirklich sehr süß aus in seinem blauen Seidenpyjama und mit seinen nackichten Füßen.

»Chicago?« sagt er. »Kennen Sie Al Capone?«

»Al?« sagt Jo-Jo. »Ob ich Al kenne? Na, hör mal, Al und ich, wir stehen so«, sagt er, obwohl ich persönlich nich' glaube, daß Al Capone Jo-Jo erkennen wird, falls er ihm mal im hellen Tageslicht über den Weg läuft. »Woher kennst du denn Al?« fragt er.

»Oh, ich kenne ihn gar nicht«, sagt das Jungchen. »Aber ich habe was über ihn in den Zeitschriften gelesen und über die Maschinengewehre und die Handgranaten. Wissen Sie was über die Handgranaten?« sagt er.

»Ob ich was über Handgranaten weiß?« sagt Jo-Jo, als ob die Frage seine Gefühle tief verletzt. »Er fragt mich, ob ich was über Handgranaten weiß. Na«, sagt er, »schau mal her.«

Und da holt Jo-Jo doch glatt so 'n kleines, rundes Maschinchen raus, das, wie ich sofort erkenne, eine von jenen Bomben is', die die Itaker gerne auf Leute schmeißen, die sie nich' mögen, vor allem Itaker aus Chicago. Selbstverständlich hab' ich keine Ahnung, daß Jo-Jo so 'nen Gegenstand mit sich rumschleppt, und Jo-Jo kann deutlich genug sehen, daß ich sehr verwundert bin und keinesfalls erfreut, denn er sagt zu mir:

»Ich nehm' das ja nur mit, falls es zu 'nem richtig messerscharfen Kampf kommt«, sagt er. »Sie sind sehr praktisch in 'nem richtig messerscharfen Kampf.«

Nun, und eh sich einer versieht, unterhalten wir uns alle sehr vergnügt über dieses und jenes, vor allem das kleine Jungchen und Jo-Jo, und der produziert über Chicago und Mr. Capone Lügen am Fließband und schneller, als 'n Pferd traben kann, und ich hoffe inständig, daß Al niemals was von den Lügen zu hören kriegt, die Jo-Jo erzählt, oder er könnte es mir sehr übelnehmen, dabeigewesen zu sein, als Jo-Jo diese Lügen auftischt.

Ich unterhalt' mich mit der Puppe, deren Name Miß Peabody zu sein scheint, der ihr aber keinesfalls gerecht wird, und gleichzeitig behalt' ich Izzy Käsekuchen im Auge, der im Raum herumbummelt und sich das ganze Zeug ansieht. Wahrscheinlich versucht Izzy, einige von den wertvollen Juwelen aufzustöbern, die ich erwähne, als ich ihm von der ganzen Sache erzähle, von wegen 'nen König aus dem Weg zu räumen und so, und genaugenommen werf' ich selber schon mal 'nen beiläufigen Blick hier und da hin, aber ich seh' nichts, was der Mühe wert ist.

Diese Miß Peabody klärt mich über die politische Lage des Landes auf, und es sieht danach aus, als ob der Grund für den Wunsch des Großherzoges, den kleinen Jungchenkönig aus dem Weg zu räumen und selber König zu sein, ist, weil er einen Handel mit einer großen benachbarten Nation laufen hat, die die Kontrolle in des Jungchenkönigs Land übernehmen möchte. Nach dem, was mir Miß Peabody erzählt, schätze ich dieses Land kaum größer ein als Delaware County, Pennsylvania, und es scheint für mich doch 'ne ganze Menge Scherereien für so 'n bißchen Land zu sein wie dieses, aber Miß Peabody sagt, es is' 'n sehr nettes kleines Land.

Sie sagt, es wär alles wirklich sehr reizend, wenn es bloß diesen Großherzog Gino nicht geben tät', denn der kleine Jungchenkönig hat die Anerkennung seines Volkes, bloß scheint der alte Großherzog Gino Chef von so ziemlich allem in dem Laden zu sein, und Miß Peabody sagt, sie selbst fürchtet schon lange, daß er bald was sehr Drastisches versuchen tät', um den Jungchenkönig aus dem Weg zu räumen, schon allein deswegen, weil das Jungchen so gesund zu sein scheint. Nun, ich steck' ihr natürlich nicht, daß unsere hervorstechenden Talente drastisch genug sind, weil ich nich' möchte, daß Miß Peabody 'ne schlechte Meinung von uns bekommt.

Nun, Jo-Jo kommt nicht drumherum, dem Jungchen seine Automatik zu zeigen, die so lang ist wie dein Arm und vielleicht auch noch länger, und das Jungchen ist überaus entzückt und nimmt die Kanone und fängt an, damit auf dies und das anzulegen und bumbum dabei zu machen, wie das Jungchens halt so tun. Aber da erwischt er dann tatsächlich den Abzug, und wie es aussieht, hat Jo-Jo den Sicherheitsriegel nich' davor, also macht die Spritze schließlich wirklich zweimal bum-bum, bevor das Jungchen seinen Finger wieder vom Abzug bekommt.

Tja, der erste Schuß zertrümmert 'nen großen Krug drüben in einer Ecke des Raumes, der, wie mir Miß Peabody später erzählt, fünfzehn Riesen wert sein soll, wenn er denn überhaupt 'nen Penny wert ist, und die zweite Bohne wischt Izzy Käsekuchens Melone von seinem Kopf runter, was Izzy auch ganz recht geschieht, wenn er seinen Hut schon in der Anwesenheit einer Dame aufbehält.

Natürlich beunruhigen mich diese Schüsse in dem Moment sehr, aber später erfahr' ich, daß sie doch was sehr Vorteilhaftes bewirken, denn anscheinend hängen 'ne ganze Menge Kerle draußen rum, inklusive Baron von Terp und zahlreiche andere prominente

Politiker des Landes, die beobachten und belauschen wollen, was passiert, und die daraufhin eilends nach Hause stürzen und ins Bett springen und sich denken, der König is' vertragsgemäß weggeräumt, und die im Bett aufgefunden werden möchten, falls jemand vorbeikommt und Fragen stellt.

Nun, als Jo-Jo schließlich damit fertig ist, Lügengeschichten von Chicago und Mr. Capone zu erzählen, da hat das kleine Jungchen anscheinend 'ne neue Idee und rumpelt irgendwas suchend durch den Raum herum, und gerade als ich schon hoffe, er is' dabei, uns die wertvollen Juwelen zu schenken, stöbert er 'ne Schachtel auf, und in der Schachtel is' nichts andres als ein Baseballschläger, ein Fanghandschuh und ein Baseball, und es is' schon sehr merkwürdig, solche anheimelnden Gegenstände so weit von zu Hause entfernt vorzufinden, vor allem, da Babe Ruths Name auf dem Schläger steht.

»Kennen Sie sich mit diesen Sachen aus?« fragt das kleine Jungchen Jo-Jo. »Sie sind aus Amerika. Ein Untertan hat sie geschickt, als er dort zu Besuch war, aber niemand scheint hier zu wissen, wofür sie gut sind.«

»Ob ich mich damit auskenne?« sagt Jo-Jo und betätschelt den Schläger ausgesprochen zärtlich. »Er fragt mich, ob ich mich damit auskenne. Na, hör mal«, sagt er, »in meinen alten Tagen bin ich der beste Schläger bei den West Side Blues drüben im guten alten Chi.«

Nun, wir kommen nicht darum herum, dem Jungchen zu zeigen, wie diese Baseballsachen gebraucht werden, also zieht Izzy Käsekuchen, der behauptet, er is' einst ein Starfänger bei den Vine Streets, sich 'nen Schützer und 'ne Maske an, und Jo-Jo nimmt also den Schläger und legt ein kleines Sofakissen als Heimbase auf den Boden und besteht darauf, daß ich ihm zuwerfe. Nun ist es Jahre her, seit ich das letzte Mal mit 'nem Baseball in Berührung kam, obwohl ich schon sagen möchte, daß ich in meinen alten Tagen so 'n guter Amateurwerfer bin, wie man ihn bei Grays Ferry in Philly nur findet, und wahrscheinlich tät ich jetzt in der ersten Liga spielen, wenn mir nicht andere Dinge dazwischengekommen wären.

Also zieh' ich mir den Mantel aus und geh' zur entfernten Seite des Raumes, während Jo-Jo sich bei der Base aufpflanzt, mit Izzy Käsekuchen hinter sich. Ich kann schon an der Art, wie er dort steht, erkennen, daß Jo-Jo mit 'nem Effetball locker zu übertölpeln ist, also hol' ich mächtig schön weit aus und schieß einen der guten alten Bananenbälle ab, aber klar is' mein Arm auch nich' mehr das, was er mal war, und so verändert der Ball nich' seine Flugrichtung, wie ich mir das eigentlich vorstelle, und der Jo-Jo drischt die olle Pille genau durch eines der oberen Fenster, etwa in die Richtung, wo das rechte Spielfeld sein wird, wenn der Raum so angelegt ist wie Shibe Park.

Nun, Jo-Jo fängt an loszuhetzen, als ob er auf die erste Base los will, aber selbstverständlich is' da nich' besonders viel Platz, wo er hinrennen kann, und so haut er sich fast das Gehirn raus, als er an die Wand titscht. Der Ball ist weg, und das Spiel endet damit recht plötzlich, bloß das kleine Jungchen lacht sich über den Vorgang halb blöde, und selbst Miß Peabody lacht, und sie schaut mir eigentlich nicht nach 'ner Puppe aus, die in ihrem Leben viel zu lachen hat.

Es is' jetzt etwa zehn Uhr, und Miß Peabody sagt, wenn sie jemanden finden kann, wird sie uns was zu essen richten lassen, und das klingt durchaus annehmbar, als gehe ich vor die Tür und hole den Kerl herein, den wir außer Gefecht setzen und der inzwischen wieder hellwach zu sein scheint und überaus erstaunt und einigermaßen empört, und Miß Peabody sagt irgendwas in einer Sprache zu ihm, die ich nich' verstehe. Als ich später noch mal über das alles nachdenke, bin ich doch höchst erstaunt, wie sehr ich Miß Peabody traue, denn es besteht ja eigentlich kein Grund, warum sie dem Kerl nicht befehlen sollte, die Bullen zu holen, aber ich vermute, ich traue ihr, weil sie so'n ehrliches Gesicht hat.

Na, jedenfalls, der Kerl in der Uniform geht weg, wobei er sich eifrig die Birne reibt, und schon bald erscheint ein anderer Kerl, der anscheinend ein Butler oder so was is' und der auch überaus erstaunt is', uns zu sehen, und Miß Peabody haspelt irgendwas zu ihm, und er fängt an herumzuhetzen und bringt wie der Blitz Tische und Geschirr und belegte Brote und Kaffee und das eine oder andere herein.

Tja, da sitzen wir fünf nun essend und trinkend um den Tisch versammelt, und der Butler bringt tatsächlich ein paar Flaschen des guten alten Vorkriegs-Champagners herein, der wahrlich ganz ausgezeichnet schmeckt, obwohl mich Izzy Käsekuchen nicht wenig in Verlegenheit bringt, als er Miß Peabody mitteilt, ihr jede Menge Mäuse ins Land zu schmuggeln, falls sie ein ansehnliches Quantum von diesem Zeug aufgabeln kann, wobei der König selbstverständlich daran beteiligt wird.

Als der Butler die Weingläser zum erstenmal einschenkt, nimmt Miß Peabody ihres auf und schaut uns an, und wir sind natürlich scharfsinnig genug, unseres ebenfalls aufzunehmen, und dann steht sie auf und hebt das Glas hoch über ihren Kopf und sagt:

»Gentlemen, auf den König!«

Nun, ich stehe daraufhin auch auf, und Jo-Jo und Izzy Käsekuchen stehen mit mir auf, und wir sagen alle zusammen:

»Auf den König!«

Und dann stürzen wir unseren Champagner hinunter und setzen uns wieder hin, und das kleine Jungchen is' außer sich vor Lachen und klatscht in die Hände und denkt sich offenbar, daß es wahnsinnig spaßig ist, was es auch wirklich ist, obwohl Miß Peabody ihm keinen Wein zu trinken erlaubt und schon etwas ungehalten ist, als sie Jo-Jo dabei ertappt, wie er ihm unter dem Tisch 'nen Schnuller voll zuzustecken versucht.

Nun, zum Schluß möchte das Jungchen, daß wir gar nicht mehr weggehen, besonders Jo-Jo nicht, aber Miß Peabody sagt, er muß nun etwas Schlaf haben, also versprechen wir ihm, wir werden eines Tages wiederkommen, und nehmen unsere Hüte und sagen auf Wiedersehen und verlassen ihn, wie er im Schlafzimmereingang mit Miß Peabody an seiner Seite steht, wobei sein Arm um ihre Taille liegt, und ich ertapp' mich dabei, wie ich mir wünsche, es is' mein Arm.

Selbstverständlich gehen wir nich' noch mal dorthin zurück, genaugenommen verlassen wir das Land in derselben Nacht und nehmen das erste Schiff, das aus dem ersten Hafen ausläuft, auf den wir stoßen, und kehren in die Vereinigten Staaten von Amerika zurück, und keiner auf der ganzen Welt ist glücklicher, uns fahren zu sehen als Fahrer-Fratze, weil der uns nämlich über fünfzehnhundert Kilometer rumkutschiert und dabei die Mündung von 'ner Kanone zwischen seinen Rippen zu spüren bekommt.

So (sagt Kätzchen Flink), und damit weißt du jetzt, warum wir nach Europa rüber sind.

Nun, natürlich finde ich seine Geschichte äußerst interessant, vor allem das, was Kätzchen über den Vorkriegs-Champagner erzählt, denn ich kann mir vorstellen, daß an solch einem Ort grandiose Geschäfte abgewickelt werden können, wenn ein Kerl an die richtigen Leute rankommt, aber eines wird Kätzchen mir niemals verraten, nämlich, wo dieses Land liegt, abgesehen davon, daß es in Europa liegt.

»Weißt du«, sagt Kätzchen, »hier in Philly sind wir alle eiserne Republikaner, und ich möchte beileibe nich', daß die republikanische Regierung in diesem Land in irgendeinen internationalen Schlamassel reingerät. Übrigens«, sagt er, »als wir wieder zu Hause eintreffen, stoß' ich in einer Zeitung auf 'ne kleine Meldung von auswärts, in der es heißt, Großherzog Gino stirbt an den Folgen einer Verletzung, die er sich bei einem Unfall in seinem Haus einige Wochen vorher zuzieht.«

»Und«, sagt Kätzchen, »ich bin mir nicht so ganz sicher, ob diese Verletzungen nicht von Jo-Jo herrühren, der Fahrer-Fratze nachdrücklich darum ersucht, uns zum Haus des Großherzogs zu fahren, bei welcher Gelegenheit wir dem Großherzog zum Abschied Jo-Jos Bömbchen durchs Schlafzimmerfenster pfeffern.«

Das Gehirn kehrt heim

Eines Nachts spaziert das Gehirn mit mir vor Mindys Restaurant am Broadway auf und ab, und wir sprechen gerade über dies und das, als eine rothaarige, zerlumpte Puppe vorbeikommt, die Äpfel für fünf Cent das Stück verkauft, und das Gehirn, der Äpfel heiß und innig liebt, greift sich einen aus ihrem Korb und reicht ihr 'ne Fünfdollarnote rüber.

Die rothaarige, zerlumpte Puppe, die so um die Dreißig und noch was und, was das Aussehen anbelangt, nichts als 'ne Krähe ist, schielt auf die fünf Dollar und sagt zum Gehirn:

»Ich hab' nich' genügend bei mir, um soviel Flocken zu wechseln«, sagt sie, »aber ich werd' loslaufen und das Wechselgeld in einer Minute vorbeibringen.«

»Behalt das Wechselgeld«, sagt das Gehirn, beißt einen großen Klunker aus dem Apfel raus und nimmt meinen Arm, um mich zum Weitergehen zu bewegen.

Nun, die zerlumpte Puppe schaut das Gehirn noch mal an, und es scheint mir, als ob urplötzlich Tränen ihre Augen füllen, als sie sagt: »Oh, ich danke Ihnen, Sir! Danke, vielen Dank, und Gott vergelt's Ihnen, Sir!«

Und darauf geht sie eilends weiter die Straße hinauf, die Hände vors Gesicht geschlagen und mit zitternden Schultern, und das Gehirn dreht sich überaus erstaunt um und blickt ihr nach, bis sie außer Sicht ist.

»Ach, du meine Güte!« sagt das Gehirn. »Ich geb' Doris Clare gestern nacht zehn Riesen, und die macht nich' mal halb soviel Trara wie die Puppe hier über 'n Fünfer.«

»Tja«, sag' ich, »vielleicht braucht die Appel-Puppe 'ne Fünfdollarnote dringender als Doris die zehn Riesen.«

»Kann sein«, sagt das Gehirn. »Und Doris gibt mir selbstverständlich sehr viel mehr dafür als nur 'nen Apfel und n' Gott vergelt's Ihnen. Ich vermute«, sagt das Gehirn, »die Liebe kostet mich mehr Mäuse als jeden anderen Kerl, der jemals lebt.«

»Vermut' ich auch«, sag' ich, und aller Wahrscheinlichkeit nach vermuten wir beide goldrichtig, denn so über den Daumen gepeilt glaub' ich, wenn das Gehirn etwa dreihundert Riesen im Jahr ausgibt, denn handhabt er sein Liebesleben — geschäftlich gesehen — wirklich noch recht ökonomisch, insofern es allen und jedem wohlbekannt ist, daß das Gehirn drei verschiedene Puppen hat, das heißt, neben seiner besseren Hälfte.

Ja, das Gehirn wird von vielen Leutchen bisweilen sogar als ›Liebeskönig‹ tituliert, aber bloß hinter seinem Rücken, weil das Gehirn zu glauben beliebt, seine Liebesaffären sind für alle außer einigen wenigen ein großes Geheimnis, obgleich der einzige Kerl, den ich je in dieser Stadt zu sehen bekomme, der nicht alles darüber weiß, ein Kerl ist, der blind, taub und stumm is'.

Einmal les' ich 'ne Geschichte über 'nen Kerl mit dem Namen König Salomo, der vor langer Zeit lebt und der tausend Puppen gleichzeitig hat und der sich wahrhaftig in ganz großem Stil mit Puppen befaßt, aber selbst alle Puppen von König Salomo zusammengenommen sind garantiert nicht so kostenintensiv wie irgendeine Puppe vom Gehirn. Die laufenden Unkosten schon allein für Doris Clare werden 'nen stinknormalen Kerl verrückt machen, und Doris is' geradezu sparsam, verglichen mit Cynthia Harris und Bobby Baker.

Und dann is' da ja noch Charlotte, die bessere Hälfte vom Gehirn, die 'nen Gesellschaftsfimmel hat und immer jede Menge Moos braucht, um sich fit und schön und so zu halten. Einmal hör' ich das Gehirn Bobby Baker erzählen, daß seine bessere Hälfte ein bißchen was von 'ner Kränkelnden hat, aber nüchtern betrachtet, gibt es rein gar nichts, was Charlotte jemals plagen könnte und einige Dollars nicht heilen täten.

Wenn ein Kerl sich so lange am Broadway herumtreibt wie das Gehirn, so wird er geradezu zwangsläufig Puppen hier und da anhäufen, bloß, die meisten Kerle häufen jedesmal eine einzige an, und wenn diese ihm den Laufpaß gibt, wie Broadway-Puppen das nun mal so tun, dann gräbt er 'ne andere an, und so weiter und so fort, bis er schließlich zu alt ist, um sich um solche Dinge wie Puppen zu kümmern, was vielleicht so bei hundertundvier Jahren der Fall ist, obwohl ich von mehreren Kerlen hör', die selbst diesen Rekord überbieten.

Aber wenn das Gehirn 'ne neue Puppe auftut, denkt er nich' dran, 'ne andere heimzuschicken, und keine von ihnen gibt ihm jemals den Laufpaß, und während das für jeden Durchschnittskerl 'ne verdammte Plackerei sein wird, gefällt es dem Gehirn nich' wenig, weil er stolz drauf is', daß er 'ne immense Wirkung auf Puppen hat.

»Man kann es ihnen nicht ankreiden, wenn sie sich in mich verlieben«, sagt eines Nachts das Gehirn zu mir. »Ich möchte um Himmels willen keiner von ihnen irgendeinen Kummer bereiten.«

Nun, es ist für mich höchst verwunderlich, von 'nem Kerl, der so gescheit ist wie das Gehirn, solche Sprüche zu hören, aber ich kann mir vorstellen, daß er das wirklich glaubt, denn das Gehirn denkt von sich selbst zu allen Zeiten stets nur das Beste. Indes behaupten manche Kerle, der wahre Grund, warum das Gehirn alle seine Puppen behält, ist, weil er zu selbstsüchtig ist, um sie wegzugeben, obwohl ich persönlich sicher keine von ihnen nehmen werde, selbst wenn das Gehirn noch 'n paar Scheinchen als Extrabonus drauflegt; ausgenommen vielleicht Bobby Baker.

Na, jedenfalls behält das Gehirn seine Puppen angehäuft und gibt zudem noch jede Menge Mäuse für sie aus, wie etwa für Autos und Pelze und Diamanten und todschicke Wohnungen, in denen sie leben. Einmal sag' ich zum Gehirn, er wird jede Menge sparen, wenn er ein Haus mietet und seine Puppen alle in eine große glückliche Familie zusammenpackt, anstatt sie über die ganze Stadt zu verteilen, aber das Gehirn sagt, die Idee is' nich' gut.

»Zum ersten«, sagt er, »sie wissen ja gar nichts voneinander, ausgenommen Doris und Cynthia und Bobby, die alle über Charlotte Bescheid wissen. Sie denken alle, sie sind die einzige für mich. Also, wenn ich sie alle zusammenpferche, werden sie um meine Liebe buhlen und aufeinander eifersüchtig sein. Wie dem auch sein mag«, sagt das Gehirn, »solch ein Arrangement ist sehr unmoralisch, und überhaupt ist es gegen das Gesetz. Nein«, sagt er, »es ist schon besser, sie an verschiedenen Orten zu haben, denn denk dir mal, wo ich überall mein Zuhause hab, wenn ich mal eins brauche. Wahrhaftig«, sagt das Gehirn, »ich glaube, ich hab' mehr Zuhauses als jeder andere Kerl am Broadway.«

Tja, das mag schon stimmen, aber was das Gehirn mit so vielen verschiedenen Zuhauses will, ist am Broadway ein Riesenrätsel, weil er eh selten genug heimgeht, aber der Grund, nicht heimzugehen, liegt wohl einfach darin, weil irgend etwas in dieser Stadt passieren könnte, während er zu Hause ist und wobei er dann nicht mitmischen kann. Das Gehirn geht eigentlich selten mal irgendwohin. Er geht niemals mit irgendeiner seiner Puppen in der

Öffentlichkeit aus, außer vielleicht ein- oder zweimal im Jahr mit Charlotte, seiner besseren Hälfte, aber das tut er jetzt auch nich' mehr, weil Doris Clare sagt, es sieht nicht gut aus, was Doris' persönliche Freunde angeht.

Das Gehirn hat Charlotte schon lange bevor er zum größten Akteur im Glücksspielgeschäft des Ostens und zum zwei- oder dreifachen Millionär wurde, geheiratet, aber es is' eh noch nie sein Geschmack, bloß so zu Hause herumzusitzen und mit seiner besseren Hälfte herumzupalavern, wie es Gatten des öfteren zu tun pflegen. Als er noch arm war, lebte er in einer Umgebung, die zu weit weg lag, um heimzugehen, also gewöhnt er es sich schließlich einfach ab.

Bloß, Charlotte is' nich' eine von den Puppen, denen es gefällt, länger als ein oder zwei Jahre damit zu verbringen, die Bilder an der Wand zu betrachten, vor allem, weil sie eh nur Bilder an der Wand hat, die Kühe auf 'ner Wiese und mit Schnee bedeckte Häuser darstellen, also geht auch sie nich' öfter heim als unbedingt nötig und hat ihre eigenen Freunde und is' in der Tat sehr glücklich, vor allem, als das Gehirn anfängt zu prosperieren und sie permanent mit den entsprechenden Mittelchen ausstatten kann.

Eins muß ich über das Gehirn und seine Puppen schon sagen: er sucht sich keine Krähen raus. Er hat 'n verdammt gutes Auge für Gesichter und Figuren, und selbst Charlotte, seine bessere Hälfte, ist keine Krähe, obwohl sie nicht mehr so jung ist wie einst. Das gilt auch für Doris Clare, die in ihrer Glanzzeit eine der großen Schönheiten am Ziegfeld-Himmel war, und obwohl sie ihre Glanzzeiten ganz bestimmt nich' letzte Woche hatte, oder die Woche davor, hält sich Doris, was das Aussehen angeht, wirklich prima gut. Wohlwollend und großzügig geschätzt, möchte ich etwa behaupten, Doris ist zweiunddreißig oder dreiunddreißig, aber sie hat noch jede Menge Leben in sich drin, und ihr Haar ist immer noch sehr blond, egal woher.

Genaugenommen interessiert es das Gehirn nich' sonderlich, ob seine Puppen blond oder brünett sind, denn Cynthia Harris' Haar ist so schwarz wie das Innere eines Wolfs, während Bobby Baker mittenmangs dazwischen liegt; ihr Haar ist von dezentem Braun. Cynthia Harris ist im Gegensatz zu Doris mehr so was wie ein Spätentwickler und tritt bei Mr. Earl Carrolls ›Vanities‹ auf, und wie ich höre, fährt sie erstmals nach New York als Miß Soundso zu einem von diesen Schönheitswettbewerben, den sie im Sitzen freihändig gähnend gewinnen täte, wenn nicht einer der Juroren ein unzweideutiges Augenzwinkern von 'ner anderen Miß Soundso zugeworfen bekäme.

Selbstverständlich praktiziert Cynthia bei der Gelegenheit selbst so einiges an Augenzwinkerei, bloß sucht sie sich anscheinend 'nen Kerl raus, um ihn anzuzwinkern, den sie zwar für 'nen Juroren hält, der aber nichts anderes is' als 'n Zeitungsschreiber und der rein überhaupt nichts bei der ganzen Veranstaltung zu melden hat.

Nun, Mr. Earl Carroll hat Mitleid mit Cynthia, also steckt er sie in seine ›Vanities‹ und läßt sie bloß so und mit keinem Fetzen am Leib rumlaufen, und das Gehirn sieht sie, und eh man sich versieht, kutschiert sie in 'nem riesigen, ausländischen Schlitten von der Größe eines Rumkutters durch die Gegend und lebt überhaupt wie die Made im Speck.

Was mich angeht, so halte ich Bobby Baker schon immer für die gescheiteste von allen Puppen, die das Gehirn hat, denn was das Aussehen betrifft, ist sie gerade mal von mittelprächtiger Güte, und sie ist vom Leben bei weitem nich' so begünstigt wie Doris Clare und Cynthia Harris, die schließlich ihre Jobs auf der Bühne haben, wo sie herumlaufen können, um ihre Figur solchen Kerlen wie dem Gehirn unter die Nase zu reiben.

Bobby Baker is' 'ne Privatsekretärin bei 'nem Kerl in der Wall Street, und natürlich trägt sie immer Klamotten —, oder jedenfalls so viele Klamotten — wie sie 'ne gewöhnliche Puppe heutzutage eben trägt, und das heißt, es sind nich' eben allzu viele.

Anscheinend hat das Gehirn mal was Geschäftliches mit dem Kerl zu tun, für den Bobby arbeitet, und so kommt er mit Bobby ins Gespräch, und sie erzählt ihm, wie sie sich immer wünscht, ihm mal zu begegnen, und was sie nich' alles von ihm hört und liest, und wie er genauso stattlich und romantisch aussieht, wie sie sich ihn immer vorgestellt hat.

Nun möcht' ich vorweg gleich klarstellen, daß ich nie irgendeine Puppe 'ne Lügnerin nennen werde, man is' ja allezeit ein Gentleman, und so wie ich das sehe, mag Bobby Baker ja wirklich glauben, daß das Gehirn stattlich und romantisch aussieht, aber ich persönlich glaube, wenn sie ihn nich' anlügt, dann is' sie in dem Moment, als sie diese Bemerkung über das Gehirn losläßt, doch zumindest ein wenig überreizt. Das höchste, was man dem Gehirn zu dem Zeitpunkt attestieren kann, ist: er ist sehr gut angezogen.

Er ist vielleicht vierzig Jahre alt, ein paar Jahre drüber oder drunter geschenkt, und in der Mitte fängt er schon an, ein wenig wabbelig zu werden, was vom vielen Herumsitzen an Kartentischen kommt und davon, daß er sich niemals irgendwelche Bewegung verschafft, außer mit solchen Kerlen wie mir vor Mindys Restaurant jede Nacht ein paar Stunden auf- und abzulatschen. Er hat ein gepflegtes Gesicht, in der unteren Hälfte immer sehr glatt, und er hat gerade Zähne und ein hübsches Lächeln, wenn er mal lächelt, was er niemals bei Kerlen tut, die ihm Mäuse schuldig sind.

Und ich muß dem Gehirn auch zugute halten, daß er das hat, was man Persönlichkeit nennt. Er kann gut Geschichten erzählen, obwohl er in jeder Geschichte, die er erzählt, immer der Held ist, und er weiß auch, wie er sich auf jede Weise bei den Puppen beliebt machen kann. Er hat auch 'ne recht anständige Bildung, und während solche Puppen wie Cynthia und Doris und vielleicht auch Charlotte lieber ein Kreditkonto bei Cartier als alle Bildung von Yale und Harvard auf einem Haufen versammelt haben möchten, sieht es so aus, als ob Bobby Baker intellektuelles Geschwafel vorzieht, also wird sie natürlich mengenmäßig mit solcherlei Zeug vom Gehirn beliefert.

Tja, schon ziemlich bald fährt Bobby in 'nem Wagen durch die Gegend, der größer ist als der von Cynthia, obwohl beide doch nich' so groß sind wie der Schlitten von Doris, und alle Nachbarskinder drüben in Flatbush, wo Bobby herstammt, sind sehr eifersüchtig und rennen herum und verbreiten Tratsch über sie, halten aber gleichzeitig sehr wohl die Augen nach 'nem großen Wagen für sich selbst auf. Ich persönlich glaub' ja immer, das Gehirn erniedrigt sich gesellschaftlich, indem er sich 'ne Puppe aus Flatbush anlacht, vor allem, da Bobby Baker sich schon sehr bald mit Literaturknilchen wie etwa Zeitungsschreibern und ähnlichen Typen vom Greenwich Village einläßt.

Aber da gibt es gar nichts zu leugnen, Bobby Baker ist 'ne sehr gescheite kleine Puppe, und in den vier oder fünf Jahren, in denen sie schon eine der Puppen vom Gehirn ist, kriegt sie mehr Mäuse aus ihm raus als alle anderen zusammengerechnet, denn sie erzählt ihm immer, wie sehr sie ihn liebt und wie wenig sie ohne ihn sein kann, während Doris Clare und Cynthia Harris bisweilen schon mal vergessen, dies öfter als ein- oder zweimal im Monat anzubringen.

Nun geschieht eines frühen Morgens nichts geringeres, als daß ein Kerl namens Depp-Jack ausholt und sein Metz in die linke Seite vom Gehirn reinsteckt. Anscheinend wird das auf Veranlassung einer bestimmten Figur namens Homer Swing ausgeführt, der dem Gehirn noch 'ne Menge Mäuse wegen 'ner Glücksspieltransaktion schuldet und der sehr entrüstet ist, als das Gehirn einigermaßen nachdrücklich auf der Zahlung besteht. Anscheinend zielt Depp-Jack, den man für 'nen großen Metz-Virtuosen hält, aufs Herz vom Gehirn, verfehlt es aber um ein paar Zentimeter und vermacht dem Gehirn 'ne sehr üble Schnittwunde an seiner Seite, die unbedingt genäht werden muß.

Big Nig, der Würfelspieler, und ich stehen etwa gegen zwei Uhr morgens an der Zweiundfünfzigsten Straße und Siebten Avenue und reden von nichts Besonderem, als das Gehirn aus der Zweiundfünfzigsten Straße herausgetorkelt kommt und in Big Nigs Arme fällt, wobei er den brandneuen Mantel, den Big Nig sich vor ein paar Tagen für sechzig Mäuse kauft, mit dem ganzen Blut, das aus der Schnittwunde fließt, total ruiniert. Natürlich ist Big Nig darüber empört, aber dies scheint wohl nicht der richtige Zeitpunkt zu sein, mit dem Gehirn über solcherlei Dinge zu reden. Wir sehen deutlich genug, daß das Gehirn ganz schön tranchiert und in 'ner üblen Verfassung ist.

Selbstverständlich sind wir nicht allzu überrascht, das Gehirn in so 'nem Zustand zu sehen, denn sein Leben ist in dieser Stadt schon seit Jahren keinen Pfifferling mehr wert, wenn man an die ganzen Kerle denkt, die geradezu darauf brennen, ihm irgendwas oder auch was anderes anzutun, bloß erwarten wir nich' gerade, ihn wie 'nen Truthahn tranchiert zu sehen. Wir erwarten ihn mit einigen Böhnchen im Leib oder so, und wir beide, Big Nig und ich, wir sind wirklich verdammt in Wallung, wenn wir daran denken, daß da irgendwo Kerle rumlaufen, die solche Werkzeuge wie 'n Messer an irgendeinem ausprobieren.

Aber als wir noch so darüber nachgrübeln, sagt das Gehirn zu mir:

»Ruf Hymie Weissberger und Doc Frisch«, sagt er, »und bringt mich heim.«

Natürlich wünscht sich ein Kerl wie das Gehirn seinen Anwalt, bevor ihm sein Doktor einfällt, und Hymie Weissberger is' der Winkeladvokat vom Gehirn und ein äußerst zuverlässiger Kerl.

»Tja«, sag ich, »wir bringen dich wohl besser in ein Krankenhaus, wo sie dir sofort 'ne anständige Behandlung geben können.«

»Nein«, sagt das Gehirn. »Ich will dies geheimhalten. Es wird mir im Augenblick nur schaden, wenn dies rauskommt, und wenn ihr mich in ein Krankenhaus bringt, müssen die es den Bullen melden. Bringt mich heim.«

Natürlich frag' ich, welches Heim, da ich doch einigermaßen verwirrt bin, was die Heime vom Gehirn anbelangt, und er scheint ein Weilchen zu überlegen, als ob das 'ne Frage is', die sorgfältig bedacht werden muß.

»Park Avenue«, sagt das Gehirn schließlich, also hält Big Nig 'ne Taxe an, und wir helfen dem Gehirn in den Wagen und weisen den Fahrer an, uns zu dem Apartmenthaus an der Park Avenue in der Nähe der Vierundsechzigsten zu fahren, wo die bessere Hälfte vom Gehirn, Charlotte, wohnt.

Als wir da ankommen, denk' ich mir, es is' wohl das beste, wenn ich erst mal hochgehe und Charlotte die schlechte Nachricht schonend beibringe, denn ich kann mir vorstellen, was es für ein Schock für 'ne bessere Hälfte sein muß, wenn sie ihren Ehemann in den frühen Morgenstunden ziemlich aufgeschlitzt heimgebracht bekommt.

Nun, der Portier und der Bursche am Fahrstuhl des Apartmenthauses wollen mich davon abhalten, zum Apartment vom Gehirn hochzugehen, sie sagen, irgendsoein Gelage wird dort abgehalten, aber nachdem ich ihnen erkläre, daß das Gehirn verletzt ist, lassen sie mich gehen. Ein großer fetter Butler erscheint an der Tür des Apartments, nachdem ich die Klingel betätige, und ich kann viele Puppen und Kerle in Abendkleidung in dem Apartment sehen, und irgendeiner singt sehr laut.

Der Butler will mir klarmachen, ich kann Charlotte nicht sprechen, aber ich überrede ihn schließlich, daß es besser ist, also kommt sie bald darauf an die Tür, und sie ist wahrlich ein sehr entzückender Blickfang, wie sie so über und über mit Juwelen behangen dasteht. Ich druckse noch ein Weilchen rum, um sie nich' allzu sehr zu verschrecken, und dann sag' ich, das Gehirn hat 'nen Unfall, und wir haben ihn draußen in 'ner Taxe, und ich frag' sie, wo wir ihn hintun sollen.

»Wieso«, sagt sie, »tut ihn in ein Krankenhaus, wohin denn sonst? Ich hab' heute einige sehr wichtige Leute zu Gast und kann sie nich' damit belästigen, 'nen kranken Patienten aufzunehmen. Bringt ihn in ein Krankenhaus und sagt ihm, ich werd' morgen vorbeikommen und nach ihm sehen und ihm ein Süppchen mitbringen.«

Ich versuch' ihr klarzumachen, daß das Gehirn gar kein Süppchen braucht, sondern ein nettes Plätzchen, wo er sich hinlegen kann, aber schließlich wird sie recht unwirsch zu mir und knallt mir die Tür ins Gesicht, wobei sie sagt:

»Bringt ihn ins Krankenhaus, sag' ich. Dies ist überhaupt 'ne lächerliche Zeit für ihn heimzukommen. Es ist zwanzig Jahre her, seit er mal so früh heimkommt.«

Dann, als ich noch auf den Fahrstuhl warte, öffnet sie nochmals die Tür ein kleines bißchen und sagt:

»Übrigens, ist er schwer verletzt?«

Ich sag', wir wissen nich', wie schwer er verletzt ist, und sie schließt die Türe wieder, und ich geh' wieder zurück zur Taxe und denk' mir, was sie für 'ne herzlose Puppe ist, obwohl ich einseh', daß es ihr sehr ungelegen sein muß, so einfach ihre Party platzen zu lassen.

Das Gehirn liegt hinten in der Ecke von der Taxe, seine Augen halb geschlossen, und inzwischen bringt Big Nig anscheinend das Blut mit einem Taschentuch einigermaßen zum Stillstand, aber das Gehirn kommt mir doch etwas schwach vor. Als ich in die Taxe steige, rappelt er sich umständlich auf, und als ich ihm erzähle, seine bessere Hälfte is' nich' da, da lächelt er ein wenig und wispert: »Bringt mich zu Doris.«

Doris wohnt in einem großen Apartmenthaus draußen an der westlichen Zweiundsiebzigsten Straße in der Nähe des Drive, und ich sage dem Fahrer, er soll dorthinfahren, indes das Gehirn leicht ins Dösen gerät. Darauf beugt sich Big Nig zu mir herüber und sagt zu mir:

»Hat keinen Sinn, ihn dahin zu bringen«, sagt Big Nig. »Ich hab' Doris heut' nacht in ihrem Hermelinmantel verpackt mit diesen Schauspielerknilch Jack Walen gesehen, in den sie verknallt ist. Is' 'n Riesenskandal, wie die es miteinander treiben. Laß ihn uns zu Cynthia bringen«, sagt Nig. »Sie ist 'ne sehr großherzige Puppe, die ihn sehr gern aufnehmen wird.«

Cynthia Harris hat eine große Suite in 'nem großen Hotel direkt an der Fünften Avenue, die fünfzehn Riesen pro Jahr kostet. Cynthia ist 'ne Puppe, die gern in der Stadt ist, und wenn sie hört, daß irgendwo irgendwas passiert, kann sie schnellstens dort sein. Als wir beim Hotel ankommen, ruf' ich sie mit dem Haustelefon an und erzähl' ihr, ich muß sie wegen was sehr Wichtigem sehen, also sagt Cynthia mir, ich soll raufkommen.

Es ist inzwischen vielleicht Viertel nach drei, und ich bin doch etwas überrascht, Cynthia anzutreffen, aber da steht sie, in einem Négligé, die Haare heruntergelassen, und sie sieht wahrlich bezaubernd aus, und ich finde, das Gehirn ist kein Dummkopf, als er sich entschließt, sie anzuhäufen. Sie gewährt mir ein freundliches Hallo, aber sobald ich ihr darlege, warum ich komme, zieht sie 'ne finstere Flappe und sagt mir:

»Hör mal«, sagt sie, »ich hab' schon genug Ärger in dem Laden hier. Da sind etwa die zwei Kerle, die sich bei dem kleinen Ball, den ich letzte Nacht hier hatte, wegen mir in die Wolle kriegen, und der Hausbulle, der hier rauf muß, um die beiden auseinanderzudividieren, und ich steh' nich' drauf, noch mehr Schlamassel zu bekommen. Nimm mal an, es kommt raus, daß das Gehirn hier ist? Was werden die Zeitungen wohl über mich schreiben, hm? Denk bloß mal an meinen Ruf!«

Tja, nach etwa zehn Minuten seh' ich ein, daß es keinen Sinn hat, mit ihr 'ne Debatte zu führen, da sie schneller quatschen kann als ich, und zumeist quatscht sie davon, was für ein Schlag es für ihren guten Ruf sein wird, wenn sie das Gehirn reinläßt, also lass' ich sie in ihrem Négligé, in dem sie immer noch bezaubernd aussieht, an der Tür stehen.

Es bleibt uns nun nichts anderes mehr übrig, als das Gehirn zu Bobby Baker zu bringen, die in einem Doppelapartment am Sutton Place drüben an der River Side wohnt, wo die feinen Pinkel 'ne Siedlung von hübschen Apartments in das Herz einer alten Mietskasernen-Gegend reinsetzen, und als wir uns auf dem Weg dorthin befinden und das Gehirn in der Taxe zurückgelehnt grade noch spürbar atmet, da sag' ich zu Big Nig:

»Nig«, sag' ich, »wenn wir bei Bobby sind, werden wir das Gehirn einfach reintragen, ohne sie großartig zu fragen. Wir werden ihn einfach auf sie draufkippen, damit sie sich erst gar nich' weigern kann, ihn reinzulassen, obwohl«, sag' ich, »Bobby Baker ist 'ne nette kleine Puppe, und ich bin mir ziemlich sicher, daß die alles für ihn tun wird, was sie kann, vor allem«, sag' ich, »da er immerhin fünfzehn Riesen für das Apartment hinlegt, zu dem wir fahren.«

Als die Taxe also vor Bobbys Haus anhält, pulen Nig und ich das Gehirn aus dem Wagen raus und schleifen ihn zwischen uns zur Tür von Bobbys Apartment rauf, wo ich die Klingel betätige.

Bobby öffnet selbst die Tür, und ich seh' noch grade hinter ihr die Beine von 'nem Kerl in ein Zimmer ihres Apartments flitzen, obgleich an solch einen Anblick selbstverständlich nichts Unrechtes ist, auch wenn die Beine von dem Kerl in 'nem pinken Pyjama stecken.

Natürlich ist Bobby über alle Maßen erstaunt zu sehen, wie wir mit dem Gehirn, der zwischen uns herumschlenkert, vor ihrer Tür stehen, aber sie bittet uns durchaus nicht herein, als ich ihr erkläre, daß einer das Gehirn absticht und seine letzten Worte sind, wir sollen ihn zu Bobby bringen. Darüber hinaus läßt sie mich noch nich' mal meine Geschichte beenden, die wirklich sehr traurig sein wird, wenn sie nur weiter zuhört.

»Wenn ihr ihn nicht auf der Stelle von hier fortschafft«, sagt Bobby, noch bevor ich überhaupt zum pathetischen Teil komme, »werd' ich die Bullen rufen, und die werden euch Kerle hopsnehmen, denn es könnt' ja sein, ihr wißt mehr darüber, wie er verletzt wurde.«

Darauf knallt sie die Tür zu, und wir schleifen das Gehirn wieder die Treppen runter und auf die Straße hinaus, denn urplötzlich geht uns auf, daß Bobby recht hat, und wenn man das Gehirn so völlig abgestochen in unseren Händen findet und er abkratzt, dann sind wir in 'ner verdammt brenzligen Situation, denn die Bullen lieben es ganz besonders, sich zu weigern, solchen Kerlen wie Big Nig und mir zu glauben, ganz egal, was wir sagen.

Derselbe Gedanke muß wohl auch dem Fahrer gekommen sein, nachdem wir das Gehirn aus der Taxe rausgehievt haben, denn es ist keine Spur von ihm zu sehen, und da stehen wir nun am frühen Morgen am East River, keine Taxe weit und breit, und jede Minute kann 'n Bulle zufällig vorbeikommen.

Nun, es bleibt uns nichts anderes übrig, als uns von dort fortzumachen, also setzen Big Nig und ich uns langsam in Bewegung, wobei ich die Füße vom Gehirn trage und Big Nig an seinem Kopf anpackt. Wir schaffen es, mehrere Blocks von Sutton Place wegzukommen, obwohl es nur sehr langsam vorwärtsgeht und wir uns jedesmal, wenn wir jemanden kommen hören, in dunklen Türeingängen verstecken, und als wir uns grade in einem Bezirk von Mietshäusern befinden, da taucht aus dem Kellergeschoß eines dieser Mietshäuser urplötzlich eine Puppe heraus.

Sie sieht uns, bevor wir uns in ein dunkles Plätzchen zurückziehen können, und für 'ne Puppe scheint sie 'ne Menge Nerven zu haben, denn sie kommt gerade zu uns rüber und betrachtet Big Nig und mich, und dann betrachtet sie das Gehirn, der irgendwo auf dem Weg seinen Hut verliert, so daß sein bleiches Gesicht selbst im dämmrigen Straßenlicht deutlich zu sehen ist.

»Na so was«, sagt die Puppe, »das ist ja der gütige Gentleman, der mir die fünf Dollar für den Apfel gibt — das Geld, für das ich die Medizin kaufe, die meinem Joey das Leben rettet. Was is' denn los?«

»Tja«, sag' ich zu der Puppe, die immer noch zerlumpt und immer noch rothaarig ist, »eigentlich is' nich' sonderlich viel los, außer daß der Kerl hier drauf und dran ist, uns abzukratzen, wenn wir ihn nich' bald irgendwo verstauen.«

»Bringt ihn in meine Wohnung«, sagt sie und deutet auf die Bude, aus der sie rausgekommen ist. »Es ist zwar nichts Besonderes, aber Sie können ihn dort ausruhen lassen, bis Sie Hilfe bekommen. Ich will grade zur Apotheke hinüber, um noch etwas Medizin für Joey zu holen, obwohl er jetzt außer Gefahr ist, was ich diesem Gentleman verdanke.«

Also schleifen wir das Gehirn die Kellertreppe hinunter, wobei uns die Puppe vorangeht und uns in ein Zimmer führt, das wie eine chinesische Waschküche riecht und voller Kinder ist, die auf dem Boden schlafen. Es gibt nur ein Bett in dem Zimmer, und wie man es auch betrachtet, es hat eigentlich nich' viel, was an ein Bett erinnert, und es scheint auch ein Kind in dem Bett zu sein, aber die rothaarige Puppe rollt das Kind auf eine Seite des Bettes und fordert uns auf, das Gehirn neben das Kind zu legen. Dann holt sie einen feuchten Lappen und fängt an, dem Gehirn die Rübe zu betupfen.

Schließlich öffnet er seine Augen und betrachtet die rothaarige, zerlumpte Puppe, und die lächelt ihn sehr liebevoll an. Nachdem ich mir später noch mal die Sache überlege, glaube ich, daß das Gehirn das meiste von dem, was so passiert ist, als wir ihn durch die Gegend verfrachten, mitkriegt, obwohl er überhaupt nichts sagt, vielleicht weil er einfach zu schwach ist. Na, jedenfalls dreht er seinen Kopf zu Big Nig herum und sagt zu ihm.

»Bring Weissberger und Frisch, so schnell du nur kannst, her«, sagt er. »Jedenfalls hol Weissberger. Ich weiß nicht, wie schwer ich verletzt bin, und ich muß ihm noch einige Dinge sagen.«

Nun, wie sich herausstellt, is' das Gehirn ziemlich schwer verletzt, und es wird auch nicht wieder mit ihm, aber er bleibt noch so lange in dem Kellerloch, bis er drei Tage später stirbt. Und die ganze Zeit über pflegt ihn die zerlumpte Puppe neben ihrem kranken Kind Joey, weil der Quacksalber, der alte Doc Frisch, sagt, es ist nicht gut, das Gehirn zu bewegen, denn dadurch wird er nur um so früher hopsgehen. Und Doc Frisch ist wahrhaftig äußerst erstaunt, daß das Gehirn überhaupt noch lebt, wenn man bedenkt, auf welche Weise wir ihn herumgeschleift haben.

Ich bin bei der Bestattung des Gehirns in Wiggins Leichenhalle genauso anwesend wie jeder andere vom Broadway, und ich muß schon sagen, ich sah niemals so viele Blumen in meinem ganzen Leben. Sie sind über den ganzen Sarg verstreut und knietief auf dem Boden, und einige von ihnen müssen ein Vermögen kosten; der Preis für Blumen ist heutzutage in dieser Stadt nun mal so, wie er halt ist. Ich glaube, es sind Größe und Wert der verschiedenen Sträuße, die mich einen kleinen Bund verwelkter roter Nelken bemerken lassen, der nicht größer ist als deine Faust und der direkt neben einer Schale voller Veilchen liegt, die die Ausmaße einer Pferdedecke hat.

Es ist eine kleine Karte an den Nelken festgebunden, und auf der Karte steht folgendes geschrieben: »Für einen gütigen Gentleman.« Es kommt mir in den Sinn, daß von den ganzen Tausenden von Dollars, die all die Blumen wert sind, diese verwelkten Nelken die einzige von Herzen kommende Anteilnahme verkörpern.

Ich erwähne dies auch Big Nig gegenüber, und der meint, ich hab' wahrscheinlich recht, aber daß selbst von Herzen kommende Anteilnahme dem Gehirn dort, wo er hingeht, nicht helfen kann.

Jeder wird dir bestätigen, daß des Gehirns bessere Hälfte Charlotte sich, was das Heulen-aus-dem-Stand bei 'ner Bestattung angeht, wirklich sehr wacker schlägt, aber gegen Doris Clare,

Cynthia Harris und Bobby Baker hat sie nich' mal 'ne Außenseiterchance. Tatsache, Bobby Baker heult so was von laut, daß manche dafür sind, sie während der ganzen Bestattung einfach rauszuschmeißen.

Wie auch immer, nachher hör' ich, daß, so laut wie sie auch immer bei der Bestattung sind, es noch gar nichts ist gegenüber der Heulerei, die sie alle draufhaben, als sich herausstellt, daß das Gehirn Hymie Weissberger ein neues Testament aufsetzen läßt, während er im Sterben liegt, und all seine Mäuse der rothaarigen, zerlumpten Puppe vermacht, deren Name O'Halloran zu sein scheint und die die Witwe eines Maurers ist und fünf Kinder hat.

Tja, zuerst sagen alle Leutchen am ganzen Broadway, es ist 'ne wundervolle Sache, die das Gehirn da macht, und es geschieht seiner besseren Hälfte und Doris und Cynthia und Bobby ganz recht; und so, wie alle und jeder davon sprechen, denkst du glatt, die wollen dem Gehirn 'n Denkmal für seinen Großmut gegenüber der rothaarigen, zerlumpten Puppe errichten.

Aber etwa zwei Wochen nach seinem Tod, da hör' ich die Leutchen sagen, wahrscheinlich is' die rothaarige, zerlumpte Puppe nichts anderes als eine von den alten Bräuten vom Gehirn, und die Kinder sind vielleicht von ihm, und er vermacht ihnen die Mäuse, weil ihm kurz vor der Ziellinie das Gewissen zu schaffen macht, denn so ist der Broadway nun mal. Was mich angeht, so weiß ich nur zu genau, daß das gar nich' wahr sein kann, denn wenn es eines gibt, was das Gehirn niemals hat, dann ist es ein Gewissen.

Die Bluthunde des Broadway

Eines Morgens so etwa gegen vier Uhr steh' ich am Broadway vor Mindys Restaurant mit 'nem Kerl namens Trauerkloß, der diesen Namen hat, weil er mal 'ne sehr hohe Wette in einem Jahr gewonnen hat, in dem Whitneys Fohlen, Trauerkloß, im Kentucky Derby den Sieg errang, und das nicht wieder vergessen kann, was vielleicht daran liegt, daß es die einzige hohe Wette is', die er je in seinem Leben gewonnen hat.

Wie der richtige Name von dem Kerl lautet, erfahr' ich nie, und was soll's auch, Namen bedeuten mir nich' viel, vor allem am Broadway, denn egal was für 'nen Namen ein Kerl auch hat, wahrscheinlich ist es eh nich' sein Hausname. Also, was mich betrifft, so is' Trauerkloß ein genauso guter Name für diesen Kerl, von dem ich spreche, wie jeder andere auch. Er is' 'n fetter Kerl und sehr geschwätzig, obwohl er normalerweise von nichts anderem als Pferden redet und wie er am Vortag in Belmont, oder wo immer die Pferde auch sonst laufen, drei verschaukelte Rennen um 'ne Nasenlänge verliert.

In all den Jahren, die ich Trauerkloß jetzt schon kenne, verliert er wohl an die zehntausend Wetten um 'ne Nasenlänge, und jedesmal sind es verschaukelte Rennen, jedenfalls wenn man ihm glaubt. Ich hör' ihn wahrhaftig niemals sagen, daß er mal in 'nem sauberen Rennen um 'ne Nasenlänge verliert, aber das ist selbstverständlich bloß das übliche Gerede von all den Kerlen, die an den Pferderennbahnen rumhängen. Was Trauerkloß neben Pferdewetten sonst noch so macht, um seinen Lebensunterhalt zu bestreiten, weiß ich nich', aber er scheint es ziemlich gut zu haben, denn er is' immer und überall mit dabei, und gewöhnlich auch ganz gut gekleidet und mit jeder Menge dicker Zigarren bewaffnet, die aus seiner Westentasche herauslugen.

Normalerweise isses gegen vier Uhr morgens am Broadway ziemlich ruhig, da die Leutchen zu solcher Stunde meist in Flüsterkneipen und Nacht-Clubs sind, und an diesem Morgen, von dem ich rede, isses wahrhaftig sehr ruhig, abgesehen von einem Kerl namens Marvin Clay, der eine junge Puppe anbrüllt, weil sie nich' mit ihm in 'ne Taxe einsteigen will, um zu seinem Apartment zu fahren. Klar, daß Trauerkloß und ich einer solchen Szene nich' viel Beachtung schenken, außer daß Trauerkloß bemerkt, daß die junge Puppe mehr Verstand zu haben scheint, als man bei einer Puppe, die sich um vier Uhr morgens am Broadway verläuft, erwarten kann, denn es is' schließlich stadtbekannt, daß jede Puppe, die in Marvin Clays Apartment geht, entweder nich' recht gescheit is' oder unbedingt hin will.

Dieser Marvin Clay is' 'n sehr prominenter Gesellschaftsknilch, dessen Lieblingsbeschäftigung darin besteht, in Nacht-Clubs rumzuhängen. Er hat Scheinchen in Hülle und Fülle, die von seinem alten Herrn auf ihn herunterregnen, der sie mit der Eisenbahn oder so verdient. Nichtsdestoweniger is' Marvin Clay eine höchst widerwärtige Type; er is' laut und sein Benehmen jederzeit eines Gentlemans unwürdig, was wohl von seinen vielen Scheinchen herrührt, und er ist immer sehr grob und ausfallend zu solchen jungen Puppen, wie sie in den Nacht-Clubs arbeiten, aber die müssen die rüde Behandlung von Marvin Clay dulden, weil er ein sehr guter Kunde is'.

Gewöhnlich is' er in Abendkleidung, da er selten unterwegs is' außer am Abend, und er is' vielleicht fünfzig Jahre alt und hat 'ne äußerst widerliche Visage, die mit Flecken und Pickeln übersät ist. Aber selbstverständlich braucht ein Kerl, der so viele Scheinchen hat wie Marvin Clay, nich' so besonders ansehnlich zu sein, und er is' wahrhaftig sehr willkommen, wo immer er am Broadway auch auftaucht. Was mich anbelangt, so möchte ich mit 'nem Kerl wie Marvin Clay nichts zu tun haben, obwohl ich annehme, daß ich in meiner Zeit am Broadway schon tausend Kerlen wie ihm begegne, und es werden immer Kerle wie Marvin Clay am Broadway sein, so lange jedenfalls, wie es alte Männer gibt, die reichlich Scheinchen mit Eisenbahnen machen und sie ihnen hinten oder sonstwo reinstecken.

Nun, nach 'nem Weilchen kriegt Marvin Clay die Puppe in die Taxe, und ab geht's mit ihnen, und es is' wieder alles ruhig am Broadway, und Trauerkloß und ich stehen rum und sprechen von diesem und jenem und der einen oder anderen Sache, als ein sehr seltsam aussehender Kerl, der zwei sehr seltsam aussehende Hunde mit sich führt, vorbeikommt. Der Kerl is' so was von dünn, ich glaube, er muß etwa zwei Pfund leichter sein als ein Kubikmeter Weizen. Er hat 'ne lange Nase und ein betrübtes Gesicht, und er trägt 'nen schlappen, alten schwarzen Filzhut, und er hat 'n Flanellhemd an und ausgebeulte Kordsamthosen und 'nen Schnell-Finde-Mantel, das ist 'n Mantel, bei dem man die Gesäßtaschen schneller findet als den Mantel.

Was mich angeht, so sah ich noch nie 'nen seltsamer aussehenden Kerl am Broadway, und ich möcht' schon sagen, daß ich in meinen Tagen schon so manchen seltsam aussehenden Kerl am Broadway gesehen hab'. Aber wenn der Kerl schon seltsam aussieht, die Hunde sehen noch viel seltsamer aus, denn sie haben riesige Köpfe und Hängebacken wie ein alter Pharospieler und lange Ohren, die die Ausmaße von Bettlaken haben. Außerdem haben sie runzelige Gesichter und große runde Augen, die so betrübt dreinschauen, daß ich fast erwarte, sie losheulen zu sehen.

Die Hunde sind irgendwie schwarz- und gelbfarbig, und sie haben lange Schwänze und sind so dünn, daß man ihre Rippen aus ihrem Fell hervorstehen sehen kann. Ich denk' mir, den Hunden und dem Kerl, der sie mit sich führt, werden einige Hamburger sicher ganz ausgezeichnet bekommen, aber das gilt auch für 'ne Menge andere Kerle am Broadway, von den Hunden mal ganz abgesehen.

Tja, Trauerkloß is' augenblicklich mächtig an den Hunden interessiert, da er ein Kerl is', der alle möglichen Arten von Tieren liebt, und es hilft alles nichts, er hält den Kerl an und fängt an, Fragen zu stellen, von wegen was für 'ne Sorte Hunde das denn sind, und genaugenommen bin ich selbst gespannt, es zu erfahren, denn ich seh' zwar in meiner Zeit so einiges an Kötern, aber so was wie die hab' ich noch nie gesehen.

»Bluthunde sind die«, sagt der betrübt aussehende Kerl mit einer sehr betrübten Stimme und mit einem dieser Dialekte, wie sie diese Südstaatenknilche immer haben. »Menschenjagende Bluthunde aus Georgia sind die.«

Selbstverständlich wissen wir beide, Trauerkloß und ich, was Bluthunde sind, denn als wir noch junge Scheißer waren, da fieberten wir mit, wie solche Tiere Eliza in Onkel Toms Hütte quer übers Eis verfolgten, aber dies ist für uns beide das erste Mal, daß wir irgendwelchen Bluthunden leibhaftig begegnen, noch dazu am Broadway. Also kommen wir mit dem Kerl fleißig ins Gespräch, und seine Geschichte ist so betrüblich wie sein Gesicht, und er tut uns beiden furchtbar leid.

Und wahrhaftig, ehe wir uns versehen, haben wir ihn und die Bluthunde bei Mindy und füttern sie mit riesigen Steaks, obwohl Mindy ein furchtbares Gezeter anfängt, von wegen die Hunde einfach reinzubringen, und er fragt uns, was wir uns wohl denken, was er hier für 'nen Laden führt. Als Trauerkloß damit anfängt, es ihm zu erzählen, sagt Mindy, wir sollen's vergessen, aber wir sollen so lange wir leben niemals wieder irgendwelche Shetland-Ponys in seinen Laden bringen.

Nun, anscheinend is' der Name von dem betrübt aussehenden Kerl John Wangle, und er kommt aus 'ner Stadt, die unten in Georgia liegt, in der sein Onkel der Obersheriff ist, und der Name von dem einen der Bluthunde ist Hops, der andere heißt Sprung, und sie werden von klein auf dazu trainiert, solche Kerle wie Knackies, die aus dem County-Kittchen fliehen, und aufsässige Neger und die eine oder andere Sache aufzuspüren, und nachdem John Wangle sich mit Mindys Steaks die Löcher im Bauch stopft und anfängt loszureden, muß man ihn entweder für 'nen erstklassigen Lügner halten, oder die Jagdhunde sind die größten Menschenjäger, die die Welt je gesehen hat.

Nun aber, wie ich mir die Hunde so anschaue, nachdem jeder von ihnen sechs riesige Lendensteaks verschlingt und jede Menge Matzen, die Mindy noch von den jüdischen Feiertagen übrig hat, und 'nen Ramsch von 'nem Gulasch von der Abendkarte und einigen anderen Krimskrams, kann ich sie mir bestenfalls als Lebensmittelvertilger vorstellen, denn im Augenblick liegen sie mit ihren Gesichtern hinter den Ohren versteckt auf dem Boden herum und schnarchen so laut, daß mir fast die Ohren wegfliegen.

Wie John Wangle mit diesen Bluthunden nach New York kommt, das ist wahrhaftig 'ne ganz schöne Geschichte. Anscheinend treibt es nämlich einen New Yorker Kerl in Johns alte Heimatstadt in Georgia, als die Bluthunde gerade 'nen aufsässigen Neger zur Strecke bringen, und dieser Kerl knobelt sich aus, es wird 'ne wundervolle Idee sein, John Wangle und die Hunde nach New York mitzunehmen und sie beim Film zu vermieten, um die Bösewichter in den Streifen zur Strecke zu bringen. Aber als sie nach New York gelangen, da sieht es so aus, als ob sie beim Film andere Methoden haben, um ihre Bösewichter zur Strecke zu bringen, und dem Kerl gehen schließlich die Scheinchen aus, und er verdrückt sich und läßt John Wangle und die Bluthunde auf dem Trockenen sitzen.

Und so is' John Wangle mit Hops und Sprung in New York, und sie wohnen alle zusammen in einem Raum eines Mietshauses drüben in der westlichen Neunundvierzigsten Straße, und die Dinge stehen ziemlich übel, denn John weiß nich', wie er nach Georgia zurückkommen soll, es sei denn, er geht zu Fuß, und er hört, südlich von Roanoke geht es sich zu Fuß nich' so sonderlich doll. Als ich ihn frag', warum er nicht an seinen Onkel, den Obersheriff da unten in Georgia, schreibt, sagt John Wangle, es gibt dafür zwei Gründe, der erste ist, daß er nich' schreiben kann, und der andere, daß sein Onkel nich' lesen kann.

Darauf frag' ich ihn, warum er die Bluthunde nich' einfach verkauft, und er sagt, deswegen nich', weil der Markt, was Bluthunde betrifft, in New York ziemlich tot ist, und außerdem, wenn er ohne die Bluthunde nach Georgia zurückgeht, wird ihm sein Onkel die Ohren langziehen. Wie dem auch sein mag, John Wangle sagt, er hat Hops und Sprung sehr, sehr lieb, und genaugenommen, sagt er, isses nur seine große Liebe zu ihnen, die ihn während der letzten Woche, als sein Hunger wahrlich ungeheuer groß is', davon abgehalten hat, den einen oder anderen, oder vielleicht auch beide, aufzuessen.

Nun, ich seh' Trauerkloß noch nie zuvor an irgendeiner Situation so mächtig interessiert wie an John Wangle und den Bluthunden, aber was mich angeht, so werd' ich ihrer langsam überdrüssig, denn der eine, der Hops heißt, wacht schließlich auf und fängt an, an meinen Beinen herumzuknabbern, wobei er sich vielleicht denkt, da ist noch 'n Steak drin, und als ich ihm einen in die Schnauze trete, da fixiert mich John Wangle finsteren Blickes, und Trauerkloß sagt, nur niederträchtige Kerle sind zu solch harmlosen Geschöpfen derart herzlos.

Aber es zeigt sich, daß John Wangle und seine Bluthunde so harmlos gar nicht sind, denn von nun an schlendern sie jeden Morgen um dieselbe Zeit bei Mindy vorbei, und Trauerkloß steht immer bereit, sie zu füttern, obwohl er die Fütterung jetzt am Gehsteig durchführen muß, da Mindy die Jagdhunde in seinem Laden nich' mehr zu dulden gedenkt. Natürlich wird Trauerkloß bei Hops und Sprung zusehends beliebter, aber er is' bei ihnen noch lang nich' so beliebt wie bei John Wangle, denn John beginnt prächtig aufzuspecken, aber die Bluthunde nehmen auch ganz schön an Gewicht zu.

Nun, und was passiert als nächstes? Trauerkloß taucht einige Morgen lang nicht mehr bei Mindy auf, weil er anscheinend eines Tages beim Rennen 'nen netten Treffer landet, sich 'nen brandneuen Smoking zulegt und anfängt, in den Nacht-Clubs rumzusteigen, vor allem in Miß-Missouri-Martins-Dreihundert-Club, wo es viele attraktive junge Puppen gibt, die über die Bühne rumhopsen und von denen etwa so viel zu sehen is' wie von 'ner Blechkutsche, die von 'nem Nummernschild verdeckt wird, und es ist allseits bekannt, daß Trauerkloß an solch einem Panorama Gefallen findet.

Zudem hör' ich noch Berichte über Trauerkloß kursieren, daß er 'ne Puppe, die man die Liebliche Miß Lou nennt, ins Herz schließt, die in Miß-Missouri-Martins-Dreihundert-Club arbeitet, und wegen dieser Puppe in ein Gerangel mit Marvin Clay gerät und Marvin Clay einen in die Visage latzt, so daß ich mir denke, Trauerkloß hat 'nen kleinen Dachschaden abbekommen, wie das bei Kerlen, die lange genug am Broadway rumhängen, zwangsläufig geschieht.

Tja, als John Wangle und Hops und Sprung vorbeikommen und nach 'nem Almosen Ausschau halten, da gibt es für sie nich' viel zu holen, da niemand anderer bei Mindy sonderlich großes Interesse für Bluthunde hat, vor allem nich' von Interesse, das 'ne Menge Steaks kostet, und schon bald beginnen Hops und Sprung wieder sehr betrübt dreinzuschauen, und John Wangle ist ganz schön niedergeschlagen.

Es is' wieder früher Morgen, und es ist warm, und eine Anzahl Leutchen stehen wie üblich vor Mindys Restaurant herum und atmen die frische Luft ein, als ein Polizeiinspektor vorbeikommt, der McNamara heißt und ein Freund von mir is'. Er hat 'nen Haufen Zivilbullen im Schlepptau, und Inspektor McNamara erzählt mir, er is' auf m Weg, ein Delikt in 'nem Apartmenthaus etwa drei Blocks weiter in der westlichen Vierundfünfzigsten Straße zu untersuchen, wo man, scheint's, 'nen Kerl erschossen hat, und da ich eh nichts anderes zu tun hab', geh' ich mit ihnen mit, obwohl ich mich eigentlich schon aus Prinzip nich' so gern mit Bullen einlasse, weil sich bestimmte Typen über so was die Mäuler zerreißen.

Der erschossene Kerl is' kein anderer als Marvin Clay. Im Wohnzimmer seines Apartments liegt er im Abendanzug auf dem Boden, und sein Hemd is' in Brusthöhe blutverschmiert, und nachdem Inspektor McNamara ihn sich aus der Nähe anschaut, stellt er fest, daß Marvin Clay satt und präzise einen in die Brust verpaßt bekommen hat und ziemlich tot zu sein scheint.

Hinweise, wer für die Knallerei verantwortlich ist, gibt es nich', und Inspektor McNamara sagt, es is' unbezweifelbar was ganz Mysteriöses, und es issn gefundenes Fressen für die Zeitungen, vor allem, da sie seit mehreren Tagen keine schöne, mysteriöse Knallerei mehr haben.

Nun ja, selbstverständlich geht mich das alles überhaupt nichts an, aber urplötzlich muß ich an John Wangle und seine Bluthunde denken, und es scheint mir, daß es eine günstige Gelegenheit für sie is', also sag' ich zu dem Inspektor folgendes:

»Hör mal, Mac«, sag' ich, »hier läuft so 'n Kerl mit 'nem Paar Bluthunden aus Georgia rum, die ziemliche Experten im Schnüffeln sind«, sag ich, »vielleicht können die den miesen Schurken aufspüren, der Marvin Clay umpustet; die Spur muß im Augenblick ja heißer sein als Mostert.«

Nun, nachher hör' ich, daß es einigen Unmut über meinen Vorschlag gibt, denn die Leutchen sind der Ansicht, die Figur, die Marvin Clay umpustet, verdient 'ne angemessenere Belohnung, als mit Bluthunden herumgehetzt zu werden. Einige finden wahrhaftig, die Figur hat ein Anrecht auf 'nen Orden, aber diese Meinung kommt erst später auf.

Na jedenfalls, der Inspektor hält zuerst nich' sonderlich viel von meiner Idee, und die anderen Bullen sind eher skeptisch und behaupten, das beste unter den gegebenen Umständen is', jeden, der greifbar ist, einfach zu verhaften und als unentbehrlichen Zeugen für 'nen Monat oder so einzubuchten, bloß is' das Ärgerliche, daß im Augenblick niemand greifbar is', den man verhaften kann, außer mir vielleicht, aber der Inspektor issn entgegenkommender Bursche und sagt schließlich okay, bring die Bluthunde her.

Also eile ich flugs zu Mindy zurück, und klar, John Wangle und Hops und Sprung sind draußen am Gehsteig und spähen auf jedes vorüberziehende Gesicht, in der Hoffnung, daß vielleicht eines von diesen Gesichtern zu Trauerkloß gehört. Es is' wahrhaftig ein Bild des Jammers, aber als ich John Wangle die Sache mit Marvin Clay erkläre, da belebt es ihn merklich, und er heizt mit mir derart fix zum Apartmenthaus zurück, daß er Hops' Hals um ein paar Zentimeter streckt und Sprung die halbe Zeit über auf dem Bauch hinter sich her schleift.

Nun, als wir zum Apartment zurückkommen, führt John Wangle Hops und Sprung zu Marvin Clay, und sie schnüffeln überall an ihm herum, denn anscheinend sind Bluthunde an tote Kerle gewöhnt. Darauf hakt John Wangle ihre Leinen los, brüllt ihnen irgendwas zu, und die Jagdhunde beginnen überall in dem Laden herumzuschnüffeln, während Inspektor McNamara und die anderen Bullen mit dem größten Interesse zuschauen.

Urplötzlich jagen dann Hops und Sprung aus dem Apartment raus und auf die Straße hinunter und John Wangle direkt hinter ihnen her und der ganze Rest von uns hinter John Wangle her. Sie nehmen Richtung auf den Broadway, quer über die Vierundfünfzigste Straße, und eh' sich einer versieht, veranstalten sie vor Mindys Restaurant 'ne beträchtliche Schnüffelei.

Schon bald starten sie den Broadway hoch, ihre Zinken immer auf dem Gehsteig, und wir folgen ihnen sehr erwartungsvoll, denn selbst die Bullen geben jetzt zu, daß es wohl 'ne klare Sache ist, daß die Hunde zielstrebig auf der Spur der Figur sind, die Marvin Clay umpustet. Zuerst tippeln Hops und Sprung noch so vor sich hin, aber ziemlich bald geraten sie ins Laufen, und wir laufen hinter ihnen her, John Wangle, der Inspektor, ich und die Bullen.

So 'ne Darbietung, wie wir alle so des Weges vorüberheizen, zieht natürlich einiges Geblinke bei jenen Leuten auf sich, die es zu dieser Stunde umhertreibt, und schon bald klettern die Milchmänner von ihren Wagen herunter, die Müllmänner lassen ihre Karren stehen, wo sie grade sind, und die Zeitungsjungen lassen alles fallen und liegen, und alle und jeder schließen sich unserer Verfolgungsjagd an, und zu dem Zeitpunkt, als wir die Ecke Broadway und Sechsundfünfzigste Straße passieren, da folgt den Jagdhunden schon 'ne ganz schöne Meute, und an deren Spitze befindet sich John Wangle, knapp hinter Hops und Sprung, und er brüllt ihnen ab und an folgendes zu: »Dranbleiben, Jungs!«

An der Sechsundfünfzigsten Straße drehen die Jagdhunde in östlicher Richtung vom Broadway ab und halten vor einer Tür an, die scheinbar zu 'ner alten Garage gehört. Diese Tür ist sehr fest verschlossen, und Hops und Sprung möchten anscheinend durch diese Tür hindurch, also treten der Inspektor und die Bullen die Tür auf, und wer ist in der Garage mit 'nem großen Würfelspielchen beschäftigt, wenn nicht viele prominente Leutchen vom Broadway. Natürlich sind diese Leutchen höchst erschreckt, die Bluthunde und den Rest von uns zu sehen, vor allem die Bullen, und sie fangen an, überall rumzurennen, um zu versuchen, aus dem Laden zu entwischen, denn in dieser Gegend ist das Würfelspielchen ziemlich illegal.

Aber der Inspektor sagt bloß a-ha und beginnt Namen in 'nen Notizblock zu kritzeln, als wenn da was wäre, was ihm später helfen täte, aber Hops und Sprung sind kaum in dem Laden drin, da stürzen sie wieder hinaus und schnüffeln die Sechsundfünfzigste hinunter. Sie halten vor vier weiteren Türen entlang der Sechsundfünfzigsten, und als die Bullen diese Türen auftreten, finden sie nichts als Flüsterkneipen, obgleich eine davon 'ne Opiumhöhle ist, und die Leutchen in diesen Lokalitäten geraten von der ganzen Hektik völlig aus dem Häuschen, vor allem, da Inspektor McNamara wieder anfängt, in seinen Notizblock zu kritzeln.

Zuletzt fängt der Inspektor damit an, die Bullen, die bei ihm sind, bitterböse in Augenschein zu nehmen, und jeder kann erkennen, daß es ihm mächtig mißfällt, so viel Gesetzwidrigkeit in diesem Distrikt vorzufinden, und die Bullen fangen ihrerseits an, einigen unfreundlichen Gefühlen Hops und Sprung gegenüber freien

Lauf zu lassen, und ein Bulle sagt zu mir: »Pfui«, sagt er, »diese Köter sind nichts anderes als Spitzel.«

Nun, natürlich verursacht der Lärm von John Wangles Gebrüll und das Gejohle der Meute, die den Jagdhunden folgt, so einiges an Unruhe, und weckt viele Bewohner der Apartmenthäuser und Hotels in den Seitenstraßen, vor allem, da jetzt Sommer ist und fast jeder sein Fenster geöffnet hat.

Wir sehen wahrhaftig viele zerzauste, aus den Fenstern gestreckte Köpfe und hören Kerle und Puppen sich wie folgt neugierig erkundigen: »Was is' denn los?«

Es sieht so aus, als ob es großes Unbehagen in den Fünfziger Straßen verursacht, als sich rumspricht, daß Bluthunde dabei sind, 'nen Missetäter aufzuspüren, und ich hör' später wahrhaftig, daß drei Kerle ins Krankenhaus gebracht werden, weil sie sich die Knochen brechen, als sie von 'ner Feuerleiter purzeln oder aus'm Hotelfenster raushüpfen, und das nur, weil die Bluthunde auf Mörderjagd sind.

Nun, urplötzlich schwenken Hops und Sprung in die Siebte Avenue hinein, huschen in den Eingang eines kleinen Apartmenthauses und stürmen die Stufen zur ersten Etage hoch, und als wir dort ankommen, scharren die Bluthunde energisch an der Tür zu Apartment B2 herum und machen woff-woff, und wir sind alle wahrhaftig mächtig aufgeregt, aber dann geht die Tür auf, und niemand anderes als 'ne Puppe namens Maud Milligan steht da, die allen und jedem bestens bekannt is' als die herzensgeliebte Puppe von Big Nig, dem Würfelspieler, der zu der Zeit unten in Hot Springs is' und 'ne Kur macht, oder was immer Kerle in Hot Springs sonst machen.

Maud Milligan is' nich' eine von den Puppen, mit denen ich gern was zu tun haben möchte, sie ist rothaarig und sehr herrisch, und ich bin froh, daß Hops und Sprung keine weitere Zeit in ihrem Apartment verschwenden, als es braucht, um durch ihr Wohnzimmer und über ihr Bett zu rasen, denn Maud fängt an, uns, die sie kennt, bitter-böse anzugiften. Aber Hops und Sprung sind in dem Laden drin und wieder draußen, bevor du pups sagen kannst, denn schließlich is' es auch nur ein Zweizimmer-Apartment, und wir befinden uns auf dem Weg die Treppen runter und zurück in die Siebte Avenue, während Inspektor McNamara immer noch irgendwas in seinen Notizblock kritzelt.

Und wo landen die Jagdhunde letztendlich mit etwa vierhundert Leuten hinter sich, jeder von den Strapazen völlig fertig und verschwitzt, wenn nich' vor der Tür von Miß-Missouri-Martins Dreihundert-Club, und der Türsteher, ein Kerl namens Soldaten Sweeney, versucht, die Hunde zu verscheuchen, aber Hops rast dem Soldaten durch die Beine hindurch und wirft ihn über den Haufen, und Sprung tapst dem Soldaten ins Auge, als er über ihn hinweg trabt, und die meisten aus der Menge hinter den Jagdhunden trampeln auch noch auf ihm herum, als sie an ihm vorbeiwollen, so daß der olle Soldat nach diesem ganzen Gewitter ganz schön platt ist.

Hops und Sprung sind jetzt aufgeregter als je, und wild hechelnd und mit dröhnendem Gejaule schießen sie in den Dreihundert-Club hinein, mit John Wangle, dem Gesetz und all diesen Leutchen im Schlepptau. Dort ist 'ne ansehnlich große Menge versammelt, und als wir reinkommen, hockt Miß Missouri Martin auf 'nem Stuhlrücken in der Mitte der Tanzfläche und ist gerade im Begriff, mit ihrer Show anzufangen, als sie die Meute heranwogen sieht, und zuerst ist sie überaus erfreut, denn sie denkt, es erscheint neue Kundschaft, und wenn es irgendwas gibt, was Miß Missouri Martin heiß und innig liebt, dann isses neue Kundschaft.

Aber bevor sie sagen kann hallo, Dummchen oder was auch sonst immer, rast Hops unter ihren Stuhl, wobei er sich vielleicht denkt, er is' 'n Dackel, und schon plumpst Miss Missouri Martin auf die Tanzfläche, und da liegt sie dann und kreischt sich einen ab, und eh' sich nur einer versieht, sind Hops und Sprung in einen Winkel des Ladens rüber, und krabbeln sich eifrig an 'nem fetten Kerl ab, der mit 'ner Puppe neben sich da rumsitzt, und wer is' der fette Kerl, wenn nich' Trauerkloß!

Nun, wie Hops und Sprung auf Trauerkloß zustürzen, steht er natürlich auf, um sich zu verteidigen, aber sie erwischen ihn beide zum gleichen Zeitpunkt, und ab geht er und direkt auf die Puppe drauf, die bei ihm is' und keine andere is' als die Liebliche Miß Lou. Sie wird arg zusammengequetscht bei der ganzen Masse, die Trauerkloß über sie ausbreitet, und sie kreischt einiges raus, vor allem, als Hops 'nen Fuß von 'ner Zunge rausholt und ihr das Make-up vom Gesicht spült, wobei er eigentlich nach Trauerkloß ausholt. Die Liebliche Miß Lou scheint sich wahrhaftig vor den Bluthunden mehr zu fürchten als davor, zu Tode gequetscht zu werden, denn als John Wangle und ich zu ihrer Rettung eilen und sie unter Trauerkloß herauspulen, jammert sie folgendes: »Oh, laßt sie mich nicht verschlingen — ich will ja gestehen.«

Nun, da niemand außer mir und John Wangle diese Bemerkung zu hören scheint und alle anderen damit beschäftigt sind, Trauerkloß und die Bluthunde auseinanderzudividieren, und da John Wangle nich' zu verstehen scheint, was die Liebliche Miß Lou vor sich hinmurmelt, schiebe ich sie in die Menge hinein und weiter bis in die Küche, die jetzt, bei der ganzen Horde, die draußen is' und sich das Getümmel in der Ecke anschaut, völlig leer steht, und ich sag' zu ihr: »Was willste denn gestehen?« sag' ich. »Isses wegen Marvin Clay?«

»Ja«, sagt sie. »Es ist wegen ihm. Er ist ein Schwein«, sagt sie. »Ich schieß' auf ihn, und ich bin froh darüber. Er is' nich' zufrieden mit dem, was er mir vor zwei Jahren angetan hat, sondern er versucht diese Teufelei auch noch bei meiner kleinen Schwester. Er hat sie in seinem Apartment, und als ich das rauskrieg' und losgeh', um sie da rauszuholen, da sagt er, er wird sie nich' gehen lassen. Und so schieß' ich auf ihn. Mit der Pistole von meinem Bruder«, sagt sie. »Und dann geh' ich mit meiner kleinen Schwester zu mir nach Hause. Ich hoffe, er ist tot und da, wo er hingehört.«

»Tja, ja«, sag' ich, »ich werd' mit dir nich' darüber debattieren, wo Marvin Clay hingehört, aber«, sag' ich, »du haust von hier ab und gehst nach Hause und wartest, bis wir hier den Durchblick haben. Ich geh' währenddessen zurück und helfe Trauerkloß, der in 'ner heiklen Lage zu sein scheint.«

»Oh, laß ihn nicht von diesen furchtbaren Hunden auffressen«, sagt sie, und damit schwirrt sie ab, und ich kehr' in den anderen Raum zurück, um jede Menge Verwirrung vorzufinden, denn anscheinend ist Trauerkloß inzwischen ziemlich ungehalten auf Hops und Sprung, vor allem, als er rausfindet, daß einer von beiden seine dicke alte Pfote geradewegs in Brusthöhe auf sein Hemd pflanzt und 'nen dreckigen Flecken hinterläßt. Und als er sich dann mühsam auf seine Füße hochrappelt, fängt Trauerkloß an, seine beiden Hände in Bewegung zu bringen, und er ist sicher kein schlechter Puncher für 'nen Kerl, der normalerweise nich' viel boxt. Hops macht er mit 'ner rechten Geraden aufs Maul platt, und Sprung haut er mit 'nem linken Haken schlechterdings quer durch den ganzen Laden.

Tja, der arme Sprung gleitet über die glatte Tanzfläche geradewegs in Miß Missouri Martin hinein, als sie es eben schafft, wieder auf die Beine zu kommen, und kegelt sie noch mal um, aber Miß Missouri Martin ist inzwischen auch recht ungehalten und steht auf und tritt Sprung auf eine höchst undamenhafte Weise.

Selbstverständlich kennt sich Sprung mit Miß Martin nich' so besonders aus, aber er is' sich ziemlich sicher, daß sein alter Freund Trauerkloß nur 'n bißchen mit ihm spielen will, und ab geht er in Richtung Trauerkloß, die Zunge raus und mit wedelndem Schwanz, und wer weiß, wie lange dies noch so weiter geht, wenn John Wangle nicht einschreitet und beide Jagdhunde an die Leine nimmt, während Inspektor McNamara Trauerkloß in Verwahrsam nimmt und ihm sagt, er is' wegen der Erschießung Marvin Clays verhaftet.

Nun, selbstverständlich is' es jedem sofort klar, daß Trauerkloß der Schuldige sein muß, vor allem, wenn man bedenkt, daß er mal Ärger mit Marvin Clay hat, und alle Anwesenden betrachten Trauerkloß mit großem Abscheu und versichern, man kann an seinem Gesicht bereits erkennen, daß er nichts als 'n verkommenes Subjekt ist.

Außerdem hält Inspektor McNamara den Besuchern von Miß Missouri Martin 'ne Rede, in der er John Wangle und Hops und Sprung für ihre wundervolle Arbeit gratuliert, diesen fürchterlichen Kriminellen aufgespürt zu haben, und zur selben Zeit streut er einige Lobeshymnen an die Adresse der Polizeiabteilung ein, während Trauerkloß bloß dasteht und dem, was der Inspektor zu sagen hat, recht wenig Beachtung schenkt, sich dafür aber an Hops und Sprung heranzuschieben versucht, um sie den guten alten Fuß spüren zu lassen.

Nun, die Besucher spenden Inspektor McNamaras Worten Beifall, und Miß Missouri Martin kriegt 'ne Sammlung über zwei Blaue für John Wangle und seine Bluthunde zusammen, abgerechnet dasjenige, was sie für sich selbst einsteckt. Auch der Küchenchef erscheint und nimmt John Wangle und Hops und Sprung mit in die Küche und stopft sie mit Essen voll, obwohl, was mich angeht, ich werd' sicher nich' irgendwas von dem Fraß zu mir nehmen, den sie im Dreihundert-Club auftischen.

Sie verfrachten Trauerkloß ins Gefängnis, doch scheint er gar nich' zu verstehen, warum er verhaftet wird, er weiß bloß, daß es irgendwas mit Hops und Sprung zu tun hat, und so versucht er, einen der Bullen zu schmieren, damit der die Bluthunde für ein Weilchen zu ihm in die Zelle steckt, obwohl der Bulle so 'nen Vorschlag kaum in Erwägung ziehen wird.

Während Trauerkloß also im Gefängnis eingebuchtet wird, spricht es sich herum, daß Marvin Clay nich' nur nich' tot ist, sondern wahrscheinlich wieder in Ordnung kommen wird, was er schließlich auch tut.

Und mehr als das, letztlich haut er Trauerkloß raus, denn er lehnt es nich' nur ab, ihn zu belasten, sondern verläßt sogar das Land per Schiff, sobald er sich nur wieder bewegen kann, und obgleich Trauerkloß für mehrere Wochen im Kittchen schmort, so posaunt er nie aus, daß er gar nich' derjenige ist, der Marvin Clay 'ne Kugel verpaßt.

Die Liebliche Miß Lou is' Trauerkloß für seine wundervolle Selbstaufopferung natürlich sehr dankbar und wird ohne jeden Zweifel Trauerkloß' bessere Hälfte werden, wenn es Trauerkloß nur einfällt, sie zu fragen, bloß scheint Trauerkloß dermaßen damit beschäftigt zu sein, die Vorstellung zu begrübeln, 'ne bessere Hälfte zu bekommen, die so geschickt mit 'nem Ballermann umgehen kann, daß er niemals wirklich fragt.

Währenddessen kehren John Wangle und Hops und Sprung mit Hilfe der Mäuse, welche Miß Missouri Martin für sie sammelt, nach Georgia zurück, und mit ihnen 'ne Riesenreputation als Menschenjäger.

Und das is' dann, was diese Gesichte betrifft, alles, außer, daß ich eines Nachts Trauerkloß in die Arme renne, der 'nen Koffer trägt und hemmungslos vor sich hinschwitzt, obwohl es eigentlich gar nich' so warm is, und als ich ihn frage, ob er fort will, da sagt er, das is' tatsächlich so ungefähr seine Vorstellung. Und mehr als das, er sagt, er will sehr weit fort. Klar frag' ich ihn, wie das denn kommt, und Trauerkloß sagt mir folgendes:

»Nun ja«, sagt er, »seit Big Nig, der Würfelspieler, von Hot Springs zurück ist und hört, wie die Bluthunde denjenigen, der Marvin Clay umschießt, aufspüren, läuft er ständig durch die Gegend und beobachtet mich aus seinen Augenwinkeln heraus. Tatsache«, sagt Trauerkloß, »ich seh' genug, um zu wissen, daß Big Nig sich irgendwas in seinen Gehirngängen zurechtdenkt, und da Big Nig ja 'n Kerl is, der nich' so 'n flinker Brüter is' wie andere, fürchte ich, er wird sich schließlich 'ne üble Schlußfolgerung zurechtdenken.«

»Ich fürchte«, sagt Trauerkloß, »Big Nig wird sich die Schlußfolgerung zurechtdenken, daß Hops und Sprung mich statt des Täters verfolgen, was so einige bösartige Burschen schon überall herumflüstern, und er so 'ne falsche Vorstellung davon bekommt, warum die Spur zu Maud Milligan führt.«

Das Kapital des Broadway

Von all den Treffern, die Puppen in den letzten fünfundzwanzig Jahren am Broadway landen konnten, wird der allergrößte Treffer ohne jeden Zweifel von 'ner Puppe gelandet, die Silk heißt und sich 'nen Bankier namens Israel Ib angelt, denn der Umfang ihres Treffers beläuft sich auf drei Millionen und einhundert Mäuse und einige zerquetschte Cents.

Es wird von all denen, die sich in der Materie auskennen, anerkannt, daß der Rekord bis dahin von 'ner Puppe namens Irma Teak gehalten wird, die sich 1911 'nen russischen Herzog angelt, als russische Herzöge von Puppen noch als äußerst brauchbar angesehen werden, obwohl in diesen Tagen russische Herzöge natürlich etwa so brauchbar sind wie Kopfschuppen. Na, jedenfalls beläuft sich Irma Teaks Treffer, was den russischen Herzog betrifft, auf 'ne runde Million, und schließlich setzt sie sich mit ihrem Herzog nach London ab und führt ein Leben in Saus und Braus. Dann aber erblindet Irma Teak, was wirklich ein verflixtes Pech für sie is', da sie nu' gar nich' mehr so richtig mitkriegen kann, wie eifersüchtig sie andere Puppen mit ihren Diamanten und Zobeln und dem einen oder anderen Sächelchen macht, und was hat das ganze Zeug dann wohl noch für 'nen Wert, hm?

Ich kenn' Irma Teak noch aus der Zeit, als sie 'ne Showpuppe im alten Winter Garden ist, und ich kenn auch die Puppe, die Mazie Mitz heißt, die in 'ner Florodora-Show ist und 'nen Treffer von vielleicht dreihundert Riesen bei 'nem Kerl landet, der 'ne Kette von Warenhäusern hat, und dreihundert Riesen sind durchaus kein Heu. Aber Mazie Mitz wechselt schließlich das Pferd und macht sich mit 'nem Saxophonspieler davon, in den sie verknallt is', und endet schließlich arm wie 'ne Kirchenmaus.

Außerdem kenn' ich noch Clara Simmons, das Mannequin bei Ricksons, die ein fünfgeschossiges Stadthaus und ein Landdomizil von 'nem Knilch aus der Wall Street als Geburtstagspräsent loseist. Persönlich begegne ich dem Knilch zwar noch nich', aber er muß schön blöd sein, weil nämlich jeder weiß, daß Clara Simmons mit 'ner Flasche Parfum als Geburtstagspräsent genauso zufrieden wär. Kann sein, daß Clara Simmons das Stadthaus und das Landdomizil noch besitzt, aber sie muß sich wohl schon langsam, aber sicher an die Vierzig ranschieben, und daher interessiert sich natürlich keiner am Broadway dafür, was so aus ihr wird.

Ich kenn' noch hundert andere Puppen, die verschiedene Treffer landen, und einige davon sind schon recht ansehnliche Treffer, aber keiner dieser Treffer kann neben Silks Treffer mit Israel Ib bestehen, und dieser Treffer is' nu' um so überraschender, als Silk früher mal ziemlich voreingenommen gegenüber Bankiers is'. Ich selbst bin ja auch nich' gerade ein Fan, was Bankiers angeht, aber ich bin nich' gegen sie voreingenommen. Ja, ich glaube, Bankiers sind sogar sehr nützlich, denn wenn wir keine Bankiers haben, sin' viele Leutchen nich' in der Lage, 'nen Scheck zu versilbern und so.

Ein ganzes Weilchen bevor sie Israel Ib begegnet, erklärt mir Silk, warum sie gegen Bankiers voreingenommen ist. Das passiert, als sie noch 'ne Revuepuppe in Johnny Oakleys Laden in der Dreiundfünfzigsten Straße is' und nach der Arbeit immer zu Mindy reinkommt, was gewöhnlich so gegen vier Uhr morgens der Fall is'.

Zu solcher Stunde sitzen viele Leutchen bei Mindy rum und ruhen sich von den Würfelspielchen und der einen oder anderen Betätigung aus, und Puppen aus den verschiedenen Läden der Umgebung, einschließlich Revuepuppen und Animiermädchen, springen noch mal eben rein, um irgendwas zu essen, bevor sie nach Hause gehen, und gewöhnlich sind diese Puppen immer noch geschminkt und auch sehr erschöpft.

Natürlich kennen sie die Leutchen, die herumsitzen, und sagen hallo und nehmen vielleicht auch mal die Gastfreundschaft dieser Leutchen in Anspruch, gestatten sich 'nen Muckefuck und dänisches Gebäck oder vielleicht auch einige Rühreier, und es läuft alles sehr liebenswürdig und harmlos ab, denn die Leutchen, die vom Würfeln total erledigt sind, werden wohl kaum wegen 'ner erschöpften Revuepuppe oder 'nem Animiermädchen irgendwelchen Bluthochdruck bekommen, vor allem nich' wegen 'nem Animiermädchen.

Na jedenfalls, eines Morgens sitzt Silk an meinem Tisch und verdrückt 'ne Tasse Muckefuck und 'n Stück Apfelkuchen, als sehr ermattet aussehend der Grieche reinkommt, der ein hohes Tier und weit und breit bestens bekannt is'. Er läßt sich neben mir in 'nen Stuhl fallen und bestellt Bismarckhering mit geschnittenen Zwiebeln, was wirklich ein mächtig belebendes Gericht is', und dann erwähnt der Grieche, daß er in 'nem vierundzwanzig Stunden dauernden Spiel die Bank is', und sofort legt Silk los:

»Ich hasse Banken«, sagt sie. »Und außerdem«, sagt sie, »hasse ich Bankiers. Wenn es diesen Bankier damals nicht gibt, tät' ich mich vielleicht nich' in Johnny Oakleys schmutziger kleinen Spelunke für dreißig Mäuse die Woche abplacken müssen. Vielleicht tät' meine Mutter am Leben sein, und ich tät' mit ihr zu Hause wohnen, anstatt in dieser Flohkiste in der Siebenundvierzigsten Straße.

Meine Mama hat mal dreihundert Mäuse vom Fußbodenschrubben in 'nem Bürogebäude gespart, um mich in die Schule zu schicken«, sagt Silk, »und 'n Bankier in einem dieser Gebäude, wo sie diese Schrubberei erledigt, erzählt ihr, sie soll ihre Mäuse in seine Bank stecken. Und was passiert? Die Bank kracht, und das ist so 'n furchtbarer Schlag für meine Mama, daß sie glatt wegstirbt. Ich war zu der Zeit noch sehr klein«, sagt Silk, »aber ich kann mich erinnern, wie ich mit meiner Mama vor der zugenagelten Bank stehe und meine Mama sich die Augen ausheult.«

Nun, ich persönlich halte Silks Ausfall über Johnny Oakleys Laden für etwas unangebracht, da der nämlich alles andere als klein ist, aber ich erklär' ihr, daß das, was der Grieche meint, 'ne Pharobank ist und nich' so 'ne Bank, wo man sein Geld reinschleppt und die man 'ne Eierbude nennt, und Bank schon gleich überhaupt nich', während 'ne Pharobank ein Glücksspiel ist, und der Grund, warum ich Silk das alles erkläre, ist, weil ihr jeder immer alles erklärt.

Die Idee, die dahinter steckt, ist, daß jeder Silk was beibringen möchte, vor allem jeder, der bei Mindy herumhängt, denn sie is' 'ne Waise und konnt' nich' zur Schule gehen, und wir mögen nich', daß sie so unterbelichtet aufwächst wie 'ne stinknormale Puppe, da nämlich alle Silk vom ersten Augenblick an, als sie bei Mindy auftaucht, in ihr Herz schließen.

Zu dieser Zeit is' Silk vielleicht siebzehn Jahre alt und wiegt, pitschnaß, vielleicht neunzig Pfund und ist so geradeheraus und direkt wie ein Junge. Sie hat sanftes braunes Haar und braune Augen, die für ihr Gesicht zu groß zu sein scheinen, und sie sieht dir offen in die Augen, wenn sie mit dir spricht, und sie spricht mit dir wie ein Kerl zu 'nem anderen Kerl. Ich behaupte wahrhaftig immer, es is' mehr Kerl in Silk als Puppe, denn schließlich beginnt sie auch noch, wie 'n Kerl zu denken, was vielleicht daran liegt, daß sie mehr mit Kerlen zusammen is' als mit anderen Puppen und so die Dinge gewöhnlich aus der Perspektive eines Kerl betrachtet.

Sie mag es, am frühen Morgen bei Mindy mit den verschiedenen Leutchen zu schwatzen, obwohl sie mehr zuhört als selber zu schwatzen, und sie mag 'nen anständigen Schwatz über Pferderennen und Baseball und Preiskämpfe und Würfelspielchen und die alten Lügengeschichten von Kerlen und was auch sonst immer es wert sein mag, 'ne Schwatzerei abzuhalten, und sie gibt nur selten ihren eigenen Senf dazu, außer vielleicht, um 'ne Frage zu stellen. Natürlich is' 'ne Puppe, die bereitwillig zuhört statt selbst zu schwatzen, zwangsläufig beliebt, denn wenn es irgendwas gibt, was die Leutchen nich' ausstehen können und überhaupt unerträglich finden, dann isses 'ne geschwätzige Puppe.

Und so nehmen viele Leutchen rege Anteilnahme an Silks Erziehung, einschließlich Trauerkloß, der auf Pferde wettet und der ihr erklärt, wie man 'nen Gimpel dazu bringt, auf 'n heißes Pferd zu setzen, obwohl ich persönlich so 'ne Kenntnis für 'ne junge Puppe, die grad mal dabei is', in die Welt reinzuschnuppern, für nich' viel wertvoller halte als die Belehrung, die ihr Big Nig, der Würfelspieler, eines Nachts darüber gibt, wie man bei 'nem Würfelspielchen ein paar präparierte Würfel hineinmogelt.

Dann is' da noch Doc Daro, den man für einen der erstklassigsten Matadoren hält, der je auf den Spielpötten rumkutschiert, denn sein Spezialgebiet is' es, kreuz und quer übers Meer zu fahren und andere Passagiere beim Bridge und Poker und der einen oder anderen Sache an die Wand zu spielen, der aber schließlich so 'n schlimmes Rheuma in seinen Händen kriegt, daß er die Karten nich' mehr richtig mischen kann. Und wenn Doc Daro die Karten nich' mehr richtig mischen kann, hat es für ihn selbstverständlich keinen Sinn mehr, irgendwelche Geschicklichkeitsspiele auszutragen.

Doc Daro erzählt Silk ständig, was Kerle doch für miese Schurken sind, und erklärt ihr die unterschiedlichen Touren, die sie an ihr ausprobieren werden, was in etwa die Touren sind, die der Doc früher selbst an den Puppen ausprobiert. Der Doc hat die Vorstellung, daß 'ne junge Puppe, die gegen den Broadway ankämpft, jede Menge Bildung in solchen Belangen benötigt, aber Silk erzählt mir vertraulich, sie kennt das Zeug, das ihr der Doc verzapft, schon in- und auswendig, seit sie fünf Jahre alt ist.

Der Kerl, von dem ich glaube, daß er Silk am meisten weiterhilft, ist ein alter Papityp namens Professor D, der ständig Bücher liest, wenn er nich' gerade damit beschäftigt is', Pferde zu dopen. Ja, man hält Professor D, was das Lesen von Büchern betrifft, für 'n bißchen bekloppt, aber er hat sich die Macke anscheinend angewöhnt, als er noch drüben in Ohio in der Universität ist, bevor er damit anfängt, seine Brötchen an der Rennbahn zu verdienen. Na, jedenfalls gibt Professor D Silk Bücher zu lesen, und was das stärkste ist: sie liest sie tatsächlich und bespricht sie danach auch noch mit dem Professor, der daran größten Gefallen findet.

»Sie ist 'ne kluge kleine Puppe«, sagt Professor D eines Tages zu mir. »Und außerdem«, sagt der Professor, »hat sie Pfiff.«

»Tja, ja«, sag' ich, »Big Nig behauptet, sie kann 'n Paar Würfel so flott verschwinden lassen wie nur irgendeiner, den er je gesehen hat.«

Aber der Professor sagt bloß nun ja und geht weiter, und ich denk' mir, er hält mich nich' gerade für 'ne Type, mit der es wert is', was am Hut zu haben, auch wenn ich genauso sehr an Silks Erziehung interessiert bin wie jeder andere.

Tja, eines Nachts, da fängt sich die Sängerin von Johnny Oakleys Laden, 'ne Puppe namens Myrtle Marigold, die Masern von ihrem zwölfjährigen Sohn, und da Johnny eh schon genug Mühe hat, die Kunden in seinen Laden reinzukriegen, ohne ihnen gleich auch noch die Masern anzudrehen, wenn sie schon mal grade drin sind, gibt er Myrtle Marigold auf der Stelle den Laufpaß.

Bloß steht er nu' da und hat keinen, der seinen Kunden Stacker Lee vorsingen kann, was so 'n Liedchen is', mit dem Myrtle Marigold die Kunden in Panik versetzt, also mustert Johnny seine Truppe durch und fragt schließlich Silk, ob sie singen kann. Und Silk sagt, sie kann schon singen, aber sie wird nich' Stacker Lee singen, weil sie es für 'n hundgemeines, unmoralisches Wiegenlied hält. Sie sagt, wie will was Klassisches singen, und da er nun mal 'nen Singsang dringend nötig hat, sagt Johnny Oakley okay, mach mal. Und Silk singt glatt ein sehr altes Lied, das Annie Laurie heißt und das ihre Mama ihr beigebracht hat, und sie singt den Song derart grell, daß man überall in dem Laden Schluchzer hört.

Wenn irgendeiner 'ne Untersuchung darüber anstellt, wird er rausfinden, daß die Schluchzerei von Professor D und Big Nig und dem Griechen verbrochen wird, die zu der Zeit zufällig in dem Laden sind, und dasjenige, worüber sie schluchzen, ist die Vorstellung, Silk überhaupt singen zu sehen, bloß Johnny Oakley hält sie für 'nen Riesenhit und läßt sie weiter Annie Laurie singen, und eines Nachts schneit Harry Fitz, der Revueagent, herein und hört ihre Singerei und erzählt Ziegfeld, er entdeckt 'ne Puppe mit 'ner brandneuen Technik.

Natürlich verpflichtet Ziggie sie augenblicklich für die Follies, denn er hat großes Vertrauen in Harry Fitz' Urteilsvermögen, aber nachdem Ziggie Silk singen hört, fragt er sie, ob sie nich' noch was anderes kann, und is' doch mächtig erleichtert, als er erfährt, daß sie tanzen kann.

Und so wird aus Silk 'ne Ziegfeld-Tänzerin, und sie is' 'ne ganz schöne Sensation, mit aufsehenerregenden Kritiken schon in der ersten Nacht, in der sie auftritt, denn sie tanzt mit all ihren Klamotten an, was man in der Tat als eine äußerst frappierende Neuerung betrachtet. Die Leutchen bei Mindy machen 'ne Sammlung und schicken Silk 'ne Taxe voller Orchideen und eine riesige Blumenschale, und Professor D steuert ein Buch mit dem Titel ›Ein Abriß der Geschichte‹ bei, und Silk ist die glücklichste Puppe in der ganzen Stadt.

So geht ein Jahr vorüber, und was ein Jahr bei den Follies aus Silk macht, ist höchst erstaunlich. Was mich angeht, so nehm' ich nich' viel Veränderung in ihrem Aussehen wahr, außer daß ihre Figur sich entwickelt und nun hier und da einige Rundungen erhält, wo bei 'ner Puppe halt Rundungen vorgesehen sind, und ihr Gesicht prägt sich aus und paßt besser zu ihren Augen, aber alle anderen behaupten, daß sie 'ne Schönheit wird, und ihr Bild ist immer in den Zeitungen, und Dutzende von Kerlen steigen ständig hinter ihr her und schicken ihr Blumen und was weiß ich noch alles.

Insbesondere ein Kerl fängt an, ihr Juwelen zu schicken, die Silk immer zu Mindy rüberbringt, damit Juwelen-Joe sie sich ansehen kann, denn der is' 'n Kerl, der seit Jahren am Broadway mit Juwelen hehlt und der dir in 'ner Sekunde sagen kann, was 'n Juwelenstück wert is'.

Juwelen-Joe stellt fest, daß die Juwelen, die Silk rüberbringt, nichts als Eintopf sind, und er gibt ihr natürlich den Rat, sich nich' mit 'ner Figur einzulassen, die nichts besseres als das schicken kann, aber eines Morgens taucht sie bei Mindy mit 'nem Smaragdring von der Größe eines Stücks Seife auf, und sofort als Juwelen-Joe den Smaragdring sieht, sagt er Silk, wer auch immer so was wegschenkt, verdient sorgfältig in Betracht gezogen zu werden.

Nun sieht es ganz danach aus, als ob derjenige, der den Smaragd schickt, niemand anderes ist als Israel Ib, der Bankier, dem die Eierbude unten auf der Lower East Side gehört, die Bank of the Bridges heißt, und wie Silk mit ihm in Verbindung kommt, is' schon höchst ungewöhnlich. Dies geschieht nämlich durch einen jungen Burschen namens Simeon Slotsky, der Kassierer in Israel Ibs Eierbude ist und der Silk eines Nachts in den Follies tanzen sieht und den es sofort aus seinen Socken haut.

Es is' dieser Simeon Slotsky, der die Juwelen schickt, die Silk zuerst rüberbringt, und die Juwelen besorgt er sich, indem er ab und zu ein paar Mäuse aus der Eierbude mitgehen läßt, die ihm gar nicht gehören. Natürlich is' das eine sehr unredliche Vorgehensweise, und schon bald erwischen sie Simeon Slotsky in der Eierbude, und Israel Ib is' schon dabei, ihn im Kittchen zu verstauen.

Tja, Simeon Slotsky möchte aber nich' im Kittchen verstaut werden, und da er nich' weiß, was er sonst tun soll, da geht er glatt zu Silk und erzählt ihr seine Geschichte und erklärt, er begeht diese unredliche Tat nur, weil er verrückt nach ihr is', auch wenn Silk keinerlei Notiz von ihm nimmt und wahrhaftig bislang nich' mehr als ungefähr zwei Worte zu ihm sagt.

Er erzählt ihr, daß er von anständigen alten Herrschaften unten auf der Lower East Side abstammt, die sehr traurig sein werden, wenn er im Kittchen verstaut wird, vor allem seine Mama, aber Israel Ib ist fest entschlossen, ihn einlochen zu lassen, weil Israel Ib strikt was dagegen hat, wenn irgendeiner Mäuse aus seiner Eierbude mitgehen läßt. Simeon Slotsky sagt, seine Mama heult Israel Ib die ganze Weste voll, um zu versuchen, ihm den Gedanken wegzuflennen, ihren Sohn im Kittchen zu verstauen, aber Israel Ib is' 'n sehr hartherziger Kerl, und er will auf Teufel komm raus nich' nachgeben, und darüber hinaus wird er auch noch sehr ungehalten, weil Simeons Mama seine Weste mit Tränen vollsprenkelt. Und so, sagt Simeon, sieht es aus, als ob er ins Kittchen muß, es sei denn, Silk fällt irgendwas ein.

Nun ist Silk selber noch sehr jung und sehr weichherzig dazu, und sie empfindet Mitleid mit Simeon Slotsky, denn sie sieht, daß er nichts anderes als ein hundertprozentiger Dummtrottel is', und so setzt sie sich hin und schreibt einen Brief an Israel Ib und bittet ihn, ihr wegen einer Angelegenheit von größter Wichtigkeit hinter der Bühne der Follies einen Besuch abzustatten. Selbstverständlich weiß Silk nich', daß es nich' die angemessene Art is', 'nem Bankier so 'nen Brief zu schreiben, und der Grieche hält die Chancen normalerweise für tausend zu eins, daß ein Bankier so 'nem Brief keinerlei Beachtung schenken wird, außer vielleicht seinen Anwalt zu benachrichtigen.

Aber anscheinend reizt Israel Ib der Brief, da er immer schon insgeheim ein Auge hinter die Bühne der Follies werfen will, um herauszufinden, ob die Puppen dort tatsächlich so wenig Klamotten tragen, wie er hört, also taucht er noch in derselben Nacht auf, und in fünf Minuten hat Silk ihn eingewickelt, jedenfalls soweit es Simeon Slotsky betrifft. Israel Ib sagt, er wird sofort alles ausbügeln, und Simeon im Westen 'nen Job in 'ner Eierbude besorgen.

Also kommt Simeon Slotsky am nächsten Tag vorbei und bedankt sich bei Silk für alles, was sie für ihn tut, und flennt dabei einigermaßen rum und erbittet sich von ihr 'ne Fotografie mit ihrem Namen drauf und sagt, er wird sie seiner Mama geben, damit sie das Foto an ihrer Wand auf der East Side aufhängen kann, um sich immer an die Puppe erinnern zu können, die ihren Sohn rettet, und dann geht Simeon Slotsky wieder an seine Arbeit, und soviel ich weiß, wird aus ihm ein sehr ehrlicher und nützlicher Bürger. Und achtundvierzig Stunden später trägt Silk den Smaragd von Israel Ib.

Nun is' dieser Israel Ib keinesfalls eine Broadwaytype, und es hören wahrhaftig nur einige wenige was von ihm, bevor er auftaucht und Silk den Smaragd schickt. Es scheint, daß Israel Ib in der Tat ein ruhiger arbeitsamer Kerl ist, der nichts anderes im Sinn hat, als seine Eierbude in Betrieb zu halten und 'ne Menge Scheinchen zu machen, bis eben zu jener Nacht, in der er loszieht, um Silk zu sehen.

Er ist ein kleiner kurzer fetter Kerl von vielleicht vierzig-und-noch-was, mit 'nem kleinen runden Bäuchlein, das vor ihm raussteht, und er trägt immer 'ne weiße Weste über diesem Bäuchlein, und ein Spekuliereisen mit Goldrand, das an 'nem schwarzen Kettchen über der Weste hängt. Er hat 'nen riesigen Zinken und is' etwa so reizvoll wie 'n Schlammloch, egal wie man ihn auch nimmt, aber es is' allen und jedem wohlbekannt, daß er einer der kommenden Knilche im Bankgewerbe ist.

Silk macht beständig Witze über Israel Ib, denn sie kann natürlich an 'nem Kerl, der so aussieht, nich' viel finden, aber jeden Morgen kommt sie mit allen möglichen Sorten von Beute, wie etwa Armbändern und Ringen und Broschen bei Mindy vorbei, und Juwelen-Joe spricht schließlich sehr ernsthaft auf sie ein und sagt ihr, ein Kerl, der ihr so viel Ware schickt, is' alles andere als 'ne Witzblattfigur.

Es gibt gar keinen Zweifel darüber, daß Israel Ib verrückt nach ihr is', und ich persönlich find' es schon sehr traurig, daß ein Kerl, der so gescheit is' wie er, sich in so 'ne Situation hineinverstricken muß. Aber dann erinnere ich mich daran, daß Kerle, die zehntausendmal gescheiter sind als Israel Ib, sich genauso reinverstricken; es is' halt immer das gleiche Spielchen.

Das Ergebnis von dem ganzen Schmus is', daß Silk anfängt, ein wenig ernsthafter ihr Augenmerk auf Israel Ib zu richten, und eh sich nur einer versieht, kündigt sie bei den Follies und wohnt in 'nem riesigen Apartment in der Park Avenue und kutschiert in 'nem großen Schlitten mit 'nem Kerl in Uniform rum, und sie hat genug Pelzmäntel für 'nen ganzen Eskimostamm, inklusive einer Chinchillagarnitur, die Israel Ib um dreißig Riesen leichter macht.

Zudem stellt sich heraus, daß das Apartmenthaus, in dem sie lebt, auf ihren eigenen Namen läuft, und einige Leutchen sind doch mächtig überrascht, da sie 'ne Puppe, die grad mal vom Broadway kommt, nich' für so gescheit halten, um irgendwas mit ihrem eigenen Namen drauf zu kriegen, außer vielleicht 'nen Strafzettel. Aber Professor D sagt, er is' nich' überrascht, da er Silk mal ein Buch zu lesen gibt, das den Titel ›Von der Bedeutung des Besitzes‹ trägt.

Wir bekommen Silk in diesen Zeiten nich' mehr häufig zu sehen, aber so ab und an hören wir Gerüchte darüber, wie sie noch mehr Apartmenthäuser und Geschäftsgebäude auf ihren eigenen Namen ansammelt, und die Leutchen bei Mindy sind sehr befriedigt, weil das, wie sie glauben, zeigt, daß die ganze Mühe, die sie sich machen, um Silk zu erziehen, keineswegs unnütz ist. Schließlich hören wir, daß Silk nach Europa geht und für etwa zwei Jahre in Paris und in einigen anderen Orten lebt, und einige sagen, der Grund, warum sie in Europa herumturnt, is', weil sie urplötzlich rausfindet, daß Israel Ib verheiratet is', obwohl ich persönlich ja glaube, Silk weiß das schon längst, denn es is' sicherlich kein Geheimnis. Genaugenommen is' Israel Ib sogar verdammt verheiratet, und seine bessere Hälfte is' 'ne dicke fette, alte Puppe mit 'ner Familie, die jede Menge Zaster hat.

Wahrscheinlich hängt es Silk einfach zum Hals raus, Israel Ib angucken zu müssen, und sie weilt im Ausland, um seine häßliche Visage nich' öfter als zwei- oder dreimal im Jahr zu sehen, was genauso oft ist, wie Israel Ib sich Ausreden ausdenken kann, um rüberzufahren und sie zu sehen. Dann, eines Winters, hören wir, daß Silk nach Hause kommt, um für immer zu bleiben, und es is' der Winter 1930, als die Dinge wahrlich sehr hart sind.

Es ist kurz vor Weihnachten, als Silk eines Morgens gegen elf Uhr vom Dampfschiff an Land geht, und anscheinend erwartet sie, Israel Ib am Pier zu begegnen, aber es is' kein Israel Ib da und niemand sonst, der ihr sagen kann, warum Israel Ib nich' da is.

Scheinbar wird einiges von Silks Gepäck von den Zollheinis aufgehalten, da sie genug Gegenstände von der einen oder anderen Sorte mitbringt, um ein Warenhaus damit zu füllen, und sie möchte Israel Ib da haben, um diese Angelegenheit aus der Welt zu schaffen, und so nimmt sie sich eine Taxe und sagt dem Fahrer, er soll sie zu Israel Ibs Eierbude bringen, und denkt sich wohl mal, für 'ne Minute reinzuhüpfen und Israel Ib seine Instruktionen zu geben und ihm vielleicht auch noch den Marsch zu blasen, von wegen sie nich' abholen und so.

Nun is' Silk vorher noch nie in Israel Ibs Eierbude, die weit unten auf der Lower East Side liegt, wo viele Leutchen lange Bärte tragen und auch nich' viel Englisch sprechen und wo anscheinend ständig und überall Heringsgerüche wabern, und sie is' von ihrer Umgebung doch höchst überrascht und auch äußerst angewidert, als sie sich der Ecke nähern, wo Israel Ibs Eierbude steht.

Überdies is' sie sehr überrascht, eine riesige Menge vor der Eierbude vorzufinden, und diese Menge besteht aus vielen Bärten und alten Puppen, die Tücher über ihren Köpfen tragen, und Kindern aller Größen und Gestalten, und jeder in der Menge scheint äußerst aufgeregt zu sein, und man hört reichlich Gejammer und Geklage von allen und jedem und ganz besonders von einer alten Puppe, die am Eingang eines kleinen Geschäftes einige Türeingänge von der Eierbude entfernt steht.

Diese alte Puppe macht wahrhaftig mehr Radau als der ganze Rest der Menge zusammen, und bisweilen erhebt sie ihre Stimme zu einem Mordsgezeter und brüllt recht feindselig anmutende Worte in einer fremden Sprache heraus.

Silks Taxe kann den Mob nich' durchdringen, und es taucht ein Bulle auf und sagt dem Fahrer, er soll besser 'nen Umweg machen, und so fragt Silk den Bullen, warum diese Leute so 'n Trubel in der Straße veranstalten, anstatt es sich zu Hause gemütlich warm zu machen, denn es is' kälter als das Herz einer Blondine, und es liegt überall jede Menge Eis herum.

»Wieso«, sagt der Bulle, »hören Sie denn nichts davon? Diese Eierbude hier kracht heute morgen, und der Kerl, der sie schmeißt, Israel Ib, ist im Stadtgefängnis, und die Leute sind hektisch, weil viele von ihnen ihren Zaster in der Eierbude haben. Ja«, sagt der Bulle, »manche von ihnen, einschließlich der alten Puppe da drüben vor dem Geschäft, die das ganze Gekreische von sich gibt, haben all ihre Lebensersparnisse in dieser Eierbude, und es sieht so aus, als ob sie jetzt am Ende sind. Es ist sehr bedauernswert«, sagt er, »denn es sind sehr, sehr arme Menschen.«

Und dann füllen sich seine Augen mit Tränen, und er bearbeitet 'nem alten bärtigen Kerl mit seinem Knüppel den Schädel, weil der alte Kerl so laut am Jammern ist, daß der Bulle sich kaum verständlich machen kann.

Das alles sind natürlich höchst überraschende Neuigkeiten für Silk, und während sie noch ziemlich sauer is', weil sie nich' weiß, wie Israel Ib nun ihr Gepäck vom Zoll loseisen soll, läßt sie sich vom Fahrer sofort von diesem Durcheinander fortbringen und fährt in ihr Apartment in der Park Avenue, das sie für ihre Ankunft vorbereiten läßt. Dann läßt sie nach den Frühausgaben der Abendzeitung schicken und liest, was für ein Halunke Israel Ib doch is', die Eierbude den armen Menschen geradewegs so ins Gesicht krachen zu lassen.

Anscheinend wird Israel Ib im Stadtgefängnis verstaut, weil irgendwer irgendwas Illegales an dem Krach vermutet, aber es nimmt selbstverständlich niemand an, daß Israel Ib lange im Stadtgefängnis verweilen wird, da er schließlich ein Bankier is', und es gibt tatsächlich schon einiges Gerede darüber, daß die Figur, die ihn da verstaut, sich später in 'nem ziemlichen Schlamassel wiederfinden könnte, denn es mutet recht unhöflich an, 'nen Bankier im Stadtgefängnis zu verstauen, wo die Unterbringung keineswegs erstklassig ist.

Eine der Zeitungen bringt 'ne Story über Israel Ibs bessere Hälfte, die schnellstens Reißaus nimmt, als sie die Nachricht von der gekrachten Eierbude und Israel Ibs Verweilen im Stadtgefängnis gesteckt bekommt, und über ihre Aussage, daß er sich aus dieser mißlichen Lage ruhig rauswinden kann, so gut er es nur vermag, aber daß sie ihm auch nich' mit 'nem noch so dünnen Cent ihrer Mäuse dabei helfen wird, und sie läßt einige Andeutungen vom Stapel, daß Israel Ibs Ärger nur daher kommt, weil er die Scheinchen aus der Eierbude für 'ne Puppe verschwendet.

Die Story besagt auch, daß sie zu ihrem Clan zurück is', und so wie sich die Story liest, klingt es, als ob der Schreiberling, der sie verzapft, das für 'n Mordsdusel hält, mindestens für Israel Ib.

Nun werden diese Andeutungen von Israel Ibs besserer Hälfte über die Verschwendung der Eierbudenscheinchen für 'ne Puppe als blanke Tatsachen in den Morgenzeitungen des nächsten Tages gedruckt, und falls Silk sich damit abgibt, diese Morgenzeitung zu lesen, wird sie es sich vielleicht zweimal überlegen, wieder zu Israel Ibs Eierbude zu fahren, denn ihr Name wird erwähnt, und es sind auch große Fotos aus ihren alten Zeiten bei den Follies abgedruckt.

Aber schon am nächsten Morgen um neun Uhr is' Silk in 'ner Taxe vor der Bank of the Bridges, und es sieht danach aus, als ob ihr eine bestimmte Idee im Kopf herumspukt, obwohl diese Idee erst später bekannt wird.

Es is' bereits wieder 'ne Menge um den Laden versammelt, da es immer sehr schwierig is', den Menschen, die auf der Lower East Side leben und Bärte und Kopftücher tragen, solche Sachen wie 'ne gekrachte Eierbude verständlich zu machen. Sie sind dazu fähig, tagelang mit ihren Sparbüchern in ihren Händen vor der gekrachten Eierbude herumzuhängen, und manchmal braucht es fast 'ne Woche, solche Leute davon zu überzeugen, daß ihr Zaster endgültig futsch is', und um dafür zu sorgen, daß sie sich wieder in ihre Heime zerstreuen, um wieder mit der Sparerei anzufangen.

Es gibt immer noch viel Gejammer und Geklage, obwohl nich' mehr derart viel wie tags zuvor, und immer noch erscheint so ab und an die alte Puppe aus dem kleinen Geschäft, steht im Türeingang und wedelt mit ihren Fäusten gegen die gekrachte Eierbude und kreischt in 'ner fremden Sprache. Ein kurzer, schmierig aussehender Kerl mit Stoppelbart und 'ner alten schwarzen Melone, die seine Ohren einklemmt, steht, eine Morgenzeitung in seinen Händen ausgebreitet, da, und ein Haufen anderer Kerle steht um ihn herum und hört ihm dabei zu, wie er vorliest, was die Zeitung über die Lage zu berichten hat.

Nur ein Bulle streift hin und her, und es is' jener Bulle, der mit Silk am Tag vorher spricht, und er scheint sich an sie zu erinnern, als sie aus der Taxe steigt, und spaziert zu ihr hinüber, indes viele Leute das Gejammer und Geklage einstellen, um sie anzugaffen, denn es is' sicherlich kein gewöhnlicher Anblick in dieser Umgebung, 'ne Puppe, die so aussieht wie Silk, zu Gesicht zu bekommen.

Der Bulle sagt Silk nich' mehr als guten Morgen, als der Kerl, der die Zeitung liest, aufhört zu lesen und sie in Augenschein nimmt, und dann schaut er auf ihr Foto, das auf der Seite abgedruckt ist. Darauf zeigt er auf das Foto und auf Silk und beginnt, die Kerle, die um ihn herumstehen, mit 'nem Redeschwall vollzuplappern. Etwa zur gleichen Zeit guckt die alte Puppe aus ihrem Geschäft raus, um wieder mit ihren Fäusten Israel Ibs Eierbude anzuwedeln, und das Geplapper vernehmend, gesellt sie sich zu dem Haufen um den Kerl mit der Zeitung.

Für 'n Weilchen hört sie dem Geplapper zu, späht dem Kerl über die Schulter und auf das Foto, und dann heftet sie 'nen genauen langen Blick auf Silk, und dann, urplötzlich, dreht sie sich um und taucht in ihrem Geschäft unter.

All die Kopftücher und Bärte fangen an, sich um Silk und den Bullen zu scharen, und so wie sie dreinschauen, kann jeder leicht erkennen, daß sie ganz schön sauer sind, und sie sind auf keinen anderen sauer als auf Silk, denn sie denken sich natürlich, sie is' die Puppe, deren Foto in der Morgenzeitung ist, und deswegen is' sie auch die Puppe, die für Israel Ibs gekrachte Eierbude verantwortlich is'.

Aber der Bulle weiß selbstverständlich nich', daß sie alle auf Silk sauer sind, und meint, sie sammeln sich bloß aus lauter Neugierde, wie die Leute das halt so tun, wenn sie 'nen Bullen mit jemandem reden sehen. Er is' ein junger Bulle, und so möchte er natürlich kein Publikum, wenn er mit 'ner Puppe, die so aussieht wie Silk, redet, selbst wenn die meisten des Publikums gar kein Englisch verstehen, und so holt er seinen Knüppel raus, um einige Schädel zu bearbeiten, indes die Menge sich näher heranschiebt.

Gerade in dem Augenblick erwischt ihn ein halber Ziegelstein unter dem rechten Ohr, und er beginnt in den Scharnieren etwas unkontrolliert hin- und herzuwackeln, und in der gleichen Sekunde gehen die Kopftücher und Bärte dazu über, Silk in die Mangel zu nehmen.

Am Anfang sind bestimmt etwa an die hundert Kopftücher und Bärte da, und aus allen Richtungen strömen immer mehr herbei, und sie brüllen und schreien und schlagen und kratzen Silk, was das Zeug hält.

Sie wird zwei- oder dreimal niedergeschlagen, und viele Kopftücher und Bärte treten auf ihr herum, während sie noch am Boden liegt, und sie blutet an allen möglichen Stellen, und wahrscheinlich werden sie sie in ihrer ganzen Erregung so tottöten wie 'n Türnagel, wenn nicht urplötzlich die alte Puppe aus dem kleinen Geschäft in der Nähe der Eierbude mit 'nem Besenstiel auftaucht und damit anfängt, den Kopftüchern und Bärten ihre Rüben zu bearbeiten.

Tja, die alte Puppe spielt wahrhaftig 'ne muntere Melodie auf diesen Rüben, und manchmal haut sie so 'n Kopftuch oder Bart glatt O-beinig und bahnt sich schnell einen Weg durch die Menge hindurch zu Silk, bemächtigt sich ihrer und schleift sie in ihr Geschäft, gerade als die Verstärkung und der Krankenwagen eintreffen.

Der junge Bulle ist immer noch damit beschäftigt, den Ziegelstein zu verdauen, und wackelt herum und spricht was davon, wie er die Vögelchen in den Bäumen tirilieren hört, obwohl in so 'ner Jahreszeit natürlich überhaupt keine Vögelchen in dieser Gegend sind, und es sind auch überhaupt keine Bäume da, und es sitzen vielleicht ein halbes Dutzend Kopftücher und Bärte auf dem Straßenpflaster verteilt und reiben ihre Rüben, und andere verkrümeln sich hier und da durch die Hauseingänge, und überhaupt gibt es jede Menge Verwirrung.

Und so nimmt der Krankenwagen Silk und einige von den Kopftüchern und Bärten mit ins Krankenhaus, und Professor D und Doc Daro besuchen sie dort einige Stunden später und finden sie zwar an manchen Stellen vollgepflastert, aber in keiner Gefahr schwebend vor, und natürlich möchten Professor D und Doc Daro wissen, was Silk denn überhaupt bei Israel Ibs Eierbude zu suchen hat.

»Na, hör mal«, sagt Silk, »ich mach' letzte Nacht kein Auge zu, weil ich immer an diese armen Leute denken muß, die so bestraft werden, nur weil ich Israel Ibs Mäuse nehme, obwohl«, sagt Silk,

»ich selbstverständlich keine Ahnung hab', daß die Mäuse, die ich krieg', nich' sauber sind. Ich hab' keine Ahnung davon, daß Israel Ib diese armen Menschen beklaut. Aber als ich sie gestern morgen um die Eierbude stehen seh', erinner' ich mich daran, was mit meiner armen Mama geschah, als die Eierbude über ihr zusammenkracht. Ich seh' sie wieder, wie sie mit mir vor der gekrachten Eierbude steht und ihre Augen ausweint, und da wird es mir sehr schwer ums Herz«, sagt Silk. »Also denk' ich mir«, sagt sie, »daß es doch wahrlich 'ne sehr nette Sache ist, wenn ich die erste bin, die diesen armen Seelen, deren Mäuse in Israel Ibs Eierbude liegen, verkündet, daß sie sie zurückerstattet kriegen.«

»Nu' mach mal langsam«, sagt Doc Daro. »Was meinst du denn damit — sie bekommen ihre Mäuse zurückerstattet?«

»Na ja«, sagt Silk, »ich erkundige mich letzte Nacht bei Richter Goldstein, der mein Rechtsverdreher und ein guter Kerl und vollkommen ehrlich is', und Richter Goldstein sagt mir, daß ich in veräußerbaren Aktien und Liegenschaften und Juwelen und dem einen oder anderen genau drei Millionen und einhundert Mäuse und einige zerquetschte Cents wert bin.

Richter Goldstein teilt mir mit«, sagt Silk, »daß solch eine Summer größer ist, als es braucht, um alle Kontoinhaber von Israel Ibs Eierbude auszuzahlen. Ja, Richter Goldstein erzählt mir sogar, daß all das, was ich besitze, wahrscheinlich das meiste der Einlagen in der Eierbude ausmacht, und«, sagt sie, »ich überschreibe alles, was ich auf dieser Welt besitze, Richter Goldstein, um das zu erledigen, obwohl Richter Goldstein mir auch sagt, ich kann ohne jeden Zweifel jeden Versuch, mir die Mäuse abspenstig zu machen, abwehren, wenn ich sie behalten möchte.

Daher«, sagt Silk, »bin ich so glücklich, wenn ich daran denke, wie die Leute ihre Mäuse zurückbekommen werden, daß ich nich' darauf warten kann, bis Richter Goldstein es rausläßt. Ich möchte ihnen die Neuigkeit selber verkünden, bloß«, sagt Silk, »noch bevor ich auch nur ein Wort sagen kann, greifen sie mich an und versetzen mir 'ne Tracht Prügel, und wenn nich' die alte Puppe mit ihrem Besenstiel dazwischengeht, tätet ihr vielleicht 'ne Sammlung veranstalten, um mich zu beerdigen, denn ich hab' ganz bestimmt nich' mehr genug Mäuse übrig, um mich selbst zu beerdigen.«

Tja, und das is' dann auch schon alles, was diese Geschichte betrifft, außer daß die Bank of the Bridges einhundert Prozent auf den Dollar ausbezahlt, und mehr als nur das: Israel Ib schmeißt den Laden wieder, und dies in der Tat sehr ordentlich, und seine bessere Hälfte kehrt zu ihm zurück, und alles zwischen ihnen ist wieder Friede, Freude, Eierkuchen.

Was Silk anbelangt, sie ist wieder am Broadway, und das letztemal, als ich sie sah, ist sie in 'nen unbescholtenen Burschen, der in der Hotelbranche ist, verliebt, und er kommt mir zwar nich' so vor, als ob er viel Grips hat, aber 'ne Menge Jugend spricht für ihn, und Silk sagt, er is' der größte Dusel ihres Lebens, seit Israel Ibs Eierbude kracht.

Aber jeder wird dir sagen können: der größte Dusel, den Silk jemals hat, is' die alte Puppe auf der Lower East Side, sie erkennt Silk auf der Fotografie, die sie an der Wand ihres kleinen Geschäftes in der Nähe von Israel Ibs Eierbude aufgehängt hat. Ihr Sohn Simeon Slotsky hat ihr damals die Fotografie gegeben.

Die Weihnacht des Tanzenden Ted

Einmal, als es schon auf Weihnachten zugeht, am Heiligen Abend, um genau zu sein, da bin ich mal wieder in der kleinen Flüsterkneipe von Charley dem Quietschfidelen Bernstein in der Siebenundvierzigsten Straße West. Ich wünsche Charley ein frohes Fest, und dann genehmigen wir uns ein paar heiße Tom und Jerrys.

Mit diesen Tom und Jerrys ist es so 'ne Sache. Sie waren mal ein altehrwürdiger Drink in unserem Lande, ein Drink, der so traditionell zum weihnachtlichen Brimborium gehörte wie Tannenbaum und Truthahn. Es gab sogar mal 'ne Zeit, da waren Tom und Jerrys so beliebt, daß viele Leute glaubten, Weihnachten werde nur deshalb gefeiert, um 'nen Grund zu haben, sich jede Menge von dem Zeug hinter die Binde gießen zu können, was natürlich absolut nicht der Wahrheit entspricht.

Aber jeder wird Ihnen bestätigen, daß nichts den seligen Festtagsgeist so sehr hebt wie heißer Tom und Jerry. Es gibt nichts Vergleichbares, und wie ich gehört hab', ist dieser Festtagsgeist auch ein anderer geworden, seit der Tom und Jerry in den Vereinigten Staaten aus der Mode gekommen ist.

Warum ist er aus der Mode gekommen? werden Sie jetzt fragen. Tja, der Grund ist der, daß man nun mal Rum und noch ein paar andere Sachen benötigt, um heißen Tom und Jerry zu mixen. Und seit der Ausschank von Rum in unserem Lande illegal geworden ist, ist an Tom und Jerry nur noch schwer ranzukommen.

'ne Zeitlang haben die Leute versucht, Tom und Jerry ohne Rum zu mixen, aber dann stellte sich nie der selige Festtagsgeist ein, und das Resultat war so was von ernüchternd, daß die rumlosen Tom und Jerrys schnell in Vergessenheit gerieten, und das ist ja auch kein Wunder. Außerdem ist die fachgerechte Herstellung von so 'nem Tom und Jerry kein Kinderspiel, und man muß 'ne gehörige Portion Wissen und Können mitbringen, um ihn richtig hinzukriegen, und darum hatten die Tom-und-Jerry-Mixer in den guten alten Zeiten 'ne Menge Geld und viele, viele Freunde.

Weil er illegal ist, nehmen der Quietschfidele Charley und ich natürlich keinen Rum für unsere Tom und Jerry, sondern Roggenwhisky, den Charley auf 'n ärztliches Rezept hin bekommen hat, und darum sind wir auch nicht so blöde und greifen auf Charleys ohnehin vorhandenen Vorrat an Roggenwhisky zurück.

Der alte Doc Moggs hat dem Quietschfidelen Charley den Roggenwhisky gegen Rheuma verschrieben, falls Charley mal Rheuma kriegen sollte, und Doc Moggs behauptet, daß es nichts Besseres gegen Rheuma gibt als Roggenwhisky, besonders, wenn man diesen in 'nem Tom und Jerry zu sich nimmt. Und tatsächlich schaut Doc Moggs auch kurz bei uns rein und kippt sich 'n paar Gläser Tom und Jerry hinter die Binde, weil er, wie er sagt, schwer mit dem Rheuma zu kämpfen hat.

Am frühen Nachmittag hatten der Quietschfidele Charley und ich damit angefangen, Tom und Jerrys auf Vorrat zu mixen, um auch ganz sicher zu gehen, daß wir genug davon auf Lager haben, um über die Feiertage versorgt zu sein, und inzwischen ist es sechs Uhr nachmittags, und unser seliger Festtagsgeist ist praktisch schon auf Hundert.

Nun, als der Quietschfidele Charley und ich also unsere Festtagsgefühle bei unserem ich weiß nicht wievielten heißen Tom und Jerry wieder mal gegenseitig zum Ausdruck bringen und ich gerade versuch', mir dieses verdammte Gedicht über die Nacht vor Weihnacht' ins Gedächtnis zu rufen, weil ich glaube, daß es Charley gefallen wird, da klopft es plötzlich an der Eingangstür, und als Charley öffnet, erscheint kein anderer als der Tanzende Ted mit 'nem Paket unterm Arm.

Der Tanzende Ted ist 'n gutaussehender Bursche, immer piekfein gekleidet, und er wird der Tanzende Ted genannt, weil das Tanzen seine Lieblingsbeschäftigung ist. In Nachtclubs und Bars und überall dort, wo sich die Möglichkeit bietet, tanzt er mit den Weibern rum. Tanzen, tanzen. Ted scheint nie mit was anderem beschäftigt zu sein, obwohl mir Gerüchte zu Ohren gekommen sind, daß er so einige höchst illegale Dinge treibt, wenn er nicht gerade tanzt. Aber ich muß dazu sagen, daß Sie in dieser Stadt jederzeit über jedermann jede Art von Gerüchten hören können, wenn Sie nur ein bißchen die Ohren aufsperren. Ich persönlich jedenfalls kann diesen Burschen ganz gut leiden, denn er zieht heiter und unbeschwert und mit 'ner gesunden Leck-mich-Einstellung durchs Leben.

Jeder in dieser Stadt wird Ihnen außerdem bestätigen, daß der Tanzende Ted ein Bursche ist, der verdammt noch mal mehr Mumm in den Knochen hat als so mancher andere, obwohl ich erwähnen muß, daß ich Ted in einer Hinsicht nicht begreife: Was, zum Teufel, soll diese Herumtanzerei mit Miß Muriel O'Neill, die im Halbmond-Nachtclub arbeitet? Das ist verrückt und lebensmüde. Ich meine, hier weiß doch schließlich jeder, daß diese Muriel O'Neill das Mädchen von Heine Schmitz ist, und Heine Schmitz gehört nicht gerade zu jenen Burschen, die es gern sehen, wenn 'n fremder Kerl mit 'ner Puppe tanzt, an der sie selbst 'nen Narren gefressen haben.

Dieser Heine Schmitz ist 'ne große Nummer drüben in Harlem, wo er immense Anteile am Bierhandel und anderen Geschäften besitzt, und ich verrate durchaus kein Geheimnis, wenn ich erzähle, daß Heine Schmitz Ihnen so schnell das Hirn aus dem Schädel pusten kann, wie er braucht, um 'nen Blick auf Sie zu werfen. Sogar noch schneller, hat mir mal jemand gesagt. Jedenfalls ist Heine ein Bursche, der keinen Spaß versteht. Sogar die Leute, die dem Tanzenden Ted dringend raten, es mit dieser Muriel O'Neill nicht zu toll zu treiben, gehen ein verdammtes Risiko ein. Ehrlich, wenn Ted so weitermacht, ist er auf dem besten Weg, seine Aktien so tief in den Keller zu wirtschaften, bis sie keinen Pfifferling mehr wert sind.

Aber wissen Sie was? Der Tanzende Ted lacht bloß über solche gutgemeinten Ratschläge und tanzt munter weiter mit dieser Muriel O'Neill, sobald er nur die Gelegenheit dazu hat. Und der Quietschfidele Charley gibt dem Jungen sogar recht und sagt, daß er Ted keinen Vorwurf machen könne. Sagt, er könne Ted verstehen, denn Muriel O'Neill sei so schön, daß er sich selber an sie ranmachen würde, wenn er fünf Jahre jünger wär' und den Ballermann noch so schnell rausgefischt bekäme wie in den guten alten Zeiten, als er mit Paddy dem Würstchen und ein paar anderen Typen die Gegend hier unsicher gemacht hat.

Na ja, wie dem auch sei, als der Tanzende Ted reinkommt, wirft er erst 'nen schnellen Blick durch den Laden und dann das Paket in die nächste Ecke, wo es mit 'nem satten Knall landet, so, als ob irgendwas Schweres drin wäre. Dann kommt er an die Bar marschiert, baut sich neben Charley und mir auf und will wissen, was wir denn da trinken.

Wir fangen natürlich sofort an, dem Tanzenden Ted was von

unserem heißen Tom und Jerry vorzuschwärmen, und Ted sagt okay, er will ihn mal probieren. Und nach dem ersten Probieren sagt er, er will ihn noch mal probieren und fröhliche Weihnachten und so weiter, und eh' wir uns versehen, sind ein paar Stunden vergangen, und wir drei probieren immer noch heißen Tom und Jerry, und Ted sagt, so was Leckeres habe er sein Lebtag noch nicht getrunken, und behauptet sogar, er wird jedem, den er kennt, Tom und Jerry weiterempfehlen, nur kennt er keinen, der für Tom und Jerry gut genug ist, außer vielleicht Miß Muriel O'Neill, aber die steht nicht auf Roggenwhisky.

Tja, während wir also heißen Tom und Jerry trinken und quasseln, tauchen hin und wieder Kunden vor Charleys Flüsterkneipe auf und klopfen an, aber inzwischen beginnt Charley sich Sorgen zu machen, daß die Kerle vielleicht auf Tom und Jerry scharf sind. Und wenn das der Fall ist, dann haben wir nicht mehr genug für uns selbst, meint Charley. Also hängt er 'n Schild raus, und auf dem Schild steht: ›Wegen Weihnachten geschlossen‹, und der einzige, den er noch reinläßt, ist 'n Kerl namens Ooky, der nichts weiter als 'n alter, versoffener Holzkopf ist. Ooky war die ganze Woche als Nikolaus verkleidet in den Straßen unterwegs und hat dabei 'n Reklameschild für Moe Lewinskys Klamottenladen in der Sechsten Avenue mit sich rumgeschleppt.

Ooky trägt immer noch seine Nikolausverkleidung, als Charley ihn reinläßt, und der Grund, warum Charley so 'ner Type gestattet, in seine Kneipe zu kommen, ist der, daß der alte Ooky Charleys Mädchen für alles ist, wenn er nicht gerade Nikolaus für Moe Lewinsky spielt. Ooky fegt Charleys Laden aus, spült die Gläser und so was alles.

Es ist so gegen halb zehn, als Ooky zu uns reinschneit, und seine Quanten tun ihm weh, und er ist von der ganzen Kreuz-und-quer-Latscherei mit seinem Reklameschild völlig kaputt. Na ja, wenn ein Kerl für Moe Lewinsky den Weihnachtsmann mimt, muß er sich seine Mäuse verdammt hart verdienen. Ooky, das arme Schwein, ist dermaßen erledigt und durchgefroren, daß der Tanzende Ted und Charley und ich ehrlich Mitleid mit ihm haben und ihn einladen, mit uns 'n paar heiße Tom und Jerrys zur Brust zu nehmen, und Fröhliche Weihnachten wünschen wir ihm natürlich auch.

Aber der olle Ooky ist an Tom und Jerrys offenbar nicht gewöhnt, und so etwa nach dem fünften Glas klappt er auf dem Hocker zusammen und schläft vor unseren Augen ein. Er trägt ein wirklich gelungenes Nikolauskostüm, knallrot mit weißem Baumwollbesatz, dazu 'ne Perücke und 'ne falsche Nase und 'nen langen weißen Bart und 'nen großen, mit Holzwolle vollgestopften Sack auf dem Rücken. Hätte ich nich' gewußt, daß der richtige Nikolaus wohl niemals halbbesoffen auf 'nem Barhocker sitzen und so laut schnarchen würde, daß die Scheiben klirren, ich hätte den alten Knacker glatt für den Weihnachtsmann gehalten.

Wir lassen Ooky pennen und machen uns wieder an unsere Tom und Jerrys ran, und nach 'ner Weile versuchen wir, uns ein paar Lieder auszudenken, die dem Weihnachtsfest angemessen sind, und der Tanzende Ted trällert schließlich in 'nem schönen Bariton und sehr laut ›Papis Freßnapf‹, woraufhin ich mit ›Liebst du mich im Dezember noch so wie im Mai?‹ glänze. Aber als denn auch Charley der Quietschfidele Bernstein seinen Beitrag leistet und 'n jüdisches Kirchenlied anstimmt, da bin ich doch 'n bißchen irritiert, denn ich halte das bei so 'nem Anlaß wie Weihnachten für ziemlich unpassend, und irgendwie macht es auch kurzzeitig die Stimmung kaputt.

Aber während wir noch kräftig singen, erscheinen ein paar weitere Kunden vor der Tür und klopfen an, und als sie dann Charleys Schild lesen, scheint es bei ihnen einigen Unwillen auszulösen, und als ein paar von den Kerlen draußen stehenbleiben und sich mit lauten Rufen über diese Unverschämtheit beklagen, streckt Charley den Kopf zur Tür raus und schimpft, sie sollen sich um ihren eigenen Dreck kümmern und aufhören, friedliche Bürger zu belästigen, und droht, jedem die Fresse zu polieren, der nich' verschwindet.

Natürlich ziehen die Burschen daraufhin ab, weil sie nich' gern mit 'ner polierten Fresse rumlaufen wollen, und der Tanzende Ted und Charley und ich wenden uns wieder unseren heißen Tom und Jerrys zu und wünschen uns 'ne gesegnete Weihnacht und schließlich auch schon 'n glückliches Neues Jahr.

Zwischendurch wecken wir ab und zu mal Ooky in seinem Nikolauskostüm auf, um ihm 'nen Tom und Jerry anzubieten und 'n frohes Fest und 'n glückliches neues Jahr zu wünschen, aber Ooky reagiert immer nur sauer und brummelt irgendwas Schweinisches in seinen Bart, was beweist, daß er nicht wie wir anderen von der seligen Festtagsstimmung ergriffen worden is', und darum lassen wir ihn schließlich in Ruhe, so bis um Mitternacht, als der Tanzende Ted wissen möchte, wie er wohl als Nikolaus aussieht.

Also helfen der Quietschfidele Charley und ich dem Tanzenden Ted dabei, Ooky das Kostüm auszuziehen, das dieser, wie sich rausstellt, über seine vergammelten Klamotten gestreift hat. Ooky ist jetzt so hinüber, daß er nich' mal aufwacht, als wir ihn aus der Nikolausuniform schälen.

Ehrlich, ich hab' in meinem Leben ja schon 'ne ganze Reihe Weihnachtsmänner gesehen, aber keiner sah besser aus als der Tanzende

Ted, vor allem, als Perücke und Bart endlich richtig sitzen. Wir nehmen dann noch 'n Sofakissen, das Charley hinterm Tresen liegen hat und auf dem seine Katze zu pennen pflegt, und stopfen es dem Tanzenden Ted vorne unters Kostüm, damit er 'n nettes kleines Bäuchlein bekommt, wie es der Nikolaus auf den Bildern hat.

Ted is' mit seinem Äußeren denn auch höchst zufrieden, nachdem er sich 'ne Weile im Spiegel begutachtet hat. Die Begeisterung vom Quietschfidelen Charley grenzt sogar an Hysterie, was mich wiederum ziemlich wütend macht, denn der Kerl und seine Glaubensbrüder haben ja eigentlich gar kein Anrecht auf den Nikolaus und Weihnachten und was alles dazugehört. Aber dann mache ich mir klar, daß Charley ja derjenige ist, der dafür sorgt, daß wir weiter heiße Tom und Jerrys trinken können, also verzeih' ich's ihm.

»Weißt du«, sagt Charley schließlich zu Ted, »es is' jammerschade, daß ich nich' weiß, ob hier irgendwo 'n paar alte Socken zu holen sind. Dann könntest du nämlich losziehen und irgendwas auftreiben und da reinstopfen, weil das doch der Job vom Nikolaus is'. Aber ich glaub' nich', daß jemand hier in der Gegend seine Socken rausgehängt hat, und wenn, dann sind vielleicht Löcher drin, und man kann nix mehr in die Dinger reinstopfen, Mann«, sagt er, »ich würd' für 'n paar Socken sogar 'nen Liter Scotch spendieren.«

Ich versuche Charley damit zu trösten, daß wir ja schließlich auch keine Rentiere und keinen Schlitten haben und daß ein Weihnachtsmann, der ohne Rentiere und Schlitten unterwegs ist, sowieso 'ne unglückliche Figur abgibt, aber Charleys Bemerkungen scheinen den Tanzenden Ted auf 'ne Idee gebracht zu haben, denn plötzlich sagt er folgendes:

»Hört mal«, sagt er, »ich weiß, wo wir an 'nen Strumpf kommen. In Miß Muriel O'Neills Wohnung in der Neunundvierzigsten Straße West. Der Strumpf wird da von 'ner gewissen Gammer O'Neill aufgehängt. Gammer O'Neill is' Miß Muriels Oma, und sie geht schon auf die Neunzig zu«, sagt er, »und Miß Muriel O'Neill hat mir erzählt, daß die Alte es nich' mehr lange macht. Hat dieses Wehwehchen und jenes und wird von Zeit zu Zeit auch schon 'n bißchen kindisch.

Und«, sagte der Tanzende Ted, »ich kann mich dran erinnern, daß Miß Muriel O'Neill mir erst gestern abend erzählt hat, daß die Alte den Strumpf immer an Heiligabend aufhängt. Miß Muriel hat mir gesagt, daß das alte Mädel schon immer dran geglaubt hat, daß eines Tages der Weihnachtsmann vorbeikommen und wunderschöne Geschenke in den Strumpf stopfen wird. Aber sie hat mir auch gesagt«, sagt der Tanzende Ted, »daß ihre Oma bisher vergeblich drauf gewartet und Weihnachtsmann das noch nie getan hat. Darum bringt Miß Muriel O'Neill am Heiligen Abend immer selbst 'n paar Geschenke mit und steckt sie in den Strumpf, damit die Alte nich' ganz so traurig is'.

Aber diese Geschenke «, sagt der Tanzende Ted, »sind nix Besonderes, denn Miß Muriel O'Neill is' sehr arm und sehr stolz und auch sehr rechtschaffen, und sie würde niemals auch nur 'nen Penny von irgend jemand annehmen, und wenn 'n Kerl das Gegenteil behauptet, dann werd' ich ihn höchstpersönlich verprügeln. Und dabei«, sagt der Tanzende Ted, »könnte Miß Muriel O'Neill von mir und von Heine Schmitz und 'ner ganzen Latte anderer Kerle jede Menge abstauben.«

Nun, was der Tanzende Ted da über Miß Muriel O'Neill gesagt hat, stimmt tatsächlich, und am Broadway wird oft drüber geredet. Schließlich verdient Miß Muriel O'Neill gerade mal zwanzig Mäuse die Woche für ihre Arbeit im Halbmond-Nachtclub, und jedermann weiß nur zu gut, daß das 'n Hungerlohn für so 'ne Schönheit wie Miß Muriel O'Neill ist.

»Wißt ihr«, fährt der Tanzende Ted fort, »zwar ist Gammer O'Neill immer glücklich über die Sachen, die sie am Weihnachtsmorgen in dem Strumpf findet, aber sie kann nicht begreifen, warum der Nikolaus nich' 'n bißchen großzügiger is', und Miß Muriel O'Neill«, sagt er, »hat mir erzählt, sie wünsche sich nix so sehr, wie ihrer Oma mal 'n richtig schönes Weihnachtsfest bereiten zu können, bevor die Alte den Löffel abgibt.

Also«, sagt der Tanzende Ted, »das ist 'n Job für uns. Miß Muriel O'Neill und ihre Oma leben ganz allein in 'ner Wohnung in der Neunundvierzigsten Straße West, und«, sagt er, »zu 'ner Uhrzeit wie dieser is' Miß Muriel O'Neill natürlich noch bei der Arbeit, aber Gammer O'Neill schläft wahrscheinlich schon tief und fest, also können wir mal auf 'nen Sprung rüber und 'n paar schöne Geschenke in diesen Strumpf stopfen.«

»Na ja«, sag' ich, »das is' ja gut und schön, aber wo sollen wir zu dieser späten Abendstunde an schöne Geschenke kommen, wo doch alle Geschäfte schon längst dicht sind? Es sei denn, wir würden mal kurz in einen dieser Drugstores reinschauen, die Tag und Nacht geöffnet haben, und kaufen so 'n paar Flaschen Parfum und diese billige Toilettengarnitur, wie das immer diejenigen Burschen tun, die am Heiligabend ihre besseren Hälften bis nach Geschäftsschluß vergessen.« Aber der Tanzende Ted sagt, daß wir uns darüber keine Sorgen zu machen brauchen und uns jetzt erst mal noch 'n paar Tom und Jerrys hinter die Binde gießen sollen.

Also genehmigen wir uns einige weitere Tom und Jerrys, und

dann schnappt sich der Tanzende Ted das Paket, das er in die Ecke geworfen hatte, als er reingekommen war. Dann schüttet er das meiste von der Holzwolle aus Ookys Nikolaussack und legt das Paket rein, und der Quietschfidele Charley knipst alle Lampen aus, bis auf eine, und läßt 'ne Flasche Scotch vor Ooky auf dem Tresen stehen, und dann geht's los.

Was mich betrifft, so bedaure ich es sehr, die Kneipe und damit den heißen Tom und Jerry zu verlassen, aber das gibt sich bald, und dann macht's mir sogar Spaß, dem Tanzenden Ted dabei zu helfen, den Nikolaus zu spielen. Der Quietschfidele Charley is' sogar völlig aus dem Häuschen, aber das is' ja kein Wunder, denn er wird schließlich zum ersten Mal im Leben mit soviel seligem Festtagsgeist konfrontiert. Er is' nich' mal davon abzuhalten, in jeder Kneipe, an der wir vorbeikommen, 'n paar Drinks auf Nikolaus' Gesundheit zu trinken, und diese Stippvisiten sind 'n voller Erfolg, obwohl die Gäste völlig perplex sind, Charley und mich mit dem Weihnachtsmann aufkreuzen zu sehen, und besonders Charleys Erscheinen verblüfft sie, und was den Tanzenden Ted betrifft, so erkennt ihn keiner.

Natürlich gibt's in den Schuppen, in denen wir einkehren, keinen heißen Tom und Jerry, und wir müssen mit dem vorliebnehmen, was vorrätig ist. Ich bin sicher, daß der Brummschädel, den ich später kriegen sollte, darauf zurückzuführen ist, daß ich meinen Tom und Jerry mit den Drinks vermischt hab', die mir in diesen Läden vorgesetzt wurden.

Als wir dann den Broadway Richtung Neunundvierzigste Straße raufschlendern, treffen Charley und ich 'ne Menge Bekannte, und jedesmal gibt es ein großes Hallo, und wir wünschen den Leuten fröhliche Weihnacht und so weiter, und einige von ihnen schütteln dem Nikolaus die Hand, ohne zu wissen, daß es der Tanzende Ted ist. Ich hab' mich nicht gewundert, als ich später erfuhr, daß es ziemliches Getratsche gegeben hat, denn die Leute sagten, daß 'n Nikolaus mit 'ner solchen Fahne irgendwie 'n bißchen seltsam sei.

Einmal geraten wir in ziemliche Verlegenheit, als 'ne Gruppe kleine Kinder, die wohl auf irgend 'ner Weihnachtsparty waren und jetzt von ihren Eltern nach Hause gebracht werden, sich mit lauten Schreien und kindlicher Ausgelassenheit um unseren Nikolaus versammeln, wobei ein paar von den Kleinen an seinen Beinen raufzukrabbeln versuchen. Natürlich wird unser Nikolaus 'n bißchen wütend und sagt den kleinen Biestern, für was er sie hält, und einer der Eltern kommt ranmarschiert und beschwert sich, daß das doch kein Benehmen für 'nen Nikolaus sei, solche Ausdrücke zu benutzen, und da haut der Nikolaus dem Kerl was aufs Maul, was für die Kleinen bestimmt erstaunlich gewesen is', denn man hat ihnen ja immer gesagt, daß der Nikolaus 'n sehr gütiger alter Bursche wär'. Aber sie wissen ja nichts vom Tanzenden Ted und was er und wir beiden anderen so alles in uns reingeschüttet haben. Vielleicht kapieren sie aber auch, daß der Nikolaus auch nur 'n Mensch ist, bei dem mal die Sicherung durchbrennen kann.

Na ja, jedenfalls erreichen wir schließlich das Haus, in dem, wie der Tanzende Ted behauptet, Miß Muriel O'Neill und ihre Oma wohnen, und es ist nix weiter als 'n ganz normales Mietshaus, nich' weit vom Madison Square Garden entfernt, und zudem is' es 'n Haus ohne Fahrstuhl, und zu dieser Stunde brennt nicht mal mehr 'ne Lampe in dieser Bruchbude, nur 'ne Gaslaterne flackert draußen vor der Eingangstür, und im spärlichen Licht dieser Gaslaterne gucken wir uns die Namen auf den Briefkästen an und stellen fest, daß Miß Muriel O'Neil und ihre Oma im fünften Stock wohnen.

Der fünfte Stock ist die oberste Etage, und für mich ist der Gedanke, fünf Treppen rauflatschen zu müssen, nich' gerade verlockend. Also will ich den Tanzenden Ted und Quietschfidelen Charley alleine gehen lassen, aber der Tanzende Ted besteht drauf, daß wir alle zusammen gehen, und schließlich lass' ich mich überreden. Vor allem deshalb, weil Charley meint, der richtige Weg wär' der übers Dach, damit wir den Nikolaus durch den Kamin runterlassen könnten, wie's sich gehört, und weil Charley das so laut sagt, daß ich befürchte, er wird die halbe Gegend aufwecken.

Also wir rein und die Treppen rauf, bis wir schließlich vor einer Tür auf der obersten Etage stehen, und auf dieser Tür ist 'n kleines Schild, und auf diesem Schild steht ›O'Neill‹. Also wissen wir jetzt, daß wir unser Ziel erreicht haben. Der Tanzende Ted drückt auf die Türklinke und stellt fest, daß gar nicht abgeschlossen ist, also gehen wir rein und finden uns in 'ner kleinen Zwei- oder Dreizimmerwohnung wieder, in der nicht viele Möbel stehen, und die wenigen Möbel, die dort stehen, sehen schon ziemlich mitgenommen aus. 'ne einsame Gaslaterne in der Nähe von 'nem Bett erleuchtet ein Zimmer, das sich dem anschließt, in dem wir jetzt stehen, und im Licht der Lampe sehen wir ein sehr altes Mädel schlafend in diesem Bett liegen und sind sicher, daß es sich um niemand anders handelt als um Gammer O'Neill.

Auf ihrem Gesicht liegt ein breites Lächeln, als ob sie von etwas sehr Schönem träumen würde. An einem Stuhl am Kopf des Bettes hängt ein langer schwarzer Strumpf, und es ist offenbar ein Strumpf, der schon oft geflickt und gestopft worden ist, und ich glaub' jetzt so langsam, daß der Tanzende Ted die Wahrheit gesagt hat, als er uns das über Miß Muriel O'Neill und ihre Oma und deren Marotte mit dem Strumpf erzählt hat. Bis zu diesem Zeitpunkt hatte ich da so meine Zweifel.

Ich möchte nach 'nem flüchtigen Blick auf die alte Dame die ganze Sache aber am liebsten sausen lassen, vor allem, als der Quietschfidele Charley damit anfängt, in der Wohnung rumzustöbern, weil er feststellen will, ob es nicht doch 'nen Kamin gibt, durch den der Nikolaus stilgerecht reinkommen kann, wobei Charley so einige Sachen über den Haufen rennt. Aber der Tanzende Ted steht bloß da und starrt auf die schlafende Gammer O'Neill runter.

Schließlich nimmt er den Sack vom Rücken und schnürt ihn auf und nimmt sein Paket raus. Und dann holt er 'nen Haufen Brillantarmbänder und Brillantringe und Brillantbroschen und Brillanthalsbänder und was weiß ich noch alles an Brillantschmuck aus dem Paket raus und drückt mir was davon in die Hand, und dann fangen wir an, die Sachen in den Strumpf zu stopfen, und der Quietschfidele Charley gibt die Suche nach dem Kamin auf und kommt zu uns rüber und hilft uns dabei.

Es ist genügend Brillantschmuck da, um den Strumpf bis obenhin zu füllen, und es ist ein verdammt großer Strumpf, also muß Gammer O'Neill wohl ein ziemlich stabiles Fahrgestell gehabt haben, als sie noch jung gewesen ist. Aber es sind so viele Brillantschmuckstücke in Teds Kiste, daß noch genug davon übrig sind, um 'nen schönen kleinen Stapel auf den Stuhl am Kopfende des Bettes zu legen, als wir den Strumpf prallvoll gestopft haben. Oben haben wir ein hübsches brillantverziertes Kosmetiktäschchen rausgucken lassen, denn wir glauben, daß es Gammer O'Neill sofort ins Auge fallen wird, wenn sie aufwacht.

Erst als ich wieder an die frische Luft komme, fällt mir plötzlich ein, daß ich in der Nachmittagsausgabe der Zeitung 'ne fette Schlagzeile über 'nen Fünfhundert-Riesen-Überfall gelesen hab', der am Vormittag auf den Laden eines der größten Diamanthändlers in der Maiden Lane verübt worden ist, als der Bursche gerade ahnungslos in seinem Büro hockte, und plötzlich fallen mir auch wieder die Gerüchte ein, die besagen, daß der Tanzende Ted einer der besten Einbruchspezialisten der Welt ist und daß er immer solo arbeitet.

Klar, daß ich mich augenblicklich frage, ob ich mich in der richtigen Gesellschaft befinde, wenn ich mit dem Tanzenden Ted durch die Gegend latsche, selbst wenn er wie der Weihnachtsmann aussieht. Also mach' ich mich an der nächste Ecke aus dem Staub, als Ted sich gerade mit dem Quietschfidelen Charley darüber unterhält, ob sie weiterziehen sollen, um irgendwo noch 'n paar

Geschenke aufzustöbern und noch 'n paar alte Socken, die sie damit vollstopfen können. Ich mach' also, daß ich nach Hause komme, und leg' mich ins Bett.

Am nächsten Morgen hab' ich so 'nen Brummschädel, daß ich nicht viel Lust verspüre, mich irgendwo rumzutreiben, und um ehrlich zu sein, treib' ich mich auch in den nächsten paar Wochen nicht viel rum.

Bis ich eines Abend mal wieder in Charleys kleine Flüsterkneipe reinschneie und mich erkundige, was denn so läuft.

»Tja«, sagt Charley, »es läuft so einiges, und ich muß schon sagen, ich war sehr überrascht, daß du nicht zu Gammer O'Neills Leichenschmaus gekommen bist. Du weißt doch, daß Gammer O'Neill diese verdammte Welt ein paar Tage nach Weihnachten verlassen hat, oder?« sagt der Quietschfidele Charley. »Aber«, sagt er, »Miß Muriel O'Neill hat erzählt, daß Doc Moggs sowieso der Meinung war, daß die Alte überfällig gewesen is'. Aber sie ist am Weihnachtsmorgen, als sie den Strumpf mit den Brillanten gefunden hat, wohl so überglücklich gewesen, daß sie's noch ein bißchen länger gemacht hat als erwartet.

Miß Muriel O'Neill freut sich sehr«, sagt Charley, »daß ihre Oma in der Überzeugung von uns gegangen is', daß es den Weihnachtsmann wirklich gibt, weil«, sagt Charley, »Miß Muriel ihrer Oma natürlich nichts von dem wirklichen Besitzer der Schmuckstücke erzählt hat, einem anständigen Kerl namens Shapiro, der die Klunker zurückbekommen hat, nachdem Miß Muriel O'Neill ihn davon informiert hat, sie in ihrer Wohnung gefunden zu haben.

Anscheinend«, sagt Charley, »is' alles in bester Ordnung, vor allem, weil sich die Bullen keinen Reim auf die ganze Sache machen können. Wahrscheinlich glauben sie, daß der Halunke, der Shapiro die Brillanten geklaut hat, von Gewissensbissen geplagt wurde und die Klunker einfach am erstbesten Platz liegen gelassen hat. Und Miß Muriel bekommt sogar zehn Riesen Belohnung dafür, daß sie die Geschenke zurückgegeben hat. Und«, sagt Charley, »wie ich gehört hab', ist der Tanzende Ted jetzt in San Francisco und überlegt, ob er 'nen anständigen Beruf ergreifen und Tanzlehrer werden soll, damit er Miß Muriel O'Neill heiraten kann. Wir alle hoffen natürlich inständig«, sagt er, »daß die Kleine nie irgendwelche Einzelheiten über Teds Vergangenheit erfahren wird.«

Nun, es ist am Heiligen Abend des folgenden Jahres, als ich 'nem Kerl namens Schrotflinten-Sam über den Weg lauf', und dieser Schrotflinten-Sam gehört zu Heine Schmitz' Gang in Harlem und ist 'ne ausgesprochen widerwärtige Type.

»Halli, hallo«, sagt Schrotflinten-Sam. »Als ich dich das letzte

Mal gesehen hab', war auch Heiligabend, wie heute. Du bist aus Charley Bernsteins Schuppen rausgekommen«, sagt er, »und warst sternhagelvoll.«

»Weißt du, Schrotflinte«, sag' ich, »tut mir leid, daß du 'nen falschen Eindruck von mir bekommen hast, aber ich war damals nich' voll, es war bloß mit meinem Kopf was nich' in Ordnung.«

»Na, macht ja auch nix«, sagt Schrotflinte. »Aber weißt du eigentlich, daß ich damals 'nen Tip gekriegt hatte, daß der Tanzende Ted an diesem Abend bei Charley und dir in der Kneipe gewesen ist? Spottdrossel-Spollini und Kanonen-Jack haben vor dem Schuppen auf der Lauer gelegen, denn«, sagt er, »Heine Schmitz war wegen irgend 'ner Puppe ganz schön sauer auf den Tanzenden Ted. Aber jetzt is' natürlich schon längst wieder alles in Ordnung«, sagt Schrotflinte, »weil Heine 'ne andere Braut hat.

Aber schon komisch«, sagt er, »daß wir den Tanzenden Ted damals gar nich' zu Gesicht gekriegt haben. Wir hatten Charleys Kneipe von halb sieben abends bis zum nächsten Morgen beobachtet, und es is' keiner in den Schuppen reingegangen, bloß Ooky, dieser alte Knacker, in seinem Nikolauskostüm, und«, sagt Schrotflinte, »es kamen auch nur drei Mann raus. Du, der Quietschfidele Charley und Ooky.

Weißt du«, sagt Schrotflinte, »der Tanzende Ted hatte 'n Schweineglück, daß er an dem Abend nich' bei Charley aufgekreuzt is'. Wir hatten im zweiten Stock im Haus auf der anderen Straßenseite auf den Typ gewartet, mit 'ner ganzen Auswahl säuberlich abgesägter Schrotflinten, und Heine hatte uns den strikten Befehl erteilt, bloß nich' danebenzuschießen.«

»Tja, Schrotflinte«, sag' ich, »fröhliche Weihnachten.«

»Oh, danke«, sagt Schrotflinte, »fröhliche Weihnachten.«

Wenn's Schlamm gibt

Was mich betrifft, so kritisier' ich Miß Beulah Beauregard ja nie, weil sie ihre Verlobung mit Klein-Alfie gelöst hat. Denn sie hat sich ja, wie sie mir erzählt, nur aufgrund falscher Versprechungen mit ihm verlobt, und ich kann es ganz und gar nicht billigen, wenn ein Kerl einer Puppe falsche Versprechungen macht. Ausgenommen natürlich, wenn nichts anderes mehr hilft.

Anscheinend hat Klein-Alfie Miß Beulah Beauregard versprochen, ihr ein Leben in Saus und Braus zu bieten, wie der große Rockefeller, wenn sie nur mit ihm über die Rennplätze zieht, und auf diese Weise hat er sie soweit gekriegt, daß sie ihren erstklassigen Job aufgibt, der darin besteht, ihre Figur den Besuchern des 900er-Clubs zur Schau zu stellen. Andererseits gibt Beulah Beauregard offen zu, daß Klein-Alfie nicht ausdrücklich gesagt hat, welchen Rockefeller er meinte, und Klein-Alfie hat später erklärt, er muß wohl an den Kanaldeckel-Rockefeller gedacht haben, als er das Versprechen ablegte, und jedermann weiß, daß Kanaldeckel-Rockefeller ein Penner ist, und zwar einer von der schlimmsten Sorte.

Nun ja, jedenfalls ist der Saus und Braus, in dem Klein-Alfie und Miß Beulah Beauregard leben, als sie sich verlobt haben, alles andere als umwerfend, wenn man Miß Beulah Beauregards Worten Glauben schenkt, weil Klein-Alfie ständig mit seinen beiden lahmen Enten, die er als Rennpferde zu bezeichnen pflegt, an der Galopprennbahn rumhängt und versucht, ein paar Mäuse zu ergattern, und gewöhnlich ist Klein-Alfie abgebrannt und wurstelt sich gerade so durch, und Miß Beulah Beauregard sagt immer, daß das doch kein Leben für ein Mitglied einer so stolzen alten Südstaatler-Familie ist, wie die Beauregards eine sind.

Ja, Miß Beulah Beauregard erzählt mir häufig, daß sie schon mehrmals drauf und dran gewesen ist, Klein-Alfie zu verlassen und nach Georgia, in die Heimat ihrer Vorfahren, zurückzukehren, nur hat sie einfach keine Ahnung, wie sie da hinkommen soll, denn dann müßte sie schon zu Fuß gehen. Aber laufen ist ihr ein Greuel, denn ihr tun die Füße immer so schnell weh, und es ist bekannt, daß es nur ein einziges Mal der Fall war, daß Miß Beulah Beauregard eine größere Strecke zu Fuß zurückgelegt hat, nämlich als ein paar Yale-Studenten sie am Pelham Parkway aus dem Wagen geschmissen haben, weil sie sich weigerte, Sex mit den Burschen zu machen.

Als Klein-Alfie Miß Beulah Beauregard das erste Mal fragt, ob sie seine Braut werden will, da hat er ihr ausgemalt, wie sie im Wohlstand schwelgen — Pelze, schicke Wagen, Brillanten und so weiter —, aber der einzige Brillant, den sie jemals von Klein-Alfie zu sehen bekommt, ist der auf ihrem Verlobungsring, den Klein-Alfie ihr kauft, als er ausnahmsweise mal ein bißchen Geld in der Tasche hat. Aber erstens stellt sich die Frage, ob der Stein echt ist oder nicht, und zweitens ist er so klein, daß man schon Scheinwerfer braucht, um das Ding ein wenig zum Funkeln zu bringen.

Aber Miß Beulah Beauregard hält diesen Brillanten dennoch in Ehren, und der einzige Grund, warum sie ihre Verlobung mit Klein-Alfie schließlich gelöst hat, ist der, daß Alfie den Ring eines Tages vorm Hialeah-Rennen in Miami in die Pfandleihe bringt, um dann die fünf armseligen Mäuse, die er rausbekommt, auf eine seiner Schindmähren zu setzen, die den Namen Gouverneur Hicks trägt.

Vielleicht hätte Miß Beulah Beauregard Klein-Alfie diese Sache gar nicht mal so furchtbar übelgenommen, wenn Alfie nicht die fünfundzwanzig Bucks, die Gouverneur Hicks ihm einbringt, weil die Mähre doch tatsächlich als Dritter ins Ziel kommt, an Colonel Matt Winn in Louisville geschickt hätte, damit dieser einen Dreijährigen namens Letzte Hoffnung zum Kentucky-Derby meldet, und Letzte Hoffnung ist das letzte Pferd, das Klein-Alfie zu dieser Zeit besitzt.

Diese krumme Tour bringt Miß Beulah Beauregard verständlicherweise auf die Palme, und sie sagt, sogar ein Wickelkind kann erkennen, daß Letzte Hoffnung die eineinviertel Meile nicht mal spazierengehen, geschweige denn rennen kann, und selbst wenn Letzte Hoffnung diese Strecke rennend zurücklegt, wird er das nicht mal so schnell schaffen, daß er dabei ins Schwitzen kommt.

Miß Beulah Beauregard und Klein-Alfie haben jedenfalls 'nen ganz schönen Streit wegen dieser Geschichte, weil Klein-Alfie nämlich große Stücke auf Letzte Hoffnung hält und sagt, er werde es nicht zulassen, daß irgend jemand dieses Pferd beleidigt, auch nicht seine Verlobte, denn das Tier sei was ganz Besonderes. Wenn jemand aber was Schlechtes über Alfies anderen Gaul sagt, Gouverneur Hicks, scheint ihn das nicht besonders zu stören. Ehrlich gesagt, schimpft er selbst oft genug über den Gouverneur.

Also, ich versteh' ja wirklich nicht, was Klein-Alfie an Letzte Hoffnung findet, denn das Pferd ist, seit es das Licht der Welt erblickt hat, erst ein- oder zweimal gestartet und hatte dabei schon die größten Schwierigkeiten, sich als Letzter über die Ziellinie zu schleppen, aber Klein-Alfie sagt, die fünfzig Riesen, die Colonel Winn dem Sieger des Kentucky-Derbys überreichen wird, wären praktisch schon so gut wie auf seinem Konto, vor allem, wenn's am Tag des Rennens regnet und die Bahn schlammig wird, denn Klein-Alfie behauptet, Letzte Hoffnung sei der geborene Schlammkämpfer.

Nun ja, was Miß Beulah Beauregard betrifft, so sagt sie ziemlich undamenhaft, Klein-Alfie habe zweifellos 'nen Sprung in der Schüssel, und es sei eine Qual, mit so 'nem Spinner verlobt zu sein. Viele Leute geben ihr da recht, vor allem deshalb, weil sie's für eine Dummheit halten, daß Klein-Alfie Letzte Hoffnung zum Derby gemeldet hat, schweres Geläuf hin, schweres Geläuf her. Und als Tom Shaw tausend zu eins gegen Letzte Hoffnung wettet, meinen viele andere Wetter, das wäre noch 'ne viel zu niedrige Quote.

Miß Beulah Beauregard sagt immer, sehr entmutigt von der Entwicklung der Dinge zu sein und daß sie kaum noch wisse, was sie tun soll, zumal sie befürchtet, daß sich ihre Figur in den vier oder fünf Jahren Verlobungszeit mit Klein-Alfie sehr zum Nachteil verändert hat und den Besuchern des 900er-Clubs vielleicht nicht mehr gefällt, vor allem, wenn die Besucher für dieses Privileg bezahlen müssen. Ich persönlich würde ja jederzeit jeden vertretbaren Preis für ein Gedeck zahlen, um Miß Beulah Beauregards Figur mal sehen zu dürfen, vorausgesetzt, ihre Figur ist so, wie ich es vermute. Jedenfalls ist es eine noch immer recht hübsche Figur, soweit ich das beurteilen kann und sofern man sich überhaupt was draus macht, Figuren nur anzugucken.

Miß Beulah Beauregard ist jetzt ungefähr fünfundzwanzig, sechsundzwanzig Jahre alt, hochgewachsen und gebaut wie ein Baseballspieler, mit weizenblondem Haar und blauen Augen, und sie strotzt vor Gesundheit und hat immer einen gesegneten Appetit. Einmal hab' ich sogar gesehen, wie sich Miß Beulah Beauregard im

Seven-Seas-Restaurant ein gebratenes Hähnen auf eine Weise reinschob, die mich denn doch in höchstes Erstaunen versetzte, denn mir war nicht bekannt, daß Mitglieder von stolzen alten Südstaatenfamilien so unglaublich schnelle Esser sein können. Außerdem hat Miß Beulah Beauregard einen ausgeprägten Südstaaten-Akzent, so daß sich ihre Stimme sehr niedlich anhört, wenn Miß Beulah Beauregard nicht gerade wütend ist, aber das ist sie meistens, und meistens auf KleinAlfie.

Nun, Klein-Alfie bedauert es außerordentlich, sagt er, daß Miß Beulah Beauregard die Verlobung aufgelöst hat und nicht bei ihm sein wird, wenn er beim Kentucky-Derby absahnt, und weil er nach dem Rennen 'ne richtig noble Hochzeit in French Lick geplant und sogar schon 'ne Liste von den Geschenken aufgestellt hat, die er ihr machen wollte, einschließlich eines weiteren Brillanten. Und jetzt war die ganze Plackerei von wegen Hochzeit und Geschenken umsonst.

Außerdem hat sich Klein-Alfie, wie er sagt, schon so daran gewöhnt, Miß Beulah Beauregard als Braut an seiner Seite zu haben, daß er sich kaum vorstellen kann, was er ohne sie anfangen soll, und so schleicht er mit einer sehr traurigen Miene herum und macht einen äußerst niedergeschlagenen Eindruck, so daß es keinen Zweifel daran gibt, daß Klein-Alfie Miß Beulah Beauregard tatsächlich mehr liebt als alles andere, seine Pferde eingeschlossen.

Es gibt aber ein paar Leute, die der Meinung sind, daß der wahre Grund, warum Miß Beulah Beauregard die Verlobung mit Klein-Alfie gelöst hat, ein Bursche namens Paul D. Veere ist, der ihr heftig den Hof macht, und daß Miß Beulah diesen Mr. Veere nicht wissen lassen möchte, daß sie sich jemals mit 'ner Type wie Klein-Alfie eingelassen hat, denn Klein-Alfie ist nicht gerade jemand, mit dem man angeben kann und der außerdem nicht eben wie 'ne frisch gepflückte Geranie duftet, weil er sich meist bei seinen Gäulen rumtreibt.

Anscheinend ist dieser Mr. Paul D. Veere ein New Yorker Bankier, und er hat 'nen kleinen Schnäuzer und jede Menge Moos. Miß Beulah Beauregard ist ihm eines Morgens begegnet, als sie ihren Körper am Strand von Rooney Plaza kostenlos zur Schau stellte, und weil Mr. Paul D. Veere sofort bei ihr angebissen hat, scheint meine Vermutung zu stimmen, daß ihre Figur soweit noch ganz in Ordnung ist.

Nun, und ehe man sich versieht, führt Mr. Paul D. Veere Miß Beulah Beauregard hierhin und dorthin und überallhin, obwohl Miß Beulah Beauregard zu dieser Zeit noch mit Klein-Alfie verlobt ist. Der einzige Grund, warum Klein-Alfie Mr. Paul D. Veeres

Bemühungen zuerst gar nicht bemerkt, ist der, daß er zu sehr damit beschäftigt ist, Letzte Hoffnung fürs Kentucky-Derby zu trainieren, und jeden Tag irgendwo unterwegs ist, um ein paar Kröten zusammenzukratzen, damit er die laufenden Kosten bezahlen kann, inklusive Miß Beulah Beauregard, denn Miß Beulah Beauregard mußte natürlich unbedingt ein hübsches Zimmer im Rooney Plaza beziehen, weil, wie sie sagt, schon der Gedanke ihr Übelkeit bereitet, in einer solchen Wanzenbude zu hausen wie Klein-Alfie.

Also ich persönlich, ich hab' ja nichts gegen Bankiers als solche, und offen gestanden bin ich in meinem Leben noch nicht vielen Bankiers begegnet, aber irgendwie mag ich Mr. Paul D. Veeres Äußeres nun mal nicht. Er macht einen hartherzigen Eindruck auf mich, obwohl wahrscheinlich noch nie jemand einem weichherzig aussehenden Bankier begegnet ist, also ist es wohl ganz normal, daß man als Bankier so aussieht.

Mr. Paul D. Veere ist ein noch recht junger Bursche, und wahrscheinlich redet er im Unterschied zu Klein-Alfie mit Miß Beulah Beauregard auch noch über andere Dinge als nur über Pferde, und darüber hinaus wird er wahrscheinlich auch nicht die ganze Zeit nach Pferd riechen, also kann niemand Miß Beulah Beauregard einen Vorwurf machen, wenn sie mit ihm durch die Gegend zieht, obwohl viele Leute behaupten, daß sie sich schon ein wenig danebenbenimmt, auf Mr. Paul D. Veeres Verführungen einzugehen, wo sie doch immer noch mit Klein-Alfie verlobt ist. Ja, in manchen Kreisen breitet sich sogar Empörung darüber aus, da viele Leute meinen, daß Miß Beulah Beauregard anderen Bräuten ein schlechtes Beispiel gibt.

Aber als Miß Beulah Beauregard dann die Auflösung ihrer Verlobung offiziell bekanntgibt, stimmen alle und jeder darin überein, daß sie das Recht hat zu tun, was ihr beliebt, und daß Klein-Alfie sich nun seinerseits bei dem, was einige Tage später in Hialeah geschieht, danebenbenimmt, als er schließlich doch noch bemerkt, daß Miß Beulah Beauregard anscheinend mit Mr. Paul D. Veere zusammen ist und sogar auf recht vertrautem Fuß mit ihm steht. Klein-Alfie fällt nämlich über Mr. Paul D. Veere her, als dieser sich hinter einem Hibiskusbusch nahe der Koppel im Kußkontakt mit Miß Beulah Beauregard befindet, und dieser Anblick ist für Klein-Alfie wahrlich höchst abstoßend, vor allem, da er Hibiskus nich' ausstehen kann.

Er vergißt, daß Miß Beulah Beauregard gar nicht mehr seine Verlobte ist, und versucht, Mr. Paul D. Veere einen Schwinger zu verpassen, wird aber von einer Anzahl Kriminalbeamter davon abgehalten, die schon vom Gedanken entsetzt sind, daß irgend jemand 'nem Kerl 'nen Schwinger verpaßt, der so viel Moos hat wie Mr. Paul D. Veere, und während sie Klein-Alfie noch zur Rede stellen, verschwindet Miß Beulah Beauregard von der Bildfläche und ward in Miami nie mehr gesehen. Des weiteren verschwindet Mr. Paul D. Veere, aber das stört selbstverständlich niemanden sonderlich. Eigentlich ist sein Verschwinden für all diejenigen, die zur Zeit als Verlobte in Miami sind, sogar 'ne große Erleichterung.

Aber anscheinend verständigt Mr. Paul D. Veere, bevor er verschwindet, noch bestimmte Offizielle des Jockey-Clubs und bringt Klein-Alfie in Mißkredit, indem er verkündet, was für ein überaus gefährlicher Bursche Alfie sei, und die Offiziellen sind wohl oder übel gezwungen, 'nem Kerl zuzuhören, der so viel Moos hat wie Mr. Paul D. Veere.

Und so schickt ein oder zwei Tage später der alte Cap Duhaine, der Oberkommisar für die Galopprennbahn, nach Klein-Alfie und fragt ihn, was er sich eigentlich denkt und was denn aus all den prominenten Leuten, wie etwa den Bankiers, werden soll, wenn gewisse Kerle sie verprügeln und sie halb zu Tode erschrecken, und Klein-Alfie fällt auf diese unvorhergesehene Scherzfrage nicht viel ein, vor allem, weil Cap Duhaine ihn außerdem noch fragt, ob es Alfie gelegen kommt, seine beiden Pferde woandershin hin zu schaffen.

Nun, Klein-Alfie begreift, daß Cap Duhaine ihm auf freundliche Weise anzudeuten beliebt, daß er in Hialeah nicht mehr erwünscht ist, und Klein-Alfie kann 'ne Andeutung so gut verstehen wie jeder andere Kerl auch, vor allem als Cap Duhaine ihm vertraulich mitteilt, daß die Rennverwaltung den Verdacht nicht abschminken kann, daß irgend so ein Lump 'nen Knallfrosch in Gouverneur Hicks' Hintern reingesteckt hat, als der Klepper an dritter Stelle einlief. Nach dem, was Cap Duhaine sagt, hält die Rennverwaltung es anscheinend für ein Ding der Unmöglichkeit, daß Gouverneur Hicks irgendwo irgendwann an dritter Stelle einlaufen kann.

Und so sitzt Klein-Alfie mit dem Pleitegeier in der Tasche und zwei Pferden am Hals in Miami, und er hat keine Möglichkeit, sie irgendwohin zu schippern, wo Pferde was wert sind, und es ist wirklich 'ne mißliche Lage, die Klein-Alfie doch ganz schön ins Grübeln bringt. Und das Ergebnis seiner Grübeleien ist, daß Klein-Alfie hier und dort noch ein paar Mäuse zusammenkratzt, und etwas Hafer, und eines Tages auf Gouverneur Hicks draufklettert und ihm 'nen Tritt in die Seite gibt und ihm sagt, er soll gefälligst seinen Hintern in Bewegung setzen, und schon geht es ab, und Klein-Alfie reitet davon in Richtung Norden und läßt Miami zurück und zieht Letzte Hoffnung an einem Seil hinter sich her.

Natürlich wird das von allen, die dies miterleben, als höchst ungewöhnliches Spektakel betrachtet, und es ist in der Tat das erste Mal, daß irgendwer 'nen Pferdebesitzer wie Klein-Alfie auf diese Weise eines seiner eigenen Pferde reiten sieht, und der Traurige Tracy bietet Fünf zu Eins, daß Gouverneur Hicks mit Klein-Alfie im Sattel niemals Palm Beach erreicht, da schließlich jedem bekannt ist, daß Gouverneur Hick kaputte Beine hat und schon fast aus dem Leim geht und praktisch jederzeit den Löffel abgeben kann.

Aber anscheinend schafft es Gouverneur Hicks mit Klein-Alfie obendrauf recht locker bis Palm Beach, und es gibt plötzlich viele Leute, die den Traurigen Tracy wegen 'ner Wette für Jacksonville anhauen. Zudem sagen jetzt viele, daß Klein-Alfie ein ziemlich cleverer Bursche ist, sich so 'nen sparsamen Dreh für den Transport auszubrüten, und zahlreiche andere Pferdebesitzer gehen ihren Bestand durch, um festzustellen, ob sie nicht auch irgendwas haben, mit dem sie gen Norden reiten können.

Und viele Leute sagen auch noch, daß Klein-Alfie 'nen Mordsdusel hatte, als Miß Beulah Beauregard ihm den Laufpaß gab, weil es ihm 'ne beträchtliche Last abnimmt, von wegen der Fahrkosten für die Eisenbahn und der einen oder anderen Sache mehr. Allerdings sieht es nicht so aus, als ob Klein-Alfie über die Sache ebenso denkt.

Es sieht eher so aus, als ob Klein-Alfie häufig an Miß Beulah Beauregard denkt, als er auf seinem Weg gen Norden dahintrottet, und manchmal erzählt er Gouverneur Hicks und Letzte Hoffnung von Miß Beulah, vor allem Letzte Hoffnung, weil Klein-Alfie Gouverneur Hicks schon immer für 'n bißchen blöd gehalten hat. Auch singt Klein-Alfie zuweilen laut traurige Liebeslieder, während er so dahinreitet, obwohl er, als er mit der Singerei anfängt, Letzte Hoffnung derart erschreckt, daß der sich vom Halteseil losreißt und davongaloppiert, und Klein-Alfie braucht 'ne glatte halbe Stunde, um ihn wieder einzufangen. Aber danach faßt sich Letzte Hoffnung und stört sich nicht mehr so sehr an Klein-Alfies Stimme, außer wenn Klein-Alfie versucht, das hohe C zu erwischen. Tja, Klein-Alfie hat 'nen prächtig angenehmen Ritt, denn das Wetter ist prima, und die Farmer entlang des Weges füttern ihn und seine Pferde, und es gibt nichts, worüber er sich Sorgen machen muß, außer über einige wundgescheuerte anatomische Kleinigkeiten und darüber, wie er bis zum Rennen im Mai nach Kentucky gelangen soll. Allerdings ist es erst Ende Februar, und überhaupt gedenkt Klein-Alfie sowieso nicht weiter zu reiten als vielleicht bis Maryland, wo er wohl oder übel ein paar Scheinchen auftreiben muß, damit er von dort aus das Schiff nehmen kann.

Nun reitet Klein-Alfie eines Tages eine Straße entlang, die durch eine Anzahl Pinienwälder führt, und er befindet sich vielleicht hundertfünfzig und ein paar kleine Kilometer nördlich von Jacksonville, im Staate Georgia, als er an einem halb gepflügten Feld vorbeikommt, das auf einer Seite der Straße in der Nähe eines windschiefen alten Hauses liegt, und er erblickt eine höchst ungewöhnliche Szenerie:

Ein großes Maultier, das vor einen Pflug gespannt ist, ruht mitten auf dem Feld, und 'ne hochgewachsene Puppe mit 'nem Sonnenhut und 'nem Gingankleid steht neben dem Maultier und weint bitterlich.

Der Anblick einer netten Mieze, die Kummer hat, oder auch einer, die keinen Kummer hat, weckt natürlich immer Klein-Alfies Aufmerksamkeit, also sagt er zu Gouverneur Hicks und Letzte Hoffnung: »Brrr«, und dann fragt er das Mädel, was ihr über die Leber gelaufen ist, und diese Puppe schaut unter ihrem Sonnenhut zu ihm auf, und es ist niemand anders als Miß Beulah Beauregard.

Selbstverständlich ist Klein-Alfie einigermaßen verwundert, Miß Beulah Beauregard weinend neben einem Maultier vorzufinden, vor allem mit einem Sonnenhut, also klettert er von Gouverneur Hicks runter, um die Situation genauer zu untersuchen, und sofort stürzt Miß Beulah Beauregard auf Klein-Alfie zu und wirft sich in seine Arme und sagt zu ihm folgendes:

»Oh, Alfie«, sagt Miß Beulah Beauregard, »ich bin ja so froh, daß du hier bist. Ich denk' Tag und Nacht an dich und frag' mich, ob du mir verzeihen kannst. Oh, Alfie, ich liebe dich«, sagt sie. »Es tut mir ja so leid, daß ich mit Mr. Paul D. Veere gegangen bin. Er ist nichts als ein mieser Halunke«, sagt sie. »Er hatte mir versprochen, mich zu seiner besseren Hälfte zu machen, und mich dazu überredet, ihn von Miami zu seiner Jagdhütte am Altamaha River, vierzig Kilometer von hier entfernt zu begleiten, obwohl«, sagt sie, »ich vorher gar nicht gewußt hatte, daß er in dieser Gegend 'ne Jagdhütte hat.

Und«, sagt Miß Beulah Beauregard, »schon am allerersten Tag mußte ich ihn mit 'ner Kanne voll kalter Sahne halb bewußtlos schlagen, um seinen Annäherungsversuchen zu entgehen. Oh, Alfie«, sagt sie, »Mr. Paul D. Veeres Absichten mir gegenüber sind alles andere als ehrenwert. Außerdem«, sagt sie, »hab' ich erfahren, daß er schon 'ne bessere Hälfte und drei Kinder in New York hat.«

Nun, Klein-Alfie ist von der ganzen Geschichte natürlich ziemlich irritiert, und ihm fällt kaum was ein, was er dazu sagen kann, aber schließlich sagt er zu Miß Beulah Beauregard:

»Tja«, sagt er, »und was is' mit dem Maultier?«

»Oh«, sagt Miß Beulah Beauregard, »sein Name ist Abimelech, und ich pflüge gerade mit ihm, als er's sich anders überlegt und stehenbleibt und sich einfach weigert, sich von der Stelle zu rühren. Er ist das einzige Maultier, das wir besitzen«, sagt sie, »und er ist schon sehr alt und störrisch, und wenn er sich ausruhen möchte, kann man Himmel und Hölle in Bewegung setzen, das Ergebnis ist gleich Null. Nur«, sagt sie, »wird mein Papa sehr ärgerlich sein, weil er erwartet, daß ich dieses Feld bis zum Abendessen umpflüge. Ich fürchte«, sagt Miß Beulah Beauregard, »mein Papa wird so ärgerlich sein, daß er mir 'ne Tracht Prügel versetzen wird, denn er verzeiht es mir bis jetzt noch nicht, wieder nach Hause gekommen zu sein, und deshalb wein' ich mir auch die Augen aus, wie ich seh', daß du vorbeikommst.«

Und darauf fängt Miß Beulah Beauregard wieder an zu weinen, so, als ob ihr das Herz brechen würde. Und wenn es etwas gibt, was Klein-Alfie höchst zuwider ist, dann ist es, eine Puppe weinen zu sehen, vor allem Miß Beulah Beauregard, denn Miß Beulah Beauregard kann auf 'ne Art weinen, die Tote wiedererweckt, jedenfalls, wenn sie gut drauf ist, also hält Klein-Alfie sie so fest an seine Brust gepreßt umschlungen, daß er sich glatt vier Zigarren in seiner Westentasche ruiniert, und dann sagt er folgendes zu ihr:

»Na, na«, meint Klein-Alfie, »Na, na, na, na, na«, meint er. »Trockne dir die Augen, und wir werden den alten Gouverneur Hicks hier vor den Pflug spannen und dieses Feld schneller umpflügen, als du pups sagen kannst, denn«, sagt Klein-Alfie, »als ich noch 'n junger Scheißer war, da war ich der beste Pflüger in Columbia County, New York.«

Nun, dieser Vorschlag läßt Miß Beulah Beauregard merklich aufleben, und so bindet Klein-Alfie Letzte Hoffnung an einem Baum fest und nimmt Abimelech, dem Maultier, das ganz ruhig stehenbleibt, so, als ob es ihn überhaupt nichts angeht, was um ihn herum passiert, das Geschirr ab, und legt es Gouverneur Hicks an und spannt den Gaul vor den Pflug, und die Art, wie sich der alte Gouverneur Hicks aufführt, als er rausfindet, daß man vom ihm erwartet, 'nen Pflug zu ziehen, ist schon höchst erstaunlich. Klein-Alfie muß schon 'nen Knüppel hinzuziehen und ihm gut zureden, damit sich Gouverneur Hicks beruhigt und endlich anfängt, den Pflug zu ziehen.

Es erweist sich, daß Klein-Alfie ein erstklassiger Pflüger ist, und während er pflügt, geht Miß Beulah Beauregard neben ihm her, und läßt 'nen Redeschwall los, und Klein-Alfie erfährt in einer halben Stunde mehr, als er jahrelang auch nur vermutete, vor allem über Miß Beulah Beauregard.

Das windschiefe alte Haus ist anscheinend das Heim von Miß Beulah Beauregards Vorfahren, und ihre Familie ist sehr arm und lebt schon seit Generationen in diesen Pinienwäldern, und ihr Name ist Benson und nicht Beauregard, denn Beauregard ist bloß ein Name, den Miß Beulah Beauregard sich ausgetüftelt hatte, als sie nach New York ging, um ihre Figur zur Schau zu stellen.

Als sie zum Haus hinübergehen, stellt sich zudem heraus, daß Miß Beulah Beauregards Papa ein hochgewachsener, magerer alter Bursche mit 'nem Spitzbart ist, der schneller lügen als Letzte Hoffnung rennen kann, wie sogar Klein-Alfie sagt. Aber anscheinend entwickelt der alte Schlawiner ein reges Interesse an Letzte Hoffnung, als Klein-Alfie damit angefangen hat, ihm zu erzählen, was für'n tolles Pferd dieses Pferd ist, vor allem im Schlamm, und wie letzte Hoffnung das Kentucky-Derby gewinnen wird.

Miß Beulah Beauregards Papa scheint tatsächlich alles zu glauben, was Klein-Alfie ihm auftischt, und weil er der erste Kerl ist, der Klein-Alfie alles glaubt, was dieser ihm auftischt, ist es ein ganz besonderer Genuß für Klein-Alfie, mit ihm zu schwatzen. Miß Beulah Beauregard hat auch noch 'ne Mama, die, wie sich herausstellt, sehr fett und voller südstaatlicher Gastfreundschaft ist und die auch recht geschickt mit der Bratpfanne umzugehen weiß.

Des weiteren gibt es noch einen erwachsenen Bruder namens Jeff, der ein wahres Genie ist, weil er 'ne Schliche kennt, wie man Skimmin so veredeln kann, daß es 'nem Menschen nicht ganz so hundeelend wird, wenn er das Zeug trinkt. Dieser Skimmin wird übrigens aus dem Schaum bereitet, der sich beim Kochen von Zuckerrohr an der Oberfläche bildet, und er schmeckt normalerweise wie Benzin und ist in der Tat ein verdammt verhängnisvolles Gebräu.

Klein-Alfie jedenfalls findet die Leute und das Haus sehr anheimelnd und beschließt, einige Wochen dort zu verbringen, wobei er sich seinen Unterhalt damit verdient, indem er Gouverneur Hicks als Ackerpferd einsetzt. Vor allem ist er nun wieder mit Miß Beulah Beauregard verlobt, und die denkt nicht daran, ihn alleine davonziehen zu lassen. Nur haben sie nicht das Geld, um ihr die Fahrt mit der Eisenbahn zu bezahlen, und Klein-Alfie ist sehr empört, als Miß Beulah vorschlägt, auf Letzte Hoffnung gen Norden zu reiten, während er Gouverneur Hicks reiten soll, und er will natürlich von ihr wissen, ob sie 'nen Derbybewerber für'n Lastkamel hält.

Tja, und das veranlaßt Miß Beulah Beauregard denn beinahe, die Verlobung mal wieder zu lösen, weil sie es für eine gehässige Bemerkung über ihr Gewicht hält, aber ihr Papa schreitet rechtzeitig ein und sagt, sie müßten beide eh noch solange bleiben, bis

Gouverneur Hicks mit der Pflügerei fertig ist. Also bleibt Klein-Alfie dort, und er verwendet seine ganze freie Zeit damit, Letzte Hoffnung zu trainieren und sich zu überlegen, wen er um genug Geld anpumpen kann, um Miß Beulah Beauregard gen Norden zu schicken, wenn es soweit ist.

Er trainiert Letzte Hoffnung, indem er ihn höchstpersönlich die Landstraßen entlanglaufen und -galoppieren läßt, und er sorgt sich so rührend um ihn, als ob er 'n Baby wäre, und von der ganzen Trainiererei und der Trotterei von Miami bis hier rauf wird Letzte Hoffnung zusehends kräftiger und robuster, und jeder muß zugeben, daß er gar kein so übel aussehender Gaul ist, obwohl er vielleicht ein bißchen langbeiniger ist, als manche Kenner es mögen.

Und nun haben wir einen Sonntag, und den ganzen Tag über tobt ein gewaltiges Unwetter mit jeder Menge Regen und einem Sturmwind, der riesige Bäume wegputzt und das eine oder andere noch dazu, und es ist kaum möglich, vor die Tür zu gehen. Am späten Abend sind Klein-Alfie und Miß Beulah Beauregard und alle Bensons um den Ofen in der Küche versammelt und trinken ihren Skimmin, und Klein-Alfie erzählt ihnen mal wieder, wie Letzte Hoffnung das Kentucky-Derby gewinnen wird, vor allem wenn's Schlamm gibt, als sie urplötzlich ein Hämmern an der Tür vernehmen.

Als sich die Tür öffnet, kommt niemand anders als Mr. Paul D. Veere herein, von Kopf bis Fuß pitschnaß, inklusive seines kleinen Schnäuzers, und er humpelt so schlimm, daß er kaum laufen kann, und natürlich verblüfft sein Erscheinen Miß Beulah Beauregard und Klein-Alfie sehr, denn Alfie hat bis jetzt noch nicht vergessen, daß Mr. Paul D. Veere weitestgehend für seine unbequem placierten Schürfstellen verantwortlich ist, die er sich bei der ganzen Reiterei von Miami herauf zugezogen hat.

Seit Klein-Alfie im Heim von Miß Beulah Beauregards Vorfahren ist, hat er übrigens schon so manches Mal an Mr. Paul D. Veere gedacht, und jedesmal, wenn er an ihn gedacht hat, hielt er es für 'ne prächtige Idee, mal kurz zu Mr. Paul D. Veeres Jagdhütte in den Altamahas rüberzugehen und ein energisches Wort mit ihm zu reden.

Aber Miß Beulah Beauregard hielt ihn jedesmal davon ab, indem sie darauf hinwies, daß die stolzen alten Südstaatenfamilien in dieser Gegend 'ne kleine Schwäche für Bankiers und andere reiche Knilche aus dem Norden haben, die hier überall rundherum Jagdhütten in den Pinienwäldern und vor allem am Altamaha besitzen, weil diese Knilche den Einwohnern 'ne Erwerbsmöglichkeit als Jagdführer und Maisschnapslieferanten und den einen oder anderen Job mehr bieten.

Miß Beulah Beauregard sagt, wenn ein Gast der Bensons mit Mr. Paul D. Veere ein energisches Wort spricht, könnte man es der Familie anlasten, und anscheinend kann Familie Benson gerade zur Zeit kein weiteres Genörgel gebrauchen. Also geht Klein-Alfie nie zur Jagdhütte rüber, und nun taucht Mr. Paul D. Veere urplötzlich in seiner Reichweite auf.

Natürlich tänzelt Klein-Alfie sofort auf ihn zu und holt zu 'nem satten rechten Schwinger aus, offenbar mit dem Vorsatz, ihn auf Mr. Paul D. Veeres Kinn zu landen, aber Mr. Paul D. Veere scheint zu erkennen, daß 'ne Faustvoll Ärger im Anmarsch ist, und er weicht gegen die Wand zurück, hebt eine Hand und gibt folgendes von sich:

»Leute«, sagt Mr. Paul D. Veere, »ich bin vorhin so ungefähr 'nen Kilometer die Straße rauf mit meinem Auto im Straßengraben gelandet. Mein Wagen ist ein Trümmerhaufen«, sagt er, »und mein rechtes Bein ist so schwer verletzt, daß ich es gerade noch geschafft habe, mich hierhin zu schleppen. Nun, Leute«, sagt er, »es ist für mich praktisch eine Angelegenheit auf Leben und Tod, rechtzeitig in Tillinghast zu sein, um den Orange Blossom Special noch zu erwischen. Das ist heute nacht der letzte Zug nach Jacksonville, und ich muß noch vor Mitternacht in Jacksonville sein, damit ich ein Flugzeug nach New York chartern kann, um pünktlich um zehn Uhr früh, wenn die Bank aufmacht, dort zu sein. Es sind etwa zehn Stunden Flugzeit von Jacksonville nach New York«, sagt Mr. Paul D. Veere. »Wenn ich also den Orange Blossom erwische, kann ich es gerade noch rechtzeitig schaffen.«

Darauf spricht er mit matter Stimme weiter und erzählt, daß er vor etwa einer Stunde in seiner Jagdhütte die telefonische Nachricht aus New York erhalten habe, sofort nach Hause zu eilen, wenn möglich. Und als er gerade versucht, am Bahnhof anzurufen und Bescheid zu sagen, daß sie den Orange Blossom auf ihn warten lassen sollen, egal, was es kostet, da brechen doch alle Telefon- und Telegrafenleitungen in der Umgebung wegen des Sturms zusammen.

Also fährt er mit dem Wagen los, und als es schon so aussieht, als ob er es zur Station schaffen kann, da rast sein Wagen genau in den Straßengraben, wobei sich Mr. Paul D. Veere das Bein so schwer verletzt, daß es keine Möglichkeit mehr gibt, den Rest des Weges zur Station zu Fuß zu gehen, und nun ist Mr. Paul D. Veere halt da.

»Es ist eine sehr verzweifelte Lage, Leute«, sagt Mr. Paul D. Veere. »Überlaßt mir euer Auto, und ich werd' euch großzügig belohnen.«

Nun, Miß Beulah Beauregards Papa schaut hierauf auf die Uhr an der Küchenwand und bemerkt folgendes:

»Wir haben gar kein Auto, Nachbar«, sagt er, »und überhaupt«, sagt er, »es ist noch 'n schönes Stückchen von hier nach Tillinghast, und der Orange Blossom ist in zehn Minuten fällig. Also, ich glaub' nich', daß du das noch schaffen kannst. Mach's dir gemütlich, Nachbar«, sagt Miß Beulah Beauregards Papa, »und trink ein paar Skimmins, und nimm's nich' so tragisch, und ich werd' mir mal dein Bein anschauen und sehen, wie schwer du verbeult bist.«

Nun, Mr. Paul D. Veere wird so bleich wie'n Kopfkissen, als er hört, wie spät es ist, und dann sagt er:

»Leiht mir ein Pferd und 'nen Buggy«, sagt er, »ich muß morgen früh persönlich in New York sein. Kein anderer als ich selbst kann das erledigen«, sagt er, und als er diese Worte spricht, schaut er Miß Beulah Beauregard an und dann Klein-Alfie, so, als ob er mit ihnen persönlich redet, obwohl er bis dahin noch keinen von ihnen angeguckt hat, seit er in die Küche reingekommen war.

»Tja, Nachbar«, sagt Miß Beulah Beauregards Papa, »wir haben aber gar keinen Buggy, und selbst wenn wir 'nen Buggy hätten, wäre gar keine Zeit mehr, um irgendwas vor den Buggy zu spannen, Nachbar«, sagt er, »du bist schief gewickelt, wenn du glaubst, du kannst den Orange Blossom jetzt noch kriegen.«

»Na ja, dann«, sagt Mr. Paul D. Veere, sehr niedergeschlagen, »werd' ich wohl ins Gefängnis müssen.«

Darauf läßt er sich in 'nen Stuhl plumpsen und verbirgt sein Gesicht in den Händen, und er bietet 'nen Anblick, der fast jedem ans Herz gehen würde, und als sie ihn in diesem Zustand sieht, da fängt Miß Beulah Beauregard an zu weinen, denn sie kann es nun mal nicht ertragen, so 'n Häufchen Elend zu sehen wie Mr. Paul D. Veere, und zwischen einigen Schluchzern bittet sie Klein-Alfi, sich irgendwas auszudenken, wie man helfen kann.

»Laß Mr. Paul D. Veere auf Gouverneur Hicks zur Station reiten«, sagt Miß Beulah Beauregard. »Trotz allem«, sagt sie, »werd' ich seine Ritterlichkeit nicht vergessen, mich in seinem Wagen von der Jagdhütte immerhin den halben Weg bis hierher fahren zu lassen, nachdem ich ihm mit 'ner Kanne kalter Sahne einen übergezogen habe, anstatt mich latschen zu lassen wie damals diese Yaleburschen, als sie mich einfach aus der Karre geworfen und mich mitten in der Botanik stehengelassen haben.«

»Ach was«, sagt Klein-Alfie, »es sind eineinviertel Meilen von der Toreinfahrt draußen bis zum Bahnhof. Ich weiß das«, sagt er, »weil ich letzte Woche 'nen Kerl in 'nem Auto dazu gekriegt hab', die Strecke auf seinem Zähler zu messen, denn ich will mit Letzte Hoffnung schon bald 'nen Versuch über die volle Renndistanz machen. Im Augenblick muß die Straße bis zu den Fesseln tief im Schlamm stehen, und«, sagt Klein-Alfie, »Gouverneur Hicks kommt im Schlamm kaum voran. Das einzige Pferd der Welt, das schnell genug durch diesen Schlamm laufen kann, um den Orange Blossom noch zu erwischen, ist Letzte Hoffnung, aber«, sagt Klein-Alfie, »ich lasse selbstverständlich niemanden ein so kostbares Pferd wie Letzte Hoffnung reiten, nur um 'nen Zug zu erwischen.«

Nun, daraufhin hebt Mr. Paul D. Veere den Kopf, betrachtet Klein-Alfie mit größter Aufmerksamkeit und sagt folgendes:

»Wieviel ist dieses kostbare Pferd denn wert?« sagt Mr. Paul D. Veere.

»Tja«, sagt Klein-Alfie, »jedenfalls ist er fünfzig Riesen für mich wert, weil«, sagt er, »das die Summe ist, die Colonel Winn dem Sieger des Kentucky-Derby aushändigen wird, und es gibt nicht den geringsten Zweifel, daß Letzte Hoffnung dieser Gewinner sein wird, vor allem«, sagt Klein-Alfie, »wenn's Schlamm gibt.«

»Ich trage leider so eine große Summe wie die erwähnte nicht mit mir rum«, sagt Mr. Paul D. Veere, »aber«, sagt er, »wenn du bereit bist, mir zu trauen, werd' ich dir einen Schuldschein über die Summe ausstellen, nur dafür, daß du mich von hier bis zur Station auf deinem Pferd reiten läßt. Ich war mal der beste Amateur-Hindernisreiter im Jagdclub«, sagt Mr. Paul D. Veere, »und selbst wenn dein Pferd nur laufen und nicht rennen kann, hab' ich noch eine Chance, nicht ins Gefängnis zu kommen.«

Nun, aller Wahrscheinlichkeit nach wird Klein-Alfie kaum ernsthaft erwägen, sich von Mr. Paul D. Veere oder einem anderen Bankier 'nen Schuldschein über fünfzig Riesen ausstellen zu lassen, und vor allem nicht von 'nem Bankier, der früher mal Hobby-Hindernisreiter war, denn wenn es irgendwen gibt, dem Klein-Alfie nicht traut, dann ist es ein Hobby-Hindernisreiter, und zudem fühlt sich Klein-Alfie doch einigermaßen auf den Schlips getreten, weil Mr. Paul D. Veere anzunehmen scheint, daß Alfie 'nen Mietstall unterhält.

Aber Miß Beulah Beauregard ist mittlerweile so was von lauthals am Heulen, daß einem beinahe die Ohren wegfliegen, und Klein-Alfie kann sich schon denken, was sie ihm an den Kopf schmeißen wird, wenn er Mr. Paul D. Veere Letzte Hoffnung nicht ausleiht und wenn sich später herausstellt, daß Letzte Hoffnung das Kentucky-Derby doch nicht gewinnt. Also willigt er schließlich ein, und Mr. Paul D. Veere zieht sofort 'nen kleinen goldenen Füller und ein Notizbuch raus und kritzelt 'nen Schuldschein über fünfzig Riesen für Klein-Alfie.

Und eh' sich einer versieht, führt Klein-Alfie Letzte Hoffnung aus der Scheune heraus und zum Tor hinüber, ohne Sattel, nur mit Zaumzeug, weil Klein-Alfie die Zeit nicht mit Satteln verschwenden will, und als er Mr. Paul D. Veere auf Letzte Hoffnung draufhebt, da meint Klein-Alfie folgendes:

»Du hast noch drei Minuten«, sagt Klein-Alfie. »Es ist 'ne fast ganz gerade Strecke, es gibt bloß eine Biegung, die in den letzten halben Kilometer führt. Laß den Burschen rennen«, sagt er. »Es ist jede Menge Schlamm auf der Straße, aber«, sagt Klein-Alfie, »Letzte Hoffnung ist geradezu verrückt darauf, durch Schlamm zu rennen. Ehrlich«, sagt Klein-Alfie, »du hast ziemlich Dussel, daß es Schlamm gibt.«

Darauf gibt er Letzte Hoffnung 'nen Klaps aufs Hinterteil, und Letzte Hoffnung geht ab wie von der Tarantel gestochen, durch den ganzen Schlamm, und jeder kann schon an der Art, wie Mr. Paul D. Veere auf ihm sitzt, erkennen, daß er, was das Reiten betrifft, weiß, was Sache ist. Und Klein-Alfie selbst sagt tatsächlich, er habe nie 'ne bessere Haltung gesehen, vor allem bei 'nem Kerl, der ohne Sattel reitet.

Nun, Klein-Alfie sieht Pferd und Reiter hinterher, wie sie durch Sintfluten von Schlamm die Straße hinunter verschwinden, und es wird wohl für immer eines der großen Kümmernisse in Klein-Alfies Leben bleiben, daß er seine Stoppuhr im Pfandhaus in Miami zurücklassen mußte, denn er sagt, er ist sicher, daß Letzte Hoffnung den ersten halben Kilometer durch den Schlamm schneller rennt, als irgendein Pferd einen halben Kilometer jemals gerannt ist. Natürlich ist Klein-Alfie in diesem Augenblick mehr als nur ein bißchen aufgeregt, und wahrscheinlich übertreibt er es etwas mit dem Tempo, das Letzte Hoffnung hinlegt.

Wie dem auch sei, es ist unbestreitbar, daß Letzte Hoffnung wirklich sehr geschwind die Straße hinabrennt, denn ein Farbiger, der sich auf Eichhörnchenjagd befindet, kommt einige Minuten später vorbei und erzählt Klein-Alfie, daß irgendwas auf der Straße dermaßen schnell an ihm vorbeigesaust ist, daß er nicht genau sagen kann, was es war, aber er meint, er ist sich ziemlich sicher, daß es der alte Höllenfürst höchstpersönlich war, weil er nämlich Rauch gerochen hat, als er an ihm vorbeigerast ist, und er hat 'ne Stimme ›Hü-jaaa!‹ brüllen hören. Aber selbstverständlich war diese Stimme aller Wahrscheinlichkeit nach nichts anderes als die Stimme von Mr. Paul D. Veere, der Letzte Hoffnung Anfeuerungsrufe zubrüllte.

Erst als der Stationsvorsteher von Tillinghast, ein Bursche namens Asbury Potts, eine Stunde später zum Haus von Miß Beulah Beauregards Vorfahren hinüberfährt, hört Klein-Alfie, daß Mr. Paul D. Veere so dick mit Schlamm bedeckt war, daß er aussah wie 'ne Gipsfigur, als er sich am Bahnhof von Letzter Hoffnungs Rücken schwang, und daß das Pferd genauso schlimm gehumpelt hat wie Mr. Paul D. Veere, und Asbury Potts sagt, es gäbe gar keinen Zweifel, daß bei Letzter Hoffnung 'ne Sehne gerissen sei oder so was ähnliches, und er wolle seinen alten Baumwollhut fressen, wenn sie das Pferd jemals wieder zu 'nem Rennen kriegen.

»Aber was mich angeht«, sagt Asbury Potts, als er diese traurige Neuigkeit erwähnt, »ich seh' eigentlich keinen Grund, warum Mr. Paul D. Veere so 'nen Wirbel veranstaltet und das Pferd so scharf angetrieben hat, denn nach meiner Uhr hatte er noch siebenundfünfzig Sekunden Zeit, bis der Orange Blossom schließlich pünktlich auf die Sekunde abfuhr«, sagt Asbury Poots.

Nun, als er das hört, da setzt sich Klein-Alfie erst mal hin und fängt an zu rechnen, und schließlich findet er raus, daß Letzte Hoffnung die eineinviertel Meile im Schlamm in etwa zwei Minuten und drei Sekunden zurücklegte, und das mit vielleicht einhundertsechzig Pfund auf sich drauf, denn Mr. Paul D. Veere ist ja nicht gerade 'n Staubwedel, und es gibt kein Pferd, das beim Kentucky-Derby oder sonstwo, jedenfalls soweit bekannt, die eineinviertel Meile im Schlamm so schnell gerannt ist, sagt Alfie.

Aber selbstverständlich erkennen nur die wenigsten Leute Klein-Alfies Rechnereien als offiziell gültig an, denn sie wissen ja nicht, ob Asbury Potts' Uhr auch den Rennregeln entsprechend eingestellt war, um die Zeit von Galoppern damit stoppen zu dürfen. Jedenfalls lag Asbury Potts hundertprozentig richtig, als er sagte, man werde Letzte Hoffnung nicht mehr zu 'nem Rennen kriegen.

Tja, und eines Nachts in diesem Sommer, da begegne ich Klein-Alfie in Mindys Restaurant am Broadway, und es ist das erste Mal seit langem, daß er in dieser Gegend angetroffen wird. Er sieht wirklich rundum satt und zufrieden aus, und nachdem wir einige alte Geschichten aufwärmen, erzählt er mir den Grund seiner Sattheit und Zufriedenheit.

Anscheinend erinnerte sich Mr. Paul D. Veere, nachdem er nach New York zurückkehrte und auf seiner Bank deponierte, was auch immer für ihn zu deponieren ratsam war, oder abhob, was auch immer für ihn abzuheben sinnvoll gewesen sein mag — nachdem er jedenfalls alles so ins reine gebracht hatte, daß es keine Bedrohung mehr für ihn gab, ins Gefängnis wandern zu müssen, da erinnerte er sich, daß noch eine kleinere Rechnung zwischen ihm und Klein-Alfie offen war, also setzte Mr. Paul D. Veere sich hin und schrieb 'nen Scheck über fünfzig Riesen an Klein-Alfie aus, um seinen Schuldschein einzulösen, und somit machte Klein-Alfie sicherlich kein Verlustgeschäft, weil er das Kentucky-Derby versäumte. Er ist nun wahrhaftig steinreich, und ich freue mich sehr, das zu hören, weil ich seinen Schmerz über die Verletzung von Letzte Hoffnung immer in aufrichtigem Mitgefühl mit ihm teile. Dann frag' ich Klein-Alfie, was er denn diesmal in New York vorhat, und er erzählt mir folgendes:

»Nun«, sagt Klein-Alfie, »ich werd' es dir sagen. Neulich«, sagt er, »lasse ich mir mal so einiges durch den Kopf gehen, und da denk' ich mir, daß Letzte Hoffnung, nachdem er erst mal das Kentuck-Derby gewinnt, natürlich todsicherer Tip für das Maryland Preakness ist, denn«, sagt Klein-Alfie, »das Preakness ist um 'nen achtel Kilometer kürzer als das Derby, und 'n Pferd, das zweieinviertel Kilometer in zwei Minuten drei Sekunden mit 'nem Backsteinhaus von Kerl auf dem Rücken läuft, wird bei zwei und 'nem achtel Kilometer zwangsläufig alles, was Haare hat, ziemlich alt aussehen lassen, vor allem«, sagt Klein-Alfie, »wenn's Schlamm gibt.

Also«, sagt Klein-Alfie, »werd' ich Mr. Paul D. Veere anrufen, um herauszufinden, ob er mir nicht den Preakness-Gewinn auch noch auszuzahlen gedenkt, denn«, sagt er, »ich bau' mir gerade das schickste Haus in ganz Süd-Georgia, und es wird meine Zuchtfarm werden, wo auch Letzte Hoffnung zu besichtigen ist, gegen Eintrittsgeld, versteht sich, denn ich kann hier und da immer ein paar Mäuse gebrauchen.«

»Tja, Alfie«, sag' ich, »das scheint mir wirklich ein sehr vernünftiger Vorschlag zu sein, und«, sag' ich, »ich bin mir sicher, Mr. Paul D. Veere wird darauf eingehen, denn es gibt gar keinen Zweifel, daß du und Letzte Hoffnung Mr. Paul D. Veere von großem Nutzen wart. Übrigens, Alfie«, sag' ich, »was wird eigentlich aus Gouverneur Hicks?«

»Ach ja«, sagt Klein-Alfie, »weißt du, Gouverneur Hicks erweist sich als 'ne furchtbare Enttäuschung für mich, jedenfalls was seine Karriere als Ackergaul anbelangt. Er lernt bloß von Abimelech, dem Maultier, wie er seinen Kopf durchsetzen kann, worauf ihn dann nichts und niemand mehr von der Stelle bringt, nicht mal die gleiche Aufmunterung, die ich ihm an dem Tag untergejubelt habe, als er in Hialeah als Dritter eingelaufen ist.

Aber«, sagt Klein-Alfie, »meine bessere Hälfte meint, wir sollen den ollen Gouverneur als Reitpferd für unsere Zwillinge Beulah und Klein-Alfie junior behalten, wenn sie mal alt genug dafür sind, obwohl«, sagt er, »ich ihr ja dauernd erzähle, daß der Gouverneur für so was völlig untauglich ist, vor allem«, sagt Klein-Alfie, »wenn's Schlamm gibt.«

Kopfgespenster am Broadway

Eines Morgens, so etwa gegen vier Uhr, sitz' ich in Mindys Restaurant am Broadway mit Ambrose Hammer, dem Zeitungsschreiber, erfreu' mich an 'nem Störsandwich, was 'ne wundervolle Nahrung fürs Hirn ist, und hör' mir an, wie Ambrose mir erzählt, was mit der Welt alles nich' in Ordnung ist, und das, was er mir da alles erzählt, macht mich doch ganz schön mutlos, denn Ambrose ist einer jener Kerle, die immer sehr pessimistisch über absolut alles denken.

Er ist vor allem über das Showbusineß sehr pessimistisch, da Ambrose das ist, was man 'nen Theaterkritiker nennt, und er muß beinahe jede Nacht durch die Gegend laufen und sich die neuen Stücke ansehen, die die Leute immer in die Theater bringen, und dem zufolge, was Ambrose sagt, denk' ich mir, daß es 'ne ganz schöne Tortur sein muß und er dem Leben nich' gerade allzu viele Vergnügungen abgewinnt.

Außerdem denk' ich mir auch noch — jedenfalls nach dem zu urteilen, was Ambrose mir erzählt —, daß es ziemlich gefährlich ist, Theaterkritiker zu sein, denn offenbar hat er sich kurz vor unserem Gespräch ein Stück angesehen, das ›Ärger in Wolkenkuckucksheim‹ heißt, und Ambrose sagt, daß es wirklich ein verdammt mieses Stück ist, und das bringt er auch in seiner Zeitung. Genauer gesagt schreibt er, daß das Stück unter aller Sau ist und daß dies auch für die schauspielerische Leistung des Hauptdarstellers Fergus Appleton gilt.

Nun, tags darauf läuft Ambrose diesem Fergus Appleton vor dem Astor-Hotel über den Weg, und Fergus Appleton macht kein langes Federlesen und holt aus und zieht Ambrose 'nen Spazierstock über die Birne, wobei er Ambroses nagelneue Melone ruiniert, und als Ambrose das gute Stück seiner Zeitung auf die Spesenrechnung setzt, weigert die sich glatt zu zahlen, und so ist Ambrose ruckzuck vier Mäuse los.

Und überhaupt, sagt Ambrose, weiß das Theaterpublikum sowieso nicht zu schätzen, was es an 'nem Theaterkritiker hat, denn obwohl er die Öffentlichkeit davor warnt, daß ›Ärger in Wolkenkuckucksheim‹ ein Riesenflop ist, wird es anscheinend ein Riesenerfolg, ja mehr als das: Fergus Appleton geht seit neuestem mit 'ner Puppe, die keine geringere ist als Miß Florentine Fayette, die Tochter vom alten Hannibal Fayette.

Und jeder wird Ihnen bestätigen, daß der alte Hannibal Fayette sehr, sehr, sehr reich ist und ein Stück von allen möglichen Kuchen besitzt, einschließlich der Zeitung, für die Ambrose Hammer arbeitet, obwohl Ambrose selbstverständlich zu der Zeit, als er sich über Fergus Appletons schauspielerische Künste ausließ, keine Ahnung davon hatte, daß Fergus eines schönen Tages mit Miß Florentine Fayette rumstiefelt.

Ambrose meint, daß er wegen dieser Sache aller Wahrscheinlichkeit nach an die frische Luft gesetzt wird, sobald Fergus Appleton nur die Möglichkeit erhält, sein Mütchen an ihm zu kühlen, aber Ambrose sagt, es interessiere ihn nich' die Bohne, da er selbst an 'nem Stück schreibt, das dem Theaterpublikum vor Augen führen wird, was 'n richtiges Stück ist.

Nun, Ambrose schreibt an diesem Stück schon so lange, wie ich ihn kenne, und das sind schon mehrere Jahre, aber er erzählt mir mit so 'ner Beharrlichkeit davon, daß ich mit 'nem bißchen Übung schon jede Rolle selbst spielen könnte, und er kommt gerade mal wieder prächtig in Fahrt und walzt mit mir den ersten Akt durch, als ein Kerl namens Cecil Earl hereinkommt. Cecil ist das, was man einen Conférencier nennt, und er arbeitet im Goldenen Pantoffel, einem Nachtclub.

Ich hab' Cecil Earl vorher nicht öfter als ein- oder zweimal gesehen, und er kommt mir immer wie ein sehr ruhiger und bescheidener junge Bursche vor, für 'nen Conférencier jedenfalls.

Ich bin ziemlich überrascht, als er reinkommt, weil er sich diesmal allen und jedem gegenüber sehr anmaßend und streitlustig aufführt und mit einer schroffen und unversöhnlichen Stimme laut vor sich hinspricht und sich überhaupt wie 'n Kerl aufführt, der auf der Suche nach 'ner Menge Ärger ist, was ganz bestimmt nich' das richtige Benehmen für 'nen Conférencier ist.

Eins ist jedenfalls klar: Wenn ein Kerl so etwa gegen vier Uhr morgens am Broadway auf der Suche nach Ärger ist, kann Ihnen jeder bestätigen, daß er bei Mindy goldrichtig liegt, da zu dieser Stunde dort viele Leute versammelt sind, die nicht gerade strahlend gute Laune haben, weil sich sich fragen, wo sie sich die Scheinchen besorgen sollen, die sie für die Aktivitäten des nächsten Tages benötigen, für Wetten an der Rennbahn, zum Beispiel.

Und es ist ebenso klar, daß alle die Leute, die sich ihre Scheinchen vor vier Uhr morgens schon besorgen konnten, jetzt zu Hause sind, um sich auszuruhen, damit sie, wenn sie aufstehen, auch richtig schön erholt sind für all das, was der Tag ihnen bringen mag. Außerdem wollen sie der Streitlust entrinnen, die ihnen bei Mindy jederzeit von denen droht, die sich ihre Scheinchen eben nicht besorgen.

Wie auch immer, die Leute, die an jenem Morgen, von dem ich spreche, bei Mindy anwesend sind, schenken Cecil Earl nicht sonderlich viel Beachtung, als er reinkommt, weil er nicht viel mehr ist als ein hochgeschossener dürrer junger Kerl mit matten schwarzen Haaren, wie man sie überall und zu jeder Zeit am Broadway findet, vor allem vor Theateragenturen.

Wenn man sich Cecil so anschaut, würde man glatt drauf wetten, daß er ein Saxophonspieler ist, da er was an sich hat, was einen sofort an 'nen Saxophonspieler denken läßt, und Cecil kann auf so 'nem Ding tatsächlich ziemlich gut blasen, wenn er zufällig mal dazu kommt.

Nun, Cecil setzt sich also an einen Tisch, an dem mehrere der hier tonangebenden Leute hocken, einschließlich Nathan Detroit, einem Würfelspieler, und Big Nig, einem Pokerspieler, und Trauerkloß, der auf Pferde wettet, und Yankee Red, der einer der besten Farospieler der Welt ist, wenn er 'nen guten Tag erwischt, und diese Jungs erörtern gerade ein sehr ernsthaftes Problem, als Cecil aus heiterem Himmel loslegt und folgendes zu ihnen sagt:

»Hört mal«, sagt Cecil, »wenn ihr Blödmänner nich' damit aufhört, so'n Krawall zu machen, könnt' ich mich veranlaßt sehen, euch alle 'n bißchen abzukühlen.«

Nun, das ist natürlich 'ne höchst ungesunde Sprache gegenüber solch tonangebenden Leuten, und außerdem ist es sehr ungebildet, Blödmänner zu sagen, und ohne auch nur das Thema zu wechseln, langt Nathan Detroit über den Tisch und sammelt 'ne Lage Eier und Schinken à la Südstaaten auf, die Charley, der Kellner, gerade Yankee Red vor die Nase setzt, und er erwischt Cecil mit derselben voll im Gesicht.

Es ist bloß bedauerlich für Cecil, daß Nathan Detroit die Eier und Schinken à la Südstaaten vorher nicht vom Teller nimmt, zumal es ein ziemlich schwerer Teller ist, und der gute Cecil kippt steif wie'n Brett nach hinten, vielleicht sogar noch steifer, und es ist notwendig, den alten Doc Moggs kommen zu lassen, um Cecil wieder ins Leben zurückzuholen.

Tja, selbstverständlich ahnt keiner von uns, daß Cecil Earl just in dem Moment zu Jack Legs Diamond oder Mad Dog Coll wird, oder zu einem anderen von diesen superharten Gorillas, und das kommt auch erst raus, als Ambrose Hammer später anfängt, nach Gründen für Cecil Earls seltsames Benehmen zu suchen, und darauf entschuldigt sich Nathan Detroit bei Cecil und auch bei Mindys Küchenchef, weil er dessen Eier und Schinken à la Südstaaten so entwürdigend behandelt hat.

Jedenfalls ergibt es sich, daß Cecil das Opfer von Kopfgespenstern wird, die ihm suggerieren, jemand anders als Cecil Earl zu sein, und Ambrose Hammer gibt uns 'ne ellenlange Erklärung dafür, allerdings wird Ambrose schließlich furchtbar akademisch, und keiner blickt bei dem ganzen Wortschwall noch durch. Nach dem zu urteilen, was Ambrose uns sagt, reimen wir uns so halbwegs zusammen, daß Cecil Earl sehr empfänglich ist gegenüber allem, was er liest oder gesagt bekommt.

Ambrose sagt, er sei der anfälligste Kerl dieser Sorte, dem er jemals im Leben begegnet ist. Offenbar hat sich Ambrose, als er noch die Harvard University besuchte, also unmittelbar bevor er angefangen hat, als Theaterkritiker zu arbeiten, mit solchen Sachen eingehender befaßt.

Was mich betrifft, so behaupte ich ja immer, daß Cecil Earl nicht ganz richtig im Kopf ist, aber Ambrose Hammer sagt nein. Ambrose sagt, es stimme zwar, daß Cecil 'ne kleine Meise habe, aber ganz bestimmt keinen völligen Dachschaden. Ambrose meint, Cecil sei bloß 'n bißchen größenwahnsinnig und habe Komplexe und ich weiß nicht was sonst noch alles, aber Ambrose sagt, es stehe neun zu zehn bei freier Auswahl, ob Cecil nun ein Genie oder 'ne bekloppte Nudel sei.

Cecil ist bloß wie'n Schauspieler, sagt Ambrose, der ab und zu verschiedene Rollen spielt, nur versucht Cecil jede Rolle, die er spielt, auch tatsächlich zu leben, und Ambrose behauptet, es würde dem Showbusineß wesentlich besser gehen, wenn wir nur Schauspieler hätten, die so viel Einfühlungsvermögen aufbringen wie Cecil. Aber selbstverständlich kümmert sich Ambrose nur noch so nebenher um Schauspieler, seit Fergus Appleton ihm seine Melone ruiniert hat.

Tja, das nächste Mal, als ich Cecil zu sehen kriege, da kommt er gerade wieder bei Mindy rein, und diesmal sieht's so aus, als ob er Jack Dempsey wäre, und obschon normalerweise niemand was dagegen hat, wenn er Jack Dempsey ist oder auch Gene Tunney — obwohl er nicht gerade der Typ für Gene Tunney ist —, fängt Cecil damit an, den Leuten linke Haken ans Kinn zu schmettern, bis schließlich Sam der Sänger aufsteht und 'nen rechten Schwinger in 'nen linken Haken reintanzen läßt, und Cecil faltet sich wieder mal zusammen wie ein altes Akkordeon.

Ich sprech' also mit Ambrose Hammer darüber, und Ambrose sagt, Dempsey ist ein völlig ungewöhnlicher Komplex für Cecil, der hauptsächlich daher rührt, daß Cecil sich im Lauf des Abends einige Ladungen von dem Fusel, den sie im Goldenen Pantoffel ausschenken, reingegossen hat. Ambrose meint wahrhaftig, man könne diesen Dempsey-Komplex eigentlich nicht ernst nehmen. Und mir fällt tatsächlich auf, daß Cecil bei Mindy nie wieder 'ne draufgängerische Type spielt.

Manchmal ist er 'ne ganze Woche lang jemand anderer als Cecil Earl, und einmal ist er geschlagene zwei Wochen ununterbrochen Napoleon, aber Ambrose Hammer sagt, das wäre noch gar nichts. Er kennt Kerle, sagt Ambrose, die ihr ganzes Leben lang Napoleon sind. Aber selbstverständlich meint Ambrose damit nur, daß diese Kerle bloß in ihren eigenen Köpfen Napoleon sind. Er sagt, der einzige Unterschied zwischen Cecil und ihnen ist der, daß Cecil die Komplexe in der Öffentlichkeit überkommen, während die anderen Kerle den Napoleon bloß in ihrem Schlafzimmer spielen.

Ich persönlich finde ja, solche Kerle haben 'n Anrecht darauf, an Plätzen mit hohen Mauern ringsherum aufbewahrt zu werden, aber Ambrose scheint das alles nicht sonderlich viel auszumachen. Und Cecil Earl ist tatsächlich so harmlos wie 'ne Tüte Lakritz, egal, wer er gerade ist.

Eins muß ich Cecil Earl ja lassen: Es ist fast immer interessant, mit ihm zu plaudern, weil er fast immer 'ne andere Persönlichkeit hat, und eigentlich ist er nur dann uninteressant, wenn er Cecil Earl ist. Dann ist er ein sehr ruhiger Kerl mit 'nem traurigen Gesicht, scheu und zurückhaltend, und man hält es kaum für möglich, daß er derselbe Bursche ist, der kurz darauf 'ne ganze Woche lang als Mussolini rumläuft.

Allerdings muß ich hier einschränkend sagen, daß Cecil Earl nicht allzu häufig seine Kopfgespenster öffentlich zur Schau stellt, nur dann, wenn irgendwas in ihm förmlich nach 'ner Zurschaustellung schreit, wie etwa zu der Zeit, als er George Bernard Shaw war. Wenn man ihn nicht persönlich kennt, hält man ihn bloß für 'nen Kerl, der irgendwo in 'ner stillen Ecke sitzt und dem dabei nicht viel im Kopf herumgeht, und man würde nie auch nur auf die

Idee kommen, daß man sich etwa in Gesellschaft von J. Pierpont Morgan befindet, wie er gerade über 'ne Möglichkeit nachdenkt, uns alle reich zu machen.

Nach einiger Zeit nimmt es niemand mehr Cecil Earl übel, der zu sein, der ihm momentan gefällt, bis auf zwei Ausnahmen: einmal, als er Senator Huey Long ist, und einmal, als er Hitler ist und den Fehler macht, zur Lower East Side hinunterzulatschen und es den Leuten dort zu erzählen. Aber es kommt schließlich soweit, daß jeder am Broadway auf ihn eingeht und ihm, so weit es eben geht, dabei hilft, der zu sein, der er gerade ist, obwohl ich ja immer behaupte, daß er 'nen schlechten Einfluß auf so manchen Bürger hat, wie auf Trauerkloß zum Beispiel, der seine Brötchen mit Pferdewetten verdient.

Denn offenbar steckt sich Trauerkloß eines Tages an 'nem Komplex von Cecil Earl an und ist vierundzwanzig Stunden lang Pittsburgh Phil, der Rennbahnhasardeur, wobei er sich mit sämtlichen Buchmachern in Belmont Park überwirft, und er muß sich schon für einige Zeit verkriechen, bevor er die Sache wieder geradebiegen kann.

Cecil Earl ist ein wirklich guter Conférencier im Nachtclub, sofern man was für Conférenciers übrig hat. Ein Conférencier in 'nem Nachtclub ist ein Kerl, der dafür da ist, geistreiche Witze zu reißen und irgendwelche Prominente vorzustellen, die zufällig mal in dem Laden rumsitzen, wie etwa Schauspieler und Industriebosse und so was, damit die anderen Besucher ihnen ihre Ehrerbietung erweisen können oder auch nicht, und das ist sicherlich kein einfacher Job, weil so'n Conférencier schon mal 'nen Prominenten übersehen kann und der Prominente dann mächtig gekränkt ist.

Aber anscheinend ist Cecil Earl gewitzt genug, um jede Nacht im Goldenen Pantoffel alle Leute vorzustellen, die glauben, es wert zu sein, vorgestellt zu werden, egal wer sie sind, und so kann auch niemand gekränkt sein, obwohl Earl eines Abends doch tatsächlich den neuen Oberkellner vorstellt, weil er ihn für weiß Gott wen hält, und der Oberkellner ist ziemlich sauer und droht damit, zu kündigen, weil er behauptet, in 'nem Nachtclub vorgestellt zu werden ist nicht gerade die richtige Publicity für ihn.

Nun, jedenfalls kriegt Cecil 'nen schönen Batzen Geld dafür, den Conférencier im Goldenen Pantoffel zu spielen, und wenn er dort arbeitet, scheinen ihm seine Komplexe keine sonderlichen Probleme zu bereiten, und er ist nie was Gefährlicheres als Harry Richman oder Mort Downey. Und es ist in eben jenem Goldenen Pantoffel, wo er diesem Kerl, Fergus Appleton, und Miß Florentine Fayette begegnet.

Miß Florentine Fayette ist 'ne hochgewachsene, schlanke, schwarzhaarige Puppe und so schön, daß man es fast nicht für möglich hält, bloß hat sie 'ne Revolverschnauze, die niemals zur Ruhe kommt, und sie scheint sich für nichts und niemanden zu interessieren. Wenn Miß Florentine Fayettes Papa nicht so viele Mäuse hätte, würde ich glatt behaupten, die Kleine ist etwas unterbelichtet, aber soweit ich weiß, könnte es gegen das Gesetz sein zu behaupten, 'ne Puppe, deren Papa so viele Mäuse hat, wäre etwas unterbelichtet. Also werd' ich nur sagen, daß es mir so vorkommt, als ob sie nicht gerade 'ne Intelligenzbestie ist.

Ihre Lieblingsbeschäftigung ist es, in Nachtclubs rumzuhängen. Dort sitzt sie dann stundenlang und ununterbrochen und quasselt und quasselt, und immer ist dieser Fergus Appleton bei ihr, und es dauert nicht lange, da spricht es sich herum, daß Fergus Appleton Miß Florentine Fayette zu seiner besseren Hälfte machen möchte, und jeder gibt unumwunden zu, daß es für 'nen Schauspieler wahrlich ein ganz schönes Schnäppchen ist.

Ich persönlich, ich kann ja nichts Verkehrtes daran finden, denn um die Wahrheit zu sagen, ich würde Miß Florentine Fayette ja selbst mit dem allergrößten Vergnügen zu meiner besseren Hälfte machen. Wenn ich nur dran denke, wieviel Moos ihr Alter hat. Aber Ambrose Hammer kann sich mit dem Gedanken, daß sie Fergus Appletons Gattin wird, selbstverständlich nicht so recht anfreunden, denn die Sache kann für ihn ja wegen seiner Kritiken ganz schön in die Hose gehen.

Dieser Fergus Appleton ist ein gutaussehender Kerl von vielleicht vierzig Jahren, mit eisengrauen Haaren, die ihn sehr romantisch wirken lassen, und er ist immer sehr schick gekleidet, mit Gamaschen und dem ganzen Brimborium, und er schmaucht seine Zigaretten in 'ner Spitze, die fast 'nen halben Meter lang ist, und er trägt 'ne Uhr an einem Handgelenk und ein Armband am anderen und 'nen großen Ring an jeder Hand und manchmal auch 'n Monokel, obwohl Ambrose Hammer behauptet, das alles ist bloß Kokolores.

Es gibt in der Tat gar keinen Zweifel daran, daß Fergus Appleton ein ziemlich aufgeblasener Kerl ist, der nur zu gern an öffentlichen Plätzen posiert, aber ich habe während meiner Zeit am Broadway vielleicht 'ne Million Kerle erlebt, die genauso waren wie er, obwohl nicht alle von ihnen Schauspieler waren, und daher hasse ich ihn wegen seiner Posiererei ganz bestimmt nicht, oder wegen seines Armbandes, oder auch wegen des Monokels, obwohl ich schon finde, daß er es ein bißchen übertreibt, als er die neue Melone von meinem Freund Ambrose Hammer zerdeppert, und ich verspreche Ambrose, daß ich, wenn sich Fergus Appleton mal mit 'ner neuen Melone zeigt, oder auch nur mit 'ner alten, dafür sorgen werde, daß irgend jemand sie auch zerdeppert, und wenn ich es selbst machen muß.

Das einzige, was mir an Fergus Appleton auf die Nerven geht ist, daß er so'n Klugscheißer ist, und als er das über Cecil Earls Komplexe rausfindet, fängt er an, seine Späße damit zu treiben, um die Kerle und Puppen zu amüsieren, die mit ihm und Miß Florentine Fayette im Goldenen Pantoffel herumhängen.

Darüber hinaus ist Cecil Earl offenbar sehr empfänglich für Fergus Appletons Einflüsse, und für 'ne Weile macht Fergus Appleton aus Cecil Earl 'nen ganz schönen Narren.

Und dann hört Fergus Appleton urplötzlich damit auf, 'nen Narren aus Cecil Earl zu machen, und eh' man sich versieht, sind Fergus Appleton und Cecil dicke Freunde, und ich seh' sie immer bei Mindy und in anderen Bars und Clubs, wenn der Goldene Pantoffel dichtgemacht hat, und manchmal ist auch Miß Florentine Fayette mit dabei, obwohl Cecil Earl ein Kerl ist, der sich nicht sonderlich für die Gesellschaft hübscher Weiber interessiert, ja der sogar verdammt verlegen ist, wenn welche da sind, was für den Conférencier eines Nachtclubs schon ein recht ungewöhnliches Verhalten ist, da solche Burschen ja normalerweise ziemlich locker im Umgang mit Puppen sind.

Aber selbstverständlich kann es selbst dem lockersten Conférencier ein wenig klamm werden, wenn er so 'ne Puppe wie Miß Florentine Fayette vor sich hat, vor allem, wenn man an die vielen Mäuse von ihrem Herrn Papa denkt, und so macht Cecil Earl in Anwesenheit von Miß Florentine Fayette ziemlich selten die Klappe auf, sondern sitzt bloß da, starrt sie an und läßt sie und Fergus Appleton das ganze Geschnatter erledigen, was Fergus Appleton gut in den Kram paßt, denn er hört Miß Florentine Fayette anscheinend gern reden, vor allem aber sich selbst.

Manchmal laufe ich Cecil Earl und Fergus Appleton auch dann über den Weg, wenn Miß Florentine Fayette nicht dabei ist, und immer dann haben die beiden die Köpfe zusammenstecken, und sie reden leise und ernsthaft miteinander, wie zwei Geschäftsleute, die 'nen wichtigen Handel besprechen.

Außerdem fällt mir auf, daß Cecil Earl, wenn er allein ist, sehr geheimnistuerisch und feierlich aussieht, also denk' ich mir, er und Fergus Appleton baldowern vielleicht ein neues Stück zusammen aus, und Cecil spielt bereits eine Rolle des Stückes, aber wie es auch sein mag, ich finde es recht großherzig von Fergus Appleton, Cecil so viel freundliche Anteilnahme entgegenzubringen.

Nur Ambrose Hammer scheint es irgendwie nicht zu mögen.

Ambrose Hammer spricht schließlich in einiger Ausführlichkeit die Sache mit mir durch, und dann sagt er mir:

»Es ist einfach unnatürlich«, sagt er. »Es ist unnatürlich für 'nen Kerl wie Fergus Appleton, mit 'nem Burschen wie Cecil Earl so dicke zu tun, denn Appleton ist einer von den Typen, die nie im Leben auch nur einen Gedanken an irgend jemand anderen als sich selbst verschwenden. Irgendwas ist faul an der ganzen Sache, und«, sagt Ambrose, »ich werde schon rausfinden, was.«

Nun, was mich angeht, so seh' ich nicht ein, was Ambrose Hammer die ganze Sache angeht, selbst wenn irgendwas faul ist, aber Ambrose steckt seinen Zinken immer gern in anderer Leute Angelegenheiten, und so nimmt er mit größter Ernsthaftigkeit die Beobachtung Cecils und Fergus Appletons auf, wann immer er den beiden über den Weg läuft.

Schließlich, an einem frühen Sonntagmorgen, sitzen Ambrose Hammer und ich wie üblich bei Mindy, als Cecil Earl ganz allein mit 'nem Buch unterm Arm reinkommt. Er setzt sich an einen freien Tisch in einer Ecknische und bestellt sich ein Western-Sandwich und fängt an, in seinem Buch zu lesen, und Ambrose Hammer ist nicht davon abzuhalten, zu Cecil rüberzugehen und mit ihm zu sprechen. Ich auch nicht.

Als Cecil uns kommen sieht, klappt er sein Buch zu, läßt es in seinen Schoß fallen und gibt ein dünnes ›Hallo‹ von sich. Es ist seit 'ner ganzen Weile das erste Mal, daß wir ihn mal ohne Appleton zu Gesicht kriegen, und schließlich fragt Ambrose Hammer ihn, wo Fergus Appleton denn steckt, obgleich es Ambrose wirklich schnurzpiepegal ist, wo Appleton steckt, es sei denn, es stellt sich raus, daß er mit Blattern auf 'ner Quarantänestation liegt.

Cecil sagt, Fergus Appleton müsse übers Wochenende geschäftlich nach Philadelphia rüber, und darauf fragt Ambrose Cecil, wo Miß Florentine Fayette ist, und Cecil sagt, er wisse es nicht, wahrscheinlich sei sie zu Hause.

»Tja«, sagt Ambrose Hammer, »Miß Florentine Fayette ist ja wirklich 'ne wunderschöne Puppe, auch wenn sie ein bißchen viel quasselt, aber«, sagt er, »was sie an so 'nem Schnurzpiesel wie Fergus Appleton findet, kapier' ich einfach nicht.«

Und hierauf fängt Cecil Earl wie'n Schoßhund zu heulen an, und Ambrose Hammer und ich sind natürlich von so 'nem Schauspiel mächtig verwundert, denn wir sehen beim besten Willen keinen Grund, wegen dieser Bemerkung in Tränen auszubrechen, und ich überleg' mir schon, ob ich mich nicht besser schleunigst aus dem Staub machen soll, bevor irgend jemand den Eindruck gewinnt, daß wir Cecil bedrohen oder ihm sonstwas Gemeines antun, als Cecil plötzlich folgendes sagt:

»Ich liebe sie«, sagt Cecil, »ich liebe sie von ganzem Herzen und mit all meiner Seele. Aber sie gehört zu meinem besten Freund. Ich werd' jetzt diesen Dolch hier nehmen, den Fergus mir gab, und allem ein Ende machen, denn ohne Miß Florentine Fayette ist das Leben nicht wert, gelebt zu werden.«

Und dann bringt Cecil Earl tatsächlich 'nen großen langen Apparat von Dolch zum Vorschein, was nun wirklich übertrieben ist und mich verflixt nervös macht, denn ich weiß, daß man gegen das Gesetz verstößt, wenn man in unserer Stadt so 'n Ding mit sich rumschleppt. Also sorg' ich dafür, daß Cecil den Dolch sofort wieder unter der Jacke verschwinden läßt, und während ich damit beschäftigt bin, greift sich Ambrose Hammer das Buch, das Cecil mitgeschleppt hat, und während Cecil immer noch am Schluchzen ist, guckt sich Ambrose das Buch genauer an.

Wie sich rausstellt, ist es ein Buch mit dem Titel ›Das hundertprozentig perfekte Verbrechen‹, aber was Ambrose Hammer weit mehr interessiert als alles andere, ist 'ne Bleistiftzeichnung auf einer der freien Stellen vorn im Buch.

Soweit er sich an die Zeichnung erinnern kann, skizziert Ambrose sie mir hinterher auf die Rückseite einer von Mindys Speisekarten, und für mich sieht es aus wie die Grundrißzeichnung eines kleinen Hauses. An einer Seite des Hauses ist 'ne Linie, auf der das Wort ›Menahan‹ steht. Ambrose glaubt, es handle sich dabei um einen Straßennamen.

Vorher hat Ambrose natürlich versucht, Cecil Earl zu besänftigen, damit er aufhört zu flennen, und als Ambrose es endlich geschafft hat, da bemerkt Cecil, daß Ambrose sein Buch hat, und Cecil wird mächtig wütend und macht 'nen ziemlichen Wirbel, bis Ambrose es ihm wiedergibt.

Was mich betrifft, so kann ich mir ehrlich keinen Reim aus der Skizze machen, die Ambrose dann für mich zeichnet, und ich kann auch nicht erkennen, daß irgendwie irgendwas Interessantes dran ist, aber für Ambrose ist die Skizze anscheinend von einiger Bedeutung.

Nun, mehrere Tage lang krieg' ich Ambrose Hammer nicht mehr zu Gesicht, höre bloß sonderbare Geschichten über ihn, daß er mit Cecil Earl gesehen wird, zum Beispiel, und zwar an den Nachmittagen, wenn Fergus Appleton seine Schauspielkünste in ›Ärger in Wolkenkuckucksheim‹ zum besten gibt, und am frühen Abend, wenn Fergus Appleton sich auf seine Spätvorstellungen vorbereitet, und ich hör' auch noch, daß Ambrose anscheinend immer sehr ernsthaft mit Cecil Earl spricht und dabei manchmal auf eine höchst erregte Art und Weise mit den Armen rumfuchtelt.

Dann, eines Morgens, sucht mich Ambrose Hammer wieder mal bei Mindy auf, und er grinst ein feistes Grinsen, als ob er mit irgend etwas sehr, sehr zufrieden wär', was schon einigermaßen überraschend anmutet, weil Ambrose Hammer nur selten mit irgendwas zufrieden ist. Und schließlich sagt er zu mir:

»Tja«, sagt Ambrose, »ich hab' endlich rausgekriegt, was die Zeichnung in Cecil Earls Buch zu bedeuten hat. Es is' der Plan von 'nem Haus in der Menahan Street, drüben in Brooklyn. Und wie ich das rausgekriegt hab', das war schon sehr, sehr gerissen«, sagt Ambrose. »Ich hab' nämlich ein Zimmermädchen in den Dazzy Apartments bestochen, und die hat mich in Fergus Appletons Bude reingelassen. Und was finde ich da? Genau das, was ich erwartet hab', nämlich 'nen Brief. Und auf dem Brief steht 'ne bestimmte Hausnummer von der Menahan Street.«

»Na so was«, sag' ich zu Ambrose Hammer, »da bin ich wirklich von den Socken. Dann hast du dich also wie ein verdammter Einbrecher aufgeführt? Wenn Fergus Appleton das spitzkriegt, wird er das liebend gern den Bullen stecken, und du wirst deinen Job und alles andere dazu verlieren.«

»Nö«, sagt Ambrose, »Ich werd' meinen Job nich' verlieren, denn der alte Hannibal Fayette war gestern im Büro und hat 'ne fürchterliche Show abgezogen, von wegen seine Tochter will 'nen Bühnenknilch heiraten, und er hat gesagt, er wird es demjenigen, der dieser Romanze den Gnadenschuß gibt, fürstlich belohnen. Möglicherweise«, sagt Ambrose, »wird er mich zum Chefredakteur seiner Zeitung machen, und dann kann ich 'ne Menge Burschen an die Luft setzen, die ich nich' ausstehen kann. Fergus Appleton wird Cecil Earl heute morgen hier treffen, und in der Zwischenzeit werd' ich dir die Geschichte erzählen.«

Aber noch bevor Ambrose mir die Geschichte erzählen kann, kommt Fergus Appleton herein und mit ihm Miß Florentine Fayette, und sie setzen sich an einen Tisch ganz in unserer Nähe, und Fergus Appleton schaut sich um und bemerkt Ambrose und schickt ihm seinen finstersten Blick rüber. Außerdem sagt er irgendwas zu Miß Florentine Fayette, und die guckt Ambrose dann auch an, aber sie guckt weder finster noch wütend grollend, noch sonstwie, sie guckt etwa so dynamisch wie 'ne Leiche.

Fergus Appleton ist in Abendschale und hat auch sein schmuckes Monokel auf, und Miß Florentine Fayette trägt 'n Kleid, bei dem jeder sehen kann, wie schön sie ist, weil's jeder sehen soll. Und dann wenden sie sich wieder ab und hocken bloß so da, ohne viel

Konversation zu machen, als urplötzlich Cecil Earl schwer in Eile und mächtig aufgeregt hereinmarschiert.

Er kommt in 'nem solchen Tempo reingestürmt, daß er beinahe Trauerkloß umrennt, der auf dem Weg nach draußen ist, und Trauerkloß will ihm gerade was Unflätiges an den Kopf werfen, als er plötzlich ein Schauspiel geboten bekommt, das man bei Mindy nie vergessen wird, denn Cecil Earl marschiert geradewegs zu Miß Florentine Fayette rüber, die immer noch stumm wie 'n Fisch neben Fergus Appleton sitzt, und dann grapscht sich Cecil mit erstaunlicher Kraft Miß Florentine Fayette, nimmt sie in die Arme und gibt ihr einen dicken schmatzenden Kuß und sagt zu ihr:

»Florentine«, sagt er, »ich liebe dich.«

Dann drückt er die Kleine so fest an seine Brust, daß es so aussieht, als ob er dabei ist, sie aus dem Oberteil ihres Kleids zu quetschen, so wie man Zahnpasta aus der Tube quetscht, und sagt ihr folgendes:

»Ich liebe dich. Oh, wie ich dich liebe.«

Nun, zuerst ist Fergus Appleton über den Vorfall dermaßen erstaunt, daß er sich kaum zu rühren vermag, und wahrscheinlich traut er seinen eigenen Augen nicht. Das tun auch viele andere Leute nicht, die an den Tischen hocken und sich gerade ihre Bismarckheringe oder was auch immer einverleiben. Einige werden sich wohl fragen, ob Cecil Earl gerade mal wieder einen seiner Komplexe hat und sich vielleicht für King Kong hält, als Fergus Appleton schließlich doch noch Boden unter die Füße kriegt und mit durchdringender lauter Stimme folgendes sagt:

»Du«, sagt Fergus Appleton »du bist nichts anderes als eine lausige Kanaille, und wenn du nicht sofort meine Verlobte losläßt, ist es verdammt wahrscheinlich, daß ich dich auseinandernehme.«

Natürlich ist Fergus Appleton ziemlich erregt. Er ist sogar so was von erregt, daß er sein Monokel auf den Boden fallen läßt, wo es in viele kleine Stücke zerbricht, denn Fensterglas geht nun mal schnell kaputt. Dann hat er wohl die vage Idee, 'nen kräftigen rechten Schwinger irgendwo auf Cecil Earl zu landen, bloß wird Cecil Earl von Miß Florentine Fayette ziemlich gut gedeckt, und Fergus Appleton muß wohl oder übel einsehen, daß er letztlich Miß Florentine Fayette zu Boden schickt, sollte er zuschlagen.

Und so fängt er jetzt an, ebenfalls an Miß Florentine Fayette herumzugrapschen, und er versucht, sie von Cecil Earl zu befreien, oder umgekehrt, aber Cecil hält sie jetzt nur noch fester, und sogar Miß Florentine Fayette scheint nun ihrerseits anzufangen, sich kräftig an Cecil festzuklammern, und darum kann Fergus Appleton die beiden nicht auseinanderkriegen, obwohl er immerhin 'nen

Strumpf und ein Stück von 'nem elastischen Träger von Miß Florentine Fayette abreißt, von ihrer Kleidung, genauer gesagt, und dann sind alle unheimlich überrascht, als Miß Florentine Fayette zu Fergus Appleton folgendes sagt:

»Hau ab, du beknackte alte Klette«, sagt Miß Florentine Fayette. »Ich liebe nur meinen Cecil. Halt mich fester, Cecil, du wunderbarer großer Bär«, sagt Miß Florentine Fayette, obwohl Cecil weder wunderbar noch groß ist und auch kaum Ähnlichkeit mit 'nem Bären hat.

Na ja, es gibt jedenfalls 'ne Menge Aufregung bei Mindy, denn Cecil Earl spult da 'ne Liebesszene runter, die alle Anwesenden mit Herzweh erfüllt, und Fergus Appleton weiß anscheinend nicht so recht, was er machen soll, und schließlich geht Ambrose Hammer zu ihm rüber und flüstert ihm einige Worte ins Ohr, und urplötzlich dreht sich Fergus Appleton um und marschiert aus Mindys Restaurant und verschwindet und ward von niemandem jemals wieder in dieser Gegend gesehen.

Schon bald tauchte Mindy selbst auf und sagte zu Cecil Earl und Miß Florentine Fayette, der Küchenchef beschwere sich darüber, daß er nicht in der Lage sei, in seinem Kühlschrank Eis zu machen, solange Earl und Florentine noch im Lokal seien, und ob sie nicht freundlicherweise woanderhin gehen möchten. Also gehen Cecil Earl und Miß Florentine Fayette woandershin, und Ambrose Hammer kommt wieder zu mir zurück und beendet seine Geschichte.

»Tja«, sagt Ambrose, »ich geh' also zu dieser bestimmten Hausnummer in der Menahan Street, und was find' ich da? 'ne gelähmte Dame mittleren Alters, die niemand anders ist als Fergus Appletons bessere Hälfte, und das ist sie schon seit über zwanzig Jahren. Und dann sagt sie mir, der Fergus, das ist der mieseste Kerl, den jemals der Odem des Lebens beseelt, so hat sie gesagt. Und daß er sie seit langer Zeit auf jede erdenkliche Weise schikaniert, weil sie nicht in die Scheidung einwilligen will.

Und«, sagt Ambrose, »der Grund, warum sie nicht in die Scheidung einwilligen will, ist der, daß er sie vor langer Zeit mal die Treppe runtergestoßen und 'nen Krüppel fürs Leben aus ihr gemacht hat und daß sich nur ihre eigene Familie um sie kümmert. Aber ich hab' ihr selbstverständlich nicht gesagt«, sagt Ambrose, »daß sie nahe dran war, von ihm ermordet zu werden, denn die Bedeutung von dem Hausgrundriß in Cecils Buch und von dem Dolch und die Bedeutung des Buches selbst ist, daß Fergus Appleton Cecil Earl so lange bearbeitet hat, bis der ihm schließlich glaubte, der erfolgreichste Mörder des Jahrhunderts werden zu können.«

»O Mann«, sag' ich zu Ambrose Hammer, »diese Enthüllung schockiert mich wirklich zutiefst. Dieser Fergus Appleton ist nichts als ein Halunke.«

»Tja«, sagt Ambrose, »er ist aber ziemlich clever. Er kriegt Cecil soweit, zu glauben, daß es 'ne wunderbare Sache wäre, der Kerl zu sein, der das hundertprozentig perfekte Verbrechen begeht. Außerdem hat Fergus Cecil versprochen, ihn reich zu machen, wenn er Miß Florentine Fayette heiratet.«

»Aber«, sag' ich, »ich kann bloß nicht verstehen, wie aus Cecil plötzlich so 'n ungestümer Liebhaber werden kann.«

»Na ja«, sagt Ambrose Hammer, »als Cecil damit rausgeplatzt ist, daß er Miß Florentine Fayette liebt, da hatte ich 'nen schönen Einfall, um die ganze Situation aufs richtige Gleis zu bringen. Ich hab' mir Cecil zur Brust genommen und ihm ein paar Nachhilfestunden erteilt, und außerdem hab' auch ich ihm ein Buch geschenkt, das er weitaus interessanter findet als alle Bücher, die Fergus Appleton ihm gegeben hat. Wirklich«, sagt Ambrose, »ich kann dir dieses Werk nur empfehlen. Als Cecil heute morgen hier reinkam, da war er nicht Cecil Earl, der potentielle, perfekte Mörder. Er war und ist kein geringerer als der Champion aller Liebhaber, der alte Don Juan höchstpersönlich.«

Tja, Ambrose wird jedenfalls nicht Chefredakteur seiner Zeitung, sondern kommt mit Ach und Krach dran vorbei, gefeuert zu werden, denn Cecil Earl und Miß Florentine Fayette brennen durch und heiraten und verbringen ihre Flitterwochen in Hollywood und kommen nie mehr zurück, und der alte Hannibal Fayette behauptet, es wäre genauso schlimm für seine Tochter, 'nen Filmschauspieler zu heiraten wie 'nen Bühnenknilch, selbst wenn Cecil sich als der größte Kassenmagnet der Leinwand entpuppt, weil er Liebesszenen so wunderschön in Szene setzen kann.

Aber ich sag' immer, daß Cecil Earl die Undankbarkeit in Person ist, denn er lehnt es glattweg ab, 'ne Rolle in Ambrose Hammers Stück zu spielen, als Ambrose es schließlich doch noch fertigbringt. Statt dessen landet Cecil seinen größten Erfolg mit 'ner Verfilmung von ›Ärger in Wolkenkuckucksheim‹.

Die drei Schlaumeier

An einem kalten Winternachmittag steh' ich an der Bar von Charley ›dem Quietschfidelen‹, Bernsteins kleiner Kaschemme in der Neunundvierzigsten Straße West, und erfreu' mich an 'ner Mischung Pfefferminze und Roggenwhisky, und daß ich das tu', ist 'ne wirklich höchst ungewöhnliche Sache, denn ich bin nun ganz bestimmt kein Saufbold und genehmige mir nur selten alkoholische Getränke, egal welcher Art, Form oder Qualität.

Aber als ich am Nachmittag beim Quietschfidelen Charley reinschneie, fühl' ich mich, als ob 'ne leichte Grippe oder so was im Anmarsch ist, und der Quietschfidele Charley meint, es gibt auf der ganzen Welt nicht Besseres gegen 'ne leichte Grippe als Pfefferminz und Roggenwhisky, weil das Zeug die Bazillen augenblicklich abmurkst.

Anscheinend legt sich der Quietschfidele Charley 'ne stille Reserve an Pfefferminz und Roggenwhisky zurück, um gegen leichte und schwere Grippen gewappnet zu sein, und er gibt mir sofort 'ne kräftige Dosis, und noch eine und noch eine, und Charley läßt es sich nicht nehmen, auch sich selbst die eine oder andere Dosis zu geben, denn er hat Angst, sagt er, daß sich meine Bazillen in der Kneipe verteilen und auch er ein paar abkriegt, und darum muß er vorsichtshalber was für seine Gesundheit tun. Wir beide fangen also gerade an, uns zu kurieren und so richtig wohl zu fühlen, als die Tür aufgeht und kein anderer reinkommt als Blondie Swanson.

Dieser Blondie Swanson ist ein schwerer, einsfünfundachtzig großer Kerl mit strohfarbenen Haaren und blaßroten Wangen, der in Harlem aufgewachsen ist, und es ist allen und jedem wohlbekannt, daß er der derzeit größte Schieber an der Atlantikküste ist. Seit mehr als zehn Jahren schleust Blondie nun schon die heiße Ware von Kanada und anderen Städten nach New York ein, und in der ganzen Zeit wird er kein einziges Mal eingebuchtet, was für 'nen Dealer von Blondies Kaliber ein sensationeller Rekord ist, ehrlich.

Blondie pflanzt sich also neben mich an die Bar, und ich frag' ihn, ob er nich' auch die eine oder andere Dosis Pfefferminz und Roggenwhisky mit mir und dem Quietschfidelen Charley nehmen möchte, und Blondie sagt, es is' ihm ein Vergnügen, weil, so sagt er, er immer was von 'ner Naschkatze hat. Also nehmen wir uns ein paar Bazillenkiller zur Brust, und ich sag' zu Blondie Swanson:

»Ich hoffe, die Geschäfte gehen gut.«

»Ich hab' kein Geschäft mehr«, sagt Blondie Swanson. »Ich setz' mich zur Ruhe.«

Nun, nehmen wir mal an, J. Pierpont Morgan oder John D. Rockefeller oder Henry Ford kämen anmarschiert und würden mir erzählen, sie setzten sich zur Ruhe, dann wär ich genauso erstaunt wie jetzt, als ich das aus dem Munde von Blondie Swanson höre. Ich wäre sogar nich' mal so erstaunt. Ich halte Blondies Ankündigung für die mit Abstand wichtigste Wirtschaftsmeldung, die ich seit Jahren zu hören gekriegt hab', und ich frag' natürlich, wie er zu so 'nem Entschluß kommt, und was denn aus den Abertausenden von Leuten werden soll, die alle von seinen Lieferungen abhängig sind.

»Tja«, sagt Blondie, »ich setz' mich zur Ruhe, weil ich ein hundertprozentiger amerikanischer Bürger bin. Tatsache«, sagt er, »ich bin ein Patriot. Ich hab' meinem Land im letzten Krieg gedient. Ich bin bei Château-Thierry ausgezeichnet worden. Ich wähl' immer und unerbittlich die Demokraten, außer«, sagt er, »wenn uns mal irgendso'n Republikaner besser paßt. Ich steh' grundsätzlich auf, wenn 'ne Band die Nationalhymne spielt. Einmal hab' ich sogar die Jahreseinkommensteuer bezahlt. So einer bin ich«, sagt Blondie.

Natürlich, vieles von dem ist wahr, obwohl ich mich gut daran erinnere, Gerüchte gehört zu haben, daß der Einberufungsoffizier von Blondie nich' mal mehr die Staubwolke gesehen hätte, wäre er damals nur 'ne halbe Stunde später dran gewesen, und daß Blondie in Château-Thierry nur dafür ausgezeichnet wurde, daß er die Leichen nicht gefleddert hat.

Aber über solche Unwichtigkeiten sprech' ich selbstverständlich nich' mit Blondie Swanson, denn Blondie is' nich' grade der Kerl, der sich sonderlich für Gerüchte interessiert, der sogar ziemlich böse drüber werden kann, und wenn Blondie böse wird, dann wird's recht ungemütlich.

»Tja«, sagt Blondie, »ich bin ja nu' lange Zeit Schmuggler gewesen. Und ich hab', wie jeder weiß, 'nen verdammt guten Ruf in meiner Branche, und es is 'n ehrenhaftes Geschäft, ehrlich, denn schließlich stehen alle und jeder in diesem Land voll dahinter, außer den Prohibitionisten. Aber«, sagt er, »ich kann in die Zukunft denken, und ich glaub', man wird eines Tages das Prohibitionsgesetz aufheben, und dann wird's verdammt unpatriotisch sein, heiße Ware aus dem Ausland reinzuholen und der heimischen Wirtschaft Konkurrenz zu machen. Darum setz' ich mich zur Ruhe«, sagt Blondie.

»Weißt du, Blondie«, sag' ich, »deine Haltung find' ich wirklich ehrenvoll, und wenn wir mehr Bürger mit so 'ner edlen Gesinnung wie dich hätten, würd's wesentlich besser um unser Land bestellt sein.«

»Davon mal abgesehen«, sagt Blondie, »es is' mit der Schmuggelei einfach kein Geld mehr zu machen. Alle Schmuggler hierzulande sind abgebrannt. Ich bin auch abgebrannt«, sagt er. »Erst vor kurzem hab' ich mein letztes Stück Eigentum verloren, ein fünfundzwanzig-Riesen-Haus. Hab' ich mir mal in Atlantic City gebaut, als ich noch glaubte, dort meine alten Tage mit Miß Clarabelle Cobb verbringen zu können, aber die hat sich ja dann aus dem Staub gemacht. Tja«, sagt Blondie, »hätt' ich doch bloß auf Miß Clarabelle Cobb gehört. Dann wär' ich jetzt 'n ehrlicher Angestellter in 'nem Herrenbekleidungsgeschäft, mit 'nem niedlichen kleinen Apartment oben an der Hundertzehnten Straße und mit 'ner Menge Sprößlinge, die überall rumrennen.«

Und dann läßt Blondie 'nen schweren Seufzer ertönen, und ich, ich seufz' mit ihm mit, denn die Romanze von Blondie Swanson und Miß Clarabelle Cobb ist allen und jedem am Broadway nur zu gut bekannt.

Vor vielleicht sechs Jahren, als Blondie Swanson das Geld so schnell scheffelte, daß er kaum dazu kam, es zu zählen, da war Miß Clarabelle Cobb noch Mitglied bei Mr. Georgie Whites ›Scandals‹, und sie war die allerschönste Puppe in dieser Stadt, und viele Leute, einschließlich Blondie Swanson, verloren schon den Verstand, wenn sie sie bloß anguckten.

Tatsache, nachdem Blondie Swanson Miß Cobb auch nur ein einziges Mal bei den ›Scandals‹ von Mr. Georgie White auftreten sah, war er nie wieder der alte. Er rackerte sich ganz schön einen ab, um Miß Clarabelle Cobb kennenzulernen. Er hing stundenlang vor Mr. Georgie Whites Bühneneingang rum, er schickte Miß

Clarabelle Cobb Zehndollarschachteln Konfekt und Blumengebinde und ganze Pakete voller Klunker, Diamantarmbänder und Broschen und Kosmetikköfferchen und so was. Es gab nichts daran zu deuteln, daß Blondie für Miß Clarabelle Cobb mit den Dollars schnell bei der Hand war.

Nur schien Miß Clarabelle Cobb keins von diesen ganzen Geschenken so richtig annehmen zu wollen, außer dem Konfekt und den Blumen, und sie ging sogar so weit, den Zobel, den Blondie ihr für die besonders kalten Tage schickte, glattweg zurückzuweisen. Für dieses Benehmen wurde sie von einigen anderen Mädels von Mr. Georgie Whites ›Scandals‹ offen kritisiert. Sie sagten Miß Clarabelle Cobb wörtlich: ›Selbst Exzentrizität hat ihre Grenzen.‹

Aber Miß Clarabelle Cobb erwiderte nur, daß sie von keinem Kerl wertvolle Geschenke annehme, und schon gar nicht von 'nem Kerl, der damit beschäftigt sei, mit ›Teufel Rum‹ illegal zu handeln, und sie sagte, sein Geld sei nichts als Blutgeld, das er sich dadurch verdiene, indem er die Gesetze des Landes breche, obwohl dies eigentlich ein hundsgemeines Unrecht gegenüber Blondie Swanson ist, weil der noch nie im Leben auch nur mit einem Tropfen Rum gehandelt hat, ausschließlich mit Scotch, und außerdem arrangiert er sich mit dem Gesetz ganz prächtig, wenn's ihn auch ganz schön was kostet.

Es ist nur so: Miß Clarabelle Cobb hatte sehr religiöse Eltern, damals in Akron, Ohio, und ihr wurde von Kind auf beigebracht, daß Rum 'ne sehr schlimme Sache ist. Wenn Sie mich fragen, das mit dem Rum glaub' ich auch, außer in Cocktails. Zudem war das letzte, was ihre Mama ihr mit auf den Weg gab, bevor sie nach New York fuhr, daß sie sich vor den bösen Männern in acht nehmen soll, die herumlaufen und ihr Brillantarmbänder und Pelzmäntel schenken wollen. Solche Kerle sind nichts als Schlangen im Gras und wahrscheinlich auch Spitzbuben, die sich auf sündige Weise nach oben pfuschen wollen, sagte ihre Mama.

Aber obgleich sie seine Geschenke nicht annehmen wollte, so hatte Miß Clarabelle Cobb nichts dagegen einzuwenden, mit Blondie Swanson ab und zu mal auszugehen und sich 'n Hühnchen à la Mexiko und 'nen Hummer à la Newburg und andere Leckereien dieses Kalibers reinzuschieben. Tja, und wenn man 'nen gutaussehenden jungen Burschen und 'ne schöne Puppe oft genug mit 'nem Hühnchen à la Mexiko und 'nem Hummer à la Newburg zusammensteckt, dann hat man früher oder später zwangsläufig 'nen typischen Fall von Verliebtheit vor sich.

Und genau das geschieht mit Blondie Swanson und Miß Clarabelle Cobb, und sie verlieben sich sogar heftiger ineinander, als gesund ist, und Blondie Swanson will Miß Clarabelle Cobb gern heiraten, aber eines Nachts über 'nem Schub Hummer à la Newburg sagt sie zu ihm:

»Blondie«, sagt sie, »ich liebe dich, und«, sagt sie, »ich werd' dich auch sofort heiraten, wenn du nur damit aufhörst, Rum zu verschachern. Ich werd' dich heiraten, wenn du dich aus dem Rumgeschäft zurückziehst, selbst wenn du dann keinen Penny mehr hast, aber ich werd' dich niemals heiraten, solange du noch mit Rum handelst, selbst wenn du hundert Millionen Dollar hast.«

Nun, Blondie sagt, er wird sich sofort aus der Branche zurückziehen, und für ein Jahr oder so hält er sich dran, es ab und an zu erwähnen, und vielleicht meint er es einige Male sogar ehrlich, aber wenn ein Kerl zu solchen Zeiten so dicke im Geschäft ist wie damals Blondie Swanson, ist es nicht so einfach für ihn, sich zurückzuziehen, selbst wenn er das wirklich will. Und dann, eines Tages, da hat sie mit Blondie eine Aussprache, und sie sagt zu ihm folgendes:

»Blondie«, sagt sie, »ich liebe dich immer noch, aber dein Geschäft ist dir offenbar wichtiger als ich. Deswegen werd' ich nach Ohio zurückgehen«, sagt sie. »Der Broadway hängt mir sowieso zum Hals raus. Wenn du eines Tages wirklich von diesem sündigen Gewerbe loskommst, dann komm zu mir.«

Und damit läßt Miß Clarabelle Cobb Blondie Swanson einfach sitzen und ward in dieser Gegend nicht mehr gesehen. Zuerst glaubt Blondie, sie versucht bloß ein wenig Druck auf ihn auszuüben und wird schon zurückkommen, aber als aus den Wochen Monate werden und die Monate sich schließlich zu Jahren auswachsen, da erkennt Blondie, daß sie ganz bestimmt keine leeren Worte gesagt hat. Zudem waren es die letzten Worte, die er von ihr gehört hat, und er weiß nur, daß sie wieder in Akron, Ohio, ist.

Nun, Blondie nimmt sich immer wieder vor, mit dem Schieben heißer Ware Feierabend zu machen und Miß Clarabelle Cobb aufzustöbern, um sie zu heiraten, aber er schiebt es hinaus und schiebt es hinaus, bis er schließlich eines Tages hört, daß Miß Clarabelle Cobb in Akron irgend so einen unbescholtenen Bürger geheiratet hat, und das ist wahrlich ein herber Schlag für Blondie. Von dem Tag an schaut er nie wieder 'ne andere Puppe an, nich' so sehr jedenfalls.

Ich bekunde Blondie natürlich meine tiefe Anteilnahme über seine finanzielle Lage und erlaube mir noch die Anmerkung, wie sehr mir wegen seines Verlustes, was Miß Clarabelle Cobb angeht, das Herz blutet, und auf diese beiden Kondolenzen hin genehmigen wir uns jeweils noch die eine oder andere Dosis Pfefferminz mit Roggenwhisky, und kurz drauf geht dem Quietschfidelen Charley die Pfefferminz aus, aber weil es für ihn sowieso 'ne verdammte Fummelei is', das Zeug mit dem Roggenwhisky zusammenzumixen, genehmigen wir uns den Roggenwhisky ohne die Pfefferminz, und was mich angeht, so bemerk' ich keinen großen Unterschied.

Tja, während wir also noch so an der Bar rumstehen und uns unseren Roggenwhisky ohne Pfefferminz genehmigen — wer kommt da rein? Ein alter Knacker, den man ›den Deutschen‹ nennt und der allen und jedem als ein in jeder Hinsicht höchst krimineller Charakter bekannt ist. Der Deutsche hat überhaupt keine feste Bindung zum Gemeinwesen, und ich bin ziemlich überrascht, ihn beim Quietschfidelen Charley auftauchen zu sehen, denn gewöhnlich is' der Deutsche beständig auf der Flatter, und die Polizei is' überall und immer begierig drauf, 'nen Plausch mit ihm zu halten. Das letzte, was ich vom Deutschen höre, is', daß er wegen Straßenraub irgendwo draußen im Westen in 'ner staatlichen Pension sitzt, obwohl er mir später versichert, es habe sich bloß um einen Fall von Verwechslung gehandelt.

Und jetzt kreuzt der Typ plötzlich bei Charley auf.

Der Deutsche ist ein altmodisch aussehender Kerl von vielleicht fünfzig und ein paar Kleinen, und er hat graue Haare und 'nen stoppeligen Bart und ist klein und untersetzt und immer gefällig, selbst wenn überhaupt kein Bedarf dafür besteht, und wenn man ihn sich so anguckt, sollte man meinen, es ist nicht viel mehr Unlauterkeit an ihm als in 'nem Prediger. Vielleicht noch weniger.

Als der Deutsche reinkommt, wirft er 'nen Blick durch die ganze Bude, als ob er nach jemand Bestimmtem Ausschau hält, und als er Blondie Swanson sieht, da baut er sich neben Blondie auf und fängt an, auf Blondie einzuflüstern, bis Blondie von ihm abrückt und ihm sagt, er könne offen sprechen.

Der Deutsche hat wirklich 'ne interessante Geschichte parat: Anscheinend war er vor etwa acht oder neun Monaten mit drei erstklassigen Profis auf Achse. Der Deutsche und die Jungs hatten sich darauf spezialisiert, Geldschränke in Postbüros und Geschäften in Kleinstädten aufzuknacken und das Geld, oder was sonst auch immer Wertvolles in diesen Geldschränken war, mitgehen zu lassen. Früher ist das mal ein sehr verbreiteter Beruf in unserem Land gewesen, der aber in den letzten Jahren bis zu einem gewissen Grad ausgestorben ist, weil man die Qualität der Geldschränke dermaßen verbessert hat, daß es 'ne ganz schöne Plackerei ist, sie aufzuknacken. Aber während der Depression, als es nich' so viele andere Möglichkeiten gab, an Geld ranzukommen, ist die Safeknackerei wieder in Mode gekommen und ist momentan ein überaus blühendes Gewerbe. Und das kommt so alten Hasen wie dem Deutschen natürlich sehr recht, weil es auf ihre alten Tage für sie noch was zu tun gibt.

Na, jedenfalls scheint es so, als ob die Figuren, mit denen der Deutsche zusammen war, eines Nachts auf 'nen Tip von 'nem Freund hin mit dem Deutschen zusammen nach Pennsylvania rüberfahren und 'nen Geldschrank in 'nem Fabrikbüro aufknacken und Lohntüten mit insgesamt so fünfzig Riesen drin erbeuten. Aber als sie dann mit ihrem Auto die Kurve kratzen wollen, sind die Bullen plötzlich hinter ihnen her, und es kommt zu 'ner wilden Verfolgungsjagd, in deren Verlauf es ein beachtliches Geballer auf beiden Seiten gibt.

Tja, und bei dieser Ballerei werden die drei Kerle umgelegt und der Deutsche ziemlich übel angeschossen, und auf 'ner Landstraße überläßt er das Auto sich selbst, greift sich das Geld, das in 'ner Reisetasche verstaut ist, und dann schafft er's tatsächlich, den Cops zu entwischen, indem er kreuz und quer über Wald und Wiesen flüchtet und sich da und dort versteckt.

Aber der Deutsche ist schließlich wegen seiner Verletzungen und der Anstrengung, die Reisetasche mitzuschleppen, ziemlich am Ende, und eines Nachts kommt er an eine alte verlassene Scheune, und er beschließt, die Tasche in dieser Scheune zu verstecken, weil es ihm unmöglich ist, sie noch weiter mit sich rumzuschleppen. Also reißt er ein paar Bretter aus dem Scheunenboden raus und gräbt darunter ein Loch und stellt die Tasche dort rein und legt die Bretter wieder drüber und hofft, die Tasche eines Tages dort wegholen zu können.

Nun, der Deutsche gelangt auf die eine oder andere Weise nach New Jersey hinüber und legt sich in 'nem Nest namens New Brunswick in die Horizontale, bis seine Wunden geheilt sind, was schon ziemlich was an Zeit erfordert, weil der Deutsche ja nich' mehr so hart im Nehmen is' wie in jüngeren Jahren.

Aber als der Deutsche sich erholt hat und überlegt, ob er die versteckte Tasche holen soll oder nicht, da stellt er fest, daß sein Selbstvertrauen doch ziemlich ins Wanken geraten ist, was wohl allen Kerlen passiert, wenn sie anfangen alt zu werden. Also hält er es für 'ne bessere Idee, sich noch jemand zu besorgen, der ihm dabei hilft, und der erste Kerl, an den er dabei denkt, ist Blondie Swanson.

»Also, Blondie«, sagt der Deutsche, »wenn dir mein Vorschlag gefällt, bin ich bereit, dich mit fünfzig Prozent zu beteiligen, und fünfzig Prozent von fünfzig Riesen sind in diesen Zeiten kein Pappenstiel.«

»Aber sicher, Deutscher«, sagt Blondie, »bei fünfzig Prozent Anteil bin ich gern bereit, bei diesem Unternehmen mitzumachen. Scheint mir 'n sauberes Geschäft zu sein, denn es gibt ja keinen Zweifel dran, daß die Mäuse dir zustehen. Ich bin jetzt schließlich streng gesetzestreu. Aber erst mal genehmigen wir uns noch ein paar Pfefferminz mit Roggenwhisky ohne Pfefferminz, und dabei können wir die Details klären.«

Aber anscheinend hat der Deutsche für Pfefferminz mit Roggenwhisky nicht viel übrig, selbst ohne Pfefferminz, also machen Blondie Swanson und ich und der Quietschfidele Charley alleine damit weiter, uns die eine oder andere Dosis zu genehmigen, und Blondie berauscht sich immer mehr am Vorschlag des Deutschen, bis ich mich schließlich selbst dran berausche und sag', daß ich mitkommen werde, weil's 'ne Gelegenheit ist, mal neue Landstriche kennenzulernen, und der Quietschfidele Charley erklärt, es sei die große Enttäuschung seines Lebens, daß sein Geschäft ihn davon abhält, mit uns zu gehen, aber daß er uns mit 'nem stattlichen Vorrat an Pfefferminz mit Roggenwhisky ohne Pfefferminz ausrüsten wird, falls wir irgendwelchen leichten Grippen begegnen.

Nun ja, wie dem auch sei, so jedenfalls komm' ich dazu, in 'ner alten Blechbüchse, die dem Deutschen gehört, an 'nem eiskalten Weihnachtsabend mit dem Deutschen und Blondie Swanson in der Gegend rumzugondeln, und keiner von uns denkt dran, daß Heiligabend ist, bis uns auffällt, daß hier und da Stechpalmenzweige an den Fenstern hängen, an denen wir auf der Straße vorbeiholpern, und schließlich kommen wir an 'ner kleinen Kirche vorüber, die hell erleuchtet ist, und jemand öffnet die Tür, als wir vorbeifahren, und wir sehen 'nen dicken, fetten Weihnachtsbaum in der Kirche stehen, und es ist wirklich ein sehr erhebender Anblick, und ich fühl' sogar ein kleines bißchen Heimweh, obwohl ich zu Hause gar keinen Weihnachtsbaum stehen hab'.

Wir verlassen den Quietschfidelen Charley also am späten Nachmittag, und der Deutsche fährt seine alte Blechbüchse, und alles, woran ich mich bei dem Trip erinnern kann, ist, daß wir verdammt schnell durch viele kleine Kaffs fahren, so schnell, daß es mir vorkommt, als ob diese Nester eins neben dem anderen liegen, aber das liegt wahrscheinlich daran, daß ich fast die ganze Zeit auf dem Rücksitz vor mich hin döse.

Blondie Swanson hockt neben dem Deutschen auf dem Vordersitz, und auch Blondie macht hier und da ein Nickerchen, als wir unterwegs sind, aber immer, wenn er aufwacht, gibt er mir 'nen Stoß und weckt mich, damit wir uns 'ne Dosis Pfefferminz und Roggenwhisky ohne Pfefferminz genehmigen können. Es ist in so mancher Hinsicht schon 'ne genußreiche Reise.

Und als wir dann durch 'n schmuckes kleines Kaff gondeln, da hör' ich den Deutschen sagen, es wär' nich' mehr weit bis zur Scheune mit den fünfzig Riesen, und mittlerweile ist es auch schon dunkel, und es ist kälter als das Herz eines Hilfssheriffs, und der Boden ist mit Schnee bedeckt, obwohl der Himmel völlig klar ist, und ich wünsch' mir gerade, mir bei Mindy 'n schönes T-Bone Steak reinziehen zu können, als ich Blondie Swanson den Deutschen fragen hör', ob er sich auch sicher wär', wo's lang geht, weil dies 'ne unbefahrene Straße zu sein scheine, und der Deutsche erwidert folgendes:

»Ach was«, sagt er, »ich weiß, ich bin auf der richtigen Straße. Ich folg' dem großen Stern, den du genau vor uns sehen kannst, denn ich erinner' mich, daß ich diesen Stern immer vor mir hatte, als ich das letztemal die Straße raufgekommen bin.«

Also folgen wir weiterhin dem Stern, nur stellt sich raus, daß der Stern kein Stern ist, sondern ein Licht, das aus dem Fenster eines wackligen Holzgebäudes strahlt, das ziemlich weit von der Straße entfernt auf 'nem kleinen Hügel gelegen ist, und als der Deutsche dieses Licht sieht, da ist er verdammt erstaunt und sagt:

»Tja«, sagt er, »das sieht mir zwar sehr nach meiner Scheune aus, aber in meiner Scheune gab es kein Licht.«

Also hält der Deutsche an und steigt aus der alten Blechbüchse aus und schleicht sich an eine Seite des Gebäudes ran und fordert Blondie und mich auf, auch mal 'nen Blick durchs Fenster zu werfen, das nichts als ein viereckiges Loch in einer Seite des Gebäudes ist, welches mit hölzernen Stäben versehen ist, aber keine Fensterscheibe hat, und was wir da drinnen im Dämmerlicht einer an einem Nagel am Türpfosten befestigten Laterne zu sehen bekommen, ist wirklich höchst überraschend.

Es gibt überhaupt keinen Zweifel dran, daß wir in das Innere einer sehr alten Scheune blicken, denn es gibt hier und da verschiedene Boxen für Pferde, oder vielleicht auch Kühe, aber es scheint irgend jemand in der Scheune zu wohnen, weil wir 'nen Tisch und ein Paar Stühle und einen Zinnofen sehen können, in dem ein kleines Feuer brennt, und auf dem Boden in einer Ecke steht etwas, was 'ne verdammte Ähnlichkeit mit 'nem Bett hat.

Zudem scheint irgend jemand in dem Bett zu liegen und 'nen ganz schönen Krawall zu machen, zu jammern und zu heulen und sich überhaupt mit 'ner mächtig lauten Stimme bemerkbar zu machen, und es gibt keinen Zweifel, daß es die Stimme von 'nem Mädel ist, und jeder kann erkennen, daß dieses Mädel von Kummer geplagt wird.

Tja, das ist nun wirklich 'ne seltsame Situation, und wir schleichen uns wieder von der Scheune weg, um die Sache zu besprechen.

Der Deutsche ist überaus entmutigt, denn er glaubt, daß jemand seine fünfzig Riesen entdeckt hat, wenn diese Puppe schon längere Zeit in der Scheune wohnt. Er will schon abhauen und noch ein paar Wochen abwarten, aber Blondie Swanson hält ihn zurück und grübelt 'ne Weile vor sich hin, und schließlich sagt Blondie:

»Nein«, sagt er, »die Puppe in der Scheune scheint krank zu sein, und nur ein Lump und ein Dreckskerl würde sich hier wegschleichen, vor allem«, sagt Blondie, »bei 'ner kranken Puppe, die 'ne völlig Fremde für ihn ist. Nur ein verdammter Scheißkerl tut so was. Wir haben die Pflicht reinzugehen und festzustellen, ob wir irgendwas für diese kranke Puppe tun können«, sagt Blondie.

Nun, ich sag' zu Blondie Swanson, daß wahrscheinlich der Macker von der Puppe oder sonst jemand ins Kaff unterwegs ist, oder vielleicht auch zu Nachbarn rüber, um Hilfe zu holen, und vielleicht plötzlich hier auftauchen wird, und das hier sei nich' der Platz für uns, gefunden zu werden.

»Nein«, sagt Blondie, »kann gar nicht sein. Der Schnee vor der Tür liegt bestimmt schon einen Tag da. Und es gibt keine Spuren an der Tür, die raus- oder reinführen, und wenn jemand gewußt hätte, daß da 'ne kranke Puppe drin liegt, dann wär' längst schon Hilfe da. Ich geh' jedenfalls rein und seh' mir die Sache mal an«, sagt Blondie.

Natürlich gehen der Deutsche und ich mit, denn wir möchten nich' so gern allein draußen bleiben, und es macht auch gar keine Mühe, in die Scheune reinzukommen, weil die Tür nicht verschlossen ist. Und als wir mit Blondie Swanson, der vorangeht, reinmarschieren, da richtet sich die Puppe im Bett halb auf und schaut uns an, und obwohl das Licht der Laterne nich' gerade hell ist, kann jeder deutlich erkennen, daß diese Puppe niemand anders ist als Miß Clarabelle Cobb, obwohl ich persönlich schon einige Veränderungen an ihr erkennen kann, seit sie bei den ›Scandals‹ von Mr. Georgie White weg ist.

Sie hält sich halb aufgerichtet im Bett und sieht Blondie Swanson so lange an, wie man braucht, um bis zehn zu zählen, wenn man schnell zählt, und dann läßt sie sich wieder zurückfallen und fängt wieder an zu heulen und zu jammern, und daraufhin kniet sich der Deutsche neben sie auf den Boden, um herauszufinden, warum sie dieses Theater veranstaltet.

Und dann springt der Deutsche plötzlich auf und teilt uns folgendes mit:

»Na ja«, sagt er, »das is' 'ne ziemlich delikate Situation, Jungs«, sagt er, »ich muß euch wohl darum ersuchen, nach draußen zu gehen. Für diese Sache bräuchten wir eigentlich 'nen Doktor, aber es is' zu spät, um einen zu holen. Wie auch immer, ich werd' versuchen, unter den gegebenen Umständen mein Bestes zu tun.«

Und dann pellt sich der Deutsche aus seinem Mantel, und Blondie Swanson steht bloß da und glotzt ihn mit 'nem sonderbaren Ausdruck an, daß der Deutsche lauthals lacht und sagt:

»Brauchst dir keine Sorgen zu machen, Blondie«, sagt der Deutsche. »Ich bin vielleicht ein bißchen aus der Übung, seit meine alte Dame den Löffel abgegeben hat, aber sie hat acht Bälger produziert, und ich hab' sie alle ans Licht der Welt gebracht, bis auf einen, denn wir konnten uns früher nur selten 'nen Quacksalber leisten.«

Also gehen Blondie Swanson und ich aus der Scheune raus, und nach 'ner Weile ruft uns der Deutsche, und wir gehen wieder in die Scheune rein, in der ein großes Feuer im Ofen brennt, und in der es richtig nett und warm ist.

Miß Clarabelle Cobb ist nun ganz ruhig und mit dem Mantel vom Deutschen zugedeckt, und als wir reinkommen, da pirscht sich der Deutsche auf Zehenspitzen zu ihr rüber und zieht den Mantel zurück, und wir sehen 'n Baby mit 'ner Rübe, noch größer als 'n Holzapfel, und mit 'nem Gesicht, das genauso runzlig ist wie das von 'nem alten Tattergreis, und der Deutsche sagt, es wär'n Junge und obendrein noch ein sehr gesunder.

»Die Mama«, sagt der Deutsche, »schlägt sich so wacker, wie man sich's nur wünschen kann. Sie is' verdammt kräftig und robust«, sagt er, »und alles, was uns noch zu tun bleibt, ist, 'nen Quacksalber herzuschicken, wenn wir wieder durch das Nest kommen, um sicherzugehen, daß es keine Komplikationen gibt. Aber«, sagt der Deutsche, »ich garantier' euch, der Quacksalber wird nich' viel zu tun bekommen.«

Tja, der olle Deutsche is' so mächtig stolz auf dieses Baby, als wenn's sein eigenes wär', und ich möcht' seine Gefühle nich' verletzen, drum sag' ich, das Baby sei 'ne Wucht und gereiche ihm in jeder Hinsicht zur Ehre, genauso wie Miß Clarabelle Cobb, während Blondie Swanson wieder bloß mal so dasteht und das Baby anglotzt, als hätte er noch nie eins zu sehen gekriegt.

Anscheinend ist Miß Clarabelle Cobb tatsächlich 'ne sehr kräftige Puppe, wie der Deutsche ja gesagt hat, denn etwa nach 'ner Stunde ist sie schon wieder weitestgehend fit, und Blondie Swanson setzt sich neben sie auf den Boden, und für 'ne ganze Weile spricht sie mit leiser Stimme zu ihm, und während sie noch miteinander sprechen, reißt der Deutsche in einer Ecke der Scheune den Boden raus und wühlt einige Minuten lang darunter herum und bringt schließlich 'ne mit Dreck bedeckte Tasche zum Vorschein, und er öffnet diese Tasche und zeigt mir, daß sie mit lauter großen Banknoten vollgestopft ist.

Danach kommt Blondie Swanson und erzählt dem Deutschen und mir die Geschichte von Miß Clarabelle Cobb, und einige Teile dieser Geschichte sind wirklich zutiefst traurig. Als Miß Clarabelle Cobb wieder in ihrer alten Heimat in Akron, Ohio, war, hatte sie 'nen jungen Kerl namens Joseph Hatcher geheiratet, der von Beruf Buchhalter war und 'nen ziemliche gutbezahlten Job in Akron hatte, und so waren Miß Clarabelle Cobb und dieser Joseph Hatcher ziemliche lange glücklich und zufrieden miteinander.

Aber dann, etwa ein Jahr vor der Nacht, von der ich jetzt erzähle, wird Joseph Hatcher von seiner Firma in diese Gegend geschickt, wo wir Miß Clarabelle Cobb gefunden haben, um die Buchhaltung für 'ne Fabrik zu übernehmen, und einige Monate später, als Joseph Hatcher eines Abends nach Feierabend noch im Büro bleibt und über seinen Büchern sitzt, bricht 'ne Bande in den Laden ein, überwältigt Hatcher, sprengt den Geldschrank, läßt 'ne große Summe Geld mitgehen und Joseph Hatcher verschnürt wie 'n Truthahn liegen.

Als Joseph Hatcher am nächsten Morgen in dieser mißlichen Lage entdeckt wird, da legen die Bullen ihm Handschellen an und werfen ihn ins Kittchen, und sie behaupten, Joseph Hatcher steckte wahrscheinlich mit den Geldschrankknackern unter einer Decke und habe ihnen den Tip gegeben, daß sich die Mäuse im Geldschrank befinden. Anscheinend ist ein Kerl namens Abersham von dieser Version besonders fasziniert, und Abersham ist niemand anders als der Direktor der Fabrik und ein überaus hartherziger Kerl.

Und jetzt, obwohl das alles schon acht oder neun Monate zurückliegt, da ist Joseph Hatcher immer noch im Kittchen und wartet auf seinen Prozeß, und überall in der Stadt stehen die Wetten sieben zu fünf, daß der Richter ihn für schuldig befinden wird, denn dem zufolge, was Miß Clarabelle Cobb Blondie Swanson erzählt hat, hält jeder Joseph Hatcher für schuldig.

Aber selbstverständlich läßt sich Miß Clarabelle Cobb, was ihren heißgeliebten Joe angeht, nicht von der öffentlichen Meinung beeindrucken, und so versucht sie die nächsten paar Monate, ihn aus dem Kittchen rauszuholen, bloß hat sie keinen Zaster und keine Möglichkeit, sich welchen zu beschaffen, und so wird Miß Clarabelle Cobbs Situation zusehends schlimmer.

Schließlich gibt es keinen Ort mehr in dem Nest, an dem sie in Frieden wohnen kann, und sie muß in diese alte Scheune ausweichen, die auf einem verlassenen Grundstück steht, das einem in diesem Nest ansässigen Arzt namens Kelton gehört und der ein gutherziger Bursche zu sein scheint, denn er gibt Miß Clarabelle Cobb die Erlaubnis, nach eigenem Gutdünken darüber zu verfügen. Also zieht Miß Clarabelle Cobb in die Scheune, und wahrscheinlich sehnt sie sich jetzt so manches Mal nach Mr. Georgie Whites ›Scandals‹ zurück.

Der Deutsche hört sich diese Geschichte mit größter Aufmerksamkeit an, vor allem den Teil, wie Joseph Hatcher verschnürt im Fabrikgebäude zurückgelassen wird, und schließlich meint der Deutsche folgendes:

»Ach du meine Güte«, sagt der Deutsche, »das ist ohne Zweifel der junge Kerl, den wir in der Nacht, als wir diese Tasche erbeutet hatten, verschnüren mußten. Wenn ich mich richtig erinner', hat er wie 'n Löwe um die Mäuse seines Brötchengebers gekämpft, darum hab' ich ihm höchstpersönlich mit 'nem Totschläger eins auf die Birne gegeben.

Bloß«, sagt er, »ist er auf gar keinen Fall der Kerl, der uns den Tip gesteckt hat, daß die Mäuse da drin sind. Wenn ich mich recht entsinne, war's kein anderer als der Kerl, den du, Blondy, in Miß Clarabelle Cobbs Geschichte erwähnt hast, dieser Abersham, der Direktor von dem Laden, und mir fällt auch noch ein, daß er für seine Bemühungen 'nen Happen von diesen Mäusen abkriegen sollte. Also ist es wohl nur recht und billig, wenn ich als der Nachlaßverwalter meiner ehemaligen Kumpels diese Abmachung erfülle, obwohl«, sagt der Deutsche, »ich sein Verhalten gegenüber diesem Joseph Hatcher nich' billigen kann. Aber«, sagt er, »zuerst mal müssen wir Miß Clarabelle Cobb 'nen Doktor herschicken, und ich könnte mir vorstellen, daß dieser Doc Kelton, den sie eben erwähnt hat, genau der richtige Mann für uns ist.«

Also greift sich der Deutsche die Tasche, und wir quetschen uns in seine alte Blechbüchse rein und fahren den Weg zurück, den wir gekommen sind, aber bevor wir gehen, krieg' ich noch mit, wie Blondie Swanson sich über Miß Clarabelle Cobb beugt, und ich schwör', bei meiner Oma, daß Blondie dem Baby 'nen Kuß auf die runzlige Rübe drückt, und dann hör' ich Miß Clarabelle Cobb folgendes sagen:

»Ich werd' ihm deinen Namen geben, Blondie«, sagt sie. »Ach ja, Blondie, wie ist eigentlich dein richtiger Name?«

»Olaf«, sagt Blondie.

Es ist inzwischen früher Morgen, und es treiben sich noch nicht viele Leute rum, als wir wieder durch die kleine Stadt fahren. Blondie hockt wieder auf dem Beifahrersitz und hält die Tasche mit den Mäusen auf seinem Schoß, damit der Deutsche unbehindert fahren kann, und schließlich treffen wir in 'ner alten Pommesbude 'nen Kerl, der weiß, wo Doc Kelton wohnt, und dieser Kerl stellt sich dann aufs Trittbrett der alten Blechbüchse und fährt mit zu 'nem

Haus in 'ner Seitenstraße, und nachdem wir 'ne ganze Weile an die Tür getrommelt haben, kriegen wir den Doc endlich aus den Federn, und Blondie geht rein und spricht mit ihm.

Er ist 'ne ganze Weile da drin, aber als er endlich rauskommt, da sagt er, alles ist okay, und Doc Kelton wird sich sofort auf den Weg machen, um sich Miß Clarabelle Cobb mal anzusehen und sie in ein Krankenhaus zu bringen, und Blondie sagt, er habe dem Doc ein paar Blaue gegeben, um zu gewährleisten, daß Miß Clarabelle Cobb die beste Pflege zuteil wird.

»Na ja«, sagt der Deutsche, »an dem gemessen, was wir alles in unserer Tasche da haben, können wir ein paar Blaue locker verschmerzen, bloß«, sagt er, »frag' ich mich immer noch, ob es nicht meine Pflicht ist, diesen Abersham zu besuchen und ihm seinen Anteil zu geben.«

»Deutscher«, sagt Blondie, »ich fürchte, ich hab' 'ne schlechte Nachricht für dich. Die Tasche is' futsch. Dieser Doc Kelton scheint mir in jeder Hinsicht ein anständiger Kerl zu sein«, sagt Blondie, »und er war von Anfang an der Meinung, daß Miß Clarabelle Cobbs heißgeliebtem Joe großes Unrecht geschieht, aber wenn dieser Abersham noch länger so sehr gegen Joe hetzt, werden die anderen Leute bald auch so denken, und Joes Lage wird bald hoffnungslos sein.

Also«, sagt Blondie, »hab' ich Doc Kelton die ganze Geschichte über Abersham und alles andere erzählt, und ich hab' mir die Freiheit genommen, die Tasche bei ihm zu lassen, damit er sie den rechtmäßigen Besitzern zurückgibt. Doc Kelton sagt, wenn er nich' binnen vierundzwanzig Stunden Miß Clarabelle Cobbs Joe aus dem Kittchen und diesen Abersham im Galopp aus der Stadt raus hat, dann kann ich ihn 'nen Lügner nennen. Aber«, sagt Blondie, »laßt uns jetzt weiterfahren, denn ich hab' Doc Keltons Wort, daß er uns zwar Vorsprung gibt, aber nur zwölf Stunden. Und ich glaub', die zwölf Stunden brauchst du, um von der Bildfläche zu verschwinden, Deutscher.«

Nun, der Deutsche, der für 'ne Weile überhaupt nichts zu all den Neuigkeiten sagt, ist anscheinend dabei, die Lage zu überdenken, und während er sie noch überdenkt, tritt er bei seiner alten Blechbüchse ein bißchen mehr aufs Gaspedal, als er's beabsichtigt, und die Rostlaube holpert ganz schön flott über die Hauptstraße von dem Nest, als plötzlich ein Bulle auf 'nem Motorrad neben uns erscheint und den Deutschen auffordert, an den Bordstein zu fahren.

Er ist ein freundlich aussehender junger Cobb, aber jetzt scheint er ziemlich ärgerlich zu sein, als er von seinem Motorrad runtersteigt und sehr langsam zu uns herüberspaziert und uns fragt, wo's denn brenne.

Natürlich sagen wir überhaupt nichts, was so ungefähr das einzige ist, was man 'nem Bullen unter solchen Umständen sagen kann, und dann meint er folgendes:

»Was transportiert ihr Kerle außer euch selbst denn noch in diesem alten Suppentopf?« sagt er. »Steigt mal aus, und laßt mich euch mal genauer ansehen.«

Und dann, als wir ausgestiegen sind, späht er in den vorderen Teil des Wagens und in den hinteren, und alles, was er zutage fördert, ist 'ne Flasche, die einstmals Charleys Pfefferminz mit Roggenwhisky ohne Pfefferminz enthielt, inzwischen aber leer ist, und er hält diese Flasche in die Höhe und schnüffelt an der Mündung und fragt, was früher mal in dieser Flasche gewesen sei, und ich erzähl' ihm die Wahrheit und nichts als die Wahrheit, und als ich ihm dann sage, daß sie mal voll Medizin gewesen ist, da nicken der Deutsche und Blondie Swanson eifrig, um meine Aussage zu erhärten. Aber der Bulle schnüffelt noch mal an der Pulle und sagt dann:

»Oh«, sagt er ziemlich sarkastisch, »Schlaumeier, wie? Drei Schlaumeier, was? Versuchen jemanden zu veräppeln, he? Medizin, wie?« sagt er. »Na, wenn heute nich' Heiligabend wär', dann würde ich euch einkassieren und auf bloßen Verdacht hin einlochen. Aber ich werd' den Nikolaus für euch spielen und euch weiterfahren lassen, Schlaumeier.«

Und dann, als wir einige Häuserblocks weiter sind, gibt der Deutsche folgendes von sich:

»Ja, ja«, sagt er, »genau das sind wir, ganz bestimmt. Schlaumeier. Wenn wir nämlich keine Schlaumeier wären, hätten wir immer noch die Tasche im Wagen gehabt, und der Bulle hätte sie gefunden. Und wenn er die Tasche gefunden hätte, dann hätte er uns einlochen wollen, Heiligabend oder nicht, um Nachforschungen anzustellen. Und ich fürchte, das hätte er nicht überlebt, denn wir hätten jede Menge Ärger am Hals gehabt, und was mich angeht«, sagt der Deutsche, »mir hängt der Ärger langsam zum Hals raus.«

Und darauf schiebt der Deutsche den riesigen Ballermann ins Halfter unter seinen linken Arm zurück und tritt wieder aufs Gaspedal, und als seine alte Rostlaube langsam die Lichter von dem Nest hinter sich zurückläßt, frag' ich Blondie, ob er nich' zufällig den Namen von dem Kaff kennt.

»Klar«, sagt Blondie. »Kenn' ich. Stand doch auf dem Schild, an dem wir eben vorbei sind. Heißt Bethlehem, Pennsylvania.«

Zitronenbonbon-Bubi

Ich hab' jetzt vor, Sie vier oder fünf Jahre in die Vergangenheit mitzunehmen. Es ist ein Augustnachmittag an der Rennbahn in Saratoga, einem Flecken im Staate New York, der ganz nett anzuschauen ist. Und an der Rennbahn ist 'n junger Bursche mit Namen Zitronenbonbon-Bubi, den man Zitronenbonbon-Bubi nennt, weil er immer einen kleinen Beutel mit Zitronenbonbons in einer Tasche seines Mantels hat und immer schmatzend an einem Zitronenbonbon rumlutscht. Ein Zitronenbonbon ist 'ne Süßigkeit, die viele Leute schätzen, obwohl ich persönlich Pfefferminz bevorzuge.

An diesem Tag, von dem ich gerade spreche, hält Zitronenbonbon-Bubi Ausschau nach 'nem Geschäft, wobei er sich recht schwer tut, denn der Job von Zitronenbonbon-Bubi ist es, eine Geschichte zu erzählen, und es ist für ihn wirklich nicht ganz einfach, Leute aufzustöbern, die bereit sind, sich die Geschichte anzuhören.

Und natürlich sind 'nem Kerl, dessen Job es ist, 'ne Geschichte zu erzählen, die Flügel gestutzt, wenn er niemanden aufstöbern kann, der ihm dabei zuhört. Denn die Geschichte, die Zitronenbonbon-Bubi erzählt, handelt immer davon, daß er irgendwas weiß, was in einem bestimmten Rennen passieren wird, und der Sinn der Sache ist, daß es denjenigen, der zuhört, dazu bringen soll, in diesem bestimmten Rennen 'ne Wette zu riskieren, und wenn das Rennen dann so läuft, wie der Kerl es in seiner Geschichte dargestellt hat, dann wird der Zuhörer dem Kerl natürlich sehr dankbar sein und ihn vielleicht großzügig belohnen.

Zudem wird der Zuhörer dann weiteren Geschichten zuhören. Und ein Kerl, dessen Job es ist, solche Geschichten zu erzählen, ein Kerl wie Zitronenbonbon-Bubi also, der hat unheimlich viele Geschichten auf Lager, und für gewöhnlich sind es lange Geschichten, und zuweilen sind sie interessant und unterhaltsam, was natürlich davon abhängt, wer sie erzählt, aber es ist allseits bekannt, daß niemand besser Geschichten erzählen kann als Zitronenbonbon-Bubi.

Aber der alte Cap Duhaine und seine Spürnasen an der Saratoga-Rennbahn sind mächtig sauer auf Kerle, die herumlaufen und solche Geschichten erzählen, und Cap Duhaine behauptet, daß solche Kerle nichts anderes sind als Halunken, und Cap und seine Leute haben ganz besonders was gegen Zitronenbonbon-Bubi, denn sie sagen, daß er seine Geschichten so gut erzählt, daß er das Vertrauen der Öffentlichkeit in Pferderennen untergräbt. Und darum gucken sie Zitronenbonbon-Bubi genauestens auf die Finger, um sicher zu sein, daß er sich niemand an Land ziehen und ihm seine Geschichten erzählen kann, und schließlich ist Zitronenbonbon-Bubi schrecklich wütend und marschiert über den Rasen auf den vorderen Teil der Rennstrecke zu.

Und während er dort hinmarschiert, lutscht er schmatzend Zitronenbonbons, die er aus seiner Tasche holt, und er grübelt darüber nach, wieviel besser es ihm gehen könnte, wenn er die letzten zehn Jahre seines Lebens irgendeinem anständigen Beruf gewidmet hätte, anstatt von einem Ende des Landes zum anderen zu fahren und den Leuten seine Geschichten zu erzählen, obwohl Zitronenbonbon-Bubi so aus dem Stand kein anständiger Beruf einfällt, bei dem er soviel von der Welt zu sehen bekommen hätte, seit er aus dem Waisenhaus in Jersey City, in dem er aufgewachsen ist, entlassen wurde. Soviel zu sehen gibt's nur auf den Rennbahnen.

Zu dem Zeitpunkt, an dem die Geschichte beginnt, die ich Ihnen erzählen möchte, ist Zitronenbonbon-Bubi so etwa vierundzwanzig Jahre alt, und er ist ein recht kleiner Kerl mit einer leisen Stimme, die davon herrührt, daß er ständig vertraulich tun muß, wenn er seine Geschichten erzählt, und er ist fast immer für sich allein. Ja, eigentlich kommt niemals irgendwem zu Ohren, daß Zitronenbonbon-Bubi in der Zeit, während er sich an den Rennbahnen rumtreibt und seine Geschichten erzählt, mal 'nen Kumpel gehabt hätte, obwohl er keineswegs ein unfreundlicher Bursche ist und immer mit jedermann spricht, selbst wenn er Geld in den Fingern hat.

Aber es ist inzwischen schon eine ganze Weile her, seit Zitronenbonbon-Bubi das letzte Mal Geld in den Fingern hatte oder auch nur die Aussicht, welches in die Finger zu bekommen, und die Wirtin in der Pension in Saratoga, in der er wohnt, wird zusehends schroffer und macht abfällige Bemerkungen über ihn, wie auch über die meisten anderen ihrer Mieter, und darum ist es Zitronenbonbon-Bubi unmöglich, dort seine Mahlzeiten wirklich zu genießen, vor allem, weil es außerdem ziemlich miserable Mahlzeiten sind.

Nun ja, Zitronenbonbon-Bubi geht also mutterseelenallein über den Rasen und steht dann dort herum und schaut über die Rennbahn, wobei er von Zeit zu Zeit schmatzend an einem Zitronenbonbon herumlutscht und denkt, was für eine brutale Welt es doch ist, o ja, und wieviel besser alles sein könnte, wenn nich' irgendwelche Spürnasen durch die Gegend liefen.

Es ist ein Tag, an dem nicht viele Leute an der Rennbahn sind, und der einzige in der Nähe von Zitronenbonbon-Bubi ist anscheinend ein alter Kerl in einem Rollstuhl, der eine grobe Wolldecke über den Knien liegen hat und hinter dem ein großer, schläfrig aussehender Mohr steht, der wohl für das Schieben des Rollstuhls verantwortlich ist.

Dieser alte Kerl hat einen riesigen, weißen Rauschebart und riesige, weiße struppige Augenbrauen, und er ist ein sehr griesgrämig dreinblickender alter Knacker, und man kann sofort erkennen, daß er nichts anderes ist als ein mürrischer Brummbär, der keinerlei Beachtung verdient. Aber er ist ein vertrauter Anblick an der Rennbahn in Saragota, denn er trudelt fast jeden Tag in einer Limousine mit den Ausmaßen eines Leichenwagens ein, wird dann in seinem Rollstuhl vom Mohr über eine Holzrutsche aus der Limousine gerollt und zu ebendieser Stelle geschoben, wo er jetzt gerade steht, damit er den Sport der Könige in Ruhe betrachten kann, ohne von der Menge belästigt zu werden.

Es ist allen und jedem bekannt, daß sein Name Rarus P. Griggsby ist und daß er jede Menge Zaster hat, den er in der Wall Street macht, und daß nichts auf der Welt ihm lieber ist als sein Zaster, und außerdem weiß jedermann, daß er jedermann auf der Welt haßt, einschließlich sich selbst, also geht niemand in seine nähere oder weitere Umgebung, sofern er es verhindern kann.

Zitronenbonbon-Bubi merkt gar nicht, wie dicht neben Rarus P. Griggsby er zu stehen kommt, bis er hört, wie der alte Knacker seinen Mohren anknurrt, und da guckt Zitronenbonbon-Bubi Rarus P. Griggsby sehr wohlwollend an und sagt mit seiner leisen Stimme folgendes zu ihm:

»Gicht?« sagt er.

Natürlich weiß Zitronenbonbon-Bubi, wer Rarus P. Griggsby

ist, und unter normalen Umständen würde es Zitronenbonbon-Bubi nicht in den Sinn kommen, mit so 'ner Type zu sprechen, aber er ist nun mal sehr, sehr niedergeschlagen und wendet seine Aufmerksamkeit nur deshalb Rarus P. Griggsby zu, weil er sich selbst zeigen will, wie furchtbar egal ihm alles ist. Denn unter normalen Umständen ist die Wahrscheinlichkeit sehr groß, daß Rarus P. Griggsby jetzt anfangen wird, nach den Bullen zu schreien, weil ein Fremder die Impertinenz besitzt, ihn anzusprechen, aber es liegt so viel Wohlwollen in Zitronenbonbon-Bubis Stimme und Augen, daß er Rarus P. Griggsby anscheinend kalt erwischt, denn Rarus P. Griggsby schreit nicht nach den Bullen, sondern antwortet:

»Arthritis«, antwortet Rarus P. Griggsby. »In meinen Knien«, sagt er. »Ich bin seit drei Jahren nicht mehr in der Lage, auch nur einen Schritt zu machen.«

»Na so was«, sagt Zitronenbonbon-Bubi, »ich bin wirklich untröstlich, das zu hören. Ich weiß genau, wie Sie sich fühlen, weil ich mich von klein auf mit derselben Krankheit herumschlage.«

Nun ja, dies ist selbstverständlich bloß das normale Vorgeplänkel, denn Zitronenbonbon-Bubi kann Arthritis weder buchstabieren, noch hat er jemals darunter gelitten, aber er macht die Bemerkung ja auch nur, um ins Gespräch zu kommen, und dann fährt er mit den Worten fort:

»Tatsache«, sagt Zitronenbonbon-Bubi, »ich hab' dermaßen drunter gelitten, daß ich nich' mal mehr richtig denken konnte, bis ich dann eines Tages dieses Heilmittel entdeckt hab', das mich wieder aufgemöbelt hat wie 'n schöner Regenschauer, und jetzt brauch' ich mich mit gar nichts mehr rumzuschlagen.«

Und hierauf holt er ein Zitronenbonbon aus der Tasche und wirft es sich in den Mund, und dann reicht er Rarus P. Griggsby mit einer höchst feierlichen Geste eins rüber, und der alte Knabe nimmt das Zitronenbonbon und hält es zwischen Daumen und Zeigefinger und schaut es an, als ob er erwartet, daß es ihm mitten in die Visage explodiert, indes der Mohr Zitronenbonbon-Bubi mit einer höchst bedrohlichen Miene anstarrt.

»Tja«, sagt Rarus P. Griggsby, »ich persönlich glaub' ja, alle Heilverfahren sind Schwindel. Mein Angebot von fünftausend Dollar für denjenigen, der mich von meinen Schmerzen befreien kann, steht immer noch, und ich fürchte, es bleibt auch stehen. Die Ärzte sind allesamt Schwindler«, sagt er. »Sieben von denen hab' ich schon, und sie nehmen mir die Mandeln raus und alle meine Zähne und meinen Blinddarm und halten mich davon ab, all das zu essen, was mir schmeckt, und dabei wird meine Arthritis bloß noch schlimmer. Die Heilquellen hier in Saratoga, die scheinen mir etwas zu helfen, aber«, sagt er, »die kriegen mich auch nicht aus diesem Rollstuhl raus, und überhaupt, mir hängt alles zum Hals raus.«

Und dann, als ob er zu einer plötzlichen Entscheidung gekommen wäre, wirft er sich das Zitronenbonbon in den Mund und fängt an, sehr langsam und schmatzend auf ihm herumzulutschen, und nach 'ner Weile sagt er, es schmecke ja bloß wie 'n Zitronenbonbon, und natürlich ist es auch bloß 'n Zitronenbonbon, aber Zitronenbonbon-Bubi sagt, dieser Geschmack diene ja nur dazu, um die Medizin zu veredeln.

Tja, und so nach und nach beginnt Zitronenbonbon-Bubi dann, Rarus P. Griggsby eine seiner Geschichten zu erzählen, und im nachhinein meint Zitronenbonbon-Bubi, er habe damals gar nicht erwartet, daß Rarus P. Griggsby der Geschichte lausche, und er habe bloß aus Lust und Dollerei angefangen, sie ihm zu erzählen, nur um zu sehen, wie er's aufnimmt, aber dann sei er mächtig überrascht gewesen, feststellen zu können, daß Rarus P. Griggsby ganz Ohr war.

Ich persönlich, ich find' an dieser Situation ja gar nichts Ungewöhnliches, denn ich seh' des öfteren Leute an den Rennbahnen, die genauso einflußreich und prominent sind wie Rarus P. Griggsby und die sich von Burschen Geschichten erzählen lassen, die nich' viel mehr in ihren Hosen haben als ihren Hintern, vor allem, wenn die Geschichte von Nepp und Klau handelt, denn es liegt in der menschlichen Natur, allen Dingen, die von Nepp und Klau handeln, ein reges Interesse entgegenzubringen.

Die Geschichte, die Zitronenbonbon-Bubi Rarus P. Griggsby erzählt, geht darum, daß er 'n Bruder von Sonny Saunders, dem Jockey, ist und daß Sonny ihm gesteckt hat, an diesem Tag nur deshalb an der Rennbahn zu sein, um auf ein bestimmtes Pferd im fünften Rennen zu setzen, weil das Rennen nämlich 'ne abgekartete Sache ist und weil alles, was mitläuft, so steif wie 'n Brett ist, außer diesem bestimmten Pferd.

Nun ist das alles natürlich absoluter Blödsinn, erstunken und erlogen, und Zitronenbonbon-Bubi nimmt sich einige Freiheit im Umgang mit Sonny Saunders' Namen, vor allem weil Sonny überhaupt keine Brüder hat, und gesetzt den Fall, Sonny wüßte wirklich was über so ein Rennen, würde er's mit an Sicherheit grenzender Wahrscheinlichkeit nich' ausgerechnet Zitronenbonbon-Bubi auf die Nase binden. Aber nur sehr wenige von den Kerlen, deren Job es ist, solche Geschichten zu erzählen, kommen jemals auf den Gedanken, daß sie 'ne arglistige Täuschung begehen.

Und so läßt Zitronenbonbon-Bubi weiter verlauten, daß er, als er an der Rennbahn eintrifft, fünfzig Kröten in der Tasche hat, um sie auf dieses bestimmte Pferd zu setzen, aber unglücklicherweise kriegt er 'nen Tip über 'ne richtig heiße Sache im ersten Rennen und setzt seine fünfzig Kröten, um sich selbst mit 'ner größeren Summe zu versorgen, die er dann auf dieses bestimmte Pferd im fünften Rennen zu setzen gedenkt, bloß geht die heiße Sache kräftig daneben, weil der Jockey 'nen geradezu kriminellen Ritt hinlegt und das vordere Ende seines Pferdes nich' vom hinteren unterscheiden kann und schließlich um 'ne Nasenlänge schlagen wird, und da steht Zitronenbonbon-Bubi nun da, und das fünfte Rennen wird gleich gestartet, und es ist einfach 'ne todsichere Sache, heißt es in seiner Geschichte, bloß hat er keine Mäuse mehr, die er setzen kann.

Also, ich persönlich, ich halte diese Geschichte nich' für so virtuos wie so manche andere, die Zitronenbonbon-Bubi schon erzählt hat, und eigentlich zählte auch Zitronenbonbon-Bubi selbst sie nie zu seinen Meisterwerken, aber der alte Rarus P. Griggsby lauscht der Geschichte so gespannt wie 'n Flitzebogen und ohne nur ein Wort zu sagen, und die ganze Zeit über lutscht er schmatzend auf dem Zitronenbonbon rum und leckt sich die Lippen unter seinem riesigen Rauschebart, so, als ob ihm das läppische Ding den größten Genuß beschert, aber als Zitronenbonbon-Bubi schließlich zum Schluß der Geschichte kommt und mit einem sehr betrübten Ausdruck im Gesicht dasteht und auf die Rennbahn starrt, da sagt Rarus P. Griggsby folgendes:

»Ich wette nie bei Pferderennen«, sagt Rarus P. Griggsby. »Es ist ein unsicheres Geschäft. Aber die Sache, die du da erzählst, hört sich so an, als ob man hier das Geld praktisch auf der Straße findet, und ich liebe es, Geld auf der Straße zu finden. Ich werd' hundert Dollar auf dieses bestimmte Pferd setzen, wenn du mir garantierst, daß die Sache nicht schiefgehen kann.«

Und mit diesen Worten zückt er 'ne Geldbörse, die so was von alt ist, daß Zitronenbonbon-Bubi schon beinahe damit rechnet, 'nen Kakerlaken aus ihr rauskriechen zu sehen, und bringt einen Blauen zum Vorschein, den er Zitronenbonbon-Bubi rüberreicht, und als er das tut, erkundigt sich Rarus P. Griggsby:

»Wie heißt denn dieses bestimmte Pferd?«

Tja, das ist natürlich 'ne gute Frage, und wie der Zufall so spielt, war Zitronenbonbon-Bubi den ganzen Nachmittag so damit beschäftigt, über die Ungerechtigkeit der Spürnasen nachzugrübeln, daß er überhaupt noch nich' dazu gekommen ist, sich mit diesem bestimmten Rennen eingehender zu befassen. Später wird er für diese Schlampigkeit auch von allen heftig kritisiert, denn wenn ein Kerl schon so 'ne Geschichte über ein Rennen erzählt, ist es natürlich 'ne glasklare Sache, daß er sich vorher 'nen Gaul aussucht, um wenigstens den Hauch einer Chance zu haben, 'n paar Mäuse zu machen.

Aber bei Rarus P. Griggsby hat Zitronenbonbon-Bubi ja gar nicht mit der Möglichkeit gerechnet, daß der ihm die Geschichte abkauft, und so ist er auf diese Frage natürlich völlig unvorbereitet, und so aus dem Stand kennt er keinen Namen von 'nem Pferd, das in diesem Rennen läuft, weil er sich noch gar nich' die Starterliste angeguckt hat, und er möchte schließlich nich' den Namen von irgend 'ner Schindmähre nennen, die vielleicht sogar schon vom Start zurückgezogen ist, denn damit würde er die Chance einbüßen, den Blauen zu ergattern. Und als er dann den Blauen von Rarus P. Griggsby an sich rafft und sich umdreht, um zu den Buchmachern vor der Haupttribüne zu flitzen, da ist das einzige, was Zitronenbonbon-Bubi in dem Augenblick einfällt, folgendes:

»Achten Sie auf Nummer Zwei«, sagt er.

Er sagt deshalb Nummer Zwei, weil er sich ausrechnet, daß es in dem Rennen ja wohl oder übel 'ne Nummer Zwei geben muß, während er sich mit 'ner Nummer Sieben oder gar 'ner Nummer Neun gar nicht so sicher sein kann, denn es gibt ga Rennen mit nur fünf oder sechs Startern.

Und natürlich hat Zitronenbonbon-Bubi gar nich' die Absicht, den Blauen auf 'n Pferd oder sonstwas in dem Rennen zu setzen, denn erstens fällt ihm gar nichts ein, worauf er was setzen könnte, und zweitens braucht er den Blauen nun mal für sich selbst, aber als er sich beim ersten Buchmacher, dem er begegnet, erkundigt, da ist er doch einigermaßen erleichtert zu erfahren, daß die Nummer Zwei ein altes Walroß ist, das ›Der Demokrat‹ heißt, denn schließlich weiß jeder, daß Der Demokrat keinerlei Chancen hat, auch nur einen Cent zu gewinnen, nich' mal in 'nem Starterfeld aus Schildkröten.

Also schiebt sich Zitronenbonbon-Bubi den Blauen in die Hosentasche und spaziert ein wenig herum, bis die Pferde an den Start gehen, und Sie dürfen nun nich' denken, es wär' was Unredliches dabei, das Geld nich' bei 'nem Buchmacher zu setzen, denn Zitronenbonbon-Bubi nimmt die Wette ja lediglich höchstselbst an, was keineswegs unüblich ist. Genaugenommen ist es so alltäglich, daß sich nur Kerle wie Cap Duhaine und seine Spürnasen was dabei denken.

Schließlich geht Zitronen-Bubi wieder zu Rarus P. Griggsby zurück, denn auch für 'nen Burschen, dessen Job es ist, solche Geschichten zu erzählen, ist es nicht gerade die feine Art, nicht da zu sein, wenn der Zeitpunkt kommt, an dem er erklären muß, warum die Geschichte nich' hingehauen hat, und genau in dem Moment schwenken die Pferde auf die Zielgerade ein, und einige Sekunden später donnern sie dort vorbei, wo Rarus P. Griggsby in seinem Rollstuhl sitzt, und kein anderer als Der Demokrat mit der Nummer Zwei führt das Feld an.

Tja, und der alte Rarus P. Griggsby fängt an, begeistert herumzubrüllen, und mit den Händen zu fuchteln, und er macht so viel Radau, daß schon bald alles auf ihn aufmerksam wird, und als es sich rumspricht, daß er 'nen Blauen auf den Gewinner gesetzt hat, verübelt es ihm niemand, diesen ganzen Spektakel zu machen, denn die Quoten stehen zwanzig zu eins, aber Zitronenbonbon-Bubi steht die ganze Zeit bloß so rum und schaut sehr, sehr betrübt drein und schüttelt bloß den Kopf, bis Rarus P. Griggsby schließlich sein seltsames Verhalten bemerkt.

»Warum freust du dich nicht über unseren schönen Gewinn?« sagt er. »Selbstverständlich werd' ich dich dran beteiligen«, sagt er. »Ich bin dir wirklich sehr dankbar.«

»Aber«, sagt Zitronenbonbon-Bubi, »wir gewinnen ja gar nich'. Unser Pferd ist ja bloß Zweiter.«

»Was meinst du damit, Zweiter?« sagt Rarus P. Griggsby. »Du hast mir doch gesagt, ich soll auf Nummer Zwei achten. Hat Nummer Zwei denn nicht gewonnen?«

»Doch«, sagt Zitronenbonbon-Bubi, »was Sie sagen, ist völlig richtig, aber als ich gesagt hab', Sie sollen auf Nummer Zwei achten, wollte ich damit andeuten, daß Nummer Zwei das einzige Pferd ist, bei dem ich ein wenig Bammel habe, und anscheinend waren meine Bedenken ja auch nicht unbegründet, wie die hohe Gewinnquote beweist.«

Und darauf hockt der alte Rarus P. Griggsby völlig reglos in seinem Rollstuhl und starrt Zitronenbonbon-Bubi so lange an, wie man braucht, um bis zehn zu zählen, wenn man langsam zählt, und sein Rauschebart und seine Augenbrauen zucken um die Wette, und jeder kann sehen, wie mächtig verstört er ist, und dann läßt er urplötzlich 'nen Brüller los, und zur größten Verwunderung aller krabbelt er aus seinem Rollstuhl raus und macht 'nen Satz auf Zitronenbonbon-Bubi zu.

Tja, es gibt gar keinen Zweifel, daß Rarus P. Griggsby Mordgedanken hegt, und man kann es Zitronenbonbon-Bubi nicht verdenken, daß er sich umdreht und mit beträchtlichem Tempo anfängt loszurennen, und genaugenommen hat er so'n Tempo drauf, daß seine Füße schließlich die kleinen Steinchen auf den Kieswegen der Rennbahn mit einer solcher Vehemenz zurückschleuden, daß einige der Zuschauer, die von diesen Steinchen getroffen werden, sich wie über den Haufen geschossen vorkommen.

Einige Meter hängt der alte Rarus P. Griggsby Zitronenbonbon-Bubi dicht auf den Fersen, und darüber hinaus brüllt und flucht Rarus P. Griggsby in einer geradezu scheußlichen Art und Weise. Dann kommen einige von Cap Duhaines Spürnasen angerannt und setzen Zitronenbonbon-Bubi ebenfalls nach, und er muß die Füße schon ganz schön in die Hand nehmen, um sich die Verfolger bis zu den Rennbahneingängen vom Leibe zu halten, und als Rarus P. Griggsby nach den ersten Hopsern nich' mehr viel zu bieten hat und immer weiter zurückfällt, da kreischt er plötzlich los:

»Halt an! Bitte, halt an!« kreischt Rarus P. Griggsby. »Ich will mit dir reden.«

Aber Zitronenbonbon-Bubi ist selbstverständlich keine trübe Tasse, und so drosselt er nicht das Tempo, geschweige denn anzuhalten, bis er sich in einiger Entfernung von den Eingängen befindet und die Spürnasen umkehren, und mehr als das, Zitronenbonbon-Bubi geht über die Straße, die aus Saratoga hinausführt, statt in die Stadt zurückzukehren, denn er rechnet sich aus, daß Saratoga für 'ne Weile kein sonderlich sicheres Pflaster für ihn ist.

Natürlich bedauert es Zitronenbonbon-Bubi, daß er Rarus P. Griggsby überhaupt die Geschichte mit der Nummer Zwei erzählt hat, weil Zitronenbonbon-Bubi gern im August in Saratoga ist, aber so 'ne Sache, wie sie ihm jetzt passiert ist — 'nen Sieger auf so 'ne komische Tour vorherzusagen —, das ist halt ein bedauerliches Mißgeschick, das ihm hoffentlich nicht mehr passieren wird.

Tja, und so marschiert Zitronenbonbon-Bubi noch für einige Zeit weiter und entfernt sich immer mehr von Saratoga, und schließlich ist er völlig ausgelaugt und möchte nur zu gern ein wenig die Füße ausruhen. Und als er dann in ein kleines Nest namens Kibbsville kommt, setzt er sich auf die Veranda eines Gebäudes, das wie 'ne Gemischtwarenhandlung mit angeschlossener Tankstelle aussieht, und während er noch so dasitzt und darüber nachdenkt, wie nett und ruhig und gemütlich dieses Nest mit seinen angenehmen schattigen Bäumen und den vielen weißen Häusern ringsumher zu sein scheint, sieht er im Türeingang eines sehr kleinen weißen Häuschens, welches sich auf der gegenüberliegenden Seite der Straße befindet, ein wunderhübsches Mädchen stehen, in ein Gingankleid gehüllt. Ich weiß das deshalb so genau, weil Zitronenbonbon-Bubi es mir später mal erzählt hat.

Die Puppe hat braune Haare, die an ihrem Rücken hinunterfluten, und ihr Lächeln ist so verzaubernd, daß Zitronenbonbon-Bubi tief Luft holt, als 'n alter Tattergreis mit 'nem Spitzbart aus dem

Laden rauskommt, um einem Kerl in 'ner Rostlaube Benzin zu verkaufen, und dann fragt Zitronenbonbon-Bubi den alten Knacker, ob er nich 'nen Verkäufer brauchen kann.

Und anscheinend kann der alte Kerl tatsächlich einen gebrauchen, denn er sagt Zitronenbonbon-Bubi, daß der frühere Verkäufer, ein Bursche namens Pilloe, sich unlängst mal hingelegt hat und dann wegen Altersschwäche und Unterernährung so mir nichts, dir nichts wegstirbt, und so kommt es also, daß Zitronenbonbon-Bubi sich in Kibbsville niederläßt und für zehn Kröten am Tag in Martin Potters Laden die nächsten Jahre hindurch herumverkäufert.

Und ferner lernt er so auch Miß Alicia Deering kennen, die keine andere ist als die bildschöne kleine Puppe, die Zitronenbonbon-Bubi im Türeingang des kleinen Häuschens auf der gegenüberliegenden Seite der Straße stehen sah.

Sie lebt mit ihrem Papa zusammen in diesem Häuschen, und ihre Mama ist schon vor langer Zeit gestorben, und ihr Papa ist eigentlich nichts als ein alter Halsabschneider, der nur seinen Apfelschnaps heiß und innig liebt und für gewöhnlich ganz schön einen in der Krone sitzen hat. Sein Vorname is' Jonas, und er ist Maler, nur ist ihm äußerst selten danach, mal was anzumalen, weil er behauptet, er hätte sich nie richtig von einem früheren Rückenleiden erholt, das er sich im Spanisch-Amerikanischen Krieg bei den Ersten New Yorkern zugezogen hat, und darum unterstützt ihn Miß Alicia Deering, indem sie im Commercial-Hotel die Gäste bekellnert.

Und obwohl Zitronenbonbon-Bubi jetzt für einen schrecklichen ollen Knauserich arbeitet, der sogar an Zitronenbonbon-Bubis Macke herumnörgelt, sich ab und zu die Taschen mit Zitronenbonbons aus einem Glas vollzustopfen, das auf einem der Regale in dem Laden steht, ist Zitronenbonbon-Bubi sehr glücklich, und was ihn so glücklich macht, ist seine Liebe zu Miß Alicia Deering, und es ist überhaupt das erste Mal in seinem Leben, daß er irgend jemand oder irgend etwas liebt. Und zudem ist es auch das erste Mal in seinem Leben, daß Zitronenbonbon-Bubi so ruhig und in Frieden vor sich hinlebt und sich nicht bei dem Versuch, sich ein paar Kniffe auszudenken, wie er jemanden reinlegen kann, die Nächte um die Ohren schlägt.

Und tatsächlich schaut Zitronenbonbon-Bubi jetzt mit größtem Widerwillen auf sein altes Leben zurück, denn es ist ihm nun klar, daß dies eigentlich keine angemessene Lebensweise für einen Mann ist, und bisweilen ist er sogar nahe dran, seinen früheren Spießgesellen, die sich bestimmt immer noch auf den Rennbahnen rumtreiben, von seinem Glück zu erzählen oder zu schreiben und ihnen anzuraten, in sich zu gehen und ein neues Leben zu beginnen. Andererseits möchte Zitronenbonbon-Bubi nicht, daß seine alten Spießgesellen wissen, wo er sich befindet, also läßt er's bleiben.

Mittlerweile wirft er nicht mal mehr 'nen Blick auf die Rennplakate, und er verbringt all seine freie Zeit mit Miß Alicia Deering, obwohl seine freie Zeit sehr knapp bemessen ist, weil der alte Martin Potter nicht viel davon hält, wenn seine Angestellten zwischen sechs Uhr morgens und zehn Uhr abends herumlungern. Und auch das Commercial-Hotel hat gegen solche Machenschaften mächtig was einzuwenden. Aber eines Tages im Frühling, als gerade die Apfelblüten in dieser Gegend erblühen und die Luft knüppeldick in Wohlgeruch getaucht ist und das Gras hübsch und grün wird, da offenbart Zitronenbonbon-Bubi Miß Alicia Deering seine Liebe, und er sagt ihr, es ist eine Liebe, die zum An-die-Wände-hochgehen ist.

Tja, Miß Alicia Deering erklärt, sie erwidere diese Liebe hundertprozentig, und darauf schlägt Zitronenbonbon-Bubi vor, umgehend zu heiraten, und sie sagt, sie findet den Vorschlag okay, bloß kann sie ihren Papa nicht allein lassen, weil er auf der ganzen weiten Welt niemand hat außer ihr, und obwohl dies ein erhebliches Extra an Belastungen darstellt — mehr, als Zitronenbonbon-Bubi eigentlich vorhatte, sich aufzuhalsen —, sagt er, seine Liebe sei so was von kolossal, daß er sogar Miß Alicia Deerings Papa ertragen werde.

Und also heiraten sie, und sie leben in dem kleinen Häuschen auf der gegenüberliegenden Seite der Straße von Martin Potters Gemischtwarenhandlung mit Tankstelle, zusammen mit Miß Alicia Deerings Papa.

Als er Miß Alicia Deering heiratet, da hat Zitronenbonbon-Bubi einen Sparstrumpf mit hundertundachtzehn Dollar drin, bestehend aus dem Blauen, den er Rarus P. Griggsby abgeluchst hat, und achtzehn Dollar, die er sich innerhalb eines Jahres von dem Gehalt, das ihm Martin Potter auszahlt, abspart, und drei Nächte nach der Hochzeit schnüffelt Miß Alicia Deerings Papa herum und findet heraus, wo Zitronenbonbon-Bubi seinen Strumpf versteckt hat, und mopst ihn. Darauf begibt er sich auf 'ne große Apfelschnaps-Sauftournee und verjubelt die ganzen Mäuse.

Aber ungeachtet aller Widrigkeiten, inklusive dem alten Deering, sind Zitronenbonbon-Bubi und Miß Alicia Deering in dem kleinen Häuschen etwa ein Jahr lang sehr, sehr glücklich, vor allem als es so aussieht, als ob Miß Alicia Deering ein Kind bekommen wird, obgleich dieser Zwischenfall sie zwingt, damit aufzuhören, im Commercial-Hotel die Gäste zu bekellnern, und damit auch ihre finanziellen Mittel gehörig einschränkt.

Doch dann wird Miß Alicia Deering eines Tages von einer schweren Krankheit heimgesucht, und es ist eine so schlimme Krankheit, daß der alte Doc Abernathy, der örtliche Quacksalber, resigniert den Kopf schüttelt und erklärt, daß dies über seine Kräfte gehe und ihre einzige Chance darin bestehe, sie in ein Krankenhaus nach New York zu bringen, wo die Spezialisten sie unter die Lupe nehmen könnten. Aber zu jener Zeit ist Zitronenbonbon-Bubi aufgrund seiner ganzen laufenden Unkosten bis auf die Knochen pleite, und er hat auch keine Ahnung, wo und wie er in dieser Gegend etwas Zaster in die Finger kriegen kann, denn es wird schließlich mindestens einige Blaue kosten, will er Doc Abernathys Rat beherzigen.

Schließlich fragt Zitronenbonbon-Bubi den alten Martin Potter, ob er nicht eine Möglichkeit sieht, ihm einen Vorschuß auf sein Gehalt zu geben, welches sich immer noch auf zehn Kröten pro Woche beläuft, aber Martin Potter lacht bloß und sagt, er sehe keine Möglichkeit, so was zu machen, und wenn sich die Lage nicht bald bessere, werde er Zitronenbonbon-Bubis Gehalt sowieso kürzen. Zu allem Überfluß schaut zu der Zeit auch noch der Kerl vorbei, dem das kleine Häuschen gehört, und er erinnert Zitronenbonbon-Bubi daran, daß der inzwischen schon für zwei Monate mit der Miete im Rückstand ist, was insgesamt zwölf Kröten ausmacht, und wenn Zitronenbonbon-Bubi nicht in der Lage ist, dieser Verbindlichkeit in Kürze nachzukommen, müsse er das kleine Häuschen räumen.

Und so steckt Zitronenbonbon-Bubi denn also ganz schön in der Klemme, und Miß Alicia Deering geht es von Minute zu Minute schlechter, und schließlich tippelt und trampt Zitronenbonbon-Bubi so um die zweihundert Kilometer nach New York City, denn er hat vor, nach Belmont Park zu gehen, wo jetzt die Gäule laufen, um dort vielleicht ein paar Scheinchen aufzutun, aber kaum taucht er am Broadway auf, da läuft er in einen Kerl hinein, den man den Winzling nennt und den er von früher kennt, und dieser Winzling schiebt ihn in einen Türeingang und sagt zu ihm:

»Hör zu, Zitronenbonbon«, sagt der Winzling, »ich weiß ja nicht, was du mit dem alten Rarus P. Griggsby angestellt hast, und ich will es auch gar nicht wissen, aber es muß ja was ganz Fürchterliches gewesen sein, denn er hat die ganzen letzten Jahre hindurch jeden miesen Typen an allen Rennbahnen auf dich angesetzt. Du weißt, Rarus P. Griggsby hat großen Einfluß an den Rennbahnen, und so, wie er hinter dir her ist, mußt du wohl 'nen Mord begehen. Weißt du«, sagt der Winzling, »erst letzte Woche fragt mich Whitey Jordan, der Rennbahnbulle drüben in Maryland, ob ich mal wieder was von dir gehört hab', und ich hab' ihm gesagt, daß du in Australien bist, soviel ich weiß. Halt dich von den Gäulen fern«, sagt der Winzling, »oder du wirst im Knast landen.«

Also tippelt und trampt Zitronenbonbon-Bubi nach Kibbsville zurück, weil er sich zu dieser Zeit keinen Ärger aufhalsen möchte, und die Nacht, in der er zurückkehrt, ist dieselbe Nacht, in der ein maskierter Kerl mit 'ner großen sechsschüssigen Kanone in der Pranke ins Foyer des Commercial-Hotels reintanzt und den Nachtportier und ein halbes Dutzend Leute, die im Foyer rumsitzen und unter denen sich auch der alte Jonas Deering befindet, die Pfoten hochnehmen läßt und die Kasse plündert, in der sich über sechzig Kröten befinden, und es ist auch dieselbe Nacht, in der Miß Alicia Deerings Baby tot geboren wird, und der alte Doc Abernathy behauptet später, dies sei bloß passiert, weil die Spezialisten Miß Alicia Deering nicht mindestens zwölf Stunden vorher unter die Lupe nehmen konnten.

Und es ist am Morgen nach dieser Nacht, so etwa gegen vier Uhr, als Miß Alicia Deering schließlich in dem kleinen Häuschen die Augen öffnet und sieht, wie Zitronenbonbon-Bubi bitterlich weinend neben ihrem Bett sitzt, und es ist dies das erste Mal, daß Zitronenbonbon-Bubi seinen Tränen freien Lauf läßt, seit vor vielen Jahren einer der Aufseher im Waisenhaus in Jersey City ihm eine anständige Tracht Prügel verpaßte.

Und da fordert Miß Alicia Deering Zitronenbonbon-Bubi auf, sich zu ihr herunterzubeugen, damit sie ihm etwas ins Ohr flüstern kann, und das, was Miß Alicia Deering ihm ins Ohr flüstert, mit schwacher Stimme und sehr leise, ist folgendes:

»Wein nicht, Bubi«, flüstert sie. »Sei ein tapferer Junge, wenn ich fort bin, Bubi, und vergiß niemals: Ich liebe dich. Und paß bloß gut auf den armen Papa auf!«

Und dann schließt Miß Alicia Deering für immer die Augen, und Zitronenbonbon-Bubi sitzt neben ihr und betrachtet ihr Gesicht, bis er einige Zeit später ein Geräusch an der Vordertür des kleinen Häuschens hört, und als er die Tür öffnet, findet er den Sheriff Higginbotham dort wartend vor, und nachdem sie eine Weile dort gestanden und sich angeschaut haben, da meint der Sheriff folgendes:

»Tja, Sohn«, meint Sheriff Higginbotham, »es tut mir ja leid, aber ich glaube, du wirst mit mir kommen müssen. Wir haben den Zapfhahn, den du letzte Nacht als Kanone benutzt hast, in Zinnfolie verpackt hinten im Garten gefunden.«

»Schon gut«, sagt Zitronenbonbon-Bubi. »Schon gut, Sheriff. Aber wie kommen Sie denn überhaupt auf die Idee, mich zu verdächtigen?«

»Na gut«, sagte Sheriff Higginbotham, »ich will's dir sagen, denn du kannst es ja nicht abstreiten. Der einzige Bursche im Hotelfoyer, der es bemerkt hat, war dein Schwiegervater Jonas Deering, und der hat gesehen«, sagt er, »daß du in die Manteltasche gegriffen hast, als du letzte Nacht deinen Eigenbau von Pistole in der Hand hieltest, und dann hast du 'n Zitronenbonbon rausgeholt und es dir in den Mund geworfen.«

Ich lauf' Zitronenbonbon-Bubi letzten Winter auf dem Rasen von Hialeah in Miami über den Weg, und es betrübt mich schon sehr zu sehen, daß die zwei Jahre, die er in Auburn abgesessen hat, einige Falten in seinem Gesicht zurückgelassen haben sowie so manche graue Strähne in seinem Haar.

Aber selbstverständlich erwähne ich davon nichts weiter, und ich sage ihm auch nichts davon, daß er von vielen Leuten in schlimmster Weise getadelt wird, daß er die drei Blauen, die wir damals zusammengelegt hatten, um einen Winkeladvokaten für seine Verteidigung zu bezahlen, Miß Alicia Deerings Papa gegeben hat.

Natürlich erzähl' ich Zitronenbonbon-Bubi auch nichts davon, daß manche ihm böse sind, weil er sogar die wenigen Kröten, die er für sein Tütenkleben im Knast von Auburn bekommen hat, ebenfalls diesem alten Knacker schickte, bis ihm Jonas Deering endlich weiteren Ärger erspart, als er nach einer Überdosis Apfelschnaps das Zeitliche segnet.

So, wie ich die Sache sehe, weiß schließlich jeder selbst am besten, was er zu tun hat, also streck' ich Zitronenbonbon-Bubi die Pranke rüber und sag' ihm, es freut mich, ihn zu sehen, und dann stehen wir da und schwatzen über die alten Zeiten, als urplötzlich ein Durcheinander entsteht und aus der Menge, die auf dem Rasen um uns herumsteht, ein alter Kerl mit einem riesigen weißen Rauschebart und struppigen weißen Augenbrauen herausgestürzt kommt und Zitronenbonbon-Bubi am Arm packt, und ich bin doch ziemlich überrascht zu sehen, daß es kein geringerer ist als der alte Rarus P. Griggsby ohne seinen Rollstuhl, und dann höre ich, wie er folgendes sagt:

»Tja, ja, ja«, sagt Rarus P. Griggsby zu Zitronenbonbon-Bubi. »Also finde ich dich doch noch«, sagt er. »Wo hast du dich die ganzen Jahre über versteckt? Weißt du denn nicht, daß ich dich überall durch alle möglichen Detektive suchen lasse, weil ich dir die Belohnung auszahlen möchte, die ich demjenigen versprochen habe, der mich von der Arthritis heilt? Ja«, sagt Rarus P. Griggsby, »die Medizin, die du mir in Saratoga gegeben hast und die wie 'n Zitronenbonbon schmeckt, funktioniert ganz prima, obwohl«, sagt er,

»meine sieben Ärzte mir weismachen wollen, daß lediglich ihre Bemühungen endlich Früchte tragen. Sogar die Stadt Saratoga will sich was von dem Kuchen abschneiden, indem sie behauptet, daß ich alles nur ihren Heilquellen verdanke.

Aber«, sagt Rarus P. Griggsby, »ich weiß, daß es an deiner Medizin liegt, und wenn's nich' deine Medizin is', dann war's dein Gaunerstück, das mich damals so in Rage gebracht hat, daß ich meine Arthritis glatt vergessen hatte und mich ihrer seitdem auch nich' mehr erinnert hab', und von daher ist es also völlig wurscht. Wie dem auch sei, jedenfalls bekommst du jetzt neunundvierzig Hundertdollarscheine von mir, denn die hundert, um die du mich beschwindelt hast, muß ich selbstverständlich abziehen«, sagt er.

Tja, Zitronenbonbon-Bubi steht bloß so da, glotzt Rarus P. Griggsby an und hört ihm zu, und schließlich fängt Zitronenbonbon-Bubi mit seiner leisen Stimme an zu lachen, ha-ha-ha-ha-ha, aber irgendwie scheint da gar kein richtiges Gelächter in seinem Lachen zu sein, und ich kann einfach nicht ertragen, es zu hören, also gehe ich weiter und lasse Rarus P. Griggsby und Zitronenbonbon-Bubi dort stehen.

Einmal nur blick' ich zurück, und da seh' ich, wie Zitronenbonbon-Bubi lange genug mit dem Lachen aufhört, um ein Zitronenbonbon aus der Tasche seines Mantels zu holen und es sich in den Mund zu werfen, und dann fängt er wieder an zu lachen, ha-ha-ha.

Sinn für Humor

Eines Abends steh' ich vor Mindys Restaurant am Broadway und denke an nichts Böses, als ich urplötzlich 'nen fürchterlichen Schmerz in meinem linken Fuß verspüre.

Dieser Schmerz ist dermaßen schlimm, daß er mich dazu veranlaßt, wie ein Ochsenfrosch herumzuhüpfen und Schmerzensschreie hinauszubrüllen und so einiges an recht vulgären Sprüchen loszulassen, was eigentlich gar nicht meine Art ist, obwohl ich selbstverständlich sofort weiß, daß dieser Schmerz von 'nem heißen Fuß herrührt, denn schließlich hab' ich mit heißen Füßen schon so manche Erfahrung gemacht.

Darüber hinaus weiß ich jetzt auch, daß Willie der Witzbold irgendwo in der Nähe sein muß, denn Willie der Witzbold hat den mit Abstand umwerfendsten Humor in dieser Stadt und läuft ständig in der Gegend rum, um den Leuten heiße Füße zu bescheren, und er hat mir so was schon öfter beschert, als ich mich erinnern kann. Wie ich gehört hab', soll Willie der Witzbold sogar der Erfinder des heißen Fußes gewesen sein, und der heiße Fuß wurde mit der Zeit ein äußerst populärer Zeitvertreib im ganzen Land.

Einen heißen Fuß verabreicht man folgendermaßen: man schleicht sich von hinten an einen Kerl ran, der einfach so rumsteht und an nichts Böses denkt, und steckt so 'ne Art Papierlunte zwischen Fußsohle und Oberleder seines Schuhs, ungefähr dahin, wo sein kleiner Zeh zu vermuten ist, und dann zündet man das Ding an. Ziemlich bald schon wird der Kerl 'nen fürchterlichen Schmerz in seinem Fuß verspüren, und er wird anfangen, herumzuhüpfen und Zeter und Mordio zu kreischen und sich überhaupt völlig verrückt aufzuführen, und das is' jedesmal ein echt komisches Spektakel und ein toller Lacher für alle, die den Kerl leiden sehen.

Und niemand auf der Welt verabreicht 'nen heißen Fuß so gekonnt wie Willie der Witzbold, denn es erfordert schon einige Geschicklichkeit und Übung, sich nahezu lautlos an den Kerl heranzuschleichen, der den heißen Fuß verpaßt bekommen soll, und Willie kann sich so was von lautlos anschleichen, daß es viele Burschen am Broadway gibt, die jeden Betrag darauf setzen würden, daß Willie sogar 'ner Maus 'nen heißen Fuß verpassen kann, sofern 'ne Maus aufzutreiben wäre, die Schuhe trägt. Außerdem kann Willie der Witzbold ausgesprochen gut auf seine Gesundheit aufpassen, denn manchmal reagiert ein Bursche, der 'nen heißen Fuß verpaßt bekommt, verdammt unwirsch. Das kann durchaus passieren, vor allem bei Kerlen, die ihre Schuhe für vierzig Kröten das Stück maßanfertigen lassen und die es nich' so gern sehen, wenn diese Schuhe mit eingebrannten Löchern verziert werden.

Aber Willie kümmert sich überhaupt nich' darum, was für 'ne Sorte Schuhe die Burschen tragen, wenn ihm mal danach ist, jemandem 'nen heißen Fuß zu verpassen, und es kümmert ihn auch nich', wer die Kerle sind, obwohl viele Leute glauben, daß er 'nen schweren Fehler gemacht hat, als er damals dem Bösen Bo 'nen heißen Fuß verpaßte. Tatsache, viele Leute sind über diesen Vorfall geradezu entsetzt, und sie laufen rum und meinen, es wird bestimmt nichts Gutes dabei rauskommen.

Dieser Böse Bo kommt aus Brooklyn drüben, wo er in vielerlei Hinsicht als eine der aufstrebenden Größen angesehen wird, aber bestimmt nicht als ein Kerl, dem man 'nen heißen Fuß verpaßt, zumal der Böse Bo nämlich nich' den geringsten Sinn für Humor hat. Wirklich, er ist fast immer todernst, und nie hat ihn jemand lachen sehen, und er hat ganz bestimmt nicht gelacht, als Willie der Witzbold dem Bösen Bo eines Tages am Broadway 'nen heißen Fuß verpaßte, als der Böse Bo gerade an irgend 'ner Ecke stand und mit irgendwelchen Kerlen aus der Bronx über 'ne geschäftliche Sache palaverte.

Er warf nur 'nen finster drohenden Blick auf Willie und sagte irgendwas auf italienisch, und obzwar ich kein Italienisch verstehe, klang es so was von gefährlich, daß ich garantiert innerhalb der nächsten zwei Stunden die Stadt verlassen hätte, wenn ich gemeint gewesen wär'.

Selbstverständlich is' der Name vom Bösen Bo nich' Bo, sondern irgendwas Italienisches wie Bocaccio oder so, und wie ich gehört hab', is' er auf Sizilien geboren, obwohl er schon seit einigen Jahren in Brooklyn lebt, wo er sich von eher bescheidenen Anfängen langsam hochgearbeitet hat, bis er einer der maßgeblichen Männer in so manchen Branchen war, vor allem im Alkoholgeschäft. Er ist ein großer Kerl und so um die Dreißig, und er hat Haare, die so schwarz sind, als würde er in 'nem Schornstein hausen, und schwarze Augen und schwarze Augenbrauen und 'ne mächtig bedächtige Art, die Leute zu mustern.

Niemand weiß sonderlich viel über den Bösen Bo, denn er gibt nie sonderlich viel von sich, und es braucht so seine Zeit, bis er mal was sagt, aber jeder gewährt ihm jede Menge Bewegungsfreiheit, denn es gibt Gerüchte, die besagen, daß Bo diese Bewegungsfreiheit braucht, vor allem beruflich. Was mich angeht, so möcht' ich mit dem Bösen Bo lieber nichts zu tun haben, denn seine Art, die Leute immer so bedächtig zu mustern, macht mich jedesmal ganz schön nervös, und es tut mir wirklich leid, daß Willie der Witzbold ihm 'nen heißen Fuß verpaßt hat, denn ich glaub', der Böse Bo wird das wohl irgendwie als böswillige Verballhornung seiner Person ansehen und es jedem ankreiden, der sein Dasein auf der Insel Manhattan fristet.

Aber Willie der Witzbold lacht bloß vor sich hin, wenn ihm irgend jemand erzählt, daß er ein wenig übers Ziel hinausgeschossen ist, als er Bo den heißen Fuß verpaßt hat, und er sagt, es sei ja schließlich nich' sein Problem, wenn Bo keinen Sinn für Humor habe. Außerdem sagt Willie, daß er Bo gern noch 'nen heißen Fuß verpassen würde, wenn sich ihm nur die Möglichkeit biete, und daß er sogar dem Prinzen von Wales oder Mussolini heiße Füße verpassen würde, wenn er nur die richtige Gelegenheit bekäme, obwohl Trauerkloß, der Pferdesüchtige, behauptet, daß er Willie jederzeit 'ne zwanzig-zu-eins-Wette anbietet, daß er Mussolini keinen heißen Fuß verpassen und ungeschoren davonkommen könne.

Na ja, wie dem auch sei, als ich den heißen Fuß verdaue, steht da Willie der Witzbold und schaut mir dabei zu, wie ich's nich' anders erwartet hab', und er schüttelt sich vor Lachen, und darüber hinaus gibt es noch 'ne größere Anzahl von Leuten, die sich ebenfalls vor Lachen schütteln, denn Willie dem Witzbold macht es keinen richtigen Spaß, seinen Opfern 'nen heißen Fuß zu verpassen, wenn keine Zuschauer da sind.

Tja, und als ich seh', wer mir den heißen Fuß verpaßt hat, schließ' ich mich dem allgemeinen Gelächter natürlich an und geh' rüber, um Willie die Hand zu schütteln, und als ich Willie die Hand schüttle, gibt es noch mehr Gelächter, denn anscheinend hält Willie 'nen Limburger Käse in seiner Pranke, und ich geb' niemand anderm die Hand als dem Limburger. Überdies ist es auch noch ein Stück von Mindys Limburger Käse, und es ist stadtbekannt, daß Mindys Limburger sehr matschig und muffig ist.

Selbstverständlich lach' ich auch darüber, obwohl ich, um die Wahrheit zu sagen, sicherlich noch viel herzhafter lachen würde, wenn Willie der Witzbold tot vor mir umfiele, denn ich mag es ganz und gar nicht, wenn man mich mitten auf dem Broadway zum Gegenstand allgemeiner Erheiterung macht. Aber mein Lachen ist schon sehr viel herzhafter, als Willie anfängt, den Rest von dem Käse, der nicht an meinen Fingern klebt, auf die Lenkräder von ein paar Autos zu schmieren, die vor Mindys Restaurant geparkt sind, denn ich mal' mir aus, was die Fahrer wohl sagen werden, wenn sie ihre Karren in Bewegung setzen wollen.

Dann komm' ich mit Willie dem Witzbold ins Gespräch, und ich frag' ihn, wie die Dinge in Harlem so laufen, denn dort haben Willie und sein jüngerer Bruder Freddy und einige andere Kerle ein paar Anteile am Biergeschäft, und Willie sagt, die Dinge laufen so gut, wie man es sich nur wünschen kann, zumindest was die Geschäfte angeht. Darauf frag' ich ihn, wie es Rosa geht. Diese Rosa ist Willies bessere Hälfte und 'ne alte Bekannte von mir, denn ich kenn' sie schon seit jenen Jahren, als sie noch Rosa Mitternacht hieß und in der ollen Hot Box gesungen hat, bevor Willie sie dann ehelichte.

Nun, nach dieser Frage fängt Willie an zu lachen, und es ist offensichtlich, daß irgendwas seinen stadtbekannten Sinn für Humor gewaltig auf Touren bringt, und schließlich sagt er folgendes:

»Na so was«, sagt er, »hast du das mit Rosa denn nich' gehört? Vor 'n paar Monaten hat sie mir 'n Laufpaß gegeben und ist rüber zu meinem Freund gezogen, dem Bösen Bo, und sie wohnt jetzt in 'nem Apartment in Brooklyn in der Nähe seines Hauses, obgleich«, sagt Willie, »ich dir das selbstverständlich nur erzähl', um deine Frage zu beantworten, und nicht, um Rosas schlechten Geschmack bloßzustellen.«

Darauf läßt Willie noch 'nen kräftigen Lacher raus, und er hält sich mit dem Lacher dann so lange dran, daß ich schon befürchte, er wird ersticken oder sich schwere innere Verletzungen zuziehen. Ich persönlich, ich find's ja nun gar nich' komisch, wenn 'ne bessere Hälfte ihrem Kerl wegen 'ner Type wie dem Bösen Bo den Laufpaß gibt, und als Willie der Witzbold sich endlich ein wenig beruhigt hat, da frag' ich ihn, was an der ganzen Sache denn so lustig ist.

»Na hör mal«, sagt Willie, »ich muß jedesmal lachen, wenn ich auch nur dran denke, wie sich der große Makkaroni fühlen wird, wenn er erst mal rausfindet, wieviel Geld Rosa schluckt. Ich weiß ja nich', wieviel Fische der Böse Bo in Brooklyn an der Angel hat«, sagt Willie, »aber er sollte am besten gleich versuchen, bei 'ner Geldfälscherbande einzusteigen, wenn er Rosa bei Laune halten will.«

Und dann lacht er schon wieder, und ich find's schon toll, daß Willie in der Lage ist, selbst in einer solchen Situation seinen Sinn für Humor zu bewahren, obwohl ich eigentlich bis jetzt immer geglaubt hatte, daß Willie richtig verrückt auf Rosa ist. Rosa ist 'ne kleine Puppe, die mitsamt Hut vielleicht neunzig Pfund wiegt und die sehr schnuckelig ist.

Nach dem zu urteilen, was Willie der Witzbold mir erzählt, sieht's so aus, als hätte der Böse Bo Rosa schon gekannt, bevor Willie sie geheiratet hat. Der Böse Bo, sagt Willie, hatte Rosa schon den Hof gemacht, als sie noch in der Hot Box sang, und er hat sie gelegentlich noch angerufen, als sie schon Willies bessere Hälfte geworden war, vor allem, als er dann langsam, aber sicher 'ne aufstrebende Größe in Brooklyn wurde, obwohl Willie die Sache mit den Anrufen selbstverständlich erst später erfuhr. Und etwa zu der Zeit, als der Böse Bo langsam, aber sicher 'ne große Nummer in Brooklyn wird, da stehen die Dinge mit Willie nich' gerade rosig, von wegen der Depression und dem allem, und er muß Rosa schon etwas auf Sparflamme halten, und wenn es etwas gibt, was Rosa gar nicht ertragen kann, dann ist es, auf Sparflamme gehalten zu werden.

Und etwa zu dieser Zeit verpaßt Willie der Witzbold dem Bösen Bo den heißen Fuß, und wie es damals viele Leute schon vorausgesagt haben, erweist es sich als Fehler, denn Bo ruft Rosa nun beständig und immer öfter an und erzählt ihr, was für 'n nettes Fleckchen Brooklyn ist und wie schön es sich dort leben läßt — und das ist wirklich nicht gelogen —, und zwischen diesem Feuerwerk an Lobeshymnen auf Brooklyn und den Sparflammen von Willie dem Witzbold entschließt sich Rosa kurzerhand und nimmt die Untergrundbahn nach Borough-Hall, wobei sie Willie 'ne Notiz hinterläßt, die besagt, daß er ja weiß, was er machen kann, wenn's ihm nicht paßt, was sie macht.

»Tja, Willie«, sag' ich, nachdem ich mir seine Geschichte angehört hab', »ich hasse es einfach, von solchen kleinen häuslichen Auseinandersetzungen meiner Freunde zu hören, aber vielleicht ist das mit Rosa ja besser so. Und doch tut es mir sehr leid für dich, wenn's dir was bedeutet, daß es mir leid tut«, sag' ich.

»Hab kein Mitleid mit mir«, sagt Willie. »Wenn du mit jemandem Mitleid haben willst, dann hab Mitleid mit dem Bösen Bo, und«, sagt er, »wenn du dann noch ein bißchen Mitleid übrig hast, widme es Rosa.«

Und Willie der Witzbold lacht schon wieder herzhaft vor sich hin, und dann fängt er an, mir was über 'ne kleine Spelunke zu erzählen, die er oben in Harlem schmeißt und in der er 'nen Stuhl hat, der mit elektrischen Drähten versehen ist, damit er jedem, der sich in das Ding reinsetzt, 'nen netten kleinen Stromstoß versetzen kann, was mir denn doch recht fragwürdig erscheint, vor allem, als Willie mir erzählt, daß sie eines Nachts mal zu viel Saft reingejubelt und den Kommodore Jake fast umgebracht haben.

Schließlich sagt Willie, er müsse zurück nach Harlem, aber zuerst geht er noch rüber zum Telefon im Tabakladen an der Ecke und ruft bei Mindy an, wobei er die Stimme von 'ner Puppe imitiert und Mindy erzählt, er wär' Peggy Joyce oder sonst irgendwer, und fünfzig Dutzend belegte Brötchen bei Mindy bestellt, die er sofort zu 'ner Geburtstagsparty in ein Apartment in die Zweiundsiebzigste Straße West rüberschicken soll, obwohl es dort selbstverständlich die von Willie angegebene Hausnummer gar nicht gibt, und selbst wenn es dort eine solche Nummer gäbe, wird dort sicherlich keiner fünfzig Dutzend belegte Brötchen haben wollen.

Darauf steigt Willie in seinen Wagen und fährt los, und während er an der Fünfzigsten Straße vor der Ampel wartet, da seh' ich, wie einige Leute auf den Gehsteigen plötzlich ruckartige Hüpfer machen und verdammt wütend um sich blicken, und da weiß ich, daß Willie der Witzbold sie mit Kügelchen bombardiert hat, die er sich aus Stanniolpapier macht und die er mit 'nem Gummiband abfeuert, das er zwischen Daumen und Zeigefinger spannt.

Willie der Witzbold ist auf diesem Gebiet ein echter Spezialist, und es ist schon sehr komisch, die Typen rumhüpfen zu sehen. Andererseits muß man sagen, daß Willie schon ein- oder zweimal ein kleiner Schnitzer unterlaufen ist, wobei er jemandem ein Auge ausgeschossen hat. Aber es ist ja alles bloß zum Spaß, und es zeigt einem sehr schön, was Willie der Witzbold für 'nen umwerfenden Sinn für Humor hat.

Nun, einige Tage später les' ich dann in der Zeitung, daß ein paar Kerle aus Harlem, mit denen Willie der Witzbold öfters rumhängt, in Säcken verstaut drüben in Brooklyn gefunden wurden und verdammt tot waren, und die Bullen sagen, das sei deshalb passiert, weil die Typen versucht haben, sich in bestimmte geschäftliche Unternehmungen einzumischen, die niemand anderem als dem Bösen Bo vorbehalten sind. Aber selbstverständlich sagen die Bullen nich', daß der Böse Bo sie in die Säcke reinstopfen ließ, denn erstens würde Bo sie sofort ins Hauptquartier zitieren, würden die Bullen solche Sachen über ihn sagen, und zweitens ist es eine Erfindung aus St. Louis, Kerle in Säcke zu verstauen, und um Kerle sachgerecht in Säcke verstauen zu können, muß man sich aus St. Louis entsprechende Spezialisten für solche Angelegenheiten kommen lassen.

Denn es ist gar nich' so einfach, wie es klingt, 'nen Kerl in 'nem Sack zu verstauen. Dazu bedarf es einer gehörigen Portion Übung und Erfahrung. Um 'nen Kerl sachgerecht in 'nem Sack zu verstauen, muß man ihn zuerst zu 'ner Siesta überreden, denn es ist ja verständlich, daß niemand, der weitestgehend wach ist, in 'nen Sack reinmarschiert, es sei denn, er ist ein kompletter Vollidiot. Einige Leute behaupten, der beste Weg, jemanden zu 'ner Siesta zu überreden, ist, ihm irgendein Schlafpulver in 'nen Drink zu tun, aber die echten Spezialisten klopfen dem Kerl bloß eins mit 'nem Totschläger auf die Rübe, was schneller geht und im übrigen auch die Ausgaben für den Drink und das Schlafpulver erspart.

Na ja, wie dem auch sei, wenn der Kerl also seine Siesta hält, klappt man ihn wie 'n Taschenmesser zusammen und bindet ihm 'nen Strick oder 'nen Draht um den Hals und dann um die Knie rum. Dann stopft man ihn in 'nen Jutesack und stellt ihn in irgend 'ner ruhigen Ecke ab, und schon bald nachdem der Kerl aufwacht und sich in dem Sack wiederfindet, wird er natürlich das dringende Bedürfnis verspüren, da raus zu kommen, und zuerst versucht er dann erfahrungsgemäß, die Knie bequemer zurechtzurücken. Dies nun strafft den Strick um den Hals so fest, daß es dem Kerl nach 'ner Weile glatt für immer den Atem verschlägt.

Und wenn dann jemand vorbeikommt und den Sack aufmacht, findet er den Kerl tot, und niemand ist für diesen bedauerlichen Vorfall verantwortlich, denn letztendlich hat der Kerl ja bloß Selbstmord begangen, denn wenn er nicht versucht hätte, die Knie bequemer zurechtzurücken, hätte er ein reifes Alter erreichen können, falls er sich von dem Schlag auf die Rübe wieder erholt hätte.

Tja, und ein paar Tage später les' ich also in der Zeitung, daß drei Typen aus Brooklyn abgenabelt wurden, als sie gerade friedlich durch die Clinton Street spazierten, und die Entbindung wurde von einigen Figuren vorgenommen, die in 'nem Wagen saßen und anscheinend 'n Maschinengewehr dabei hatten, und die Zeitungsfritzen behaupten, die drei Burschen wären Freunde vom Bösen Bo gewesen, die Figuren mit den Maschinengewehren kämen gewissen Gerüchten zufolge aber aus Harlem.

Also denk' ich mir, daß in Brooklyn nun jede Menge Ärger bevorsteht, zumal eine Woche nachdem die Burschen in der Clinton Street abgenabelt wurden, ein Kerl aus Harlem in der Nähe von Prospect Park wie ein Schinken à la Virginia in 'nem Sack verstaut aufgefunden wird, und dieser Kerl ist kein anderer als Freddy, der Bruder von Willie dem Witzbold, und ich kann mir lebhaft vorstellen, daß Willie einigermaßen verstimmt darüber sein wird.

Schon bald sieht es so aus, als ob niemand in Brooklyn auch nur noch 'nen Sack Kartoffeln aufmachen will, ohne vorher die Bullen anzurufen, aus Furcht, es könnten ihnen ein paar Schuhe der Größe 40 Guten Tag sagen.

Und eines Abends lauf' ich dann Willie dem Witzbold über den Weg, und diesmal ist er ganz allein, und ich muß schon sagen, daß ich gerne bereit bin, ihn auch ganz für sich allein zu lassen, denn irgendwas sagt mir, daß er heißer ist als 'ne Brennkammer. Aber als ich mich an ihm vorbeischleichen will, da grapscht er nach mir, und so bleib' ich natürlich stehen, um mit ihm zu reden, und das erste, was ich sage, ist, wie leid mir die Sache mit seinem Bruder tut.

»Tja«, sagt Willie der Witzbold, »Freddy war ja eigentlich schon immer 'n Einfaltspinsel. Rosa rief ihn an und bat ihn, nach Brooklyn rüberzukommen, um sie zu besuchen. Sie hat Freddy gesagt, sie wolle mit ihm drüber reden, wie man mich zu 'ner Scheidung bewegen kann«, sagt Willie. »Damit sie den Bösen Bo heiraten kann, vermute ich. Na, jedenfalls«, sagt er, »erzählt Freddy Kommodore Jake, warum er Rosa besuchen will. Freddy hatte schon immer was für Rosa übrig, und er denkt sich, er kann die Sache zwischen uns vielleicht wieder einrenken. Also«, sagt Willie, »landet er in so 'nem Sack. Sie haben ihn erwischt, als er Rosas Apartment verließ. Ich behaupte ja nicht, daß Rosa ihn drum gebeten hätte, rüberzukommen, wenn sie 'ne Ahnung davon gehabt hätte, daß er eingesackt werden sollte«, sagt Willie, »aber«, sagt er, »sie is' dafür verantwortlich. Sie is' 'ne Puppe, die Unheil heraufbeschwört.«

Und dann fängt er an zu lachen, und zuerst bin ich ehrlich entsetzt darüber, aber dann ahne ich schon, daß jetzt irgendwas Lustiges wegen Freddys Einsackung kommt, als Willie der Witzbold zu mir sagt:

»Hör mal«, sagt er, »ich werd' dem Bösen Bo 'nen prächtigen Streich spielen.«

»Na ja, Willie«, sag' ich, »du ersuchst mich zwar nicht um meinen Rat, aber ich werd' dir trotzdem gratis einen geben. Spiel' dem Bösen Bo besser keine Streiche, denn soviel ich weiß, hat er ungefähr so viel Sinn für Humor wie 'n angeschossenes Nashorn. Ich hab' mir sagen lassen, daß der Böse Bo nicht mal dann lacht, wenn Al Jolson, Eddie Cantor, Ed Wynn und Joe Cook ihm alle zusammen und gleichzeitig Witze erzählen. Tatsache«, sag' ich, »wie ich gehört hab', is' er 'n undankbares Publikum.«

»Oh«, sagt Willie der Witzbold, »er wird schon irgend 'nen Sinn für Humor haben müssen, wenn er's mit Rosa aushalten will. Angeblich ist er ja verrückt nach ihr. Ja, soviel ich weiß, ist sie der einzige Mensch auf der Welt, der ihm etwas bedeutet und dem er vertraut. Aber ich muß ihm unbedingt einen Streich spielen. Ich werd' mich selbst dem Bösen Bo in einem Sack abliefern lassen.«

Tja, natürlich muß ich über diesen Witz kräftig lachen, und Willie lacht mit, nur is' es gar kein Witz. Willie meint wirklich, was er da sagt.

»Weißt du«, sagt Willie schließlich. »Die meisten Einsackungen für den Bösen Bo macht ein Kerl aus St. Louis. Ein Freund von mir. Er heißt Lasso McGonnigle. Tatsache«, sagt Willie, »er ist ein alter Kumpel von mir, und er hat 'nen prachtvollen Sinn für Humor, genau wie ich. Und Lasso McGonnigle hat rein gar nichts mit Freddys Einsackung zu tun«, sagt Willie, »und er war höchst empört, als er rausfand, daß Freddy mein Bruder ist, und daher juckt es ihn, mir dabei zu helfen, Bo einen Streich zu spielen.

Erst letzten Abend«, sagt Willie, »hat der Böse Bo nach Lasso geschickt und ihm gesagt, er würde es als 'ne ganz besondere Gefälligkeit ansehen, wenn Lasso mich in 'nem Sack bei ihm vorbeibringt. Ich vermute«, sagt Willie, »der Böse Bo hat von Rosa gehört, was Freddy ihr bezüglich meiner Ansichten über die Scheidungen erzählt hat. Was Scheidungen angeht, hab' ich nämlich sehr strenge Prinzipien«, sagt Willie, »vor allem, wenn es Rosa betrifft. Ich würd' mich eher in den Hintern beißen, als daß ich ihr und dem Bösen Bo jemals den Gefallen tu, in 'ne Scheidung einzuwilligen.

Jedenfalls«, sagt Willie der Witzbold, »erzählt mir Lasso, was für 'n Geschäft der Böse Bo ihm vorschlägt, also schick ich Lasso wieder zum Bösen Bo zurück, und Lasso sagt ihm dann, daß ich morgen nacht in Brooklyn sein werde, und außerdem sagt er Bo, er wird mich im Handumdrehen im Sack haben. Und das stimmt wirklich«, sagt Willie.

»Tja«, sag' ich, »was mich angeht, so seh' ich ja nicht recht ein, was dabei rauskommen soll, sich dem Bösen Bo in 'nem Sack abliefern zu lassen, denn aus dem, was ich in den Zeitungen gelesen hab', kann ich mir zusammenreimen, daß es für 'nen Kerl, der dem Bösen Bo in 'nem Sack abgeliefert wird, keine Zukunft mehr gibt. Außerdem kann ich mir auch nich' so recht vorstellen«, sag' ich, »was der Witz an der ganzen Sache sein soll.«

»Na«, sagt Willie der Witzbold, »der Witz is' der: Ich werd' ja gar kein Nickerchen in dem Sack machen, und meine Hände werden auch nich' verschnürt sein, und in jeder meiner Hände werd' ich 'nen Ballermann haben, und wenn der Sack dem Bösen Bo abgeliefert wird, werd' ich mich rauszaubern und anfangen rumzuballern. Kannst du dir da nich' seine Überraschung vorstellen?«

Nun ja, das kann ich mir allerdings ohne Schwierigkeiten vorstellen. Und wahrhaftig, als ich mir so vorstelle, was für 'n verdutztes Gesicht der Böse Bo machen wird, wenn Willie der Witzbold aus dem Sack rauskommt, da muß ich schon lachen, und Willie der Witzbold lacht gleich mit.

»Selbstverständlich«, sagt Willie, »wird Lasso McGonnigle auch da sein und mit mir losballern, falls der Böse Bo sich zufällig in Gesellschaft befindet.«

Darauf geht Willie der Witzbold weiter die Straße hinauf, während ich mir bei dem Gedanken, was für 'n blödes Gesicht der Böse Bo machen wird, wenn Willie aus dem Sack raushüpft und anfängt, blaue Bohnen in die Gegend zu ballern, immer noch einen weglache. Tja, seitdem hab' ich dann überhaupt nichts mehr von Willie gehört, aber das Ende der Geschichte wurde mir aus sehr zuverlässiger Quelle zugetragen.

Anscheinend liefert Lasso McGonnigle den Sack letztendlich doch nicht persönlich ab, sondern schickt einen Expreßboten zum Haus vom Bösen Bo. Der Böse Bo bekommt in jenen Tagen 'ne ganze Menge solcher Säcke, denn anscheinend ist es 'ne ganz große Leidenschaft von ihm, den Inhalt der Säcke höchstpersönlich in Augenschein zu nehmen und sie zu überprüfen, bevor sie in der Stadt verteilt werden, und selbstverständlich weiß Lasso McGonnigle von dieser Leidenschaft, denn er hat schließlich schon so manche Einsackung für Bo erledigt.

Als der Expreßbote den Sack bei Bo abliefert, schleift Bo den Sack höchstselbst in den Keller runter, worauf er dann 'nen riesigen Ballermann aus der Tasche fischt und sechs Schüsse in den Sack reinfeuert, denn anscheinend gab ihm Lasso McGonnigle 'nen Tip über den Plan von Willie dem Witzbold, von wegen sich einfach aus dem Sack rauszuzaubern und anzufangen loszuballern.

Ich hab' gehört, daß der Böse Bo daraufhin 'nen ganz sonderbaren Ausdruck im Gesicht bekommt und das einzige Lachen lacht, das jemals irgendwer von ihm zu hören kriegt, als die Bullen reinstürmen und ihm wegen Mordes die Manschetten anlegen, denn nachdem Lasso McGonnigle dem Bösen Bo den Plan von Willie dem Witzbold erzählt hat, hat Bo anscheinend Lasso erzählt, was er mit seinen eigenen Händen tun wird, bevor er den Sack öffnet. Natürlich erzählt Lasso daraufhin Willie dem Witzbold von Bos Vorhaben, den Sack mit blauen Bohnen vollzupumpen, was wiederum Willies Sinn für Humor anregt.

Und so is' dasjenige, was sich, gefesselt und geknebelt zwar, aber ansonsten putzmunter wie ein Fisch im Wasser in dem Sack befindet, nicht Willie der Witzbold, sondern Rosa.

Eine nette Wette

An einem heißen Junimorgen steh' ich vor dem Mohican-Hotel im Herzen von New London, Connecticut, und warum ich an so 'nem komischen Flecken bin, tja, das is' 'ne Sache, die aus 'ner langen Geschichte 'ne noch längere macht.

Das ist nämlich so: Vor ein paar Tagen schlendere ich abends am Broadway so vor mich hin, als mir Sam der Ganeff, der seine Brötchen im Kartenschwarzhandel verdient, in die Arme rennt. Er hat einen geradezu gespenstisch sauertöpfischen Ausdruck in der Visage, obwohl Sam der Ganeff auch dann, wenn er mal gutgelaunt und aufgeräumt dreinschaut, auch keine sehr viel sehenswertere Visage hat.

Sam der Ganeff ist aber nun mal ein alter Freund von mir, und manchmal, wenn er gerade mal knapp an Leuten ist, da misch' ich bei ihm und seinem Haufen mit, setz' die Karten am Schwarzmarkt ab und tätige so mancherlei mehr, also schick ich ihm ein Hallo hinüber, worauf er stehenbleibt und sich die folgende Unterhaltung ergibt:

»Wie geht's dir denn so, Sam?«, sag' ich zu Sam dem Ganeff, obwohl es mich selbstverständlich keine zwei Weingummis interessiert, wie es ihm so geht. »Du siehst aus, als wärst du ziemlich sauer auf jemand.«

»Nö«, sagt Sam, »ich bin auf keinen sauer. Ich war in meinem ganzen Leben noch nie auf irgend jemand sauer, außer vielleicht auf Schickimicki-Max, aber es weiß schließlich jeder, daß ich allen Grund hab', auf Schickimicki-Max sauer zu sein, wenn man bedenkt, was er mir angetan hat.«

Tja, was Sam der Ganeff da von sich gibt, das stimmt schon, denn Schickimicki-Max hat Sam folgendes angetan: Er hat ihm vor ein paar Jahren die Verlobte unter den Fingernägeln weggeklaut und sie geheiratet, bevor Sam sich überhaupt recht besinnen konnte. Diese Verlobte war 'ne Puppe namens Sonia, die oben in der Bronx wohnte, und Sam der Ganeff war mit ihr seit dem Jahr verlobt, in dem der Dempsey-Firpo-Kampf über die Bühne ging, und Sam spielte fast ständig mit dem Gedanken, sie zu heiraten, bis Schickimicki-Max wie aus dem Nichts auftauchte.

So manche Leute sagen ja noch heute, daß Max Sam dem Ganeff einen riesigen Gefallen getan hat, weil Sonia in einigen Regionen kräftig Speck anzusetzen begann, aber dennoch brach es Sam das Herz, vor allem, als er erfuhr, daß Sonias Papa dem glücklichen jungen Paar zwanzig fette Riesen in die Hände gedrückt hat, was eigentlich niemand dem Papa zugetraut hatte, und Sam ist felsenfest der Meinung, daß Max damals 'nen Insidertip über die Mäuse bekam und sich die Situation auf hundsgemeine Weise zunutze machte.

»Aber«, sagt Sam der Ganeff, »ich seh' im Augenblick nicht wegen Schickimicki-Max sauer aus, obwohl es ja stadtbekannt ist, daß ich ein Gelübde abgelegt hab', ihn zu Hackfleisch zu verarbeiten, wenn ich ihn zu fassen krieg'. Um die Wahrheit zu sagen, ich hab' schon länger als ein Jahr nicht mehr an Schickimicki-Max gedacht, obwohl ich gehört hab', daß er die arme Sonia draußen in Cincinnati sitzen ließ, nachdem er ihre Mäuse verjubelt hatte und ihr 'n Hundeleben zumutete, einschließlich der einen oder anderen Tracht Prügel, die er ihr ausnahmsweise gratis gegeben hat. Womit ich allerdings nich' andeuten will, daß Sonia nich' hin und wieder 'ne Tracht Prügel dringend nötig hat.

Ich seh' nur so sauer aus«, sagt Sam, »weil ich morgen rauf nach Connecticut muß, zu 'nem Flecken, den man New London nennt. Ich muß da was Geschäftliches abwickeln.«

»Wieso, Sam?« sag' ich. »Gibt's an dem Ort denn irgendwas Besonderes?«

»Oh«, sagt Sam, »es wird ein großes Bootsrennen zwischen Harvard und Yale stattfinden. Es wird jedes Jahr in New London ausgetragen, und es ist schon ein recht reizvolles Ereignis, wenn man den Zeitungen Glauben schenkt, aber der Grund, warum ich so sauer bin, morgen dahin fahren zu müssen, ist, weil ich das Wochenende lieber auf meiner Farm in New Jersey verbringen will, um zu sehen, wie sich meine Zwiebeln machen. Seit ich mir diese Farm in New Jersey gekauft hab', kann ich's kaum erwarten, an den Wochenenden rüberzufahren und meinen Zwiebeln beim Wachsen zuzugucken.

Bloß«, sagt Sam der Ganeff, »dieses Jahr ist es ein besonders großes Bootsrennen, und ich bin im Besitz zahlreicher einträglicher Karten und werd' sicher jede Menge Mäuse einkassieren. Erst das Geschäft, dann das Vergnügen, wie ich immer sage. Übrigens«, sagt Sam, »schon mal so 'n Rennen gesehen?«

Nun, ich sag' ihm, daß ich mir schon das eine oder andere Rennen angeschaut hab', nur nicht mit Booten, sondern mit Pferden, und bei diesen Rennen ist der Ausgang vorher abgesprochen, und das ist doch verdammt gemein und schäbig, es sei denn, man hängt in dem Pfusch mit drin. Aber Sam der Ganeff sagt, diese Rennen hätten überhaupt nich' die mindeste Ähnlichkeit mit den Bootsrennen.

»Ich persönlich, ich hab' ja noch nie so 'n Bootsrennen gesehen«, sagt Sam, »aber so, wie ich die Sache verstehe, machen da 'n paar Kerle aus Harvard und 'n paar Kerle aus Yale mit, die, ohne irgendwelche Klamotten an, in 'n Ruderboot reinsteigen und rudern, rudern und rudern, bis ihnen die Zungen raushängen und sie alle halb tot sind. Warum sie sich auf so 'ne Art und Weise total kaputtmachen, is' mir 'n Rätsel, und«, sagt Sam, »ich bin zu alt, um noch aus eigener Erfahrung rauskriegen zu können, warum diese Uni-Knilche sich die Sachen antun, die die sich antun.

Aber«, sagt Sam, »Bootsrennen is' 'n prima Sport, und ich mach' immer 'n flottes Geschäft in New London, Connecticut, und falls du mich und Südstraßen-Benny und Schwatznase begleiten willst, bist du uns so willkommen wie die Blümchen im Mai.«

Und so steh' ich nun mit Sam dem Ganeff und Südstraßen-Benny und dem alten Schwatznase, den besten Männern von Sam dem Ganeff, vor dem Mohican-Hotel in New London, Connecticut, und es ist wirklich 'n imponierendes Schauspiel, wie große Gruppen der Harvards und der Yales aus dem Hotel raus- und wieder reinspazieren und auf- und ab- und hin- und zurücklaufen und auch sonst auf die eine oder andere Weise die Sache kräftig angehen.

Nun, nachdem wir einige Stunden lang unsere Karten feilbieten und es auf den Mittag zugeht, verschwindet Südstraßen-Benny in der Hotelhalle, um sich Zigaretten zu kaufen, und er kommt schon kurz drauf ziemlich zapplig wieder raus und berichtet folgendes:

»Da soll mich doch der Kuckuck holen«, sagt Benny, »da drin is' 'n Kerl, der stinkt vor Geld, und er bietet 'ne Drei-zu-eins-Wette, daß Yale das Bootsrennen gewinnt. Er sagt, er hat fünfzehn Riesen dabei, um sie zu eben diesen Konditionen zu setzen.«

»Ist jemand da drin, der die Wette hält?« fragt Sam der Ganeff.

»Nö, nich' viele«, sagt Benny, »wie ich gehört hab', wird Yale vorn erwartet. Darum steht Yale auch bei allen Handikappern vorn, mit denen ich gesprochen hab', und deswegen wollen die Harvards sich nich' an dem Spielchen beteiligen. Aber«, sagt Benny, »er bietet drei zu eins!«

»Drei zu eins?« sagt Sam der Ganeff, so, als ob er diese Worte zu sich selbst sprechen würde. »Drei zu eins, hm? Is' 'ne nette Wette.«

»Is' 'ne riesige Wette«, wirft der alte Schwatznase ein.

Tja, Sam der Ganeff steht dann da und scheint über die Sache nachzudenken, und Südstraßen-Benny scheint auch über die Sache nachzudenken, und sogar der alte Schwatznase scheint über die Sache nachzudenken, und dann merk' ich, wie ich langsam anfange, ebenfalls über die Sache nachzudenken, und schließlich sagt Sam der Ganeff:

»Ich weiß ja rein überhaupt gar nichts über Bootsrennen«, sagt Sam, »und Yale mag ja auch vorn erwartet werden, wie du behauptest, aber es gibt nichts, was von vornherein ganz sicher drei zu eins steht. Genaugenommen«, sagt Sam der Ganeff, »bin ich vor längerer Zeit zu dem Ergebnis gekommen, daß alles im Leben sechs zu fünf gegen einen steht. Und überhaupt«, sagt er, »wie kann sich ein vernünftiger Mensch so eine Gelegenheit wie diese durch die Lappen gehen lassen? Ich denk', ich werd' mich mit 'nem kleinen Happen an der Sache beteiligen. Was ist mit dir, Benny?«

»Ich werd' mich auch mit 'nem Happen beteiligen«, sagt Südstraßen-Benny. »Ich würd's mir mein Leben lang vorwerfen, wenn ich diese Einladung von Wette sausen ließe und sich dann rausstellt, daß Harvard gewinnt.«

Na ja, und so gehen wir alle in die Hotelhalle, und da steht ein großer grauhaariger Kerl mit 'ner weißen Mütze und weißen Hosen inmitten eines Haufens anderer Kerle und hat beide Hände voller Geldscheine. Ich krieg' mit, wie jemand sagt, daß er ein richtiger alter Yalehase sei, und dann hör' ich den Yalehasen mit lauter Stimme folgendes verkünden:

»Ist denn das die Möglichkeit?« sagt er. »Was ist denn mit euch los? Besteht Harvard nur aus Hasenfüßen, oder seid ihr alle abgebrannt? Wenn ihr abgebrannt seid, nehm' ich auch Schuldscheine und laß mich ratenweise auszahlen. Bloß«, sagt er, »wettet gegen mich! Das ist alles. Bitte, wettet doch gegen mich!«

Was mich angeht, so spiel' ich mit dem Gedanken, mich als Harvardabsolvent auszugeben und ihm 'nen schönen Schuldschein rüberzustecken, aber ich fürchte, er könnte 'nen Nachweis verlangen, und ich hab' nichts dabei, was mich als Absolvent ausweist, also bleib' ich abseits stehen und beobachte Sam den Ganeff, wie er sich mit ein paar Blauen in der Hand einen Weg durch die Menge bahnt, und Südstraßen-Benny, der an Sams Fersen klebt.

»Ich setze eine kleine Summe zu den angegebenen Konditionen auf Harvard«, sagt Sam der Ganeff, als er dem grauhaarigen Kerl seine Mäuse rüberhält.

»Ich danke Ihnen, mein Freund«, sagt der Bursche, »aber ich glaube nicht, daß wir einander bekannt sind«, sagt er. »Wer, wünschen Sie, soll die Einsätze behalten?«

»Sie behalten sie, Mr. Campbell«, sagt Sam der Ganeff. »Ich kenne Sie, auch wenn Sie mich nicht kennen, und ich werde Ihnen meine Mäuse gerne anvertrauen. Außerdem wird Ihnen auch mein Freund hier, der ebenfalls eine kleine Summe auf Harvard setzen möchte, vertrauen.«

Also sagt der grauhaarige Kerl sowohl Sam dem Ganeff als auch Südstraßen-Benny, daß sie mit drei zu eins dabei sind und schönen Dank auch an beide, und als wir nach draußen gehen, da sagt Sam, dieser Kerl sei niemand anderer als Mr. Hammond Campbell, der in jeder Hinsicht ein sehr bedeutender Mann sei und mehr Mäuse habe als Vater Staat Schulden. Sam der Ganeff fühlt sich anscheinend zutiefst geehrt, gegen Mr. Campbell wetten zu dürfen, obwohl die Art und Weise, wie Mr. Campbell Sams Mäuse entgegennahm, die Vermutung nahelegt, daß das Vergnügen mehr auf Mr. Campbells Seite lag.

Tja, wir verscheuern also weiter unsere Karten, aber weder Sam der Ganeff noch Südstraßen-Benny scheinen so richtig bei der Sache zu sein, und hin und wieder seh' ich einen von den beiden in die Hotelhalle reinschleichen, und es stellt sich raus, daß sie immer noch ein paar Happen von dieser Drei-zu-eins-Wette knabbern, und so geh ich schlußendlich auch rein und nehm' selbst 'nen kleinen Happen für zwanzig Kröten, denn so, wie ich die Sache seh', ist alles, was für Sam den Ganeff gut genug ist, auch gut genug für mich.

Sam der Ganeff trägt immer 'ne ziemlich hübsche Summe Bargeld mit sich rum, und niemand, der Sam kennt, wird bestreiten, daß Sam flott mit den Mäusen rüberkommt, wenn ihm mal 'ne Sache gefällt, und so nach und nach ist er hier mit 'nem satten Riesen dabei, und Südstraßen-Benny hängt mit vier Blauen drin, und auch ich misch mit 'nem Grünen mit, und sogar der alte Schwatznase riskiert 'nen Heiermann, und das will schon was heißen, denn Schwatznase würde normalerweise nich' mal 'nen Heiermann drauf wetten, daß er noch lebt und atmet.

Mr. Hammond Campbell sagt, wir wären so ziemlich die einzigen Kerle in der Stadt, die gegen ihn wetten, und wir sollten von Harvard für unsere Loyalität 'nen akademischen Orden kriegen, obwohl unsere wahre Loyalität sich natürlich nur auf die Drei-zu-eins-Wette erstreckt. Schließlich sagt Mr. Hammond Campbell, er müsse zum Mittagessen, daß wir ihn aber an Bord seiner Jacht, der Hibiskus, draußen am Fluß antreffen könnten, sollten wir uns entschließen, unsere Wetten zu erhöhen, und vielleicht wird er die Wette auf dreieinhalb zu eins erhöhen.

Danach geh' ich ins Hotel und genehmige mir 'n kleines Mittagessen, und als ich gerade wieder raus will, läßt 'ne niedlich aussehende Puppe, die vor mir herspaziert, versehentlich ihre Handtasche fallen, die unter ihrem Arm steckt, und marschiert schnurstracks weiter. Natürlich grabsch' ich mir sofort das Ding, aber einige von den Figuren, die in der Halle rumstehen, sehen das, also ruf' ich was hinter der Puppe her und geb' ihr ihren Krötentresor wieder, als sie zurückkommt, und sie ist mir schwer dankbar. Sie bedankt sich gleich mehrere Male bei mir, obwohl einmal völlig gereicht hätte, und dann sagt sie plötzlich zu mir:

»Verzeihen Sie bitte«, sagt sie, »aber sind Sie nicht einer der Herren, die ich gegen meinen Papa wetten sah und die darauf setzen, daß Harvard das Bootsrennen gewinnen wird?«

»Ja«, sag' ich, »vielleicht entschließen wir uns sogar, noch mehr gegen ihn zu wetten. Um ehrlich zu sein«, sag' ich, »ein Freund von mir, den man Sam den Ganeff nennt, denkt momentan darüber nach, ob er nicht nach Hause telegrafieren soll, um sich noch 'nen Riesen zu besorgen und das großzügige Angebot Ihres Papas, was die Dreieinhalb-zu-eins-Wette betrifft, anzunehmen.«

»Oh«, sagt die junge Puppe, »tun Sie es nicht. Sie werfen Ihr Geld bloß aus dem Fenster hinaus. Harvard hat nicht den Hauch einer Chance, das Bootsrennen zu gewinnen. Mein Papa irrt sich bei Bootsrennen nie. Oh, ich wünsche mir nur, er irrt sich heute.«

Und mit diesen Worten setzt sie sich in einen der Stühle der Halle und fängt völlig unmotiviert an zu weinen, bis ihr die Wimperntusche an den Wangen runterläuft, und ich bin ob dieser Szene natürlich in höchster Verlegenheit, weil ich fürchte, es könnte jemand vorbeikommen und glauben, es handle sich um meine Stieftochter und ich wäre gerade dabei, sie zu züchtigen oder so was.

»Wissen Sie«, sagt die junge Puppe, »ein junger Mann, den ich sehr, sehr, sehr lieb hab', gehört zur Mannschaft von Harvard, und als ich ihm vor ein paar Wochen erzählt hab', daß mein Papa sagt, Yale werde mit Sicherheit gewinnen, da wurde er sehr zornig und sagte, daß mein Papa keine Ahnung hat, und mein Papa wäre sowieso nichts anderes als ein Geldsack und zum Teufel mit meinem Papa. Als ich ihm dann gesagt hab', daß mein Papa bei solchen Sachen immer Bescheid weiß, da wurde Quentin noch viel zorniger, und wir fingen an zu streiten, und er sagte in Ordnung, wenn Harvard verliert, siehst du mich nie, nie, nie wieder, solange ich lebe. Und Quentin ist ein sehr eigensinniger und uneinsichtiger Junge, und das Leben ist ja so traurig.«

Tja, und wer kommt ausgerechnet jetzt vorbeigeschlendert, wenn nicht Sam der Ganeff, der natürlich von der Szene, die sich vor seinen Augen abspielt, einigermaßen überrascht ist, und darum erkläre ich ihm das Ganze, und Sam ist überaus gerührt, und auch sehr verständnisvoll, denn eins muß man Sam ja lassen: Er ist äußerst zartfühlend, wenn's um Puppen geht, die Ärger haben.

»Nun«, sagt Sam, »ich persönlich wäre ja hocherfreut, Harvard beim Bootsrennen gewinnen zu sehen, und«, sagt er, »ich ziehe gerade hier und da einige vorsichtige Erkundigungen ein, um herauszufinden, ob es nich' irgend 'ne Möglichkeit gibt, 'n paar Yale-Knilche zu schmieren, damit wir beim Rennen ein bißchen Unterstützung haben.

Aber«, sagt Sam, »der Riesenmist bei diesem Bootsrennen ist, daß es so grausam rechtschaffen zugeht, obwohl ich wirklich nich' einseh', warum das so sein muß. Na, jedenfalls«, sagt er, »sieht es nich' danach aus, als ob wir uns irgendwelche Hoffnungen machen können, mit Yale ins Geschäft zu kommen, aber hör jetzt auf zu weinen, kleines Fräulein, vielleicht kann der alte Sam ja was ausbaldowern.«

Darauf hört die junge Puppe mit ihrem Geplärre auf, und darüber bin ich schon mal heilfroh, und sie schaut mit 'nem feuchten Grinsen zu Sam auf und sagt zu ihm:

»Oh, glauben Sie wirklich, Sie können Harvard dabei helfen, das Bootsrennen zu gewinnen?« Und dann fängt sie wieder an zu weinen.

Nun, Sam der Ganeff ist natürlich diesbezüglich keinesfalls in der Lage, irgendwelche Versprechungen zu machen, aber er ist nun mal ein Kerl, der 'ner sorgengeplagten Puppe das Blaue vom Himmel runterlügt, wenn er der Ansicht ist, daß es ihr für 'nen Moment etwas Erleichterung verschaffen könnte, also erwidert er folgendes:

»Na ja, wer weiß?« sagt Sam. »Wer weiß das schon? Aber wie dem auch sei, hör ruhig mit der Heulerei auf, der alte Sam wird sich die Sache mal durch den Kopf gehen lassen.«

Und mit diesen Worten patscht er der Puppe so fest auf den Rücken, daß es ihr glatt die Luft rauspumpt und sie beim besten Willen nicht mehr plärren kann, selbst wenn sie es wollte, und so steht sie statt dessen auf und geht mit einem glücklichen Gesichtsausdruck weg, aber bevor sie geht, sagt sie noch:

»Nun, ich hab' gehört, wie jemand gesagt hat, daß ihr Herren irgend etwas wissen müßt, in Anbetracht der Art und Weise, wie Sie auf Harvard gesetzt haben, und«, sagt sie, »ich bin sehr froh, daß ich den Mut aufgebracht habe, mit Ihnen zu reden. Sie würden Quentin und mir einen riesigen Gefallen tun, wenn Sie helfen, daß Harvard gewinnt, selbst wenn es meinen Papa Geld kostet, denn Liebe wiegt schwerer als Geld und Gold«, sagt sie.

Was mich angeht, so finde ich es völlig verkehrt von Sam dem Ganeff, der jungen Puppe Hoffnungen zu machen, die er unmöglich erfüllen kann, aber Sam sagt, er habe ja gar nichts Handfestes versprochen. Und er sei schon immer der Auffassung gewesen, daß es eine wahre Heldentat sei, ein wenig Freude ins Leben zu bringen, egal wie und bei wem, und zudem würden wir die junge Puppe sowieso nicht mehr zu sehen kriegen, und überhaupt, was soll's?

Tja, ich weiß so aus dem Stand auch nich' so recht, was das soll, und ich bin sowieso froh, die Puppe vom Hals zu haben, also gehen wir zurück, um die restlichen Karten an den Mann zu bringen.

Das große Bootsrennen zwischen Harvard und Yale findet am frühen Abend statt, und als es langsam darauf zugeht, ist so ziemlich alles auf den Beinen in Richtung Fluß, einschließlich all der jungen Kerle mit ihren Sträflingsfrisuren und den vielen hübschen jungen Puppen, die blaue und rote Blumen tragen, und den alten Kerlen in Sporthosen und flachen Strohhüten, und den alten Puppen, die herumlatschen, als hätten sie was an den Füßen, und aller Wahrscheinlichkeit nach haben sie's auch. Tja, Sam der Ganeff ist nun durch nichts mehr davon abzubringen, sich das Bootsrennen auch anzusehen, also stapfen wir zum Bahnhof runter, um den nämlichen Zug zu erwischen, für den wir den ganzen Tag die Karten verkloppt haben, aber in dem Augenblick, als wir dort ankommen, zieht der Sonderzug gerade ab, und da meint Südstraßen-Benny, das beste wäre, runter zum Hafen zu latschen und ein Boot zu mieten, das uns den Fluß raufschippert.

Aber als wir am Hafen ankommen, da sieht es so aus, als ob rundherum alle Boote vermietet sind und schon längst auf dem Fluß rumtuckern. Es ist nur noch so 'n alter Knacker mit 'nem Kinnbart da, der in 'nem ziemlich klapprig aussehenden kleinen Motorboot am Pier hockt, und dieser alte Knabe sagt, er werde uns für 'ne Kröte pro Nase zu 'ner Stelle bringen, von der aus wir 'nen guten Blick aufs Rennen haben.

Was mich betrifft, so is' mir 'n guter Blick aufs Rennen schnurzpiepegal, und das gilt auch für Südstraßen-Benny und den alten Schwatznase, aber Sam der Ganeff is' so scharf drauf, das Rennen zu sehen, daß wir schließlich alle in das Boot reinklettern und der alte Kerl es in den Fluß hineinsteuert, der mit allen möglichen Typen von Booten vollgestopft ist, die mit Flaggen und sonstigem Krempel geschmückt sind und auf denen ganze Völkerscharen auf- und abspazieren.

Jeder von uns muß zugeben, daß es schon 'n netter Anblick ist, und ich fang' so langsam an, mich drüber zu freuen, hier mit dabei zu sein, vor allem als Südstraßen-Benny mir erzählt, daß diese Typen auf den Booten alle stinkvornehme Leute und 'ne Menge Geld wert sind. Und dann zeigt er auf die vielen weißen Kähne und behauptet, das seien Privatjachten, und er erzählt mir, was es kostet, solche Privatjachten zu unterhalten und was das für 'ne Affenschande ist, wenn man sich mal überlegt, wie viele Menschen auf der Welt nich' mal wissen, wie sie das Geld für ihr Frühstück zusammenkratzen sollen. Aber Südstraßen-Benny redet eigentlich ständig von Dingen dieser Art, und manchmal glaub' ich fast, daß er im Innersten seines Herzens 'n Anarchist ist.

Wir tuckern also unter 'ner breiten Brücke hindurch und in eine Art Bootsgasse rein, und Südstraßen-Benny sagt, wir sind jetzt an der Ziellinie des großen Bootsrennens und daß die beiden Boote, das von Harvard und das von Yale, weiter oben am Fluß starten und dann diese Gasse runterrudern und daß es genau hier ist, wo den Typen die Zungen raushängen und sie alle halb tot sind.

Und anscheinend sind wir hier irgendwie im Weg, denn auf verschiedenen Booten fangen Kerle an, zu uns rüberzubrüllen und uns mit den Fäusten anzuwedeln, und für einige dürfte es 'n Glück sein, daß sie nicht in unserer Reichweite sind und wir ihnen nicht den Frack vollhauen können, aber der alte Knacker läßt sein Motorboot weitertuckern und kurvt um die Boote herum, bis wir an eine Stelle kommen, die, wie der alte Knabe sagt, ungefähr hundert Meter oberhalb vom Ziel liegt und von der aus der spannendste Teil des Rennens hervorragend zu sehen ist.

Wir schlüpfen direkt neben ein großes weißes Boot, das Südstraßen-Benny zufolge eine von diesen Privatjachten ist und an der auf einer Seite ein kleines Treppengestell fast bis ins Wasser herunter reicht, und in dem Moment stellt Sam der Ganeff plötzlich fest, daß er nasse Füße hat, und er guckt nach unten und sieht, daß das Motorboot schon halb voll Wasser ist und überdies auch noch anfängt unterzugehen.

Das ist natürlich ärgerlich, und Sam der Ganeff läßt verständlicherweise ziemlich fiese Sprüche vom Stapel und will wissen, für was für 'ne Art von Boot wir eigentlich unser sauer verdientes Geld bezahlen, worauf der alte Knacker das Wasser und den allmählichen Untergang seines Kahns auch bemerkt, was ihn ein wenig übellaunig werden läßt, vor allem, als das Wasser sich bis zu seinem Kinnbart raufarbeitet.

Also bugsiert er das Boot bis zur Treppe an der Jacht, und wir alle, einschließlich dem alten Knacker, klettern gerade eben die Stufen rauf, als das Motorboot noch ein letztes Tuck-Tuck zum Besten gibt und vor unseren Augen untergeht. Das letzte, was ich noch von dem Motorboot seh', is' das hintere Ende, das noch etwa eine Sekunde lang aus dem Wasser rausguckt, bevor es verschwindet, und ich kann mich noch an den Namen erinnern, der auf das hintere Ende gepinselt war. Das Ding hieß Mein Baby.

Nun ja, Sam der Ganeff steigt als erster die Treppe bis zum Deck der Jacht rauf, und wer erwartet uns am oberen Ende der Treppe? Richtig, Mr. Hammond Campbell höchstpersönlich. Und wer steht unmittelbar hinter ihm? Falsch, nicht seine Frau, sondern die junge Puppe, mit der ich in der Hotelhalle geredet hab', und zuerst glaubt Mr. Campbell, wir wären auf seine Jacht gekommen, um von seinem Dreieinhalb-zu-eins-Angebot Gebrauch zu machen, und er ist wirklich schwer enttäuscht, als er erfährt, daß das beileibe nicht unsere Absicht ist und wir lediglich Opfer einer kleinen Katastrophe sind.

Was die junge Puppe betrifft, deren Name, wie sich herausstellt, Clarice ist: Sie starrt Sam den Ganeff und mich mit Augen voller Fragezeichen an, aber wir kriegen erst gar nicht die Möglichkeit, mit ihr zu sprechen, weil sich die Dinge schlagartig zu verkomplizieren beginnen.

Es ist ganz schön was an Kerlen und Puppen auf der Jacht versammelt, und es ist in der Tat ein interessantes Schauspiel, wie sie alle lachend und plauschend herumspazieren, doch auf einmal seh' ich, wie Sam der Ganeff 'nen Kerl und 'ne Puppe anstiert, die, über die Reling gelehnt, sehr eindringlich in ein Gespräch vertieft sind und dem, was um sie herum geschieht, keinerlei Beachtung schenken.

Der Kerl ist ein hochgewachsener, dunkelhäutiger junger Bursche mit 'nem kleinen Schnäuzer, und er trägt weiße Flanellhosen und einen blauen Mantel mit Messingknöpfen und weiße Schuhe, und er ist ein sehr fremdländisch aussehender Kerl. Die Puppe ist keine allzu junge Puppe mehr, sie ist vielleicht im mittleren Alter, wenn man die Punkte großzügig verteilt, aber alles in allem ist sie 'ne noch ganz gut aussehende Puppe, vor allem, wenn man auf Puppen mit grauen Haaren steht, aber ich persönlich steh' nicht so sonderlich drauf.

Ich steh' aber nah genug bei Sam dem Ganeff, um ihn schwer

atmen zu hören, während er unverwandt diesen Macker und die ältliche Puppe anstiert, und schließlich blickt der dunkelhäutige Kerl auf und sieht Sam, und im selben Moment geht Sam auf ihn los, und als Sam auf ihn losgeht, wirbelt der junge Kerl herum und sprintet von Sam weg in die andere Richtung, aber bevor er richtig anfängt zu sprinten, kann ich deutlich erkennen, daß es niemand anders ist als Schickimicki-Max.

Natürlich bin ich einigermaßen überrascht, Schickimicki-Max bei 'nem Bootsrennen zwischen Harvard und Yale zu Gesicht zu kriegen, denn ich halte ihn eigentlich nicht für 'nen Burschen, der sich sonderlich für so was interessiert, obgleich ich mich erinnern kann, daß Schickimicki-Max früher mal Rettungsschwimmer auf Coney Island gewesen ist, und tatsächlich war es ebendort auf Coney Island, wo Sonia das erste Mal seinen Adoniskörper vor die staunenden Augen bekam, um danach für Sam den Ganeff für immer verloren zu sein. Jedenfalls glaub' ich jetzt, daß Schickimicki-Max vielleicht doch 'n Faible für Wassersport hat.

Nun ist das Schauspiel, wie Sam der Ganeff Schickimicki-Max über das Deck jagt, selbstverständlich für alle Anwesenden äußerst verwunderlich, außer für Südstraßen-Benny und den alten Schwatznase und mich, die den Grund dafür ja kennen, aber Mr. Hammond Campbell möchte gern wissen, was die beiden da für 'ne Art Spiel spielen, vor allem, nachdem sie gerade mit ihrer zweiten Umrundung des Decks fertig sind, wobei vor allem Schickimicki-Max 'ne schnelle Socke auf die Planken legt, aber keiner von uns fühlt sich bemüßigt, es Mr. Campbell zu erklären. Denn inzwischen beteiligen sich die anderen Kerle und Puppen auf der Jacht mit heller Begeisterung an der Verfolgungsjagd, auch wenn sie keine Ahnung haben, was das Ganze eigentlich vorstellen soll, und so feuern sie Sam den Ganeff und Schickimicki-Max mit wilden Schreien an, wobei Max eindeutig der Publikumsliebling ist.

Es gibt gar keinen Zweifel: Was die Sprinterqualitäten betrifft, so ist Schickimicki-Max mit spielerischer Leichtigkeit überlegen, vor allem, weil die Hosenbeine von Sam dem Ganeff beim Absaufen des Motorbootes naß geworden und natürlich immer noch feucht sind und er also zusätzliches Gewicht mit sich herumschleppt, aber Sam ist ein echter Kämpfer über 'ne längere Distanz, und auf dem dritten Trip übers Deck kann jeder sehen, wie Max' Vorsprung langsam, aber stetig zusammenschmilzt.

Nun, jedesmal, wenn die beiden an der grauhaarigen Puppe vorübersausen, mit der Schickimicki-Max gesprochen hatte, als wir auf die Jacht gekommen waren, fragt sie, was 'n los, Max, und wo willst du denn hin, Max, und ähnliche zu so 'nem Zeitpunkt eher belanglose Fragen, und Max hat auch gar keine Gelegenheit, irgendwas zu erwidern, weil er seinen Atem einzig dafür braucht, sich Sam den Ganeff vom Hals zu halten, der seinerseits das Quatschen eingestellt hat, um sich voll und ganz darauf konzentrieren zu können, mit wild entschlossenem Ausdruck in der Visage voranzustürmen.

Und plötzlich beginnen alle Signalhörner auf den Booten, die um uns herum im Fluß schippern, zu tuten, und dies geschieht anscheinend deshalb, weil das große Bootsrennen zwischen Harvard und Yale sich nun der Entscheidung nähert, und alles, was auf unserer Jacht Beine hat, jagt auf die entsprechende Seite, um zuzugucken, wobei die Leute alles andere vergessen, und die Seite, zu der sie alle jagen, ist dieselbe Seite, auf der sich die Treppenstufen befinden.

Ich aber bin viel zu sehr daran interessiert, Sam dem Ganeff dabei zuzusehen, wie er Schickimicki-Max über das Deck scheucht, als daß ich dem Bootsrennen irgendwelche Beachtung schenken will, und als Sam und Max schon das fünfte oder sechste Mal über die Planken fegen und es offensichtlich ist, daß Sam Max mit einem der nächsten Sätze erwischen wird, da rast Schickimicki-Max urplötzlich die Treppe runter und hechtet in den Fluß rein, und das bewerkstelligt er so flott, daß es niemand außer Sam dem Ganeff und mir und der grauhaarigen Puppe zu bemerken scheint, und ich bin sicherlich der einzige, der sieht, wie die Grauhaarige in offenbar tiefer Ohnmacht auf die Planken sinkt, als Max untertaucht.

Das ist natürlich nicht der Zeitpunkt, sich mit ohnmächtigen Damen mittleren Alters abzugeben, also sausen Sam der Ganeff und ich auf die Seite der Jacht und beobachten das Wasser, um zu sehen, wo Schickimicki-Max auftaucht, aber er erscheint gar nicht, und ich entsinne mich plötzlich, mal gehört zu haben, was für 'n großartiger Taucher Max gewesen sein soll, als er noch Rettungsschwimmer war, also denk' ich mir, er wird so lange unter Wasser bleiben, bis er sich ziemlich sicher ist, weit genug von der Jacht weg zu sein, damit ihn Sam der Ganeff nicht mit irgendwas erwischen kann, zum Beispiel mit 'ner blauen Bohne aus seinem Ballermann.

Natürlich hat Sam der Ganeff momentan keinen Ballermann zur Hand, aber man kann ja von Schickimicki-Max nicht erwarten, daß er das weiß, doch Max wird sich aus seiner New Yorker Zeit bestimmt noch bestens daran erinnern, daß Sam der Ganeff des öfteren so 'nen Gebrauchsgegenstand in seiner Hosentasche spazierenführt, also wird Schickimicki-Max wohl auf Nummer sicher gehen.

Jedenfalls is' weder Haut noch Haar von ihm zu sehen, und mittlerweile is' die Begeisterung über das große Bootsrennen zwischen Harvard und Yale dermaßen gewaltig, daß ich Schickimicki-Max vergesse und 'nen Blick vom Rennen zu erhaschen versuche.

Aber dann seh' ich plötzlich, wie diese junge Puppe, Clarice, Sam dem Ganeff 'nen Kuß mitten in seine unscheinbare Visage schmatzt und in maßloser Ausgelassenheit rumhüpft und sagt, sie habe sich schon gedacht, daß Sam der Ganeff sich irgendwas einfallen lassen werde, damit Harvard gewinne, obwohl sie sich nicht habe denken können, wie toll er das bewerkstellige, und dann hör' ich, wie Mr. Hammond Campbell 'n paar Sprüche rausläßt, die noch schlimmer sind als die von Sam dem Ganeff, als er hinter Schickimicki-Max herjagte, und Mr. Hammond Campbell sagt, er habe sein Lebtag noch nicht so 'n haarsträubendes Bootsrennen gesehen.

Dann fällt mir wieder die grauhaarige Puppe ein, also geh' ich rüber und sammle sie auf, und sie ist immer noch zu zwei Dritteln weg vom Fenster und murmelt folgendes vor sich hin:

»Max, oh, mein lieber, geliebter Max.«

Tja, bald darauf verschwindet Mr. Hammond Campbell mit Sam dem Ganeff in einer Kabine der Jacht und zahlt ihm aus, was uns allen zusteht, und dann fragt er ihn nach Schickimicki-Max, und als Sam der Ganeff ihm erklärt, was für 'ne lausige Kanaille Max ist und was er mit Sonia angestellt hat und so weiter, da schiebt ihm Mr. Hammond Campbell noch fünf fette Extrariesen rüber und läßt folgendes verlauten:

»Dies hier«, sagt er, »ist dafür, daß Sie meine Schwester Emma davor bewahren, einen kompletten Narren aus sich zu machen. Sie hat diesen Max nämlich irgendwo in Europa aufgelesen, und er gibt sich ihr gegenüber als russischer Aristokrat aus, und sie hat die Absicht, ihn schon nächste Woche zu heiraten, obwohl das dann ja wohl seinerseits Bigamie wäre. Übrigens«, sagt Mr. Hammond Campbell, »nicht, daß es von besonderer Bedeutung ist, aber ich frag' mich, was aus dem Kerl geworden ist.«

Irgendwie frag' ich mich das auch, nicht etwa, weil's mich wirklich interessiert, aber ich erfahre schließlich, was aus Schickimicki-Max geworden ist, als ich später am Abend im Büro der Western Union in New London, Connecticut, ein Telegramm für Sam den Ganeff an den Kerl aufgebe, der Sams Farm in New Jersey beaufsichtigt, um den Burschen anzuweisen, unbedingt die Zwiebeln im Auge zu behalten, und wo ich 'nen Zeitungsschreiberling über das große Bootsrennen reden höre.

»Ja«, sagt der Zeitungsschreiberling, »Yale führt bis hundert Meter vor dem Ziel mit 'ner satten Bootslänge Vorsprung und läßt es dabei noch recht gemütlich angehen, und es scheint eigentlich das reinste Kinderspiel zu sein, die Sache zu schaukeln, doch plötzlich erwischt der Sechser in ihrem Boot irgendwas im Wasser und zerbricht sich dabei das Ruder, was den Rest der Truppe völlig aus dem Rhythmus bringt, jedenfalls lange genug, damit sich Harvard vorbeischieben und gewinnen kann. Es is' der größte Favoritensturz in der Geschichte«, sagt er.

»Na ja«, sagt der Schreiberling, »ein gebrochenes Ruder ist selbstverständlich nichts Einmaliges bei Bootsrennen, aber der Sechser behauptet, er habe den Kopf von irgend so 'nem Kerl erwischt, der urplötzlich neben dem Yaleboot aus dem Wasser rausgeploppt und dann sofort wieder verschwunden sei, als das Ruder ihn erwischte.

Ich persönlich«, sagt der Schreiberling, »würde wohl behaupten, der Sechser hätte Gespenster gesehen, aber die Küstenwache berichtet, daß eins ihrer Boote, das unterhalb der Ziellinie im Fluß lag, 'nen Kerl aus dem Wasser rausgefischt hat, der im großen und ganzen lebendig und unversehrt war, abgesehen von 'nem Hörnchen an der Rübe, das ungefähr 'ne Elle weit rausstand.«

Sam dem Ganeff begegne ich erst wieder, als es schon so langsam Herbst wird und ich genau vor Mindys Restaurant am Broadway in ihn reinlaufe, und da sagt Sam zu mir:

»Sag mal«, sagt er, »erinnerst du dich noch, was für 'nen Eindruck ich auf die kleine Puppe gemacht hab', weil sie geglaubt hat, ich hätte dafür gesorgt, daß Harvard das große Bootsrennen gewinnt? Tja«, sagt Sam der Ganeff, »gerade krieg' ich 'ne Nachricht von ihr. Sie fragt mich, ob ich nich' irgendwas bei 'nem Footballspiel deichseln kann, das nächsten Monat zwischen Harvard und Dartmouth über die Bühne geht.«

Die Bestattungshymne

Die Geschichte, die ich Ihnen jetzt erzählen werde, handelt von einem Spiel, das man Football nennt, einem sehr gesunden und kräftigenden Zeitvertreib für die Jugend, und das, wie ich so höre, ein Spiel ist, das besonders den Charakter festigt, aber bevor ich gleich zum Football komme, bin ich gezwungen, einige höchst anrüchige Typen vorzustellen, und ich beginne mit einem Kerl namens Schon möglich-Joey, und alles, was ich über Schon möglich-Joey sagen kann, ist: Sie können ihn geschenkt haben.

Es ist vielleicht vier Jahre her, seit ich diesen Schon möglich-Joey zum letzten Mal gesehen hab', bis ich ihn dann an einem Freitagnachmittag in einem Zug entdecke, der nach Boston, Massachusetts, unterwegs ist. Er sitzt mir im Speisewagen genau gegenüber, und indes ich mir eine kleine Portion gebackene Bohnen schmecken lasse, schaut er einmal kurz zu mir herüber, quasselt mich aber nicht an.

Ganz ohne Zweifel ist Schon möglich-Joey 'ne üble Gesellschaft, denn das letzte, was ich über ihn zu hören bekam, war, daß er 'nen Kerl namens Jack Ortega an die Bullen verpfiffen hat, und weil Schon möglich-Joey diesen Ortega an die Bullen verpfiffen hat, wird Ortega ins Städtchen Ossining, New York, gebracht und auf 'nen elektrischen Stuhl gesetzt, wo man ihm einen sehr, sehr, sehr vehementen Stromstoß in den Hosenboden jagt.

Die ganze Sache hatte irgendwas damit zu tun, daß ein höchst unbescholtener Geschäftsmann aus Rochester, New York, übers Ohr gehauen werden sollte, denn Schon möglich-Joey und Jack

Ortega waren in seinem kleinen Unternehmen beschäftigt, und sie wollten ihrem Brötchengeber ein paar Scheinchen aus der Tasche rauspressen, aber die Einzelheiten dieser ganzen Aktion sind fade, schmutzig und völlig uninteressant, nur is' Schon möglich-Joey dann eben Kronzeuge, und er erklärt, daß Jack Ortega den Schuß abgegeben hat, der den unbescholtenen Kerl ins Jenseits beförderte, und Joey wurde für diese Gefälligkeit mit einer nur geringfügigen Knaststrafe belohnt.

Ich muß allerdings zugeben, daß Schon möglich-Joey recht gut aussieht und sich auch sehr gut kleidet, aber Joey ist eigentlich immer peinlich auf sein Äußeres bedacht, und in seinen jüngeren Tagen war er ein Kerl, der ganz schön raffiniert im Umgang mit Puppen gewesen ist, und, um die Wahrheit zu sagen, vielen Leuten am Broadway mißfiel es keineswegs, als Joey auf Staatskosten untergebracht wurde, weil die Leute für gewöhnlich ziemlich um ihre Puppen in Sorge waren, wenn Joey sich in der Nähe rumgetrieben hat.

Natürlich frag' ich mich, warum Schon möglich-Joey in diesem Zug sitzt, der nach Boston, Massachusetts, unterwegs ist, aber wer weiß, vielleicht fragt er sich dasselbe ja über mich, obwohl ich persönlich ja kein Geheimnis draus mache. Die Sache ist nämlich ganz einfach. Ich bin unterwegs nach Boston, Massachusetts, um mir einen schönen, eleganten und technisch raffinierten Boxkampf anzusehen, der an eben diesem Freitag zwischen zwei herausragenden Mittelgewichtlern, nämlich 'ner Figur, die sie Linksausleger Ledoux nennen, und 'ner anderen Figur namens Mickey McCoy über die Bühne geht.

Nun ja, normalerweise würde ich sicher nich' mal um die nächste Ecke gehen, um mir 'nen noch so eleganten und technisch raffinierten Boxkampf zwischen Linksausleger Ledoux und Mickey McCoy oder wem auch sonst immer anzusehen, es sei denn, sie würden Totschläger oder so was benutzen und versprechen, sich gegenseitig auch so richtig schön weh zu tun, aber ich bin auf diesem Trip der Gast von 'nem Typen namens Marmeladen-Marvin, und ich werd' überall hingehen, um mir absolut alles anzusehen, solange ich Gast von irgend jemand bin.

Dieser Marmeladen-Marvin ist wirklich 'ne bedeutende Persönlichkeit, und man nennt ihn Marmeladen-Marvin, weil niemand seinen Nachnamen behalten kann, der Marmeladowski oder so ähnlich lautet, und er ist im ganzen Land für seine Wetten bekannt, die er so gern bei sportlichen Veranstaltungen macht, als da sind Baseballwetten oder Pferdewetten oder Eishockeywetten oder Boxkampfwetten, vor allen Dingen Boxkampfwetten.

Und so möchte er auch bei diesem Boxkampf in Boston, Massachusetts, zwischen Linksausleger Ledoux und Mickey McCoy dabeisein, um einen fetten Betrag auf McCoy zu setzen, da er eine vertrauenswürdige Information besitzt, die besagt, daß McCoys Manager, 'ne Figur namens Koons, beide Punktrichter und den Ringrichter im Sack hat.

Und Marmeladen-Marvin liebt es von Herzen, vor allem bei 'nem Boxkampf dieser Art 'ne Wette zu machen, und also geht er nach Boston, Massachusetts. Nur ist Marmeladen-Marvin ein Kerl, dem es höchst zuwider ist, ganz allein herumzureisen, und so nehme ich natürlich dankend an, als er mir anbietet, meine Unkosten zu bezahlen, wenn ich mitkomme und ihm Gesellschaft leiste, vor allem, weil ich im Moment sowieso nichts sonderlich Bedeutendes zu tun habe, und eigentlich hab' ich seit zehn Jahren nichts sonderlich Bedeutendes mehr zu tun.

Ich warne Marmeladen-Marvin schon im voraus, daß er, falls er von irgendwem in Boston, Massachusetts, irgendwas rausholen will, er genauso gut zu Hause bleiben kann, denn schließlich weiß jeder — und auch Statistiken zeigen das deutlich genug —, daß die Pro-Kopf-Summe, die man bei Wetten aus den Bürgern von Boston, Massachusetts, rausholen kann, geringer ist als sonstwo in den Vereinigten Staaten, vor allem, was Boxkämpfe angeht, aber Marmeladen-Marvin schlägt meine Warnung in den Wind, und er ist sehr zuversichtlich.

Nun, bald darauf geh' ich aus dem Speisewagen zu meinem Sitz zurück, der sich in einem anderen Wagen befindet, und Marmeladen-Marvin sitzt gerade da und liest einen Detektivroman, und ich erzähl' ihm, daß ich Schon möglich-Joey gesehen hab'. Aber Marmeladen-Marvin scheint der Sache kein sonderliches Interesse entgegenzubringen, obwohl er zu mir sagt:

»Schon möglich-Joey, hm?« sagt er. »Eine Ratte. Eine miese kleine Ratte. Er muß wohl gerade aus dem Knast gekommen sein. Ich bin letzte Woche in Mindys Restaurant Jack Ortegas Bruder, dem jungen Ollie, über den Weg gelaufen«, sagt Marmeladen-Marvin, »und als wir dann anfingen, über miese kleine Ratten zu reden, da kamen wir natürlich auch auf Schon möglich-Joey zu sprechen, und Ollie sagte, daß Joey vor kurzem aus dem Knast entlassen worden sei und daß er sich schon freue, ihm eines Tages zu begegnen. Ich persönlich«, sagt Marmeladen-Marvin, »will mit Schon möglich-Joey nichts zu tun haben, für kein Geld der Welt.«

Unser Waggon ist proppenvoll mit Kerlen und Puppen, die alle nach Boston, Massachusetts, unterwegs sind, um das große Footballspiel zwischen Harvard und Yale in Cambridge, Massachusetts, am nächsten Tag zu sehen, und der Grund, warum ich das weiß, ist der, weil sie von nichts anderem reden.

Und dies ist nun der Punkt, wo sich der Football so langsam in diese Geschichte reinschleicht.

Ein alter Kerl, der von seiner Sprechweise her wohl ein Harvard-Mann ist, scheint 'ne ganze Gruppe von Leuten anzuführen, denn es wird ihm von den Leuten so viel Aufmerksamkeit entgegengebracht, daß der alte Knacker wohl von einiger Bedeutung sein muß, zumal sie alle herzhaft über seine Witze lachen, die aber überhaupt nicht witzig sind.

Er ist ein wuchtig gebauter Kerl mit 'nem Kahlkopf und 'ner Baßstimme, und offensichtlich auch jemand, der daran gewöhnt ist, als Respektsperson behandelt zu werden. Ich überleg' laut vor mich hin, wer der Kerl wohl sein kann, und Marmeladen-Marvin hört das und sagt darauf folgendes:

»Na, hör mal«, sagt er, »das ist niemand anders als Mr. Phillips Randolph, der Typ, der diese Autos baut. Er ist der sechstreichste Kerl in diesem Land«, sagt Marvin, »oder vielleicht auch nur der siebtreichste. Na, jedenfalls ist er irgendwo im vorderen Feld mit dabei. Ich hab' zufällig seinen Namen auf seinem Koffer gesehen und den Schaffner gefragt, um sicherzugehen. Es ist eine große Ehre für uns, mit Mr. Phillips Randolph zu reisen«, sagt Marvin, »weil er schließlich ein öffentlicher Wohltäter ist und so viele Mäuse hat. Vor allem natürlich, weil er so viele Mäuse hat.«

Nun, natürlich weiß jedes Kind, wer Mr. Phillips Randolph ist, und ich bin eigentlich überrascht, daß ich sein Gesicht nicht selbst erkannt hab', schließlich hab' ich's oft genug in den Zeitungen neben den neuesten Automodellen gesehen, die seine Fabriken rausbringen, aber ich bin genauso hocherfreut, im selben Wagen mit Mr. Phillips Randolph zu sein, wie Marmeladen-Marvin.

Er scheint ein gutmütiger alter Kerl zu sein, und er scheint sich auch sauwohl zu fühlen, und er schwatzt und lacht und nimmt hin und wieder 'nen Schluck aus 'ner Pulle, und als der alte Krüpp-McGonnigle durch den Wagen gehinkt kommt und seine Football-Andenken feilbietet, zum Beispiel rote und blaue Federn und kleine Abzeichen und Wimpel und so 'n Kram, wie Krüpp das halt immer bei den großen Footballspielen macht, seit Hickory Slim noch 'n Fohlen war, da fordert Mr. Phillips Randolph ihn auf, stehenzubleiben, und kauft Krüpp alle roten Federn ab, auf denen ein kleines weißes H aufgepinselt ist, damit man auch zeigen kann, daß man ein Anhänger von Harvard ist.

Dann verteilt Mr. Phillips Randolph die Federn unter seinen Leuten, und die Kerle und Puppen stecken sie sich an ihre Hüte oder heften sie sich an ihre Mäntel, aber Krüpp behält immer noch 'ne stattliche Anzahl Federn übrig, und gerade in diesem Moment kommt kein geringerer durch den Wagen als Schon möglich-Joey, und Mr. Phillips Randolph hüpft in den Durchgang, baut sich vor Joey auf und bietet ihm höflich eine rote Fahne an, wobei er folgendes spricht:

»Würden Sie uns die Ehre erweisen, unsere Farben zu tragen?«

Tja, selbstverständlich ist Mr. Phillips Randolph bloß bis in die Haarspitzen fröhlich gestimmt und hat auch gar nichts Böses im Sinn, und die Kerle und Puppen lachen alle recht herzlich, als ob sie das alles furchtbar lustig fänden, aber vielleicht gerade weil sie lachen, und vielleicht auch deshalb, weil er von Natur aus ein feindseliger Kerl ist, schlägt Schon möglich-Joey Mr. Phillips Randolphs Hand zur Seite und sagt:

»Geh mir aus dem Weg«, sagt Joey. »Versuchste etwa, mich zum Narren zu halten?«

Was mich angeht, so finde ich ja, daß Schon möglich-Joey durchaus das Recht hat, die rote Feder zurückzuweisen, denn vielleicht steht er mehr auf blaue Federn, also auf Yale, aber ich finde andererseits auch, daß er ja nich' gleich so unhöflich zu so 'nem alten Knaben wie Mr. Phillips Randolph zu sein braucht, obwohl Schon möglich-Joey zu diesem Zeitpunkt selbstverständlich gar nich' weiß, daß Mr. Phillips Randolph so viele Mäuse hat.

Na, jedenfalls steht Mr. Phillips Randolph jetzt da und stiert Joey an, als ob er völlig aus der Fassung wäre, und aller Wahrscheinlichkeit nach ist er das auch, denn aller Wahrscheinlichkeit nach hat wohl noch nie jemand auf solche Weise zu ihm gesprochen, und Joey steht ebenfalls etwa 'ne Minute so da und stiert zu Mr. Phillips Randolph zurück, und schließlich läßt Joey folgendes verlauten:

»Nimm dir 'n gutes Auge voll«, sagt Schon möglich-Joey. »Schon möglich, dasse dich an mich erinnern wirst, wenne mich jemals wieder siehst.«

»Ja«, sagt Mr. Phillips Randolph sehr leise. »Werd' ich, schon möglich. Man behauptet, ich hätte ein gutes Gedächtnis für Gesichter. Ich bitte Sie um Entschuldigung, daß ich Sie aufgehalten hab', Sir. Es war alles nur Spaß, aber es tut mir leid«, sagt er.

Darauf geht Schon möglich-Joey weiter, und er scheint Marmeladen-Marvin und mich gar nicht zu bemerken, und Mr. Phillips Randolph setzt sich wieder hin, und sein Gesicht ist so rot wie 'ne Tomate, und die ganze Freude ist ihm mächtig vergangen und seinen Leuten auch. Was mich angeht, so tut es mir sehr leid, daß Schon möglich-Joey das Angebot ausgeschlagen hat, denn es hätte ja sein können, daß Mr. Phillips Randolph dann auch mir eine seiner übriggebliebenen Federn angeboten hätte, und ich finde, das ist schon ein feines Souvenir.

Jetzt aber gibt es nicht mehr viel Geschwätz und schon gar kein Lachen mehr bei Mr. Phillips Randolph und seinen Leuten, und er sitzt einfach so da, als ob er nachdenkt, und es könnte ja tatsächlich so sein, daß er darüber nachdenkt, ob es nich' 'n Gesetz gegen 'nen Kerl gibt, der derart respektlos mit 'nem Burschen seiner Kontogröße umspringt, wie Schon möglich-Joey mit ihm umgesprungen ist.

Nun, der schöne, elegante und technisch raffinierte Boxkampf zwischen Linksausleger Ledoux und Mickey McCoy erweist sich als 'ne ziemliche Enttäuschung. Es ist eigentlich nicht mehr als mieser Mist, denn es gibt herzlich wenig Eleganz und schon gar keine Technik zu sehen, und während der vierten Runde fangen die Zuschauer an, mit den Füßen zu trampeln und zu rufen, werft diese Nieten raus, und sie lassen noch so manch andere abfällige Bemerkung los, und zudem sieht es schwer danach aus, als ob dieser Koons weder einen der Punktrichter und erst recht nich' den Ringrichter im Sack hat, und Ledoux wird schließlich einstimmig zum Sieger erklärt.

Und so ist Marmeladen-Marvin einige Blaue los, denn mehr kann er am Ring nicht wetten, weil es anscheinend niemand in Boston, Massachusetts, auch nur die Bohne interessiert, wer diesen ollen Boxkampf gewinnt, und Marvin hadert mit sich und der Welt, genauso wie ich, und so gehen wir ins Copley Plaza Hotel zurück, in dem unsere Zelte stehen, und setzen uns unten in die Halle, um über die Ungerechtigkeit allen Seins nachzugrübeln.

Nun, die Halle bietet ein Schauspiel bunten Treibens, weil anscheinend so manches Festessen und so mancher Tanz im Hotel ganz im Zeichen des Football stehen, und überall turnen Kerle und Puppen in Abendroben herum, und die Puppen sind jung und schön, und so langsam keimt in mir der Gedanke, daß dies im Grunde doch keine so arg üble Welt ist, und selbst Marmeladen-Marvin wird so langsam wieder aufmerksam.

Urplötzlich stöckelt eine sehr, sehr schöne junge Puppe, die sich etwa zu vierzig Prozent innerhalb und zu sechzig Prozent außerhalb ihres Kleides aufhält, direkt zu uns herüber, streckt mir ihre Hand entgegen und sagt folgendes zu mir:

»Erinnerst du dich an mich?«

Natürlich erinner' ich mich nich' an sie, aber natürlich werd' ich ihr das nich' auf die Nase binden, denn es is' noch nie meine Taktik gewesen, 'ne Puppe, die 'ne Bekanntschaft mit mir anknüpfen will, zu entmutigen, und ich denk' mir, die Puppe hat genau das vor. Dann allerdings erkenne ich, daß sie niemand anders ist als Doria Logan, eins der bezauberndsten Schnuckelchen, die je den Broadway heimgesucht haben, und etwa zur gleichen Zeit erkennt auch Marmeladen-Marvin sie.

Doria hat sich aber ziemlich verändert, seit ich sie das letzte Mal gesehen hab', was schon 'ne ziemliche Weile her ist, aber es gibt nichts zu deuteln, sie hat sich zu ihrem Vorteil verändert, denn früher war sie 'ne sehr plappermäulige junge Puppe, aber jetzt scheint sie älter zu sein und ruhiger, ja sogar hübscher als je zuvor. Marmeladen-Marvin und ich, wir freuen uns natürlich, sie in so 'ner ansehnlichen Verfassung vorzufinden, und wir fragen sie, wie geht's, wie steht's, und was gibt's Neues zu berichten, und so dies und das, und schließlich läßt Doria Logan folgendes verlauten:

»Ich bin in großen Schwierigkeiten«, sagt Doria. »Ich bin in fürchterlichen Schwierigkeiten, und ihr seid die ersten, die ich sehe, mit denen ich darüber reden kann.«

Nun, Marmeladen-Marvin beginnt bei ihren Worten um einiges zusammenzuschrumpfen, denn er glaubt wohl, daß jetzt die alte Pumptour steigen wird, und Marmeladen-Marvin is' nich' einer von denen, die so 'ne Pumptour gern mitmachen, es sei denn, er kriegt ein bißchen mehr als bloß 'ne Geschichte dafür geboten. Aber ich seh' deutlich, Doria Logan meint es verdammt ernst.

»Erinnert ihr euch an Schon möglich-Joey?« sagte sie.

»'ne Ratte«, sagt Marmeladen-Marvin, »'ne miese kleine Ratte.«

»Ich erinner' mich nich' nur an Joey«, sag ich, »ich hab' ihn sogar noch heute im Zug gesehen.«

»Ja«, sagt Doria, »er ist hier in der Stadt. Vor einigen Stunden erst hat er mich hier aufgestöbert. Er ist nur gekommen, um mir zu schaden. Er ist hier, um mein Leben endgültig zu ruinieren.«

»'ne Ratte«, wirft Marmeladen-Marvin wieder ein. »Schon immer 'ne hundertprozentige Ratte.«

Schließlich fordert uns Doria Logan dazu auf, mit ihr in einen ruhigen Winkel der Halle zu gehen, und sie erzählt uns eine merkwürdige Geschichte, und die geht folgendermaßen:

Anscheinend war sie früher mal mit Schon möglich-Joey liiert, was 'ne Sache ist, von der ich bislang gar nichts wußte, genausowenig wie Marmeladen-Marvin, und diese Neuigkeit geht uns denn doch erheblich an die Nieren. Das Ganze spielte sich in jenen Tagen ab, als sie gerade mal sechzehn und in der Revue bei Earl Carrolls ›Vanities‹ war, und ich erinner' mich in der Tat daran, was für 'ne Wucht sie gewesen ist, o ja.

Klar, mit sechzehn, da ist Doria noch 'n ziemlich dämliches

Mäuschen und hat keine Ahnung davon, wo's lang geht oder was Sache ist, aber so sind schließlich alle Puppen mit sechzehn Jahren, und sie hat gar keine Vorstellung davon, was für 'ne Ratte Schon möglich-Joey ist, denn er sieht gut aus und ist jung und scheint so richtig romantisch zu sein und spricht ständig von Liebe und allem möglichen Zeug.

Nun ja, das Ergebnis von dem allem ist das Ergebnis von Tausenden solcher Fälle, seit dußlige Püppis angefangen haben, den Broadway heimzusuchen, denn eh sie sich versieht, ist Doria Logan an ein überaus fieses Subjekt geraten und weiß nicht, was sie nun tun soll.

Schon bald fängt Schon möglich-Joey an, recht grob mit ihr umzuspringen, und schließlich versucht er sogar, sie für einige seiner schändlichen Geschäfte zu mißbrauchen, und selbstverständlich weiß jeder am Broadway, daß die meisten von Joeys Geschäften schändlich sind, denn Joey drehte schon fast von Kindesbeinen an krumme Dinger.

Tja, und eines schönen Tages, da sagt sich Doria, wenn das die Liebe ist, okay, dann hab' ich die Schnauze davon voll, und ohne zweimal zu überlegen, macht sie sich davon und geht zu ihrer Familie zurück, die in Cambridge, Massachusetts, lebt, in eben demselben Ort, wo die Harvards ihre Universität haben, und sie geht dahin, weil sie nun mal nicht weiß, wo sie sonst hingehen soll.

Anscheinend ist Dorias Familie arm, und Doria geht in 'ne Wirtschaftsschule und lernt Stenotypistin und arbeitet für 'nen Kerl, der Immobilienmakler ist und Poopnoodle heißt, und sie schlägt sich recht wacker durch, und so zwischendurch erfährt sie, daß Schon möglich-Joey Urlaub auf Staatskosten macht, also glaubt sie, ihre Schwierigkeiten sind nun endgültig vorbei, jedenfalls, soweit es Joey betrifft.

Doria Logan schreitet nun still und bedächtig durchs Leben, arbeitet für Mr. Poopnoodle und denkt nimmermehr an die Liebe oder irgendwas ähnliches, bis sie 'nen jungen Harvardkerl kennenlernt, der vielleicht so an die einundzwanzig Jahre alt und Footballspieler ist und den Doria in 'nem Drugstore bei 'nem Banana Split kennenlernt.

Tja, der junge Harvardkerl findet einigen Gefallen an Doria, das heißt, genaugenommen ist er Feuer und Flamme, aber inzwischen geht Doria auf die Zwanzig zu und ist bei weitem kein dußliges Püppi mehr, und sie verspürt nicht im mindesten Lust, sich wieder in 'ner Liebesliaison zu verheddern.

Immer wenn sie an Schon möglich-Joey denkt, fängt Doria zwangsläufig an, die Kerle im allgemeinen zu hassen, nur kann sie irgendwie keinen richtig schönen Haß auf den jungen Harvardkerl entwickeln, da er, jedenfalls nach allem, was sie erzählt, anständig und stattlich ist und auch ganz prima Ideale hat.

Und als die Zeit so vor sich hinschlurft, da fällt Doria auf, wie sie zusehends blasser wird und den Appetit verliert und nicht mehr schlafen kann, und dies alles macht ihr ganz schön zu schaffen, weil sie sonst immer wie 'n Scheunendrescher reinhaut und wie 'n Murmeltier pennt, und schließlich kommt sie zu einem Resultat: Ihre ganze Kränkelei rührt bloß daher, daß sie sich in diesen jungen Harvardkerl verliebt und nur schwerlich ohne ihn leben kann, also gesteht sie es ihm eines Nachts, als der Mond auf den Charles River scheint und eine wie aus einem bunten Bilderbuch geklaute Liebesszene beleuchtet.

Tja, und nach einem kleinen improvisierten Nahkampf, der unter den gegebenen Umständen durchaus verständlich ist, möchte der junge Kerl, daß sie jenen glücklichen Tag ihrer Heirat bestimmt, und Doria ist schon im Begriff, sich auf den folgenden Montag zu einigen — dies ist eine Sonntagnacht —, doch dann fällt ihr das einstige Techtelmechtel mit Schon möglich-Joey wieder ein, und alles andere dazu, und sie befürchtet plötzlich, daß der junge Harvardkerl sie übers Ohr haut, wenn sie ihn heiratet, es sei denn, sie hält zuvor 'nen kleinen Plausch über Joey mit ihm ab, denn sie ist sich voll im klaren darüber, daß viele junge Kerle ziemlichen Widerwillen zeigen könnten, 'ne Puppe zu heiraten, die 'ne Leiche im Keller hat, wie man so schön sagt, vor allem, wenn es so 'ne Leiche ist wie Schon möglich-Joey.

Aber sie ist so glücklich, daß sie nicht sofort durch solche Ausführungen das Risiko eingehen will, alles zu vermasseln, also hält sie, was Joey angeht, erst mal die Klappe, wenngleich sie dem jungen Harvardkerl verspricht, ihn zu heiraten, wenn er mit der Universität fertig ist, was im folgenden Jahr sein wird, wenn alles klappt und wenn er dann immer noch darauf beharrt, sie zu heiraten. Denn Doria glaubt, daß sie es bis dahin schon schaffen wird, ihm die Sache mit Joey häppchenweise und vorsichtig, vor allen Dingen vorsichtig, beizubringen.

Jedenfalls sagt sich Doria, sie muß es ihm wohl oder übel noch vor der Hochzeit erzählen, selbst wenn er sich daraufhin aus dem Staub macht, und ich persönlich finde, daß das überaus rücksichtsvoll von Doria ist, denn viele Puppen erzählen vor der Hochzeit überhaupt nichts, manche noch nich' mal danach. Und so sind Doria und der junge Harvardkerl also verlobt, und es herrscht eitel Sonnenschein, als urplötzlich Schon möglich-Joey aus dem Nichts auftaucht.

Anscheinend erfuhr Joey das mit Dorias Verlobung, als er aus der Staatspension rausgekommen war, und er sputet sich, nach Boston, Massachusetts, zu kommen, mit 'ner ganzen Manteltasche voller Briefe, die Doria ihm vor langer Zeit schrieb, und mit 'ner Menge gewisser Fotos, die sie zusammen aufgenommen haben, wie es junge Kerle und Puppen nun mal so zu tun pflegen, und obwohl an diesen Briefen und Fotos nichts Außergewöhnliches ist, bereiten sie Doria gerade zu diesem Zeitpunkt ziemliche Kopfschmerzen.

»'ne Ratte«, meldet sich Marmeladen-Marvin wieder zu Wort. »Aber«, sagt er, »er nimmt bloß seine alten Erpressermaschen wieder auf. Du wirst dich von ihm loskaufen müssen, Doria.«

Tja, und darauf lacht Doria Logan einen ihrer kleinen, kurzen trockenen Lacher — »Ha!« —, und dann sagt sie:

»Selbstverständlich will er, daß ich mich loskaufe, bloß«, sagt sie, »wo nehm' ich das Geld her, um mich loszukaufen? Ich selbst hab' nich' einen blanken Penny, und Joey verlangt 'ne Riesensumme, weil er genau weiß, wieviel Kies der Alte meines Verlobten hat. Er will von mir, daß ich zu meinem Verlobten gehe und ihn dazu kriege, das Geld aus seinem Alten rauszuzaubern, andernfalls droht er mir damit, die Briefe und Fotos höchstpersönlich dem Alten von meinem Verlobten abzuliefern.

Nun seht ihr, in was für 'nem Schlamassel ich stecke«, sagt Doria, »und ihr könnt euch leicht denken, was der Alte von meinem Verlobten von mir denken wird, wenn er erfährt, daß ich mal ein kleines Tralala mit so 'nem Erpresser wie Joey hatte.

Aber mal davon abgesehen«, sagt Doria, »es ist irgendwas mit Schon möglich-Joey, was nichts mit Geld zu tun hat, und ich bin mir nich' so sicher, ob er nich' ein doppeltes Spiel mit mir treiben wird, selbst wenn ich ihm seinen Preis bezahlen kann. Joey ist richtiggehend wütend auf mich. Ich glaube«, sagt sie, »wenn er mir mein Glück verderben kann, wird es ihm mehr bedeuten als Geld.«

Nun, Doria erklärt uns dann, daß sie bloß Zeit schinden wollte, als sie mit Joey geredet hat. Sie hat ihm erzählt, sie kann ihren Verlobten unmöglich noch vor dem großen Footballspiel zwischen Harvard und Yale treffen, weil er für Harvard spielt und noch fleißig trainiert, worauf Joey sie fragt, ob sie sich das Spiel ansehen wird. Klar wird sie das tun, hat sie ihm gesagt.

Und darauf sagt Joey, er wird 'nen Schwarzhändler suchen und sich 'ne Karte besorgen und das Spiel selbst verfolgen, weil er an Football 'nen Narren gefressen hat, und wo sie denn sitzen wird, da er inständig hofft, irgendwas von ihr während des Spieles sehen zu können, und diese Äußerung beunruhigt Doria Logan doch sehr, denn sie geht mit keinem anderen als dem Alten ihres Verlobten und noch 'nem Haufen seiner Freunde zum Spiel, und sie meint, es ist gar nicht auszudenken, was Schon möglich-Joey da alles anstellen könnte.

Sie erklärt Joey dann, daß sie nich' so genau weiß, wo sie sitzen wird, aber es muß natürlich irgendwo auf der Seite der Harvards sein, doch Joey läßt nicht locker und will genauere Einzelheiten hören.

»Er ist«, sagt Doria, »wirklich unheimlich hartnäckig und stand mir praktisch auf den Zehen rum, als ich Mr. Randolph hier im Hotel anrief und der mir dann die Platznummern unserer Sitze sagte. Darauf sagt Joey, er werde sich bemühen, 'nen Sitz zu ergattern, der so nah wie nur möglich an meinem ist, und geht weg.«

»Was für'n Mr. Randolph?« sagt Marvin. »Welcher Mr. Randolph?« sagt er. »Du meinst doch wohl nicht etwa den Mr. Phillips Randolph, oder?«

»Aber sicher doch«, sagt Doria. »Kennst du ihn?«

Von nun an glotzt Marmeladen-Marvin Doria natürlich in tiefster Ehrfurcht an, genauso wie ich, obwohl sie inzwischen ein bißchen weint, und von weinenden Puppen bin ich alles andere als begeistert. Aber während sie vor sich hinweint, scheint Marmeladen-Marvin ein wenig nachzugrübeln, und endlich sagt er folgendes:

»Sei so lieb und versuch, ob du dich an diese Platznummern erinnern kannst, von denen du eben gesprochen hast.«

Und so sind wir also wieder mal bei unserem Footballspiel.

Nur muß ich bedauerlicherweise feststellen, daß ich persönlich bei diesem Spiel dann gar nicht anwesend bin, und der Grund, warum ich nicht anwesend bin, ist der, weil mich am nächsten Tag niemand rechtzeitig weckt, um anwesend sein zu können, und so, wie ich die Sache seh', is' das auch ganz gut so, da ich wirklich nich' gerade 'n Footballenthusiast bin.

Und so gehört die Geschichte von nun an Marmeladen-Marvin, und ich werd' sie Ihnen so erzählen, wie Marvin sie mir erzählte.

Es ist ein höchst aufregendes Spiel (sagt Marvin). Alles ist voller Menschen, und die eine oder andere Kapelle spielt, und es gibt jede Menge Stimmung und Hurra und so viele reizende Puppen, daß du schon gar nicht mehr weißt, wo du zuerst hinschauen sollst, und ich glaub' nicht, daß irgendeins von diesen Mädels reizender ist als Doria Logan.

Es ist 'ne feine Sache, daß sie sich an die Platznummern erinnert, denn sonst würde ich sie sicher niemals finden, und sie ist von einigen sehr sympathisch aussehenden Leuten umgeben, einschließlich Mr. Phillips Randolph, und ich sitze zwei Reihen hinter Mr. Phillips Randolph, und der Schwarzhändler, von dem ich den Platz hab', meint, er kann gar nich' verstehen, warum heute jeder in der Nähe von Mr. Phillips Randolph sitzen möchte, da es schließlich auf der Harvardseite auch andere Plätze gibt, die genauso gut sind, vielleicht sogar noch besser.

Also denk' ich mir, er hat noch mehr Nachfrage in dieser Richtung, und er kriegt sicher auch 'ne schöne Stange Geld dafür, und ich denk' mir außerdem, daß zumindest eine dieser Nachfragen von Schon möglich-Joey kam, da ich Joey einige Reihen weiter über mir sitzen sehe, aber links von mir in einem Durchgang, während ich selbst fast in einer direkten Linie mit Mr. Phillips Randolph sitze.

Joey ist natürlich ein Kerl, der immer Aufsehen erregt, und einige Minuten bevor das Spiel losgeht, steht Mr. Phillips Randolph auf, späht hierhin und dorthin, um herauszufinden, ob irgend jemand anwesend ist, den er kennt, und urplötzlich fällt sein Blick auf Schon möglich-Joey, und da bestätigt Mr. Phillips Randolph, daß er wahrlich ein gutes Gedächtnis für Gesichter hat, denn er äußert sich folgendermaßen:

»Na so was«, sagt er, »da ist ja der Bursche, der mich im Zug so ungehobelt abblitzen ließ, als ich ihm unsere Farben angeboten hab'. Ja«, sagt er, »ich bin sicher, es ist derselbe Bursche.«

Nun, bei dem Footballspiel gibt's jede Menge Geklammere und Gekeile in die eine und andere Richtung und ein Hin und Her, ohne daß auch nur der kleinste Punkt für eine der beiden Mannschaften bis fünf Minuten vor Spielende fällt, und dann schubsen die Yales urplötzlich den Football etwa fünfachtel von 'nem Zentimeter über die Linie.

In diesem Moment herrscht dann doch einige Aufregung. Und eh man sich versieht, schubst Yale Harvard vollends aus dem Rennen, und das Spiel ist vorbei, und Mr. Phillips Randolph schält sich aus seinem Sitz raus, und ich hör' Mr. Phillips Randolph sagen:

»Tja«, sagt er, »das Ergebnis könnte ja noch schlechter sein, und es war ein prima Spiel, und«, sagt er, »wie es aussieht, haben wir ja immerhin jemanden zu unserer Sache bekehrt, denn schaut mal, wer unsere Farben trägt.«

Daraufhin deutet er auf Schon möglich-Joey, der immer noch dasitzt, während die Leute über ihn hinweg- und auf ihm herumsteigen, und er lächelt immer noch ein kleines Lächeln, und Mr. Phillips Randolph scheint sehr erfreut zu sein, daß Schon möglich-Joey einen großen, breiten karmesinroten Streifen an der Stelle hat, wo früher mal sein weißer Seidenschal war.

Aber wahrscheinlich wäre Mr. Phillips Randolph sehr überrascht gewesen, wenn er wüßte, daß der karmesinrote Streifen über Joeys Brust von Ollie Ortega zustandegebracht wurde, der ein kurzes Messer in Joeys Kehle reinsteckte. Ach ja, hab' ich vergessen zu erwähnen, daß Ollie Ortega auch unter den Zuschauern war?

Ich hatte nach Ollie geschickt, nachdem ich vergangenen Abend von dir weg bin, denn ich hab' mir gedacht, er würde sich freuen, sich 'n schönes Footballspiel anzusehen. Er kam heute morgen mit dem Flugzeug an, und ich lag mit meiner Vermutung schon goldrichtig: Ollie fand das Spiel einfach großartig.

Tja, ich persönlich, ich werd' dieses Spiel sicher niemals vergessen, denn es war alles schrecklich aufregend. Als Yale gerade seine Punkte eingefahren hat, da ertönt urplötzlich von der Yaletribüne auf der gegenüberliegenden Seite ein langanhaltendes, durchdringendes Wehklagen, das furchtbar schwermütig klingt und mich richtiggehend trübselig werden läßt. Es hört sich so ähnlich an wie Oh-oh-oh-oh-oh, und augenblicklich macht alles oh-oh-oh-oh-oh, was Yale heißt, und ich frag' 'nen Kerl neben mir, was das zu bedeuten hat.

»Na«, sagt der Kerl, »das is' die Bestattungshymne von Yale. Sie singen das immer, wenn sie die anderen Kerle am Arsch haben. Ich bin selbst 'n alter Yalehase, und ich werd' dir jetzt höchstpersönlich dieses Lied vorsingen.«

Und darauf wirft der Kerl den Kopf zurück und öffnet den Mund sperrangelweit und läßt ein Gejaule los wie 'n Wolf, der den Mond anheult.

Nun ja, endlich hört der Bursche damit auf, und ich sag' ihm, daß es ja wirklich ein ganz fantastisches Lied ist, ganz bestimmt, und auch recht passend in dem ganzen Trubel, worauf ich dann eiligst dem Footballspiel entfliehe, ohne noch die Gelegenheit zu bekommen, Doria auf Wiedersehen zu sagen, obwohl ich ihr später noch den Packen Briefe und Fotos zuschicke, den Ollie Schon möglich-Joey während des ganzen Heckmecks aus der Manteltasche rausgeholt hat, und ich hoffe inständig, daß sie glaubt, die karmesinroten Streifen über ihrem Packen sind bloß einige kleine Farbstriche zu Ehren von Harvard.

Aber (sagt Marmeladen-Marvin) das allerstärkste an dem Footballspiel ist, daß ich zwei Blaue von 'nem Harvardkerl gewinne, der neben mir sitzt. Tja, und damit bin ich wieder fein raus.

Bruch eines Versprechens

Eines Tages benachrichtigt mich ein gewisser Richter Goldfobber, der von Beruf Anwalt ist, daß ich ihm 'nen Besuch in seinem Büro am unteren Broadway abstatten soll, und obwohl ich normalerweise kein sonderliches Interesse daran habe, mich mit Anwälten abzugeben, ist dieser Richter Goldfobber nun mal zufällig ein Freund von mir, also geh' ich los, um bei ihm vorbeizuschauen.

Selbstverständlich ist Richter Goldfobber kein Richter und ist auch nie 'n Richter gewesen, aber man nennt ihn Richter, weil es ihn so furchtbar freut, und jeder hat immer das dringende Bedürfnis, Richter Goldfobber 'ne Freude zu machen, denn schließlich ist er einer der gewieftesten Anwälte in dieser Stadt und haut mehr Leute aus ihren Kalamitäten raus, als möglich erscheint. Er ist auch ein wahrer Künstler darin, die Leute vor dem Knast zu bewahren, und besser als Houdini, sobald es darum geht, sie aus dem Knast rauszuholen, wenn sie erst mal drin sind.

Ich persönlich, ich hab' ja noch nie irgend 'nen Bedarf nach Richter Goldfobbers Fachkenntnissen gehabt, weil ich immer ein gesetzestreuer Bürger war und den Kerlen, die dem Gesetz zuwiderhandeln, mit allergrößter Ablehnung gegenüberstehe, aber ich kenne den Richter, weil ich ihm seit vielen Jahren immer mal wieder über den Weg laufe. Ich lauf' ihm in den Nachtclubs über den Weg und in anderen Höllenschlünden, denn Richter Goldfobber ist ein Kerl, der es liebt, sich in solchen Etablissements unters Volk zu mischen, und er hat hier auch schon so manchen Auftrag an Land gezogen, und bisweilen auch schon mal 'ne nette Puppe.

Nun, als ich also Richter Goldfobber 'nen Besuch abstatte, nimmt er mich mit in sein Privatbüro und möchte wissen, ob mir nicht einige fähige Kerle einfallen, die gerade mal keine Arbeit an der Hand haben und die ein bißchen Arbeit gebrauchen können, und wenn das der Fall ist, sagt Richter Goldfobber, dann kann er ihnen ein erstklassiges Angebot machen.

»Selbstverständlich«, sagt Richter Goldfobber, »ist es keine feste Anstellung. Es ist eigentlich nichts weiter als ein kurzer Job, aber die Figuren müssen in höchstem Maße vertrauenswürdig sein. Man muß sich auch im größten Schlamassel auf sie verlassen können. Es ist 'ne Art Außendienstjob, den sie machen sollen und der einiges Feingefühl verlangt«, sagt er, »und ein gutes Nervenkostüm.«

Tja, ich bin schon drauf und dran, Richter Goldfobber zu erzählen, daß ich kein Stellenvermittler bin, und mich wieder um meinen eigenen Krempel zu kümmern, denn wenn er schon sagt, die Leute müssen Leute sein, auf die man sich im größten Schlamassel verlassen müssen kann, dann ist mir klar genug, daß so 'n Schlamassel bei dem Job praktisch schon angesagt ist, und ich find' es nich' so sonderlich toll, irgendwelche Freunde von mir in 'nen Schlamassel einzubugsieren.

Aber als ich grad aufsteh', um zu gehen, da guck' ich aus Richter Goldfobbers Fenster raus und seh' Brooklyn in einiger Entfernung jenseits des Flusses liegen, und als ich Brooklyn so seh', da kommen mir verschiedene Typen von da drüben in den Sinn, die, wie ich mir vorstellen kann, wegen der Arbeitslosigkeit Schreckliches durchmachen müssen. Mir kommen vor allem Phil das Pferd und der Spanische John und Klein-Isadore in den Sinn, und der Grund, warum ich mir vorstellen kann, daß sie wegen der Arbeitslosigkeit so Schreckliches durchmachen müssen, ist folgender: Wenn niemand arbeitet und Geld verdient, dann gibt es auch niemanden, den diese Jungs beklauen können, und wenn es niemanden gibt, den sie beklauen können, dann wird die Wirtschaftskrise Phil dem Pferd und dem Spanischen John und Klein-Isadore ganz schön schwer an die Nieren gehen.

Na, jedenfalls erwähn' ich schließlich die Namen dieser Figuren Richter Goldfobber gegenüber, und ich merke darüber hinaus noch an, wie vertrauenswürdig sie in 'nem Schlamassel sind, und ich sag' auch noch was über ihr Nervenkostüm, obwohl ich schon aus Gewissensgründen nichts über ihr Zartgefühl anmerken möchte, und Richter Goldfobber ist mächtig entzückt, zumal er schon des öfteren was über Phil das Pferd und den Spanischen John und Klein-Isadore zu hören bekommen hat.

Er fragt mich nach ihrer Adresse, aber selbstverständlich weiß niemand genau, wo Phil das Pferd und der Spanische John und Klein-Isadore wohnen, weil sie nämlich gar keinen festen Wohnsitz haben. Wie dem auch sei, ich geb' ihm noch 'nen Tip über 'nen Winkel an der Clinton Street, wo er vielleicht 'ne Spur von ihnen zu fassen kriegen könnte, und darauf verlasse ich Richter Goldfobber, weil ich fürchte, er könnte den Wunsch hegen, daß ich diesen Typen irgendwas mitteilen soll, und wenn es irgendwelche Typen auf dieser Erde gibt, bei denen ich nich' das mindeste Interesse jeglicher Art, Form oder Größe verspüre, ihnen was mitzuteilen oder sonstwas mit ihnen am Hut zu haben, dann sind es Phil das Pferd und der Spanische John und Klein-Isadore.

Nun ja, einige Wochen lang hör' ich nichts mehr von der ganzen Sache, aber eines Abends, als ich mich gerade in Mindys Restaurant am Broadway an 'nem kalten Borschtsch labe, einer enorm erfrischenden Angelegenheit bei so 'nem heißen Wetter, wie es momentan herrscht, da stapfen plötzlich Phil das Pferd und der Spanische John und Klein-Isadore herein, und ich bin so überrascht sie zu sehen, daß einiges von meinem kalten Borschtsch sich auf den falschen Weg meinen Hals runter macht und ich fast zu Tode ersticke.

Tja, jedenfalls scheinen die drei recht guter Laune zu sein, und Phil das Pferd trommelt mir sogar auf dem Rücken rum, um mich vor dem Ersticken zu bewahren, und obwohl er so kräftig trommelt, daß er mir beinahe das Rückgrat bricht, halt' ich es für 'ne sehr aufmerksame Geste, und als ich wieder in der Lage bin, was von mir zu geben, sag' ich folgendes zu ihm:

»Weißt du, Phil«, sag' ich, »es ist mir ein ganz besonderes Vergnügen, dich mal wieder zu sehen, und ich hoffe doch sehr, ihr werdet mit mir 'ne kalte Borschtsch essen, die euch sicher gut schmecken wird.«

»Nö«, sagt Phil, »wir machen uns nichts aus kaltem Borschtsch. Wir suchen Richter Goldfobber. Hast du Richter Goldfobber in letzter Zeit irgendwo gesehen?«

Nun, die Vorstellung, daß Phil das Pferd und der Spanische John und Klein-Isadore Richter Goldfobber suchen, ist denn doch ziemlich beunruhigend für mich, und vielleicht, so denk' ich mir, erwies sich der Job, den Richter Goldfobber ihnen zuschleuste, als 'n Flop, und sie haben nun vor, Richter Goldfobber auseinanderzunehmen, aber kurz darauf sagt Phil zu mir:

»Übrigens«, sagt er, »wir möchten dir dafür danken, daß du uns diesen Job besorgt hast. Vielleicht können wir uns eines Tages ja mal revanchieren. Es war schon 'n äußerst interessanter Job«, sagt Phil, »und während du dir deinen kalten Borschtsch reinziehst, werd' ich dir die Einzelheiten erzählen, damit du verstehst, warum wir mit Richter Goldfobber sprechen möchten.«

Wie sich also herausstellt (sagt Phil das Pferd), ist der Job nich' für Richter Goldfobber selbst, sondern für einen seiner Klienten, und dieser Klient ist kein anderer als Mr. Jabez Tuesday, der reiche Millionär, dem die Tuesday-Kette mit diesen ganzen Selbstbedienungsläden gehört, wo so viele Leute zum Essen gehen und auf sich selbst warten. Richter Goldfobber kommt höchstpersönlich nach Brooklyn, sagt Phil das Pferd, und schickt mich mit 'nem Schreiben zu Mr. Jabez Tuesday, damit Mr. Jabez Tuesday mir erläutern kann, was er von mir will, denn Richter Goldfobber ist ein viel zu gerissener Kerl, als daß er mir solche Sachen selbst erläutern würde.

Und wer weiß, vielleicht ist Richter Goldfobber ja auch gar nich' darüber unterrichtet, was Mr. Jabez Tuesday von mir will, obwohl ich schon 'ne schöne Stange Geld bei sechs zu fünf zu setzen bereit bin, daß Richter Goldfobber mich in diesem Schreiben an Mr. Jabez Tuesday nich' gerade als Kassierer für irgendeinen seiner Selbstbedienungsläden empfiehlt.

Ja, jedenfalls geh' ich los, um Mr. Tuesday in 'nem Hotel an der Fünften Avenue zu treffen, in dem er sich häuslich niedergelassen und wo er 'ne piekfeine Sammlung von Zimmern hat. Von Mr. Tuesday selbst bin ich nich' sonderlich beeindruckt, er räuspert bloß in der Gegend rum, bevor er mir endlich was über die Art der Arbeit erzählt, die er für mich parat hat. Er is' 'n kleiner Kerl, schon ein bißchen vertrocknet und mit 'nem Glatzkopf und 'nem kleinen Schnurrer über der Oberlippe, und er trägt 'ne riesige Brille auf der Nase und scheint irgendwie nervös zu sein.

Na ja, er braucht jedenfalls 'ne ganze Weile, bis er zur Sache kommt und mir erzählt, wo ihn der Schuh drückt und was er von mir will, und dann hört sich alles wirklich furchtbar simpel an, so was von simpel, daß ich schon denk', dieser Mr. Jabez Tuesday hat wohl 'ne Meise, vor allem, als er mir erzählt, daß ich für den Job zehn Riesen kriegen soll.

Ich soll Mr. Jabez Tuesday nämlich nur irgendwelche Briefe besorgen, die er mal 'ner Puppe namens Miß Amelia Bodkin geschrieben hat und die in 'nem Haus in der Nähe von Tarrytown wohnt, denn anscheinend schießt Mr. Tuesday in diesen Briefen irgendwelche Klöpse ab, die er jetzt bedauert. Vielleicht Liebesgequassel oder Heiratsgeschwätz oder so was. Jedenfalls fürchtet er nun, Miß Amelia Bodkin könnte ihn wegen Versprechensbruchs verklagen.

»Das würde mich in große Verlegenheit bringen«, sagt Mr. Jabez

Tuesday, »weil ich demnächst jemanden heiraten möchte, der ein Mitglied einer der vornehmsten Familien in diesem Land ist. Es stimmt allerdings«, sagt Mr. Tuesday, »daß die Scarwater-Familie inzwischen nicht mehr soviel Geld hat wie früher, aber sie ist unbezweifelbar sehr, sehr vornehm, und meine Verlobte, Miß Valerie Scarwater, ist eine der allervornehmsten von allen. Ehrlich«, sagt er, »sie ist so was von vornehm, daß sie aller Wahrscheinlichkeit nach über jeden, der mich wegen Versprechensbruchs verklagt, äußerst wütend sein und dann glatt alles abblasen wird.«

Nun, ich frag' Mr. Tuesday, was 'n Versprechensbruch ist, und er erklärt mir folgendes: Wenn irgend jemand verspricht, irgendwas zu tun, und es dann versäumt, dieses Irgendwas zu tun, dann ist das 'n Versprechensbruch. Wir in Brooklyn haben selbstverständlich 'ne andere Bezeichnung für 'ne Sache dieser Art, und wir erledigen es auch dementsprechend anders.

»Das ist für jemanden mit Ihrem Ruf ein sehr leichter Job«, sagt Mr. Tuesday. »Miß Amelia Bodkin lebt ganz allein in ihrem Haus auf der anderen Seite von Tarrytown, abgesehen von einigen Hausangestellten, aber die sind alt und harmlos. Nun sieht der Plan so aus«, sagt er. »Sie werden nicht in ihr Haus schleichen, als ob Sie die Briefe suchen, sondern so, als ob Sie hinter irgendwas anderem her sind, so was wie ihr Tafelsilber, das ziemlich antik ist und sehr kostbar.

Sie bewahrt die Briefe in einem großen Intarsienkästchen in ihrem Zimmer auf«, sagt Mr. Tuesday, »und wenn Sie sich dieses Kästchen nehmen und zusammen mit dem Tafelsilber wegtragen, wird niemand auf den Verdacht kommen, daß Sie hinter den Briefen her waren, sondern das Kästchen deshalb mitgehen ließen, weil Sie dachten, es sind Wertsachen drin. Sie bringen die Briefe dann einfach zu mir und bekommen Ihre zehn Riesen«, sagt Mr. Tuesday, »und«, sagt er, »das Tafelsilber können Sie auch behalten. Passen Sie gut auf, daß Sie zum Tafelsilber auch 'ne Paul-Revere-Teekanne mitnehmen«, sagt er. »Sie ist 'n Vermögen wert.«

»Tja«, sag' ich zu Mr. Tuesday, »jeder Kerl kennt sich natürlich in seinem eigenen Job am besten aus, und ich will mich ja auch nicht um einen schönen gemütlichen Job bringen, aber«, sag' ich, »es scheint mir doch der einfachste Weg zu sein, diese Sache abzuwickeln, indem man dieser Puppe die Briefe einfach abkauft und fertig. Was mich angeht«, sag' ich, »ich glaub', es gibt keine Puppe auf der Welt, die nich' bereit ist, ein ganzes Postbüro voller Briefe für zehn Riesen zu verkaufen, vor allem in diesen Zeiten, und zudem noch 'ne vollständige Ausgabe der Werke von Shakespeare kostenlos mit draufzulegen.«

»Nein, nein«, sagt Mr. Tuesday. »Diese Nummer würde bei Miß Amelia Bodkin nicht im mindesten ziehen. Wissen Sie«, sagt er, »Miß Bodkin und ich sind nämlich seit etwa fünfzehn oder sechzehn Jahren sehr, sehr eng befreundet. Wir sind wirklich und wahrhaftig äußerst eng befreundet. Sie hat im Moment noch keine Ahnung davon, daß ich diese Freundschaft mit ihr abbrechen möchte. Und«, sagt er, »wenn ich versuche, ihr die Briefe abzukaufen, könnte sie Verdacht schöpfen. Der Sinn der Sache ist«, sagt Mr. Tuesday, »ich muß zuerst mal diese Briefe haben, und dann kann ich ihr erklären, daß ich die Freundschaft abbrechen möchte, und kann mit ihr angemessene Vereinbarungen treffen.

Bekommen Sie jetzt aber keinen falschen Eindruck von Miß Amelia Bodkin«, sagt Mr. Tuesday. »Sie ist eine vortreffliche Person, aber«, sagt er, »Sie wissen ja, wie man so sagt: ›In keiner Hölle wütet der Groll wie in einem verschmähten Weibe.‹ Und Miß Amelia Bodkin könnte auf den Gedanken kommen, ich würde sie verschmähen, falls sie herausfindet, daß ich Miß Valerie Scarwater heiraten werde, und außerdem«, sagt er, »wenn sie die Briefe dann noch hätte, könnte sie einem skrupellosen Anwalt in die Hände fallen und eine sehr große Summe von mir verlangen. Aber«, sagt Mr. Tuesday, »das macht mir nur halb soviel Sorgen wie der Gedanke, daß Miß Valerie Scarwater etwas über die Briefe erfahren könnte und einen falschen Eindruck von meiner Freundschaft mit Miß Amelia Bodkin bekommt.«

Na ja, am nächsten Nachmittag treib' ich den Spanischen John und Klein-Isadore auf, wobei Klein-Isadore gerade mit dem Gebildeten Bill Klob spielt. Ich weiß nich', ob du ihn kennst, aber den Kerl nennt man deswegen den Gebildeten Bill, weil er mal die Erasmus High School besucht hat und ein überaus eifriger Schüler gewesen sein soll. Ich fordere den Gebildeten Bill auf, mit uns zu kommen, denn ich weiß schließlich, daß der Gebildete Bill seine Brötchen damit verdient, mit Isadore Klob zu spielen, und ich hab' mir überlegt: Wenn ich dem Gebildeten Bill 'ne Zeitlang seinen Brötchengeber wegklaue, is' es bloß recht und billig, daß ich ihm was anderes besorge. Und abgesehen davon sind bei diesem Unternehmen immerhin Briefe mit im Spiel, und ich denk' mir, es könnte 'ne gute Sache sein, den Gebildeten Bill greifbar zu haben, falls es ganz hart wird und irgendwas gelesen werden muß, denn der Spanische John und Klein-Isadore können gar nich' lesen, und ich les' bloß Großdruckbuchstaben.

Wir borgen uns also 'nen Wagen von 'nem Freund von mir aus der Clinton Street, und ich setz' mich hinters Steuer, und ab geht's nach Tarrytown, 'nem Kaff oben am Hudson River, und es ist für alle 'ne ziemlich schöne Fahrt von wegen der ganzen Landschaft. Der Gebildete Bill und der Spanische John und Klein-Isadore sehen die Landschaft längsseits des Hudson zum ersten Mal, obwohl sie alle mal ein paar Jahre im Knast von Ossining am Ufer dieses herrlichen Flusses gewohnt haben. Was mich angeht, ich bin noch nie in Ossining gewesen, obwohl ich es schon mal bis Auburn geschafft hab', einmal sogar bis Comstock, aber die Landschaft in diesen Gegenden is' nich weiter erwähnenswert.

Wir trudeln in Tarrytown ein, als es gerade dunkel wird, und folgen dem Haupttrampelpfad durch dieses Kaff, so, wie Mr. Tuesday es mir empfohlen hat, bis wir schließlich an der Stelle rauskommen, wo wir hinwollen, und das ist ein kleines weißes Häuschen auf einem Hang über dem Fluß, nich' weit entfernt von der Hauptstraße. Dieses kleine weiße Häuschen hat eine ziemlich geräumige Gartenanlage und eine niedrige Steinmauer mit 'ner Auffahrt von der Hauptstraße zum Haus hin, und als ich das Tor zur Auffahrt erspähe, da mach' ich 'ne schnelle Drehung, und was passiert? Ich setz' den Wagen rumsdibums an den steinernen Torpfosten, und der Wagen faltet sich zusammen wie 'n Akkordeon.

Weißt du, es is' nämlich so: Wir hatten uns überlegt, die Sache flott und ohne irgendwelche Faxen durchzuziehen, und falls uns irgendwelche Figuren in den Weg kommen, so wollten wir sie schön fest verschnüren und irgendwo hinlegen und dann die Kurve kratzen, denn für Einbruch oder irgendwelche Nacht- und Nebelaktionen hab' ich nich' sonderlich viel übrig. Ich finde so was einfach würdelos, und abgesehen davon nimmt so was viel zuviel Zeit in Anspruch. Na ja, ich bin also gerade dabei, den Wagen genau vor die Haustür zu setzen, als mir dieser Steinpfosten in den Weg kommt.

Und als ich dann die Augen öffne, da find' ich mich in 'nem fremden Bett und in 'nem fremden Schlafzimmer wieder, und ich bin zwar schon in so einigen komischen Betten aufgewacht, aber noch nie in so 'nem komischen Schlafzimmer. Es is' alles unheimlich anheimelnd und gemütlich, und der einzige Störfaktor in meinem näheren Umkreis ist der Spanische John, der neben meinem Bett sitzt und mich anguckt.

Natürlich will ich wissen, was Sache ist, und der Spanische John sagt, daß ich nach der Kollision mit dem Steinpfosten weg vom Fenster gewesen bin, von den anderen aber keiner verletzt wurde. Während ich also, alle viere von mir gestreckt, in der Auffahrt liege, sagt John, und das Blut aus 'ner klaffenden Wunde an meiner Rübe nur so rausströmt, da tippelt 'ne Puppe mit so 'nem alten Kerl, der 'n Butler oder so was ähnliches zu sein scheint, aus dem

Haus und besteht darauf, mich ins Haus reinschleppen zu lassen und mich in dieses Schlafzimmer zu verfrachten.

Darauf wäscht sie mir das Blut ab, sagt der Spanische John, und wickelt meinen Kopf ein, und geht höchstpersönlich nach Tarrytown, um 'nen Quacksalber zu holen, der nachsehen soll, ob meine Verletzungen schwerwiegend sind oder nicht, indes der Gebildete Bill und Klein-Isadore den Wagen zusammenzuflicken versuchen. Also, sagt der Spanische John, sitzt er da, um mich im Auge zu behalten, bis die Kleine zurückkommt, obwohl ich selbstverständlich genau weiß, warum er wirklich da rumsitzt, denn falls ich abkratze, kann er in aller Ruhe 'ne erste Inspektion an meiner Brieftasche vornehmen.

Tja, und während ich mir das alles noch durch den Kopf gehen lasse und mich frage, was jetzt passieren soll, schneit 'ne Puppe von vielleicht vierzig Jahren rein, die 'ne recht passable Figur hat und ein nettes, warmherzig aussehendes Gesicht mit einem breiten Lächeln, und hinter ihr ist ein Kerl, dem ich den Quacksalber sofort anseh', vor allem, weil er 'ne kleine schwarze Tasche im Schlepptau und 'nen grauen Spitzbart hat. Die Puppe sieht wirklich noch ganz gut aus, falls man was für Puppen im mittleren Alter übrig hat, und ich für meine Person bevorzuge ja junge, und als sie mich mit offenen Augen daliegen sieht, da sagt sie folgendes:

»Oh«, sagt sie, »da bin ich aber froh, daß Sie nicht tot sind, Sie Armer. Aber«, sagt sie, »hier ist Doktor Diffingwell, und er wird besser mal nachsehen, wie schwer Sie verletzt sind. Mein Name ist Miß Amelia Bodkin, und dies ist mein Haus, und dies hier mein eigenes Schlafzimmer, und es tut mir sehr, sehr leid, daß Sie verletzt sind.«

Nun, für mich ist das natürlich 'ne hochnotpeinliche Situation, denn schließlich bin ich ja hier, um Miß Amelia Bodkin um ihre Briefe und ihr Tafelsilber zu erleichtern, inklusive der Paul-Revere-Teekanne, und nun umsorgt sie mich so fürsorglich und sagt, ich tue ihr leid.

Aber in dem Moment gibt's für mich ja nich' viel zu sagen, also halt' ich's Maul, während der Quacksalber mich untersucht, und nachdem er meine Rübe näher beäugt und mich von oben bis unten befummelt hat, gibt er folgendes von sich:

»Das ist eine ganz üble Schnittwunde«, sagt er. »Ich muß sie zusammennähen, und dann muß er sich einige Tage sehr ruhig verhalten, andernfalls«, sagt er, »könnte es zu Komplikationen kommen. Es ist das beste, ihn sofort in ein Krankenhaus zu bringen.«

Aber Miß Amelia Bodkin will überhaupt nichts davon hören, mich in ein Krankenhaus bringen zu lassen. Miß Amelia Bodkin sagt, ich muß mich genau da erholen, wo ich jetzt bin, und sie wird sich um mich kümmern. Schließlich wurde ich ja auf ihrem Grundstück durch ihren Steinpfosten verletzt, sagt sie, und darum ist es nur recht und billig, daß sie etwas für mich tut. So, wie sich Miß Amelia Bodkin anstellt, damit ich nicht weggebracht werde, also da glaub' ich schon fast, mein guter alter Sex-Appeal schlägt mal wieder durch, aber später find' ich raus, daß Miß Amelia Bodkin bloß einsam ist und wenigstens mal etwas zu tun hat, wenn sie mich pflegt.

Nun, ich hab' gegen ihr Vorhaben natürlich nichts einzuwenden, denn so, wie ich die ganze Sache seh', werd' ich auf die Weise bald in der Lage sein, den Job mit den Briefen und dem Tafelsilber bequem und risikolos vom Krankenlager aus abzuwickeln, also versuch' ich, es schlimmer aussehen zu lassen, als es ist, obwohl sich selbstverständlich jeder, der damals mitbekommen hat, wie ich mit acht blauen Bohnen im Balg vom Broadway und die Fünfzigste Straße bis nach Brooklyn rübermarschiert bin, schon bei der bloßen Vorstellung totlachen würde, daß ich mit 'nem kleinen Schnitt an der Rübe 'n Bett warmhalte.

Nachdem der Quacksalber damit fertig ist, mich zusammenzuflicken, und aus der Tür raus ist, sag' ich dem Spanischen John, er soll sich den Gebildeten Bill und Klein-Isadore schnappen und nach New York zurückfahren, aber per Telefon mit mir in Kontakt bleiben, damit ich ihnen Bescheid geben kann, wann sie zurückkommen sollen, und dann hau' ich mich aufs Ohr, denn ich fühl' mich doch recht matt. Als ich später in der Nacht aufwache, hab' ich anscheinend Fieber und bin tatsächlich irgendwie krank, und Miß Amelia Bodkin sitzt neben mir und betupft meine Rübe mit 'nem kühlen Lappen.

Am Morgen geht es mir besser, und ich bin in der Lage, ein kleines Frühstück zu verputzen, das sie mir auf einem Tablett reinbringt, und ich seh' so langsam ein, daß es gar nich' so übel is', auf krank zu machen, vor allem, wenn keine Bullen an deinem Bett sitzen, die dich jedesmal löchern, sobald du ein Auge aufmachst, weil sie wissen wollen, wer dir die Schnauze poliert hat.

Miß Amelia Bodkin hat offensichtlich mächtigen Spaß daran, jemanden zu haben, um den sie sich kümmern kann. Klar, wenn sie wüßte, um wen sie sich da kümmert, würde sie aller Wahrscheinlichkeit nach die Straße hochsausen und nach den Bullen kreischen, aber das weiß sie ja nich'. Erst nach dem Frühstück kann ich sie dazu bewegen, sich selbst 'n kleines Nickerchen zu genehmigen, und als sie weg ist und pennt, flitzt alle paar Augenblicke der alte Kerl, der anscheinend der Butler ist, in mein Zimmer rein und wieder raus, um zu sehen, wie ich mich mache.

Er ist ein geschwätziger alter Knacker, und es dauert nich' lange, und er erzählt mir alles über Miß Amelia Bodkin, und er erzählt mir, daß sie das langjährige Herzblatt von 'nem Kerl aus New York is', der an der Spitze von 'nem riesigen Unternehmen steht und immens reich is', und selbstverständlich weiß ich, daß dieser Kerl Mr. Jabez Tuesday is', obwohl der alte Knabe, der anscheinend der Butler ist, Tuesdays Namen gar nicht erwähnt.

»Sie sind schon viele Jahre zusammen«, sagt er zu mir. »Er war sehr arm, als sie sich kennengelernt haben, und auch Miß Amelia Bodkin hatte nur wenig Geld. Sie richtete ihm das Geschäft ein und leitete dieses Geschäft — und auch ihn —, bis es schließlich ein sehr großes Unternehmen wurde. Ich weiß das, weil ich fast von Anfang an mit dabei war«, sagt der alte Kerl. »In geschäftlichen Angelegenheiten ist sie sehr gewitzt, und sie ist auch sehr warmherzig und nett, aber das nur so nebenbei.

Tja«, sagt der alte Kerl, »ich weiß bis heute noch nicht, warum sie nie geheiratet haben, denn es gibt gar keinen Zweifel, sie liebt ihn, und er liebt sie, aber Miß Amelia Bodkin erzählte mir mal, daß sie beide am Anfang einfach zu arm und später einfach zu beschäftigt waren, um an solche Dinge wie ans Heiraten denken zu können, und so plätscherten halt die Jahre dahin, bis er schließlich stinkreich war. Und dann«, sagt der alte Kerl, »mußte ich feststellen, daß er sich langsam von ihr abwandte, obgleich sie selbst es nie bemerkt hat, und ich war nicht allzu überrascht, als er sie vor einigen Jahren dazu überredet hat, sich von der aktiven Arbeit zurückzuziehen, weil es so am besten für sie sei, und sich an diesem Ort hier niederzulassen.

Zuerst kam er recht häufig hier vorbei«, sagt der alte Kerl, »aber so nach und nach wurde die Zeit, die zwischen seinen Besuchen verging, länger und länger, und jetzt haben wir ihn schon seit 'ner Ewigkeit nicht mehr zu Gesicht bekommen. Tja«, sagt der alte Kerl, »das ist 'ne Geschichte, wie sie im Leben ja des öfteren passiert. Was mich angeht, so kenn' ich tatsächlich noch so einige andere. Aber Miß Amelia Bodkin glaubt immer noch, daß er sie liebt und daß bloß das Geschäft ihn so lange fortbleiben läßt, woran Sie sehen können, daß Miß Amelia entweder nicht so klug ist, wie sie aussieht, oder sich selbst was vormacht. Na ja«, sagt der alte Kerl, »ich werd' Ihnen jetzt ein wenig Orangensaft holen, obwohl ich so frei bin, Ihnen zu sagen, daß Sie mir nicht gerade wie ein Kerl aussehen, der Orangensaft zu einem seiner Grundnahrungsmittel zählt.«

Nun äuge ich natürlich schon die ganze Zeit fleißig im Schlafzimmer umher, um herauszufinden, wo das Kästchen mit den Briefen ist, von dem Mr. Jabez Tuesday gesprochen hat, aber es ist kein solches Kästchen zu sehen. Dann am Abend, als Miß Amelia Bodkin im Zimmer ist und ich scheinbar vor mich hindöse, da zieht sie ein Schubfach in der Kommode raus und fördert ein großes Intarsienkästchen zutage und setzt sich an den Tisch direkt unter eine Leselampe und öffnet dieses Kästchen und fängt an, einige alte Briefe zu lesen. Und während sie so dasitzt und diese Briefe liest, beobachte ich sie durch die Wimpern hindurch, und bisweilen lächelt sie still vor sich hin, und einmal seh' ich sogar ein paar Tränen über ihre Wangen laufen.

Urplötzlich schaut sie mich an und erwischt mich ausgerechnet mit offenen Augen, und ich seh', wie ihr Gesicht sich rötet, und dann lacht sie und sagt folgendes zu mir:

»Alte Liebesbriefe«, sagt sie, auf das Kästchen tippend. »Von meinem alten Herzblatt«, sagt sie. »In jeder Nacht lese ich einige von ihnen. Bin ich nicht töricht und sentimental, so was zu machen?«

Tja, ich erzähl' Miß Amelia Bodkin, daß sie schon recht sentimental ist, klar, aber ich erzähl' ihr nich', wie verdammt blöde sie ist, mir auf die Nase zu binden, wo sie diese Briefe aufbewahrt, obwohl ich über diese Information selbstverständlich entzückt bin. Ich erzähl' Miß Amelia Bodkin, daß ich persönlich noch nie 'nen Liebesbrief geschrieben und auch noch nie einen bekommen oder auch nur gesehen habe. Darauf lacht Miß Amelia Bodkin ein wenig und sagt folgendes zu mir:

»Na so was«, sagt sie, »Sie sind wirklich ein sehr ungewöhnlicher Kerl, wenn Sie nicht mal wissen, was ein Liebesbrief ist. Na«, sagt sie, »ich glaub', ich sollte Ihnen mal einige der wundervollsten Liebesbriefe der Welt vorlesen. Es ist ja nicht weiter schlimm«, sagt sie, »weil Sie nicht wissen, wer sie geschrieben hat. Aber Sie müssen dort liegen und sich mich vorstellen, nur nicht so alt, wie Sie mich jetzt sehen, sondern jung und vielleicht ein klein wenig hübsch.«

Also öffnet Miß Amelia Bodkin einen Brief und liest ihn mir mit einer gefühlvollen Stimme vor, aber sie schaut kaum auf den Brief, als sie vorliest, also denk' ich mir, sie kennt den Brief weitgehend auswendig. Darüber hinaus scheint sie den Brief für ein ziemliches Meisterwerk zu halten. Aber obwohl ich nicht gerade ein Kenner der Materie bin, was Liebesbriefe angeht, weil dies der erste ist, den ich je zu hören kriege — ich halte das Ganze für 'ne geballte Ladung Schwachsinn.

»Herzblatt mein«, lautet dieser Liebesbrief, »ich denke immer noch an dich, wie ich dich gestern vor dem Haus stehen sehe und das Sonnenlicht dein dunkles braunes Haar in einen wundervollen Bronzeton verwandelt. Liebling«, geht es weiter, »ich liebe die Farbe deines Haares. Ich bin ja so froh, daß du keine Blondine bist. Ich hasse Blondinen. Sie sind so furchtbar hohlköpfig und niederträchtig und hinterlistig. Schlecht gelaunt sind sie meistens auch noch«, heißt es in dem Brief. »Ich würde einer Blondine niemals weiter über den Weg trauen, als ich einen Bullen am Schwanz packen und werfen kann. Ich hab' noch nie im Leben eine Blondine kennengelernt, die nicht 'ne komplette Niete ist«, steht da. »Die meisten von ihnen sind ja sowieso bloß Superoxyde. Das Geschäft floriert«, heißt es weiter. »Würstchen ziehen an. Ich liebe dich jetzt und immerdar, mein Püppchen, mein Baby.«

Nun ja, es gibt andere, die sogar noch schlimmer sind als der, und in allen nennt er sie Herzblatt oder Baby oder Über alles geliebteste Eine oder auch Liebchen oder Goldkindchen oder Engel und was weiß ich was noch alles, und in einigen steht, wie es mal sein wird, wenn sie erst mal verheiratet sind, und wenn das tatsächlich, wie ich vermute, Mr. Jabez Tuesdays Briefe sind, dann ist mir jetzt vollkommen klar, daß die Dinger für 'nen Kerl, der vorhat, 'ne Puppe in die Wüste zu schicken, wie Dynamit sind. Ich lasse Miß Amelia Bodkin gegenüber eine entsprechende Bemerkung fallen, nur um überhaupt was zu sagen.

»Nanu«, sagt sie, »was meinen Sie?«

»Tja«, sag' ich, »wie man weiß, können Dokumente dieser Art unter bestimmten Umständen ein beträchtliches Sümmchen einbringen.«

Miß Amelia Bodkin starrt mich einen Moment lang an, als ob sie sich fragt, was in meinem Kopf rumspukt, und darauf schüttelt sie den ihren, als ob sie es aufgibt, und lacht und meint folgendes:

»Ja«, sagt sie, »eins ist jedenfalls sicher, meine Briefe werden niemals ein solches Sümmchen einbringen, ganz egal, wie beträchtlich es ist. Unter keinen Umständen. Nie. Niemals. Denn«, sagt sie, »sie sind mein größter Schatz. Es sind Erinnerungen an meine glücklichsten Tage. O nein«, sagt sie, »ich würde mich von diesen Briefen nicht für eine Million Dollar trennen.«

Natürlich denk' ich mir nach dieser Bemerkung sofort, daß Mr. Jabez Tuesday mit seinen läppischen zehn Riesen, die er mir für die Briefe geben will, einen verdammt guten Schnitt macht, aber davon erwähn' ich Miß Amelia Bodkin gegenüber selbstverständlich nichts, während ich ihr dabei zusehen, wie sie ihre Liebesbriefe wieder in das Intarsienkästchen zurücklegt und das Kästchen wieder in das Schubfach der Kommode hineinlegt. Ich danke ihr dafür, daß sie mir die Briefe vorgelesen hat, und dann sag' ich ihr

Gute Nacht und hau' mich aufs Ohr, und am nächsten Tag wähl' ich 'ne bestimmte Nummer in der Clinton Street an und hinterlasse dem Gebildeten Bill und dem Spanischen John und Klein-Isadore die Nachricht, sie sollen kommen und mich holen, da ich es nun gründlich satt habe, den Kranken zu mimen.

Der nächste Tag ist ein Samstag, und der Tag danach logischerweise ein Sonntag, und sie kommen schon am Samstag vorbei, um mal nach mir zu schauen, und versprechen Sonntag zurückzukommen, um mich abzuholen, weil der Wagen inzwischen repariert ist und wieder ordentlich läuft, obwohl, wie sie sagen, mein Freund in der Clinton Street wegen der verbeulten Kotflügel und anderen Kleinigkeiten ziemlich sauer ist. Aber noch bevor sie Sonntag morgen eintreffen, trifft jemand anders in aller Herrgottsfrühe ein, und das ist Mr. Jabez Tuesday in 'nem großen Stadtwagen.

Und dann, als er in das Haus reinspaziert, adrett gekleidet mit 'nem Cutaway und 'nem hohen Deckel, grapscht er sich Miß Amelia Bodkin und drückt sie und schmatzt ihr 'nen Kuß aufs Mäulchen, was ich aber erst später erfahre, und zwar von dem alten Knacker, der anscheinend der Butler ist. Von oben kann ich jedenfalls Miß Amelia Bodkin heulen hören wie nur was, und dann hör' ich Mr. Jabez Tuesday mit lauter, beherzter Stimme folgendes sagen:

»Na, na, na, Melie«, sagt Mr. Tuesday. »Wein doch nicht, vor allem nich' auf meine neue Weste. Sei fröhlich«, sagt Mr. Tuesday, »und hör dir an, welche Arrangements ich für unsere morgige Trauung und unsere Flitterwochen in Montreal getroffen hab'. Ja, wirklich, Melie«, sagt Mr. Tuesday, »du bist die einzige für mich, denn du verstehst mich von A bis Z. Gib mir noch 'nen dicken Kuß, Melie, und laß uns uns hinsetzen und die Dinge bereden.«

Tja, was die Geräuschkulisse anbelangt, ich glaub', er kriegt seinen Kuß, und es scheint ein ziemlich wilder und langer Kuß zu sein, und dann hör' ich sie unten im Wohnzimmer in ausführlicher Breite das Blaue vom Himmel herunterschwätzen. Schließlich hör' ich Mr. Jabez Tuesday folgendes sagen:

»Weißt du, Melie«, sagt er, »du und ich, wir sind bloß schlichte, gewöhnliche Leute ohne irgendwelche Allüren, und«, sagt er, »genau deswegen passen wir beide so gut zueinander. Mir hängen diese Leute zum Hals raus, die vorgeben, vornehm und mächtig zu sein, obwohl sie außer ihrem Namen keinen Penny vorweisen können. Sie haben überhaupt keinen Anstand. Nehmen wir nur mal gestern abend«, sagt Mr. Jabez Tuesday, »da hab' ich einer vornehmen Familie in New York, den Scarwaters, einen Besuch abgestattet, und aus heiterem Himmel wurde ich von der Tochter des Hauses auf die ungeheuerlichste Art und Weise beleidigt und praktisch auf die Straße gesetzt. So 'ne Behandlung hab' ich mein Lebtag noch nicht erfahren«, sagt er, »Melie«, sagt er, »gib mir noch 'nen Kuß und guck mal nach, ob du nicht 'ne Beule hier an meinem Kopf fühlen kannst.«

Selbstverständlich ist Mr. Jabez Tuesday später ziemlich überrascht, mich vorzufinden, aber er läßt sich nicht anmerken, daß er mich kennt, und natürlich nehm' auch ich von Mr. Jabez in dem Augenblick keinerlei Notiz, und bald darauf kommen auch schon der Gebildete Bill und der Spanische John und Klein-Isadore, um mich mit dem Wagen abzuholen, und ich danke Miß Amelia Bodkin für die Liebenswürdigkeit, die sie mir erwiesen hat, und verlasse sie, und dann steht sie mit Mr. Jabez Tuesday auf dem Rasen und winkt uns zum Abschied zu.

Und Miß Amelia Bodkin sieht richtig glücklich aus, wie sie sich so dicht an Mr. Jabez Tuesday anschmiegt, und da bin ich wirklich froh. Und ich kann mir gut vorstellen, daß diese Valerie Scarwater 'ne Blondine ist und daß es richtig war, den Gebildeten Bill zu ihr zu schicken, damit er ihr Mr. Tuesdays Brief vorliest, in dem er sich über Blondinen ausläßt. Aber selbstverständlich tut er mir auch ein bißchen leid, daß dieser und andere Briefe, die der Gebildete Bill ihr auf meine Anweisung hin vorgelesen hat, Miß Valerie Scarwater offenbar so fürchterlich in Rage gebracht haben, daß sie wohl glatt vergessen hat, daß sie 'ne Lady ist, und Mr. Jabez Tuesday sogar mit 'nem achtzehnkarätigen Kosmetikköfferchen was auf die Rübe haut, wobei sie ihm empfiehlt, aus ihrem Leben zu verschwinden.

Und weiter (sagt Phil das Pferd) gibt es nichts von dieser Geschichte zu berichten, außer, daß wir jetzt Richter Goldfobber suchen, um ihn dazu zu bewegen, eine Rechtsangelegenheit für uns zu erledigen, die Mr. Jabez Tuesday betrifft. Es stimmt schon (sagt Phil), daß Mr. Jabez Tuesday uns die zehn Riesen ausgezahlt hat, aber das Tafelsilber ließ er uns nich' mitnehmen, nich' mal die Paul-Revere-Teekanne, die, wie er behauptet, ja so wertvoll ist, und als wir eines Nachts vor nicht allzu langer Zeit noch mal in Miß Amelia Bodkins Haus reinschauen, um diese Gegenstände einzusammeln, feuert der alte Kerl, der anscheinend der Butler ist, 'ne doppelläufige Schrotflinte auf uns ab und führt sich überhaupt ziemlich widerlich auf.

Also (sagt Phil) wollen wir doch mal sehen, ob wir Richter Goldfobber nich' dazu bewegen können, Mr. Jabez Tuesday wegen Versprechensbruchs zu verklagen.

Ein Stück Torte

In der Boylston Street mitten in Boston, Massachusetts, gibt es einen Laden, wo man einen prächtigen gebratenen Hummer bekommt, der jedem das Wasser im Mund zusammenlaufen läßt, und wer befindet sich eines Abends dort und gönnt sich diesen Leckerbissen? 'ne Type namens Klepperklau und ich.

Dieser Klepperklau wird kurz Kleppie gerufen, und er wird nicht etwa deshalb so genannt, weil er Klepper klaut, sondern weil im ganzen Land die öffentliche Meinung dahingehend übereinstimmt, daß er einen klauen könnte, würde sich mal die passende Gelegenheit ergeben.

Was mich angeht, ich halte Kleppie für 'nen feinen Kerl, denn immer wenn er was in die Finger bekommt, ist er bereit, sein Glück mit allen und jedem zu teilen, und zu jener Zeit in Boston hat er jede Menge in den Fingern, denn wir treiben uns mal wieder in Suffolk Down bei den Rennveranstaltungen rum, und Kleppie macht dabei wirklich jede Menge Kohle und ist nun 'ne vermögende Persönlichkeit und mein Gastgeber beim gebratenen Hummer.

Nun, am Nebentisch sitzen vier oder fünf Typen, die alle gut gekleidet und stämmig gebaut und rotgesichtig und wohlhabend aussehen und die alle mit 'nem echten Bostoner Akzent sprechen, der aus vielen A und sehr wenigen R besteht. Typen wie diese sind jedem vertraut, der sich schon mal länger in Boston aufhielt, und die Kerle sind mit an Sicherheit grenzender Wahrscheinlichkeit Politiker, pensionierte Bullen oder zwielichtige Geschäftemacher, denn Boston ist von Typen dieser Güte geradezu verseucht.

Ich schenke ihnen weiter keine Beachtung, denn sie trinken alle ihr Bostoner Bier und halten ein lautes Palaver ab, und mir wurde vor langer Zeit mal deutlich klar gemacht, daß es besser ist, 'ne Bostoner Type in Ruhe zu lassen, wenn sie damit beschäftigt ist, sich mit Bier vollzukippen, denn sonst muß man damit rechnen, was auf die Schnauze zu kriegen. Kleppie aber spitzt die Ohren und scheint ihre Unterhaltung mit mächtigem Interesse zu verfolgen, und schließlich lausch' auch ich mal rüber, nur um zu hören, was seine Aufmerksamkeit derart erregt, als einer der Typen folgendes meint:

»Tja«, sagt er, »ich bin bereit, zehntausend Dollar zu wetten, daß er jeden in den Vereinigten Staaten zu jeder Zeit unter den Tisch mampfen kann.«

Daraufhin steht Kleppie unverzüglich auf und stapft zu ihrem Tisch rüber und verbeugt sich und lächelt jeden freundlich an und sagt:

»Meine Herren«, sagt er, »entschuldigen Sie die Störung, und verzeihen Sie mir, wenn ich mich einmische, aber«, sagt er, »wenn ich richtig verstehe, dann sprechen Sie von einem großen Esser, der hier in Ihrer schönen Stadt wohnt, stimmt's?«

Nun, die Bostoner Typen stieren Kleppie auf eine ziemlich feindselige Art und Weise an, und ich rechne jeden Moment damit, daß einer von ihnen aufsteht und Kleppie ersucht, er soll ihnen doch liebenswürdigerweise von der Pelle bleiben, aber er ist immer noch dabei, sich zu verbeugen und sie anzulächeln, und dem können die Kerle entnehmen, daß er ein Gentleman ist, und so sagt schließlich einer von ihnen:

»Ja«, sagt er, »wir sprechen von 'ner Type namens Joel Duffle. Er ist ohne Zweifel der größte lebende Esser. Er hat noch vor kurzem 'ne wirklich einzigartige Wette gewonnen. Er wettete nämlich gegen 'ne Type aus Bangor, Maine, daß er 'ne ganze Schaufensterlage Austern hier in diesem Restaurant verdrücken kann, und er schlang tatsächlich die ganzen Austern runter, und dann wollte er darauf wetten, daß er auch noch die Schalen verputzt, nur«, sagt er, »war diesem Typen aus Bangor, Maine, bedauerlicherweise schon bei der ersten Wette die Luft ausgegangen und er hatte nichts mehr, um noch 'ne zweite Wette zu riskieren.«

»Höchst interessant«, sagt Kleppie. »Äußerst interessant, wenn's denn stimmt, aber«, sagt er, »wenn mich meine Ohren nicht trügen, dann hab' ich eben gehört, wie einer von euch behauptete, daß er bereit ist, zehntausend Dollar auf diesen Esser gegen jeden anderen Esser in den Vereinigten Staaten zu setzen.«

»Deine Ohren sind schon in Ordnung«, sagt da ein anderer von den Bostoner Typen. »Ich behaupte das, obwohl«, sagt er, »es mehr so 'ne Art Redewendung ist. Aber ich bleibe dabei«, sagt er, »denn es soll nie jemand behaupten können, ein Conway kneife bei 'nem Wettgeschäft.«

»Tja«, sagt Kleppie, »ich hab' hier tausend Dollar, die ich als Pfand dafür setze, daß ich jemand herbringen werde, der eure Figur für zehntausend unter den Tisch essen wird, und meinetwegen auch für mehr, wenn ihr noch erhöhen wollt.«

Und damit zückt Kleppie ein Bündel Banknoten und schleudert es auf den Tisch, und sofort klatscht einer der Bostoner Typen, dessen Name, wie sich herausstellt, Carroll ist, mit der Hand auf das Geld und sagt:

»Gilt.«

Na, das nennt man nun wirklich Schneid, und wenn es etwas gibt, was ich mehr als alles andere bewundere, dann ist es Schneid, und ich muß schon sagen, diese Typen haben den wahren Sportsgeist, und ich frag' mich schon so langsam, wo ich ein paar Flöhe auftreiben kann, um mich an Kleppies Wette zu beteiligen, denn ich weiß selbstverständlich, daß er an niemand anderen denkt als Scheunendrescher-Jones, der die Mampferei für ihn übernehmen soll.

Und gerade weil ich Scheunendrescher-Jones kenne, bin ich bereit, alles Geld, das ich nur auftreiben kann, darauf zu setzen, daß er alles unter den Tisch mampfen kann, was auf zwei Beinen rumläuft. Tatsache, ich wette, Scheunendrescher-Jones schafft auch alles, was auf vier Beinen rumläuft, außer vielleicht 'nen Elefanten, aber er könnte dem Elefanten immerhin schwer zu schaffen machen.

Ich will ja nicht sagen, daß Scheunendrescher-Jones der größte Esser der Geschichte ist, aber er ist bestimmt ein heißer Anwärter auf diesen Titel. Tatsache, Professor D, der mal Geschichtsprofessor an 'ner Universität im Westen war, bevor er damit anfing, sich mit Pferdewetten seine Brötchen zu verdienen, der schätzt Scheunendreschers Chancen, der größte Esser der Geschichte zu sein, auf eins zu zwei.

Professor D sagt, wir müssen immer bedenken, daß Scheunendrescher unter den erschwerten Bedingungen der modernen Zivilisation ißt, die es erfordert, daß ein Esser Messer und Gabel benutzt, zumindest ein Messer, während in den alten Zeiten das Essen mit den bloßen Händen ein weitverbreiteter Brauch war und viel schneller ging. Professor D sagt weiter, es stehe für ihn außer Zweifel, daß Scheunendrescher nach den alten Regeln 'nen Rekord aufstellen könnte, der ganze Zeitalter überdauern würde. Aber möglicherweise überschätzt Professor D Scheunendrescher da doch ein wenig.

Tja, als der Wettkampf nun also beschlossene Sache ist, erörtern Kleppie und die Bostoner Typen natürlich, wo er stattfinden soll, und einer der Bostoner Typen schlägt 'nen neutralen Ort vor, etwa so was wie New London, Connecticut, oder Providence, Rhode Island, aber Kleppie besteht auf New York, und weil Bostoner Typen anscheinend immer nur zu gern bereit sind, 'nen Abstecher nach New York zu machen, gibt es gegen diese Forderung keinen allzu großen Widerspruch.

Sie einigen sich auf einen Termin vier Wochen später, um den Hauptakteuren genug Zeit fürs Training zu geben, obwohl Kleppie und ich genau wissen, daß das wirklich herzlich überflüssig ist, was Scheunendrescher angeht, denn der ist einfach immer und überall in der Verfassung, was in sich reinzustopfen.

Dieser Scheunendrescher ist 'ne Type, die vielleicht einsachtzig hoch und etwa einszweiundachtzig breit ist, und wenn er gut in Form ist, bringt er mindestens seine zweihundertachtzig Pfund auf die Waage. Von Beruf treibt er sich auf den Rennbahnen rum, wettet auf Pferde und macht dies und das, und Essen ist eigentlich bloß 'n Hobby von ihm, aber er ist ohne Zweifel ein überwältigender Esser, selbst wenn er gar keinen Hunger hat, was so gut wie nie der Fall ist.

Nun, als Kleppie und ich wieder in New York sind, eilen wir schleunigst zu Mindys Restaurant am Broadway und berichten von der Wette, die Kleppie in Boston abgeschlossen hat, und sofort wollen sich so viele Leute, einschließlich Mindy selbst, an der Wette beteiligen, daß in Null Komma nichts ein Betrag zusammenkommt, der die Wettsumme bei weitem übertrifft.

Dann sagt Mindy, er habe Scheunendrescher seit 'ner halben Ewigkeit nicht mehr gesehen, und da fällt plötzlich allen Anwesenden auf, daß sie Scheunendrescher seit 'ner halben Ewigkeit nicht mehr gesehen haben, und dies führt zu einer Debatte, wo Scheunendrescher wohl stecken könne, obwohl es bis dahin allen immer völlig egal gewesen ist, wo Scheunendrescher gesteckt hat.

Nun, der Bange Bert, der von Beruf Buchmacher ist, befindet sich auch unter den Anwesenden, und er erinnert sich, daß Scheunendrescher das letzte Mal, als Bert in der Hoffnung nach ihm Ausschau hielt, einen seit Jahren fälligen Schuldschein einzutreiben, im Rest-Hotel in der Neunundvierzigsten Straße West wohnte, und Kleppie besteht hartnäckig darauf, mit mir zum Rest-Hotel rüberzustiefeln, um Erkundigungen über Scheunendrescher einzuziehen, und dort erfahren wir, daß er eine Nachsendeadresse hinterlassen hat, die draußen in Morningside Heights liegt und auf jemanden mit Namen Slocum ausgestellt ist.

Also läßt Kleppie 'ne Taxe kommen, und ab geht's zu dieser Adresse, die sich als fünfgeschossiges fahrstuhlloses Apartmenthaus herausstellt, und ein Schild im Hausflur zeigt uns, daß dieser Slocum auf der obersten Etage wohnt. Kleppie und ich brauchen satte zehn Minuten, um die fünf Treppen raufzustiefeln, denn schließlich sind wir an Manöverübungen dieser Art nicht gewöhnt, und als wir endlich doch noch an 'ner Tür ankommen, auf der ›Slocum‹ steht, sind wir total am Ende und müssen uns erst mal auf die oberste Stufe setzen und uns 'ne Weile ausruhen.

Darauf betätige ich die Klingel an der Tür, und es erscheint niemand anders als 'ne lang aufgeschossene junge Puppe mit schwarzen Haaren, die ohne jeden Zweifel 'ne Schönheit, aber so was von dürr ist, daß wir schon zweimal hingucken müssen, um sie überhaupt zu sehen, und als ich sie frage, ob sie mir irgend 'ne Auskunft über 'ne Figur namens Scheunendrescher-Jones geben kann, sagt sie zu mir:

»Ich nehme an, Sie meinen Quentin«, sagt sie. »Ja«, sagt sie, »Quentin ist hier. Kommen Sie rein, meine Herren.«

Und so betreten wir das Apartment, und als wir das tun, erhebt sich ein mageres Häufchen Elend aus 'nem Stuhl, der in der Nähe des Fensters steht, und sagt uns mit 'nem schwachen Stimmchen Guten Abend. Es is' ja tatsächlich ein guter Abend, also geben Kleppie und ich ihm den Guten Abend artig zurück, und dann stehen wir da rum und warten drauf, daß Scheunendrescher endlich auftaucht, als die dürre Puppe meint:

»Nun«, sagt sie, »das ist Mr. Quentin Jones.«

Darauf fassen Kleppie und ich die dünne Type etwas schärfer ins Auge und erkennen tatsächlich, daß es kein anderer ist als Scheunendrescher, aber die Art und Weise, wie er sich verändert hat, seit wir ihn zuletzt zu Gesicht bekommen haben, ist ein schon tiefer Schock für uns, denn er ist geradezu eingeschrumpft. Er sieht tatsächlich so aus, als ob er nur noch die Hälfte von dem ist, was er in seiner Blütezeit war, und sein Gesicht ist bleich und hager, und seine Augen liegen tief in den Höhlen, und als wir beide ihm die Hand geschüttelt haben, dauert es einige Zeit, bevor einer von uns in der Lage ist, etwas zu sagen. Und dann sagt Kleppie schließlich:

»Du, Scheune«, sagt er, »können wir mit dir unter sechs Augen ein paar Worte über eine sehr wichtige Sache wechseln?«

Nun, daraufhin marschiert die schöne junge Puppe aus dem Zimmer und knallt die Tür hinter sich zu, und Scheunendrescher sagt:

»Meine Verlobte, Miß Hilda Slocum«, sagt er. »Sie ist ein bezauberndes Wesen. Wir werden heiraten, sobald ich noch zwanzig Pfund Gewicht verloren hab'. Es wird noch 'n paar Wochen dauern«, sagt er.

»Ach du lieber Himmel, Scheune«, sagt Kleppie. »Was meinst du damit, noch zwanzig Pfund Gewicht verlieren? Du bist ja jetzt schon völlig ausgemergelt. Kommst du gerade aus dem Krankenbett oder so was?«

»Nö«, sagt Scheunendrescher, »aus 'nem Krankenbett komm' ich ganz bestimmt nicht. Ich war noch nie im Leben so gesund. Ich bin auf Diät. Ich hab' in zwei Monaten dreiundachtzig Pfund abgenommen und bin jetzt auf zweihundert runter. Ich fühl' mich prima«, sagt er. »Es ist alles wegen meiner Verlobten, Miß Hilda Slocum. Sie hat mich von der Gefräßigkeit und Dickwanstigkeit erlöst, jedenfalls«, sagt Scheunendrescher, »nennt es Miß Hilda Slocum so. Herrjemine, fühl' ich mich toll. Ich liebe Miß Hilda Slocum über alles«, sagt Scheunendrescher. »Es war Liebe auf den ersten Blick, als wir beide uns in der Untergrundbahn begegneten. Ich hatte mich in einer von diesen Drehtüren verklemmt, und sie schob mich liebenswürdigerweise von hinten, bis ich mich durchzwängen konnte. Ich sah sofort, daß sie 'n gütiges Wesen ist, also verabredete ich mich noch für denselben Abend mit ihr zu 'nem Film, und als gerad' die Wochenschau lief, da hab' ich ihr 'nen Heiratsantrag gemacht. Aber«, sagt Scheunendrescher, »Hilda hat mir sofort gesagt, daß sie niemals so 'ne pralle Qualle heiraten wird. Sie sagte, ich müsse mich unter ihre Fittiche begeben, und sie werde mein Gewicht mit wissenschaftlichen Methoden bekämpfen, und dann wolle sie meine bessere Hälfte werden, aber nicht vorher.

Darum«, sagt Scheunendrescher, »leb' ich nun hier mit Miß Hilda Slocum und ihrer Mutter, damit sie meine Diät überwachen kann. Ihre Mutter is' noch dünner als Hilda. Und ich fühl' mich wirklich großartig«, sagt Scheunendrescher. »Guckt mal«, sagt er.

Und hierauf macht er den Hosengürtel auf und zeigt genug Freiraum, um drei von seiner Sorte drin zu verstauen, aber die Anstrengung scheint ihn ganz schön fertigzumachen, und so muß er sich wieder in seinen Stuhl setzen.

»Ach du lieber Himmel«, sagt Kleppie. »Was ißt du eigentlich, Scheune?«

»Tja«, sagt Scheunendrescher, »ich ess' alles, was keine Kohlehydrate enthält, nur«, sagt er, »selbstverständlich enthält alles, was sich zu essen lohnt, Kohlehydrate, also ess' ich eigentlich so gut wie gar nichts, wenn überhaupt. Meine Verlobte, Miß Hilda Slocum, stellt meinen Diätplan zusammen. Sie is' 'ne Diätspezialistin und hat 'ne sehr bekannte Kolumne in 'ner Diätzeitschrift, die *Laßt uns haushalten* heißt.«

Darauf erzählt Kleppie Scheunendrescher von der Wette und daß er eingesetzt werden soll, um gegen diesen Joel Duffle aus Boston zu essen, und daß er Kleppie bereits ein Pfand von tausend Dollar auf den Tisch gelegt hat und wie viele von Scheunendreschers Bewunderern am ganzen Broadway hoffen, sich ein bißchen Kies zu verdienen, indem sie auf ihn setzten, und zuerst lauscht Scheunendrescher mit größter Spannung, und seine Augen glänzen wie 'n Silberdollar, aber dann wird er sehr traurig und sagt:

»Es hat keinen Zweck, Jungs«, sagt er. »Meine Verlobte, Miß Hilda Slocum, wird nichts davon hören wollen, daß ich von meiner Diät abgehe, nicht mal für 'ne kleine Weile. Erst gestern hab' ich noch versucht, sie zu überreden, mich 'nen kleinen Pumpernickel statt 'nem getoasteten Vollkornbrot essen zu lassen, aber sie sagt, wenn ich so was auch nur noch mal denke, wird sie unsere Verlobung lösen. Kleppie«, sagt er, »hast du jemals 'nen geschlagenen Monat lang getoastetes Vollkornbrot gegessen? Getoastet?« sagt er.

»Nö«, sagt Kleppie. »Ich esse zum Beispiel 'n leckeres, weißes französisches Brot und Gebäck und warme Brötchen mit Bratensoße oben drauf.«

»Is' ja gut«, sagt Scheunendrescher. »Weißt du eigentlich, daß du dich in dein eigenes Grab ißt? Abgesehen davon«, sagt er, »brichst du mir das Herz. Aber«, sagt er, »je länger ich darüber nachdenke, wie sehr meine Fans in dieser Notlage auf mich angewiesen sind, desto trauriger macht es mich, wenn ich bedenke, daß ich meinen Pflichten ihnen gegenüber nicht nachkommen kann. Na ja«, sagt er, »bitten wir Miß Hilda Slocum einfach mal rein und warten wir ab, wie sie auf deinen Vorschlag reagiert. Vielleicht besteht ja eine kleine Außenseiterchance.«

Also bitten wir Miß Hilda Slocum herein, und Kleppie erklärt ihr unsere Zwangslage, und daß wir so viel Vertrauen in Scheunendrescher setzen, um ihn dann auf Diät gesetzt vorzufinden, und Miß Hilda Slocum reagiert darauf, indem sie Kleppie und mich mit der Empfehlung aus der Bude rauswirft, nie wieder ihr Heim heimzusuchen, und als wir schon 'nen Block weiter sind, können wir immer noch ihre Stimme sehr eindringlich auf Scheunendrescher einreden hören.

Tja, was mich angeht, so halte ich diese Angelegenheit für erledigt, denn Miß Hilda Slocum scheint mir ein höchst rigoroses Wesen zu besitzen, o ja, und wahrscheinlich wäre die Angelegenheit tatsächlich erledigt gewesen, hätte Kleppie nicht zufällig so 'n riesiges Schwein gehabt.

Eines Nachmittags ist er nämlich in Belmont Park und hat 'nen echt heißen Tip für 'n Hindernisrennen, und als 'ne muntere junge Type unter 'nem Strohbowler und mit 'ner Brille vorbeischlendert und ihn fragt, wie's so aussieht, da erwähnt Kleppie diesen heißen Tip, wobei er sich natürlich erhofft, daß 'n paar Flöhe für ihn rausspringen, wenn das mit dem heißen Tip klappen sollte.

Tja, und es klappt auch ganz prima, und die muntere junge Type ist Kleppie für diese Information mächtig dankbar und schenkt ihm jede Menge ›Tausend Dank‹ und sonst gar nichts, und Kleppie is' gerade dabei, anzumerken, daß man 'n ›Tausend Dank‹ in seinem Hotel nich' akzeptiert, als die muntere junge Type sagt, daß er kein Geringerer sei als Mr. McBurgle, der Herausgeber des *Laßt uns haushalten*-Magazins, und Kleppie könne jederzeit, wenn er gerade mal in der Nähe sei, vorbeischauen und mit ihm plaudern.

Natürlich erinnert sich Kleppie, was Scheunendrescher über Miß Hilda Slocums Job und dieses *Laßt uns haushalten*-Magazin gesagt hat, und er erzählt Mr. McBurgle die Geschichte von dem Mampfwettbewerb und fragt ihn, ob er freundlicherweise seinen Einfluß auf Miß Hilda Slocum geltend machen könne, um Scheunendrescher lange genug von seiner Diät zu befreien, damit er zum Wettkampf antreten kann. Darauf gibt Kleppie Mr. McBurgle 'nen Tip auf 'nen anderen Gewinner, und Mr. McBurgle muß wohl unverzüglich mächtig viel Einfluß auf Miß Hilda Slocum geltend gemacht haben, denn am nächsten Tag wird sie bei Kleppie im Hotel vorstellig, noch bevor der aus seinem Bett raus ist, und dabei sagt sie folgendes zu ihm:

»Selbstverständlich werde ich«, sagt Miß Hilda Slocum, »was Quentin angeht, niemals meinen Standpunkt ändern, aber«, sagt sie, »ich bin mir bewußt, wie elend er sich fühlt, von Ihnen so viel Vertrauen entgegengebracht zu bekommen und Sie so sehr enttäuschen zu müssen. Er glaubt, daß er Sie im Stich läßt, was keinesfalls der Wahrheit entspricht, aber es belastet sein Gewissen, und außerdem beeinträchtigt es seine Diät.

Nun«, sagt Miß Hilda Slocum, »ich billige Ihren Wettkampf keineswegs, weil«, sagt sie, »er eine Prämie auf pure Gefräßigkeit aussetzt, aber ich habe eine Freundin mit Namen Miß Violette Shumberger, die sich für Ihr Vorhaben eignen könnte. Sie ist von Kindheit an meine liebste Freundin, aber es liegt bloß daran, daß ich sie so lieb hab', daß diese Freundschaft fortbesteht. Sie ist 'ne leidenschaftliche Esserin«, sagt Miß Hilda Slocum. »Trotz aller meiner Bitten und Predigten und Warnungen und meines eigenen guten Beispiels beharrt sie auf ihre Esserei. Ich finde es widerlich, aber ich hab' schließlich einsehen müssen, daß es gar keinen Sinn hat, mit ihr rumzustreiten.

Sie ist immer noch meine liebste Freundin«, sagt Miß Hilda Slocum, »obwohl sie ihre Eßgewohnheiten beibehält, und soweit ich unterrichtet bin, ist sie in dieser Hinsicht phänomenal. Scheunendrescher«, sagt sie, »hat mich gebeten, Ihnen auszurichten, daß er, falls Miss Violette Shumberger beim Eßspektakel teilnehmen darf, Ihnen vom Hörensagen nur eins versichern kann: Sie ist 'ne wahre Naturgewalt. Auf Wiedersehen«, sagt Miß Hilda Slocum. »Scheunendrescher jedenfalls können Sie nicht bekommen.«

Nun, es interessiert sich niemand sonderlich für die Idee, in so 'ner Situation einen Ersatzmann für Scheunendrescher ins Rennen zu schicken, und vor allem nicht 'ne Puppe, von der noch nie zuvor jemand was gehört hat, und viele Leute sind dafür, sich gänzlich von dem Wettkampf zurückzuziehen. Aber Kleppie hat da ja noch seine tausend Dollar Pfand, und weil niemand jemand anderen vorschlagen kann, vereinbart er schließlich ein persönliches Zusammentreffen mit der Puppe, die Miß Hilda Slocum vorgeschlagen hat.

Eines Abends kommt er mit 'nem weiblichen Wesen bei Mindy rein, das so fett ist, daß es unumgänglich ist, drei Tische zusammenzuschieben, um genug Platz für ihren Allerwertesten zu schaffen, und es sieht ganz danach aus, als ob dieses Wesen Miß Violette Shumberger ist. Sie wiegt vielleicht zweihundertfünfzig Pfund, aber sie ist keineswegs 'ne alte Kuh, und sie sieht auch keineswegs übel aus. Sie hat 'n Gesicht von den Ausmaßen einer Turmuhr und genug Kinne, daß es für 'ne Feuerleiter reichen würde, aber sie hat ein niedliches Lächeln und hübsche Zähne und ein Lachen, das so dröhnend ist, daß es glatt die Schlagsahne von 'nem Erdbeertörtchen fegt, das friedlich auf 'nem fünfzehn Meter weit entfernten Tisch steht, was einiges Empören bei einem Gast namens Goldstein erregt, der gerade dabei ist, sich dieses Törtchen zwischen die Kiemen zu schieben.

Nun, Kleppie bringt sie jedenfalls mit zu Mindy rein, um 'nen ersten Eindruck von ihrer Eßkondition zu bekommen, und sie wird von so manchem Experten genauestens taxiert, als sie damit anfängt, die Schlachtplatte abzuräumen, und schließlich sind sich alle einig, daß sie ganz bestimmt kein Blindgänger ist. Und als sie in Rekordzeit damit fertig ist, da gibt selbst Mindy zu, daß sie jede Menge Klasse hat, und das Ergebnis vom Ganzen ist: Miß Violette Shumberger wird auserwählt, gegen Joel Duffle zu essen.

Vielleicht haben Sie ja schon mal was von dem großen Mampfwettkampf gehört, der eines Abends im Frühsommer des Jahres 1937 in New York ausgetragen wurde. Selbstverständlich ist so 'n Mampfwettkampf nicht gerade was Neues, ganz im Gegenteil. In manchen Landstrichen, vor allem im Süden und im Osten, ist es ein traditioneller Zeitvertreib, aber dies ist der erste große öffentliche Mampfwettkampf dieser Art seit Jahren, und er erregt einiges Aufsehen am Broadway.

Es wird sogar in den Gazetten davon berichtet, und niemand nimmt ihn auf die leichte Schulter, und es werden mehr Mäuse gesetzt, als auf jeden anderen Mampfwettkampf in der Geschichte, wobei Joel Duffle überall als Sechs-zu-fünf-Favorit gegenüber Miß Violette Shumberger gehandelt wird.

Dieser Joel Duffle kommt einige Tage vor dem Wettkampf mit 'ner Type namens Conway nach New York und bittet um ein Treffen mit Miß Violette Shumberger, um die letzten Einzelheiten zu besprechen, und wer taucht zusammen mit Miß Violette Shumberger als ihr Trainer und Berater auf? Scheunendrescher-Jones, und er sieht noch dünner und kränkelnder aus als damals, als Kleppie und ich bei ihm waren, aber er sagt, daß er sich prima fühle und jetzt nur noch sechs Pfund von seiner Hochzeit mit Miß Hilda Slocum entfernt sei.

Nun, es sieht ganz so aus, als ob seine Anwesenheit tatsächlich Miß Hilda Slocum zu verdanken ist, denn sie sagt später, daß es nur recht und billig war, ihrer liebsten Freundin Miß Violette Shumberger mit allen Mitteln zu helfen, wo sie jetzt nun mal in diesem Hexenkessel drinsteckte, und daß da besonders die Erfahrungen und Ratschläge eines ehemaligen Vielfraßes wie Scheunendrescher helfen konnten.

Aber später erfahren wir auch, daß dieser Herausgeber, Mr. McBurgle, sich mächtig für den Wettkampf zu interessieren beginnt, und als er entdeckt, daß es Miß Hilda Slocum trotz seines Einwirkens weiterhin ablehnt, Scheunendrescher zu erlauben, höchstpersönlich am Wettkampf teilzunehmen, und statt dessen 'nen unerfahrenen Ersatzmann aufbietet, da ist er ziemlich sauer und besteht darauf, Violette von Scheunendrescher trainieren und beraten zu lassen.

Außerdem erfahren wir später noch, daß Miß Hilda Slocum jedesmal, wenn Scheunendrescher in das Apartment in Morningside Heights zurückkehrt, nachdem er Violette Unterricht gegeben hat, Scheunendreschers Atem beschnuppert, um herauszufinden, ob er sich während seiner Abwesenheit an irgendwelchen Fressalien vergangen hat.

Nun, dieser Joel Duffle ist eine hochgewachsene Type mit hängenden Schultern und einem elegischen Gesichtsausdruck, und er sieht eigentlich nicht mal so aus, als ob er sich durch 'ne Tüte Erdnüsse futtern kann, aber als er damit beginnt, die letzten Einzelheiten des Wettkampfs zu erörtern, wird jedem deutlich, daß er weiß, was in solchen Sachen Sache ist. Und Scheunendrescher behauptet, er könne schon allein an Joel Duffles Redeweise erkennen, was für ein gefährlicher Kontrahent er sei, aber er sagt auch, daß Miß Violette Shumbergers Fortschritte in der Kunst des Essens sehr beeindruckend seien, bloß tue es ihm leid, daß sie nicht mehr Zeit zum Reifen habe.

Dieser Joel Duffle schlägt vor, den Wettkampf mit zwölf Gängen rein amerikanischer Kost auszutragen, wobei jede Partei sechs Gerichte auswählen darf und die Auswahl abwechselnd erfolgen soll. Das Gewicht und die Menge der ausgewählten Gänge werden vom Wettkampfteilnehmer nach eigenem Belieben festgesetzt, und jeder Gang soll exakt in zwei Hälften geteilt werden, und nachdem Miß Violette Shumberger und Scheunendrescher eine Weile flüsternd die Köpfte zusammengesteckt haben, erklären sie sich mit den Bedingungen einverstanden.

Darauf wirft Kleppie 'ne Münze, um zu entscheiden, wer die erste Wahl vornehmen darf, und Joel Duffle sagt Kopf, und es ist Kopf, und er entscheidet sich als ersten Gang für zwei Kilo reife Oliven, zwölf Sellerieknollen und vier Pfund Nüsse, die genau fifty-fifty zwischen den Wettkämpfern aufgeteilt werden sollen. Miß Violette Shumberger wählt zwölf Dutzend Muscheln als zweiten Gang, und Joel Duffle schließlich zwei Liter Philadelphia-Pfeffertopfsuppe mit Kaldaunen als dritten.

Nun, Miß Violette Shumberger und Scheunendrescher flüstern dann wieder miteinander, und Violette entscheidet sich für zwei entgrätete Fünfpfund-Barsche, Kopf und Schwanz nicht mitgerechnet, und Joel Duffle wählt einen zweiundzwanzigpfündigen gebratenen Truthahn. Jedes Gemüse wird als ein Gang veranschlagt, und Miss Violette Shumberger fordert zwölf Pfund Kartoffelbrei mit brauer Bratensoße. Joel Duffle sagt zwei Dutzende Ähren Maiskolben, und Miss Violette Shumberger reagiert mit zwei Kilo Limabohnen. Joel Duffle verlangt zwölf Bund in Butter gedünsteten Spargel, und Miß Violette führt zehn Pfund gedünstete frische Erbsen ins Rennen.

Dies bringt sie nun zum Salat, und Joel Duffle ist am Zug, also sagt er sechs Pfund gemischter grüner Salat mit Weinessig- und Öl-Dressing, und darauf hat Miß Violette Shumberger die letzte Wahl, und das ist der Nachtisch. Sie will eine Kürbistorte von einem halben Meter Durchmesser, die nicht weniger als zehn Zentimeter dick sein soll.

Es wird vereinbart, daß sie mit Messer, Gabel oder Löffel essen müssen, wobei die Geschwindigkeit nicht von Belang ist und es auch kein Zeitlimit geben soll, bloß dürfen sie nach einem jeden Gang nicht länger als zwei Minuten lang Pause machen, außer bei einem akuten Anfall von Schluckauf. Sie können alles mögliche und auch so viel sie wollen trinken, doch soll Schnaps von keinerlei Bedeutung für das Ergebnis sein. Die Entscheidung fällt nur aufgrund der verkonsumierten Essensmenge, und die Schiedsrichter haben alles, was nach einem Gang auf den Tellern verbleibt, in Rechnung zu ziehen, wobei verstreute Kaureste auf Brust oder Weste, jedenfalls bis zu einem Quantum von einer Unze, nicht berücksichtigt werden sollen. Die Verliererpartei muß das Essen bezahlen, und falls es zu einem Unentschieden kommt, so wird die Entscheidung in einem Stechen mit Eiern und Schinken ausgegessen.

Nun, der Schauplatz dieses Wettkampfes ist der auf der zweiten Etage gelegene Speiseraum von Mindys Restaurant, der während dieses Ereignisses für die breite Öffentlichkeit nicht zur Verfügung steht, nur die unmittelbar in den Wettkampf verwickelten Beteiligten sind zugelassen. Die Wettkämpfer werden in der Mitte des Raumes an einem großen Tisch einander gegenübergesetzt, und jeder Wettkämpfer hat drei Kellner.

Den Zuschauern ist jegliches Geplapper sowie das Anfeuern der Kontrahenten untersagt, aber selbstverständlich dürfen die Hauptakteure selbst miteinander sprechen, wenn sie dies wünschen, obwohl gewiefte Esser dies niemals zu tun wünschen, weil reden bloß Energie verschwendet, und so ziemlich das einzige, was sie überhaupt zueinander sagen, ist: Gib mir mal bitte den Senf rüber oder so was.

Es sind etwa fünfzig Typen aus Boston zugegen, die den Wettkampf verfolgen wollen, und es ist dieselbe Anzahl von New Yorkern zugelassen, und unter denen ist dieser Herausgeber, Mr. McBurgle, und er schleicht um Kleppie rum und fragt ihn aus, ob er Miß Violette Shumberger für einen genauso heißen Tip hält wie den Gaul beim Rennen.

Scheunendrescher taucht bereits frühzeitig am Schauplatz auf, und sein Erscheinungsbild ist für seine alten Freunde und Bewunderer wirklich die reinste Tortur, da er schon so viel Gewicht los ist, daß er einen geradezu erbärmlichen Anblick bietet, aber er erzählt Kleppie und mir, er glaubt, daß Miß Violette Shumberger ganz gute Karten habe.

»Selbstverständlich«, sagt er, »is' sie noch grün. Sie weiß noch nich', wie sie sich in 'nem Wettkampf ihr Tempo einteilen muß. Aber«, sagt er, »sie hat 'ne wundervolle Technik. Ich liebe es, ihr beim Essen zuzusehen. Sie mag dieselben Sachen wie ich in den

Tagen, als ich noch gegessen hab'. Sie hat auch 'n wundervolles Wesen. Ist euch schon mal ihr Lächeln aufgefallen?« sagt Scheunendrescher.

»Aber«, sagt er, »sie is' die liebste Freundin meiner Verlobten, Miß Hilda Slocum, also laßt uns nicht davon sprechen. Ich hab' versucht, Hilda dazu zu bewegen, sich den Wettkampf anzugucken, aber sie sagt bloß, es ist widerwärtig. Na ja«, sagt Scheunendrescher, »jedenfalls hab' ich's geschafft, mir einige Flöhe zu leihen, und die werd' ich auf Miß Violette Shumberger setzen. Übrigens«, sagt er, »falls ihr zufällig dran denkt, dann achtet mal auf ihr Lächeln.«

Nun, Scheunendrescher schnappt sich drauf 'nen Stuhl und setzt sich etwa drei Meter hinter Miß Violette Shumberger, denn näher werden es ihm die Schiedsrichter nicht bewilligen, und er wird von ihnen auch ermahnt, weil Zurufe aus den Ringecken nicht geduldet werden, aber Scheunendrescher kennt diese Regel selbstverständlich sehr genau, und in dem Moment scheinen ihn zudem aufgrund der ganzen Strapazen die Kräfte zu verlassen.

Es gibt drei Schiedsrichter, und sie sind alle aus neutralen Städten. Einer dieser Schiedsrichter ist 'ne Figur aus Baltimore, Maryland, namens Packard, der ein Restaurant führt, und ein anderer ist 'ne Type aus Providence, Rhode Island, namens Croppers, der 'n Würstchenfabrikant ist. Der dritte Schiedsrichter ist 'ne Puppe namens Mrs. Rhabarber, die aus Philadelphia kommt und die früher mal 'ne Pension für Schauspieler betrieben hat und als hervorragender Schiedsrichter bei Freßwettkämpfen gilt.

Nun, Mindy ist der offizielle Starter, und Punkt acht Uhr dreißig, als unter den Zuschauern noch immer fleißig gewettet wird, zückt er seine Uhr und sagt:

»Bist du bereit, Boston? Bist du bereit, New York?«

Und Miß Violette Shumberger und Joel Duffle nicken beide mit den Köpfen, und Mindy sagt, los geht's, und der Wettkampf fängt an, wobei Joel Duffle sich sofort mit dem Sellerie und den Oliven und den Nüssen anlegt.

Es ist offensichtlich, daß Joel Duffle einer dieser Metzel-und-Schlachter-Esser ist, die man noch in ziemlicher Entfernung deutlich mampfen hören kann, vor allem bei Muscheln und Suppen. Er ist auch ein Augenbrauenesser, ein Esser also, dessen Augenbrauen beim Schlucken und Schlingen bis zum Haaransatz hochhüpfen, und diese Kategorie von Essern ist ganz ohne Zweifel besonders leistungsfähig.

Tatsache, die Art und Weise, wie sich Joel Duffle durch die Lebensmittel arbeitet und sich bis zum Truthahn vorkämpft, verursacht bei den Zuschauern vom Broadway einiges Unbehagen, und sie flüstern aufgeregt miteinander und bedauern es jetzt schon, daß nicht der alte Scheunendrescher im Ring steht. Ich persönlich, ich mag ja die Art und Weise, wie Miß Violette Shumberger ißt, so ganz ohne unnötige Aufregung und mit sichtlichem Wohlbehagen. In der Anfangsphase des Wettkampfs kann sie Joel Duffle in puncto Geschwindigkeit allerdings nicht das Wasser reichen, da sie anscheinend jeden Bissen ihres Essens mit Wohlgenuß zerkaut, aber ich bemerke, daß sie im Laufe der Zeit Boden gutmacht, und ich glaube, es liegt keineswegs daran, weil sie ihr Tempo anzieht, sondern weil ihr Gegner langsam abschlafft.

Als dann schließlich der Truthahn an die Reihe kommt und längsseits in zwei Hälften geteilt wird, guckt Miß Violette Shumberger mächtig enttäuscht aus der Wäsche und ergreift zum ersten Mal das Wort und sagt folgendes:

»Na so was«, sagt sie, »wo is' 'n die Füllung?«

Tja, anscheinend erwähnte niemand dem Küchenchef gegenüber irgendwas von 'ner Füllung, also machte der Küchenchef auch keine Füllung, und Miß Violette Shumbergers Enttäuschung ist so ehrlich und offenkundig, daß die Zuversicht bei den Bostoner Typen doch ziemlich ins Wanken gerät. Sie müssen wohl zugeben, daß 'ne Puppe, die dermaßen viel in sich reinstopfen kann wie Miß Violette Shumberger bei diesem Stelldichein und die dann auch noch 'ne Fleischfüllung verlangt, tatsächlich ein erstaunlicher Esser ist.

Joel Duffle jedenfalls sieht ganz schön verblüfft aus, als er Miß Violette Shumbergers Enttäuschung bemerkt, und er beäugt sie mit sichtlicher Hochachtung, als sie ihren Teil vom Truthahn und den Kartoffelbrei und so mancherlei anderes in einer Art und Weise vernichtet, daß sie noch rechtzeitig vor der Kürbistorte zu ihrem Gegner aufschließt. Es ist eigentlich kein Unterschied mehr zwischen den beiden festzustellen, und es ist ein spannendes Kopf-an-Kopf-Rennen, obwohl der Schiedsrichter aus Baltimore die Aufmerksamkeit der anderen Schiedsrichter auf ein Truthahnbein lenkt, welches Miß Violette Shumberger, wie er behauptet, nicht so sorgfältig abgenagt hat wie Joe Duffle das seinige, aber die anderen Schiedsrichter betrachten dies als 'ne reine Formsache.

Darauf schleifen die Kellner die Kürbistorte herein, und es ist ohne jeden Zweifel 'ne riesige Torte, die tatsächlich in etwa die Ausmaße eines Kanaldeckels besitzt, und ich bemerke, daß Joel Duffle diese Torte mit einem sehr bizarren Ausdruck im Gesicht fixiert, obwohl ich mich, um die Wahrheit zu sagen, für Miß Violette Shumbergers Miene genausowenig interessiere wie für die seine.

Nun, die Torte wird in zwei völlig gleiche Teile geschnitten, und eine Hälfte wird Miß Violette Shumberger vorgesetzt und die andere Hälfte Joel Duffle, und er hat nicht mehr als zwei Bissen genommen, als ich bemerke, wie er seinen Hosengürtel lockert und 'nen kräftigen Schluck Wasser nimmt, und ich denk' so vor mich hin, jetzt geht er auf dem Zahnfleisch, und die Torte wird das ganze Gefecht entscheiden, und ich wünsch' mir bloß, ich wär' in der Lage gewesen, ein paar Mäuse mehr auf Miß Violette Shumberger zu setzen. Aber genau zu diesem Zeitpunkt, und ehe sie ihre Torte auch nur anrührt, dreht sich Miß Violette Shumberger um und gibt Scheunendrescher ein Zeichen, zu ihr zu kommen, und als er bei ihr ist, flüstert sie ihm was ins Ohr.

Hierauf schnellt die Bostoner Type namens Conway in die Höhe und macht einen Regelverstoß geltend, und mehrere andere Bostoner Typen schließen sich diesem Protest an, und ebenso Joel Duffle, obgleich selbst die Bostoner Typen später zugeben, daß Joel Duffle kein Gentleman war, 'ner Dame so was zu unterstellen.

Nun, es gibt jedenfalls einigen Trubel, und die Schiedsrichter halten eine Beratung ab, und sie entscheiden, daß ihrer Ansicht nach kein Regelverstoß gegen das Eßreglement selbst vorliegt, weil Miß Violette Shumberger ihre Torte ja bislang noch gar nicht berührt hat.

Aber ob es nun ein Regelverstoß im weiteren Sinne ist oder nicht, hängt nach Meinung der Schiedsrichter davon ab, ob Miß Violette Shumberger Scheunendrescher um einen Rat für den Wettkampf ersucht hat, und der Schiedsrichter aus Providence, Rhode Island, möchte wissen, ob Scheunendrescher wahrheitsgetreu darlegen will, was sich zwischen ihm und Violette abgespielt hat, damit sie eine Entscheidung fällen können.

»Tja«, sagt Scheunendrescher, »sie hat mich bloß darum gebeten, ihr noch 'n Stück Torte zu besorgen, wenn sie mit dem da fertig ist.«

Nun ja, hierauf knallt Joel Duffle sein Messer auf den Tisch und schiebt seinen Teller mit der ganzen Torte minus zwei Bissen von sich weg und sagt zu den Bostoner Typen:

»Meine Herren«, sagt er, »ich bin erledigt. Ich krieg' keinen einzigen Bissen mehr runter. Ihr müßt zugeben, daß ich 'ne heldenhafte Schlacht geschlagen hab', aber«, sagt er, »es ist zwecklos, weiter gegen diese Puppe anzuessen, die noch mehr Torte haben will, bevor sie überhaupt mit dem, was noch vor ihr liegt, angefangen hat. Ich steh' kurz vor dem Exitus, und ich hab' nicht vor, mich für 'ne hoffnungslose Sache zu opfern. Meine Herren«, sagt er, »diese Dame ist kein Mensch.«

Tja, selbstverständlich bedeutet das nichts anderes, als daß er das Handtuch schmeißt, und Scheunendrescher klimmt auf seinen Stuhl zurück und sagt:

»Ein dreifaches Hurra auf Miß Violette Shumberger!«

Darauf läßt Scheunendrescher das erste Hurra höchstpersönlich los, aber die Anstrengung übersteigt seine Kräfte, und er fällt ohnmächtig von seinem Stuhl runter, gerade als Joel Duffle kollabiert und unter den Tisch rutscht, und die Herren Doktoren im städtischen Krankenhaus sind völlig aus der Fassung, zwei Patienten zur gleichen Zeit von demselben Ort in Empfang zu nehmen, von denen der eine an Unterernährung leidet, und der andere wegen akuten Überfressens bewußtlos ist.

Nun, in der Zwischenzeit, als sich die Aufregung gelegt hat und alle Wetten abgerechnet werden, nehmen wir Miß Violette Shumberger mit in Mindys Gaststube unten im Erdgeschoß, um uns noch 'nen Mitternachtsimbiß zu genehmigen, und als Miß Violette auf ihren überwältigenden Triumph zu sprechen kommt, sieht sie sich veranlaßt, Scheunendrescher-Jones einiges Verdienst zuzuerkennen.

»Wißt ihr«, sagt Miß Violette Shumberger, »in Wirklichkeit hab' ich ihm zugeflüstert, daß ich am Ende bin. Ich hab' ihm zugeflüstert, daß ich unter gar keinen Umständen auch nur einen Bissen von der Torte schaffe, selbst wenn mein Leben davon abhängt, und falls er irgendwelche Wetten laufen hat, soll er so schnell wie möglich versuchen, ob er sie nicht rückgängig machen kann.

Ich fürchte«, sagt sie, »Scheunendrescher wird von meinem Auftritt überaus enttäuscht sein, aber ich werd' ihm ein Geständnis machen müssen, sobald er aus dem Krankenhaus rauskommt. Ich hab' diesen Wettkampf nämlich völlig vergessen«, sagt Miß Violette, »und noch 'ne Stunde vorher mein übliches Abendessen eingenommen, Schweinshaxe mit Sauerkraut, und«, sagt sie, »ich bin mir sicher, daß das meine Leistungsfähigkeit etwas beeinträchtigt hat. Darum«, sagt sie, »verdanke ich alles Scheunendreschers Geistesgegenwart.«

Mehrere Wochen nach dem großen Mampfwettkampf laufe ich Miß Hilda Slocum am Broadway über den Weg, und es scheint mir, als ob sie sehr viel besser ernährt aussieht als das letzte Mal, als ich sie gesehen hatte, und als ich ihr das sage, da sagt sie:

»Ja«, sagt sie, »ich hab' mit der Diät aufgehört. Ich hab' meine Lektion gelernt«, sagt sie. »Ich hab' gelernt, daß Männer es nicht zu würdigen wissen, wenn man versucht, überflüssiges Gewebe loszuwerden. Was Männer wollen, ist Substanz. Na«, sagt sie, »erst vor 'ner Woche hat mir mein Boß, Mr. McBurgle, gesagt, er würde nur zu gern mal mit mir tanzen gehen, wenn ich ein bißchen was zunehme, damit er was zum Festhalten hat. Ich tanze sehr gern«, sagt sie.

»Aber«, sag' ich, »was ist denn mit Scheunendrescher-Jones? Ich hab' ihn in letzter Zeit überhaupt nicht mehr zu Gesicht gekriegt.«

»Na, so was«, sagt sie, »wissen Sie denn nicht, was dieser Mistbock angestellt hat? Nun, als er wieder kräftig genug war, um das Krankenhaus zu verlassen, da brannte er mit meiner liebsten Freundin durch Miß Violette Shumberger, und hinterließ mir 'ne Nachricht, in der irgendwas über zwei Seelen und einen Gedanken steht. Sie sind unten in Florida und betreiben 'ne Würstchenbude und«, sagt sie, »fressen wahrscheinlich wie sieben Maulesel.«

»Miß Slocum«, sag' ich, »kann ich Sie vielleicht für eine Portion von Mindys Hühnerfrikassee begeistern?«

»Mit Klößen?« sagt Miß Hilda Slocum. »Klar«, sagt sie, »können Sie. Nachher hab' ich aber mit Mr. McBurgle 'ne Verabredung zum Tanzen. Ich bin geradezu verrückt aufs Tanzen«, sagt sie.

Filigran-Bubi im Krieg

Tja, selbstverständlich macht sich der Krieg auch am Broadway in erheblichem Maße bemerkbar, und zuweilen entwickelt er sich wirklich zu einer verdammt lästigen Erscheinung, weil er viele Fremde in die Stadt führt, die Mindys Restaurant geradezu aus den Nähten platzen lassen und die alten Stammgäste nötigen, Schlange zu stehen, um einen Tisch zu ergattern, was nun wirklich ein Hundeelend ist.

Es nutzt überhaupt nichts, sich bei Mindy über diese Zustände zu beschweren, denn der verdient ja 'ne Menge Geld dabei, und er wird allenfalls unverschämt und fragt einen, ob man nicht weiß, daß da draußen ein Krieg stattfindet, und mal abgesehen davon, wartet Mindy gewöhnlich selbst auf 'nen freien Tisch.

Nun, eines Abends hab' ich das Glück, allen anderen ein Schnippchen schlagen zu können und den einzigen freien Stuhl an einem kleinen Tisch für zwei Personen zu erkämpfen. Der andere Stuhl wird von 'nem Soldaten gehalten, und dieser Soldat ist kein anderer als 'n Kerl mit Namen Filigran-Bubi, der sein Essen runterschlingt, als würde Hitler schon den Broadway raufmarschieren.

Dieser Filigran-Bubi, der gewöhnlich kurz Fillie genannt wird, ist ein Kerl von etwa dreißig Jahren, der aber jünger aussieht und Kartenspieler von Beruf ist. Man hält ihn allgemein für einen der Besten, die jemals mit 'nem Satz Karten jongliert haben. An seinen Spitznamen ist er gekommen, weil mal jemand bemerkt hat, daß sein Umgang mit Karten genauso zerbrechlich grazil ist wie Filigran, obwohl ich persönlich das ja für 'ne Untertreibung halte.

Er stammt aus dem Städtchen Providence, das in Rhode Island

liegt und jedermann bekannt ist, weil Providence seit Generationen vortreffliche Kartenspieler hervorbringt. In seiner Kindheit hatte Filigran-Bubi also die Gelegenheit, bei den größten Assen zu lernen, und später hat er seine Ausbildung in dieser Branche durch viele Reisen vervollkommnet.

Vor dem Krieg war er zumeist damit beschäftigt, auf diesen Dampfern mit Spielsalons rumzutuckern und regelmäßige Trips kreuz und quer über den Atlantischen Ozean zu machen, denn ein Kerl seines Kalibers kann auf solchen Schiffen immer mehr Mitspieler finden als anderswo und sich auch prima durchschlagen, wenn er weiß, welche Mitspieler am Tisch sitzen, vor allem, wenn er die geeigneten Verbindungen knüpfen kann, um im voraus an Informationen über die Mitspieler ranzukommen.

Ich wünsch' mir bloß, Sie hätten Filigran-Bubi vor dem Krieg erlebt, als er auf dem Gipfel seiner Karriere war. Er ist vielleicht einsfünfundsiebzig und sehr schmächtig und hat braune Augen und gewelltes braunes Haar und ein Gesicht wie ein Chorknabe und 'ne sanfte Stimme.

Er trägt die besten Klamotten, die mit Geld zu kriegen sind, und sie sind zumeist aus leichten Stoffen. Seine Anzüge sind immer weiß und seine Schuhe schwarz. Er trägt zwar keinen sichtbaren Schmuck, dafür aber eine kleine goldene Uhr in der Hosentasche, die ihn in Paris mal 'nen Riesen gekostet hat, und ein goldenes Zigarettenetui, das ihn in derselben Stadt noch mehr gekostet hat.

Er hat lange, schlanke weiße Hände wie ein Weibsbild aus der besseren Gesellschaft, und es besteht gar kein Zweifel daran, daß ebendiese Hände das Geheimnis von Filigran-Bubis Erfolg beim Kartenspielen sind, denn sie sind flink und geschickt, und in ihnen steckt der Elan der Jugend, und Jugend ist etwas, was ein guter Kartenspieler haben muß, denn das Alter läßt die Finger immer steifer werden. Aber das Alter ist natürlich bei allem und jedem auf dieser verkommenen Welt der Pferdefuß.

Es ist wirklich ein verzaubernder Anblick, Filigran-Bubi dabei zuzusehen, wie er mit 'nem Satz Karten umgeht, denn er läßt die Blätter geradezu ineinanderschweben, wenn er mischt, und er schafft es, sie so sanft wie Schneeflocken runterschweben zu lassen, wenn er gibt. Als er noch auf den Spielpötten rumgetuckert ist, war seine Spezialität ein Spiel, das Bridge heißt, und er war nur selten ohne Mitspieler, denn zum einen sieht er gar nicht wie ein Kerl aus, der sonderlich gut Bridge spielen kann, und zum andern wirkt er nicht wie einer von den Typen, vor denen die Schilder in den Herrenzimmern der Schiffe warnen und auf denen ›Hüten Sie sich vor Kartenhaien‹ steht. Filigran-Bubi versucht für gewöhnlich sogar 'nen Stuhl zu erwischen, der direkt unter einem von diesen Schildern steht, um zu demonstrieren, daß so was nun wirklich nicht ihm gelten kann.

Ich hab' Filigran-Bubi das letzte Mal vor ein paar Jahren bei Mindy gesehen, als er gerade von 'nem deutschen Linienschiff kam, und er hatte 'nen Kerl namens Schultz im Schlepptau und bewirtete diesen Schultz wahrhaft königlich, denn Schultz war anscheinend der Steward im Herrenzimmer dieses Linienschiffes und Filigran-Bubis Verbindungsmann zu den Gewinntöpfen und den Bridge-Mitspielern, denen er von Schultz vorgestellt und als reicher amerikanischer Milliardär ausgegeben wurde, und weil der Trip Fillie zwei Riesen allein aus den Gewinntöpfen einbrachte, fühlte er sich Schultz natürlich sehr verbunden.

Aber das war natürlich, bevor es diesen Krieg gab, und als ich Fillie später mal irgendwann traf, da war das Theater schon im Gang, und es tuckerten keine Linienschiffe mehr über den Ozean, und Fillie fragte sich, ob es sich wohl lohne, mit den Unterseebooten kreuz und quer rumzuschippern, um Mitspieler aufzutreiben.

Aber hier ist er nun wieder in voller Lebensgröße und sogar noch 'n bißchen voller, denn wie ich feststellen kann, hat er etwas Gewicht angesetzt, aber in seiner Uniform sieht er sehr gut aus, und er hat ein rotes Band auf der Brust, also sag' ich folgendes zu ihm:

»Fillie«, sag' ich, »es is' mir wahrhaftig 'ne Freude, dir übern Weg zu laufen. Wie ich an deiner Uniform sehen kann, bist du jetzt im Kriegsgeschäft, und dein rotes Band deutet darauf hin, daß du dich auf irgend 'ne Weise hervorgetan hast. Bist vielleicht dafür ausgezeichnet worden, daß du dem General 'n gutes Blatt in die Hand gezaubert hast?«

Nun, Filigran-Bubi wirft mir einen finsteren Blick zu und sagt:

»Das ist 'n Orden für gute Führung. Ich hab' ihn gekriegt, weil ich 'n prima Soldat bin. Ich könnte sogar noch 'ne größere Auszeichnung bekommen für 'ne Sache, von der ich dir jetzt berichten werde.«

Ich werd' die Einzelheiten meines frühen Werdegangs in der Armee übergehen (sagt Filigran-Bubi). Doch eins muß ich vorher noch sagen: Meine Kameraden kennen mich nur als Sergeant Fortescue Melville Michael O'Shay. Meine Mama hat die ersten beiden Namen aus 'nem Roman, den sie zu der Zeit gelesen hat, als ich geboren wurde, und der Papa von meinem Papa hat die beiden letzten Namen aus Irland mit rübergebracht.

Weiter wissen die Kameraden nichts über mich, und obwohl's so manchen Augenblick gibt, wo ich stark in Versuchung bin, ihnen aus meinem großen Wissensschatz raus meine Meinung zu stecken, wenn sie sich mit solchen Kinderspielchen wie Blackjack abgeben, widersteh' ich der Versuchung, um mich voll und ganz der Hauptsache zu widmen, und das is' nu' mal der Krieg.

Ich bedien' also gerade die mittlere Kanone im Bauch von so 'ner Fliegenden Festung, als wir an 'nem freundlichen Nachmittag 'nen Luftangriff über Deutschland fliegen und unsere Kiste von der Fliegerabwehr so schwer getroffen wird, daß wir gezwungen sind abzuspringen, und kaum bin ich unten, da kommen drei deutsche Soldaten mit Gewehren in den Pfoten an.

Sie richten in einer sehr besorgniserregenden Art und Weise die Knarren auf mich, und obwohl ich nur ein oder zwei Worte Deutsch verstehe, kapier' ich auch so, daß ich ihr Gefangener bin, und eh' ich mich versehe, bin ich in 'nem Gefangenenlager, wo ich meine Kameraden wiederfinde und 'n paar hundert andere Kerle, die anscheinend Briten oder was weiß ich sind.

Es ist kein großes Lager, und ich erfahr' sogar, daß es bloß so 'ne Art provisorisches Sammellager für Gefangene ist, die in diesem Teil des Landes zusammengeklaubt und für gewöhnlich nach 'ner Weile in ein größeres Lager geschafft werden. Es liegt mitten in einer hügeligen Landschaft nicht weit entfernt von der Schweizer Grenze, und in der Entfernung kann man hohe Berge sehen, die, wie man mir gesagt hat, Alpen heißen.

Aber trotz der schönen Aussicht ist es weiß Gott kein gemütliches Plätzchen.

Das Leben in dem Lager ist ausgesprochen monoton, und die Küche is' miserabel, was schon 'ne ziemliche Enttäuschung für mich is', weil ich die deutsche Küche eigentlich sehr schätze und den Apfelstrudel dieses Volkes geradezu anbete, aber der Fraß, den sie uns da geben, macht mich zu 'nem leidenschaftlicheren Anti-Nazi als je zuvor, und überhaupt krieg' ich davon Verdauungsstörungen. Um die Wahrheit zu sagen, den größten Teil meiner Zeit verbring' ich damit, mir 'nen Weg auszutüfteln, wie ich abhauen kann, auch wenn die anderen mir sagen, daß ich früher oder später gegen 'nen deutschen Gefangenen ausgetauscht werde, wenn ich nur genug Geduld habe.

'ne Mannschaft von vielleicht hundert deutschen Soldaten bewacht das Lager, und ich bin erst einige Stunden da, als ich schon erfahre, daß der Offizier, der in dem Laden den Befehl führt, 'n Hauptmann mit Namen Kunz ist, den man bisweilen auch den Schlächter nennt, weil er anscheinend in den ersten Tagen des Krieges das Kommando über 'nen Haufen in Polen hatte und sich nix dabei gedacht hat, als er die Leute reihenweise ohne irgend 'nen sonderlichen Grund umbringen ließ, außer vielleicht, daß es ihm Spaß gemacht hat, sie sterben zu sehen.

Aber so, wie's aussieht, hat er sich irgendwie die Sympathien bei seinem Boß verscherzt und wurde in dieses kleine, abgelegene Gefangenenlager geschickt, um ihm 'ne Lektion zu erteilen, und er führt den Laden wie so 'n knallharter Oberaufseher in 'nem Knast bei uns zu Hause, obwohl er sich selbst nicht oft im Lager sehen läßt.

Eines Nachmittags kommt ein deutscher Feldwebel in den Lagerhof, wo ich mir gerade ein wenig Bewegung verschaffe, und winkt mich zur Seite, und ich bin ziemlich überrascht festzustellen, daß dieser Feldwebel kein anderer ist als Schultz, der Steward, der mir mit leiser Stimme folgendes sagt:

»Hallo, Fillie«, sagt er. »Wie geht's denn so?«

»Schultz«, sag' ich, »es is' zum Kotzen.«

»Fillie«, sagt er, »was weißt du über ein amerikanisches Spiel, das man Gin Rummy nennt?«

»Gin Rummy?« sag' ich. »Mann, das is' 'n Kartenspiel, aber eigentlich ist es nichts anderes als 'ne Beschäftigung für Vollidioten.«

»Kannst du Gin Rummy spielen?« sagt Schultz.

»Schultz«, sag' ich, »fast jeder in den Vereinigten Staaten von Amerika spielt Gin Rummy. Die kleinen Kinder auf der Straße spielen's. Alte Schachteln spielen's. Soviel ich weiß, gibt's im Zoo in der Bronx 'nen dressierten Affen, der's ganz gut beherrscht, und darüber bin ich auch nicht sonderlich überrascht, denn«, sag' ich, »ich kann jedem Geschöpf auf Erden, das in der Lage ist, zehn Karten festzuhalten, beibringen, wie man Gin Rummy spielt.«

»Na ja«, sagt Schultz, »ich wollte ja eigentlich auch nur wissen, ob du's genausogut wie Bridge spielst und auf dieselbe Weise. Bist du 'n Trickspieler, was Gin Rummy angeht? Notfalls, meine ich?«

Nun, diese Frage macht mich natürlich ganz schön fuchtig, weil ich es als 'ne Beleidigung meiner Integrität und Herabsetzung meiner Kartenkünste ansehe, wenn jemand auch nur andeutet, daß ich beim Kartenspielen irgendwas anderes tue, als meine Gegner durch mein überlegenes Können an die Wand zu spielen. Ehrlich, für mich 'is es genauso, als wenn man Joe Louis fragt, ob er 'n Stück Eisen in den Handschuhen versteckt hat, wenn er jemand auf die Bretter legt, und das tut er ja fast bei jedem Kampf.

»Schultz«, sag' ich, »du bist wirklich 'n Halunke, weil du bei jeder Gelegenheit nur an Nepp und Klau denkst. Ich hab' noch nie jemand bei irgendwas beschwindelt, trotz aller gegenteiligen Gerüchte, die du vielleicht zu hören bekommst. Und von 'nem

Schwindel bei 'ner Partie Gin Rummy hab' ich noch nie was gehört. Da müßtest du schon den Partner deines Gegenspielers schmieren, dir dessen Karten zu verraten.

Aber«, sag' ich, »das wär' dann bloß 'n ordinärer Fall von Diebstahl. Na ja, Schultz«, sag' ich, »jedenfalls will ich jetzt nicht auf falsche Bescheidenheit machen, darum sag' ich dir gleich, daß ich glaub', der Beste zu sein, wie jeder andere Gin-Rummy-Spieler auch. Ich kannte wirklich nur einen Kerl, der mich beim Gin Rummy immer geschlagen hat, und das war Krabbelfuß, der Kellner bei Mindy, aber eines Tages brachte er mir das Spiel dann richtig bei, wobei er natürlich geglaubt hat, mich trotzdem knapp zu schlagen.«

Tja, und darauf breitet dieser Schultz 'ne sehr sonderbare Geschichte vor mir aus. Er sagt, daß Hauptmann Kunz, als er einige Jahre vor dem Krieg noch Attaché an der Deutschen Botschaft in Washington gewesen war, das Gin Rummy kennengelernt hat und daß es zu seiner großen Leidenschaft wurde.

Nach dem zu urteilen, was Schultz mir erzählt, sieht es so aus, als ob Kunz, nachdem er nach Deutschland zurückkehrt, sein geliebtes Gin Rummy dann ziemlich vermißt, weil dieses Spiel in seiner Heimat so gut wie unbekannt ist und die Kartenspieler gewöhnlich Binokel oder Klaberjas bevorzugen. Anscheinend versucht Kunz, einigen seiner Landsleute zu zeigen, wie Gin Rummy gespielt wird, hat aber nicht sonderlich viel Erfolg dabei, und dann kommt es schließlich zum Krieg, und es wird als äußerst unpatriotisch betrachtet, sich und andere für 'n amerikanisches Spiel zu begeistern, also muß Kunz seine Bemühungen in dieser Richtung aufgeben.

Aber Gin Rummy geht ihm nicht mehr aus dem Kopf, also erfindet er schließlich so 'ne Art Gin-Rummy-Patience und spielt ständig mit sich selbst, aber es ist 'ne höchst unbefriedigende Beschäftigung, und als er hört, daß amerikanische Gefangene im Lager eintreffen, da schickt er nach Schultz und trägt ihm auf, sich uns vorzunehmen, um rauszufinden, ob irgendwelche Gin-Rummy-Spieler in unserem Haufen sind. Und als er uns unter die Lupe nimmt, entdeckt Schultz mich.

»Weißt du«, sagt Schultz, »ich hab' unserem Hauptmann gesagt, du wärst so was wie der Champion aller Gin-Rummy-Spieler der Vereinigten Staaten, und gestern nacht sagt er mir schließlich, daß er gegen dich spielen möchte, falls es unauffällig in die Wege geleitet werden kann, denn es würde der Moral der Truppe natürlich sehr schaden, wenn rauskäme, daß der Befehlshaber eines Gefangenenlagers sich auf Kartenspiele mit Gefangenen einläßt. Der

Hauptmann ist reich und spielt gern mit hohen Einsätzen«, sagt Schultz.

»Hör mal, Schultz«, sag' ich, »ich hab' überhaupt keine Piepen bei mir. Mein ganzer Zaster liegt auf 'ner Bank in England, und ich nehm' wohl kaum an, daß der Hauptmann 'nen Schuldschein akzeptiert, der dort ausgezahlt wird.«

»Hör zu«, sagt Schultz und senkt seine Stimme zu 'nem Wispern, »ich hab' meinen ganzen Kumpels hier von deinen Gin-Rummy-Künsten erzählt und daß du so geschickt bist, daß du 'nen Buben aus 'nem Kartenspiel raushüpfen lassen kannst, daß keiner es merkt, und dabei notfalls auch noch den Chattanooga Choo-Choo singen kannst. Und dann haben meine Kumpels und ich uns darauf geeinigt, unsere Ersparnisse zusammenzuschmeißen, um dir 'nen angemessenen Spielbetrag zur Verfügung zu stellen. Wir können so ungefähr fünfzigtausend Mark zusammenbekommen. Bloß«, sagt Schultz, »darfst du deinen Kameraden gegenüber kein Sterbenswörtchen davon erwähnen. Der Hauptmann muß glauben, daß sie diejenigen sind, die dich unterstützen. Du kriegst fünfundzwanzig Prozent deines Gewinns, und ich garantiere höchstpersönlich für deinen Anteil.«

Natürlich glaub' ich, daß Schultz mir aus irgend 'nem obskuren Grund so 'nen Mumpitz erzählt, denn es ist ja hirnrissig anzunehmen, daß 'n Offizier der deutschen Armee mit 'nem amerikanischen Gefangenen Gin Rummy spielen will, aber dann erinner' ich mich dran, daß Gin-Rummy-Spieler fast alles tun würden, um Gin Rummy spielen zu können, und ich denk' mir, vielleicht ist der Hauptmann so wie dieser alte Faro-Spieler, den man mal gewarnt hat, in 'nen bestimmten Spielsalon zu gehen, weil dort krumme Touren beim Faro liefen, und der darauf sagte:

»Ja, ich weiß, aber was soll ich denn machen? Nirgendwo sonst in der ganzen Stadt wird Faro gespielt.«

Na ja, das ist natürlich 'ne uralte Geschichte für dich, aber du wirst mir wohl verzeihen, daß ich sie jetzt rauskrame, denn ich versuch' ja nur, dir die Psyche von diesem Hauptmann zu erklären, so, wie ich sie sehe. Jedenfalls sag' ich Schultz, er soll nur machen und das Spiel arrangieren, und in der Zwischenzeit besorg' ich mir 'nen Satz Karten und üb' ein wenig, um mein Gedächtnis aufzufrischen.

Dann taucht Schultz eines Nachts in meinem Quartier auf und sagt mir, ich soll mit ihm kommen, und er sagt es in so 'nem strengen Ton und führt sich derart seltsam auf, daß jeder denkt, ich werd' rausgeholt, um erschossen zu werden. Und um dir die Wahrheit zu sagen, ich war mir selbst gar nicht so sicher, ob das nicht tatsächlich der Fall war. Aber als wir uns von den anderen Gefangenen entfernen, ist Schultz wieder sehr freundlich zu mir.

Er führt mich aus dem Tor des Gefangenenlagers raus, und wir marschieren etwa 'nen Kilometer auf 'ner Straße lang, bis wir an 'ne kleine Hütte kommen, die in einiger Entfernung von der Straße inmitten eines kleines Wäldchens steht, und Schultz hält mich vor dieser Hütte noch einmal zurück und sagt folgendes zu mir:

»Fillie«, sagt er, »wenn du gleich mit dem Hauptmann spielst, sei bitte so gut und nenn' uns nicht Krauts, Brezeln, Bierköpfe, Heinis, Boches oder Wiener Würstchen und benutz auch keine anderen Namen von Angehörigen des Pflanzen- oder Tierreichs. Erzähl ihm auch nicht, was ihr Amerikaner mit uns machen werdet. Es würde bloß zu 'ner schlechten Stimmung führen, und seine Retourkutschen könnten dich von deinem Gin-Rummy-Spiel ablenken. Er versteht Englisch, also sei bitte in jeder Hinsicht vorsichtig.«

Darauf händigt er mir 'nen riesigen Sack Reichschmark aus, über den nicht mal 'n Springpferd hopsen könnte, und geht vor mir in das Haus rein, und genau in dem Moment glaub' ich zu wissen, was der ganze Schmus zu bedeuten hat. Ich glaub' jetzt nämlich, Schultz hält mich für 'ne prima Melkkuh, und daß der Hauptmann nun versuchen wird, irgendwelche Informationen aus mir rauszuquetschen, und ich mach' mich schon auf 'ne nähere Bekanntschaft mit den Kitzelinstrumenten der Gestapo gefaßt, ehrlich.

Aber als ich das Haus betrete, das anscheinend sehr schlicht eingerichtet ist, ist bloß 'ne einzige Person anwesend, und zwar 'n großer Kerl in 'ner Uniform mit jeder Menge Blech — was 'ne andere Bezeichnung für Orden ist — an der Brust, und dessen Kopf geschoren ist wie der von Erich von Stroheim in 'nem Nazifilm. Er sitzt an 'nem Tisch vor 'nem brennenden Kamin und spielt mit 'nem Satz Karten rum.

Schultz stellt mich ihm vor, und der Typ nickt bloß und fordert mich auf, mich ihm gegenüber an den Tisch zu setzen, worauf er mir das Kartenspiel zuwirft. Ich überprüf' die Rückseiten sehr sorgfältig, um rauszufinden, ob sie gezinkt sind, aber sie scheinen in jeder Hinsicht völlig sauber zu sein, und dann sag' ich zu Hauptmann Kunz:

»Hauptmann«, sag' ich, »wir wollen eine Sache mal klarstellen. Ich bin Unteroffizier, und was den Rang angeht, sind Sie mir turmhoch überlegen, aber in diesem Spiel dürfen Sie in keinster Weise aufgrund Ihres Ranges einen Vorteil zu erlangen suchen, indem Sie mir irgendwas befehlen. Wir spielen nach New Yorker Regeln, das heißt Gins und Joker zählen jeweils zwanzig, und Rummy Hand zählt doppelt.«

Kunz nickt und fordert mich auf, 'ne Karte abzuheben, und er gewinnt, und schon geht's los. Wir spielen drei Spiele durch, und als wir beide so langsam richtig warm werden, starten wir wieder 'ne Dreierrunde, indes Schultz die Anschreibungen vornimmt, und es dauert gar nicht lange, da haben wir schon drei Runden beziehungsweise neun Spiele hinter uns, und das ist wirklich 'n sehr schneller Wettkampf. Wir spielen um hundert Mark pro Spiel beziehungsweise dreihundert Mark insgesamt, was umgerechnet etwa hundertzwanzig Dollar sind, wie Schultz mir sagt.

Ich will erst gar nicht damit anfangen, dir Gin Rummy im einzelnen zu erklären, schließlich kannst du ja jederzeit jede beliebige Irrenanstalt anrufen und jeden beliebigen Patienten ans Telefon holen, um es im Handumdrehen zu lernen, denn alle Verrückten sind zwangsläufig Gin-Rummy-Spieler, und aller Wahrscheinlichkeit nach war es Gin Rummy, was sie in die Klapsmühle gebracht hat. Außerdem will ich dich nicht mit meiner Philosophie dieses Spiels langweilen, aber ich behaupte dennoch, es ist zu fünfundneunzig Prozent Glück und zu fünf Prozent Kunst, und die fünf Prozent Kunst sind das Können eines guten Kartenspielers in brenzligen Situationen, sofern es zu irgendwelchen brenzligen Situationen kommt.

Die Karten beim Gin Rummy lassen sich genauso einfach und problemlos spielen wie Würfel bei 'nem Würfelspiel. Es ist wirklich nicht nötig, nach Harvard zu gehen, um Gin Rummy zu lernen, und überhaupt ist jeder Schwachsinnige in der Lage, es besser zu spielen als Einstein. Wenn du die richtigen Karten beim Gin Rummy bekommst, bist du 'n Genie, und wenn du sie nicht bekommst, bist du 'n Armleuchter. Wenn die richtigen Karten nicht kommen, kannst du bloß dasitzen und leiden, und die Stinkwut, die du dann hast, wenn du auf Karten wartest, die nie kommen, verpassen deinem Magen in Null Komma nix 'n Geschwür.

Nun, ich seh' sofort, daß Hauptmann Kunz genauso gut Gin Rummy spielen kann wie jeder andere auch, und er beherrscht auch die üblichen Kommentare ganz ordentlich, zum Beispiel: »Das ist ja das mieseste Blatt, das ich in meinem ganzen Leben in die Finger gekriegt hab'«, oder: »Ich brauch' bloß 'n kleines Kärtchen vom Stock, und ich kann ablegen«, und so weiter und so fort, doch trägt er seine Kommentare in Deutsch vor, und Schultz übersetzt sie dann für mich, weil der Hauptmann anscheinend kein Interesse dran hat, mich ohne Umschweife in Englisch anzureden, was ich schon ziemlich blasiert finde.

So ungefähr das einzige Wort, das ich verstehen kann, ist *frischer,* wenn er 'n schlechtes Blatt auf die Hand bekommt und wissen möchte, ob ich damit einverstanden bin, neu auszuteilen, was 'ne Gefälligkeit ist, die 'n Gin-Rummy-Spieler 'nem anderen manchmal erweist, vor allem, wenn er selbst auch 'n schlechtes Blatt hat, obwohl ich persönlich *frischers* ja ablehne. Wenn ich 'n schlechtes Blatt kriege, spiel' ich einfach das Pittsburgher Tohuwabohu-System, auch gegen Kunz, bei dem ich jede Karte aufnehm', die er ablegt, ob ich sie nun gebrauchen kann oder nicht, und sie ihm wieder um die Ohren haue, wenn mein Blatt sich verbessert. Der Sinn der Sache ist, deinen Mitspieler zu verwirren und ihn dazu zu verleiten, Karten zu behalten, die ihm das Blatt verpfuschen.

Tja, ich leg' also sofort 'nen Durchmarsch hin und gewinn' die erste Runde, und in der zweiten komm' ich so gut in Fahrt, daß Kunz aufsteht und seinen Mantel auszieht, wobei ein Paar rosa Hosenträger zum Vorschein kommt, und zehn Minuten später streift er die Hosenträger von den Schultern und öffnet den Hosenbund. Währenddessen kiebitzt Schultz einmal beim Hauptmann, das nächste Mal bei mir, und so'n Kiebitzer ist selbstverständlich berechtigt, nach dem Spiel seine Meinung zu äußern, und Schultz ist zweifellos 'n guter Kiebitzer, aber bei seinen Kommentaren wird er zuweilen regelrecht hektisch.

Jedenfalls übt er einmal sehr heftige Kritik an einem Fehler, der den Hauptmann ein Spiel kostet, und Kunz geht auf ihn los wie 'n Wolf und schnauzt ihn an und jagt Schultz 'ne Heidenangst ein. Aber später entschuldigt sich der Hauptmann, denn als erfahrener Gin-Rummy-Spieler ist er schließlich verpflichtet, die Rechte eines Kiebitzers zu respektieren.

Ich warte immer noch drauf, daß Kunz anfängt, Fragen über unsere Luftstreitkräfte und mancherlei anderes einzuflechten, aber er macht keine einzige Bemerkung, die nicht mit dem Spiel in Verbindung steht, und schließlich erkenn' ich, daß mein Verdacht unbegründet und er doch nichts anderes als ein Gin-Rummy-Spieler ist.

Tja, das Licht des neuen Tages scheint bereits durch die Fenster der Hütte, als der Hauptmann sagt, wir müssen das Spiel abbrechen, damit Schultz mich schnellstens ins Lager zurückbringen kann, und ich bin doch ziemlich verblüfft zu hören, daß ich vierhundert Mark verloren hab', die ich aber unverzüglich zücke und auf den Tisch blättere. Schultz ist von diesem Sachverhalt allerdings fürchterlich geknickt, und den ganzen Weg zurück zum Lager hält er sich dran mit seinen Klagen und erzählt mir, was für 'ne Enttäuschung ich doch für ihn bin, und er fragt mich, warum ich denn nicht in meine Trickkiste gegriffen habe, und schließlich werd' ich sauer und sag' folgendes zu ihm:

»Schultz«, sag' ich, »der Kerl ist beim Gin Rummy nicht nur besser als 'n grüner Junge, er hat außerdem noch mehr Glück als Verstand. Und ich hab' dir doch gesagt, daß ich beim Gin Rummy keine Tricks kenne, und wenn du mir nicht zutraust, daß mein überlegenes Können sich schließlich durchsetzen wird, kannst du die ganze Sache ja abblasen.«

Darauf regt sich Schultz ein wenig ab und sagt, daß ich's das nächste Mal ja vielleicht besser machen werde, aber ich vermute, die anderen deutschen Soldaten wußten seine Enttäuschung richtig zu deuten, weil sie sich mir gegenüber den ganzen Tag hindurch recht schroff verhielten, obwohl es mein größtes Problem war, mir die Fragen meiner eigenen Horde über meine nächtliche Abwesenheit vom Leibe zu halten.

Nun, Schultz holt mich am nächsten Abend wieder ab, um mich in die Hütte in dem kleinen Wäldchen zu bringen, und genaugenommen spiel' ich 'nen Monat ohne Unterlaß jede Nacht gegen den Hauptmann, und es dauert gar nicht lange, da schlag' ich ihn so leicht und locker, wie man Streichhölzer zerbricht. Und jede Nacht spuckt der Hauptmann Knete aus wie 'n Spielautomat bei 'ner Serie, und jeden Tag schieb' ich Schultz meine Mäuse rüber, und er zahlt mir fünfundzwanzig Prozent und verteilt dann die verbleibende Summe unter den Kerlen seines Konsortiums.

Natürlich steh' ich mit all den Jerries, die mit im Spiel hängen, auf erstklassigem Fuß, und sie werden auch viel freundlicher zu meinen Kameraden, und schließlich erzähl' ich den Kameraden, was vor sich geht, und obwohl sie sich köstlich amüsieren, bemerk' ich auch, daß sie verdammt erleichtert sind, denn anscheinend waren sie wegen meiner nächtlichen Ausflüge aus dem Lager beunruhigt und sind froh zu erfahren, daß der Zweck der Sache bloß der ist, mit dem Feind Gin Rummy zu spielen.

Gegen Ende des Monats schätze ich den Gewinn, den ich inzwischen zusammengescheffelt hab', auf etwa zehntausend Mark, und so kann ich mir leicht ausrechnen, daß Kunz bereits vierzigtausend Mark los sein muß. Dann, eines Nachts, schlag' ich ihn um tausend Mark, aber er zückt die Mäuse nicht wie gewöhnlich sofort, sondern sagt irgendwas auf deutsch zu Schultz, und Schultz teilt mir mit, der Hauptmann sagt, er habe seine Brieftasche irgendwo liegen lassen, und ich sag' in Ordnung, aber es ist ja nur recht und billig, wenn der Hauptmann mir für die Mäuse 'nen Schuldschein gibt.

Schultz übersetzt dies dem Hauptmann, der sehr erbost dreinschaut und mächtig gekränkt zu sein scheint, aber schließlich bringt er ein Notizbuch zum Vorschein und kritzelt einen Schuldschein zusammen, denn in dieser Phase meines Lebens traue ich selbstverständlich niemandem, und vor allem keinem Nazi.

Er regelt die Sache in der nächsten Nacht, bevor wir anfangen zu spielen, aber er wird diesmal wieder ganz schön gerupft, und dann verschaukelt er mich schon wieder, und obwohl er es in der folgenden Nacht einigermaßen ins Lot bringt, wiederholt sich die ganze Geschichte ein ums andere Mal, und irgendwie hab' ich das Gefühl, daß Kunz Probleme mit seiner Kasse hat. Als ich diesen Verdacht Schultz gegenüber erwähnte, scheint er ein wenig besorgt zu sein, und schließlich sagt er:

»Tja, Fillie«, sagt er, »ich fürchte, du hast recht. Ich fürchte, unser guter Hauptmann steckt bis über beide Ohren drin. Um dir die Wahrheit zu sagen, euer Spiel beginnt mir und den anderen Soldaten meines Vaterlandes langsam ganz schön lästig zu werden, weil der Hauptmann sich jeden Tag Geld von uns leiht. Für 'nen hohen Offizier ist es ein Unding, den Soldaten seines Kommandos so was anzutun, und wenn du auch prompt immer wieder alles für uns zurückgewinnst, so fürchten wir doch, daß er uns die Märker niemals zurückerstatten wird.«

»Na so was, Schultz«, sag' ich, »hast du mir nicht gesagt, daß die Mäuse vom Hauptmann sicherer angelegt sind, als wenn sie sechs Fuß tief im Schlamm des Mississippi verbuddelt wären?«

»Schon«, sagt Schultz, »und er redet auch ständig von seinen Besitztümern in Berlin, aber wir sind trotzdem besorgt. Und was das schlimmste ist, deine fünfundzwanzig Prozent verschlingen die ganze Summe, die im Spiel steckt. Es ist 'n wahrer Teufelskreis. Fillie«, sagt Schultz, »kannst du 'nen Tausender für mich erübrigen? Ich muß meiner Frau was schicken, und ich werd' es dir zurückzahlen, wenn die Schiffe wieder rumtuckern.«

»Schultz«, sag' ich, »deine Geschichte stinkt gen Himmel, denn ich glaub' nicht, daß du 'ne Frau hast, und selbst wenn du eine hättest, würdest du ihr niemals Geld schicken. Aber«, sag' ich, »ich werd' dir um der alten Zeiten willen für 'nen Schuldschein tausend Mark vorschießen.«

Also kram' ich den Tausender raus und nehm' dafür seinen Schuldschein, was ein Zahlungsversprechen ist, auf dessen Einlösung man Jahre warten kann, tausend Jahre, oder auch ewig, aber ich tu' das deshalb, weil ich mir absolut nicht sicher bin, ob Schultz nicht seine Kumpels dazu anstiftet, sich zusammenzurotten und mich gewaltsam um meine sauer verdienten fünfundzwanzig Prozent zu bringen, wenn er rauskriegt, wo ich sie fein säuberlich vergraben habe. Um die Wahrheit zu sagen, ich bringe Schultz nicht allzuviel Vertrauen entgegen.

Nun, in dieser Nacht schlag' ich Kunz um zwölfhundert Mark, und er gibt mir 'ne Anzahlung über fünfhundert, und als Schultz und ich uns gerade zum Aufbruch rüsten, da sagt er irgendwas auf deutsch zu Schultz, und als wir auf dem Weg zurück zum Lager sind, sagt mir Schultz, er müsse noch mal zur Hütte zurück, um den Hauptmann zu sprechen, und da fang' ich nun wirklich an, mir Sorgen zu machen, denn ich fürchte, die beiden könnten ihre Köpfe zusammenstecken und irgendwas aushecken, was sich gegen mein körperliches Wohlbefinden richtet.

Aber was Hauptmann Kunz angeht, so sind meine Sorgen unbegründet, da gegen Mittag desselben Tages das Gerücht umgeht, daß er Selbstmord begangen und sich 'ne Kugel in den Schädel gejagt habe, und das verursacht so viel Aufregung, daß unsere Wachen glatt vergessen, uns in dieser Nacht einzusperren, und sie vergessen sogar, uns schön im Auge zu behalten, und alle Amerikaner und einige Briten spazieren aus den Toren raus und zerstreuen sich im Gelände, und die meisten von uns erreichen die Schweiz und sind in Sicherheit, und später gab es, wie ich mir sagen lasse, bei den Deutschen wegen dieser Sache noch 'nen Mordsskandal.

Aber bevor wir gehen, hab' ich noch 'nen kleinen Plausch mit Schultz, und ich sag' zu ihm:

»Schultz«, sag' ich, »erzähl mir alles.«

»Tja«, sagt Schultz, »als der Hauptmann mir befahl, noch mal zur Hütte zurückzukommen, sobald ich dich wieder ins Lager gebracht hab', da wußte ich natürlich, daß er sich das Geld leihen wollte, das ich von dir gekriegt hatte, damit er heute nacht wieder gegen dich spielen kann, denn als ich ihm gestern nacht gesagt hab', daß ich abgebrannt bin und ihm nichts mehr vorschießen kann, da war er derjenige, der vorgeschlagen hat, daß ich dich anpumpen soll, und er hat mir wahrhaftig damit gedroht, mir wegen 'ner bestimmten Sache, die sich in Polen ereignet hat, Ärger zu machen, wenn ich mich weigern sollte.

Also«, sagt Schultz, »als ich bei der Hütte ankomme, spähe ich zuerst durch 'n Fenster ins Wohnzimmer und seh' den Hauptmann immer noch mit dem Kartenspiel, das du benutzt hast, am Tisch sitzen, und die Karten liegen weit verstreut drauf rum, als ob er sie eingehend untersucht hätte, und urplötzlich krieg' ich 'nen Wutanfall bei dem Gedanken, daß er da wartet, um mir mein Geld wegzunehmen und es leichtfertig zu verspielen, und ein Impuls, dem ich nicht widerstehen kann, treibt mich dazu, meine Pistole rauszuholen und ihm mitten durchs Fenster eins in die Rübe zu blasen.

Und«, sagt Schultz, »ich werd' mich immer dran erinnern, wie das Blut vom Tisch runtertröpfelt und sich über der Karo Neun ausbreitet, die unter deinem Stuhl auf dem Boden liegt, und wie es mir plötzlich in den Sinn kommt, daß man die Karo Neun ja als 'ne Unglückskarte betrachtet, denn die Wahrsager behaupten, sie wär 'n Symbol des Todes. Es ist schon ein seltsamer Zufall«, sagt Schultz, »wenn man bedenkt, wie oft du den Hauptmann mit hohen Minuspunktzahlen auf der Hand erwischt hast, als er gerade auf eben jene Neun gewartet hat.«

»Aha«, sag' ich, »ich hab' mir schon gedacht, daß du irgendwas mit seinem Dahinscheiden zu tun hast.«

»Aber«, sagt Schultz, »für alle anderen außer uns beiden wird's wie Selbstmord aussehen, denn ich hatte noch die Geistesgegenwart, 'nen Schuß aus seiner eigenen Pistole abzufeuern, und die ist dasselbe Fabrikat wie meine, und ihm die Pistole dann in die Hand zu drücken. Es war Selbstmord aus Verzweiflung, wie seine vorgesetzten Offiziere meinen, den er wahrscheinlich deshalb begangen hat, weil er was von seiner bevorstehenden Liquidierung erfuhr.«

»Schultz«, sag' ich, »es wird mal 'n schlimmes Ende mit dir nehmen, aber fürs erste auf Wiedersehen.«

»Auf Wiedersehen«, sagt Schultz. »O ja«, sagt er. »Vielleicht sollte ich dir eins noch sagen. Ich hab' das nämlich auch aus Angst davor gemacht, daß der Hauptmann die Karo Neun auf dem Boden finden könnte. Du hast heute morgen vergessen, sie aufzuheben, bevor du gegangen bist.«

»Was meinst du damit, Schultz?« sag' ich.

»Auf Wiedersehen«, sagt Schultz.

Und das ist alles, was es von dieser Geschichte zu erzählen gibt (sagt Filigran-Bubi).

»Tja, Fillie«, sag' ich, »das ist ja alles sehr aufregend, und es muß schön sein, wieder am Broadway zu sein, so frei wie ein Vögelchen und mit all den Piepen in der Tasche, die du für deine fündundzwanzig Prozent bekommen hast.«

»Oh«, sagt Fillie, »ich bin ohne jeden Cent zurückgekommen. Weißt du, ich hab' meinen ganzen Gewinn aufgebraucht, um Schultz und die anderen deutschen Soldaten zu schmieren, die Türen und Tore in jener Nacht nicht abzuschließen und in 'ne andere Richtung zu gucken, damit wir abhauen konnten.«

Nach diesen Worten geht Filigran-Bubi, und ich sitz' da und verschlinge den Rest von meinem gekochten Hecht, einem wahrlich sehr köstlichen Gericht, und denke gerade daran, wie das Blut vom Hauptmann auf die Karo Neun runtertröpfelt, als kein anderer als der alte Krabbelfuß vorbeikommt, der Kellner, dem man diesen

Namen gab, weil er rumlatscht, als ob Ameisen unter seinen Füßen rumkrabbeln würden, und der auf Fillie zeigt, welcher gerade aus der Tür marschiert, und dann sagt Krabbelfuß zu mir:

»Tja«, sagt Krabbelfuß, »da geht ein großer Künstler. Er ist einer der vortrefflichsten Kartenspieler, den ich je gesehen hab', außer beim Gin Rummy. Es ist schon merkwürdig, daß gerade dieses simple Spiel alle guten Kartenspieler überfordert. Vor allem Filigran-Bubi«, sagt Krabbelfuß, »war beim Gin Rummy ein komplettes Rindvieh, bis ich ihm schließlich ein kleines Manöver beigebracht hab', das 'nem Spieler 'nen Riesenvorteil einbringt und das einfach darin besteht, rein zufällig aus Absicht irgend 'ne Karte auf den Boden fallen zu lassen.«

ENDE